ハヤカワ文庫JA
〈JA1579〉

小さき王たち　第二部：泥流

堂場瞬一

早川書房
9099

目次

小さき王たち　第二部：泥流

登場人物

高樹和希…………東日新聞新潟支局記者。県警担当
田岡稔……………民自党衆院議員・田岡総司の長男で秘書
高樹治郎…………和希の父。東日新聞社会部長
田岡総司…………稔の父。民自党衆院議員。選対本部長代理
高樹隆子…………和希の母で治郎の妻。新潟バス元社長の次女
田岡尚子…………稔の母で総司の妻。元女優
井上美緒…………和希の恋人。東京の化粧品会社勤務
藤島明日花………稔の見合い相手。父が社長を務める藤島製菓勤務
阿部隆興…………隆子の兄。新潟リゾート社長
石田………………東日新聞新潟支局県警キャップ
如月………………東日新聞新潟支局デスク
岡本………………東日新聞新潟支局遊軍記者
桑田………………東日新聞新潟支局長
羽村純子…………東日新聞新潟支局記者。和希の同期
中村………………東日新聞社会部筆頭デスク
古川………………東日新聞社会部デスク。今回の取材班キャップ
三田美智留………東日新聞地方部記者
宇佐………………東日新聞編集局次長。元政治部長
鈴木………………タレコミのネタ元
五十嵐……………民自党副幹事長
長村………………民自党幹事長
桜木………………総司の地元新潟の私設秘書
友岡拓実…………新潟三区選出の民自党議員。長村のブレーン
畠泰弘……………友岡の政治団体の幹部。投資セミナー「中央経済会」主宰
村木………………新発田市の建設会社社長
松永光正…………東京地検特捜部副部長
増渕………………民自党元幹事長。故人

第一章　崩落

1

　疲れたな……しかも運転に気を遣わなければならないので、さらに疲労感は募る。雪がちらついており、スノーシェッドを抜ける度に、高樹《たかぎ》和希《かずき》はびくびくしてハンドルをきつく握りしめた。支局車の三菱パジェロは信頼できる4WDだし、冬に備えてスタッドレスタイヤに履き替えているものの、外気温が下がっているから路面凍結が心配だ。慎重に、慎重に……助手席と後部座席には先輩記者が乗っている。事故でも起こしたら、始末書では済まない。

　蒲原沢《がまはらざわ》土石流の事故発生から三日目の十二月八日、日曜日。第一陣として取材現場に入っていた和希たちは、一旦東日《とうにち》新聞新潟支局へ引き揚げることになった。今日、朝刊用の原稿を送り終えた時には、死者は八人になっていた。しかもなお六人が行方不明。和希にとっては初めての大事故の取材だった。「いずれ雪崩取材をすることになる」と脅されて新潟支局に来たのだが、実際にはそれより先に土砂崩れを経験したことになる。

現場の住所は、厳密に言えば長野県小谷《おたり》村である。しかしちょうど新潟県と長野県の境なので、新潟、長野両支局から記者が出動し、総勢十人体制で取材を続けてきた。

それにしてもひどい事故だった。

発端は、去年の七月に起きた集中豪雨である。姫川水系の上流部では道路や線路の法面《のりめん》が崩壊し、完成したばかりの橋が流出するなど大きな被害が出た。以来、現場ではずっと復旧作業が続けられていたのだが、六日午前十時四十分頃、蒲原沢の上流で山腹が崩壊して土石流が発生、復旧作業現場を直撃し、作業員が多数巻きこまれたのだ。

県警本部に詰めていた和希は、一報を受けてすぐに、県警キャップの石田《いしだ》、遊軍記者の岡本《おかもと》と合流して現場に向かった。しかし道路の崩落などが激しく、しかも現場が広範囲にわたっていたため、取材は難渋を極めた。

初日の捜索は夜を徹して行われ、和希たちもずっと氷点下の現場に立ち続けた。明け方、車の中で短い睡眠を取っただけ……昨日は糸魚川《いといがわ》市内のホテルで休めたのだが、それで疲れが取れたわけではない。「災害現場での取材は混乱するから疲れるんだ」と岡本が零《こぼ》したものだ。岡本は入社五年目の中堅記者だが、初任地の岡山支局で去年、阪神・淡路大震災に遭遇した。岡山県内の被害は大したことはなかったのだが、隣接する兵庫県で大きな被害が出たために、すぐに現場に投入され――しかし、取材はろくにできなかったという。東日は、何かあるとにかく現場に大人数を投入する伝統があるのだが、あまりにも人が多過ぎて、現場で統制が取れなくなってしまうデメリットがある。

「俺が話を聞いた人は、その前に東日の別の記者二人から取材を受けていた」酔っ払った岡本が苦笑して打ち明けたものだ。情報の錯綜《さくそう》。岡本は「いい加減にしろ！」と怒鳴り飛ばされ、早々に退散したという。

　今回は、阪神・淡路大震災とは事情が違う。山中の工事現場で起きた事故ということで、一般民家などには被害がなかったのだが、とにかく状況が摑めず、自分でも何をしているか分からないぐらいだった。

「しかし、何だな」助手席に座る岡本が、しゃがれ声で言葉を発した。

「寝てたんじゃないんですか」和希は驚いて声が裏返ってしまった。

「いや、寝てない。走ってる車の中では眠れないよ」

　岡本がもぞもぞと体を動かした。巨体――自己申告では百八十センチで百キロだ――のせいか、確かに車体の大きなパジェロの中でも寛《くつろ》げないようだ。

「――で、何ですか」

「早く全員が携帯を持たないと、話にならないな。去年の地震の時から、現場では散々建《けん》言《げん》してるのにな」

「携帯は高いですからねえ」

「でも、こんな山の中にいたら無線も通じない。これからは携帯がないと話にならないだろう。一人一台だ」

実際、この現場では無線は役に立たなかった。東日では、入社する時に無線の免許を取らされるし、支局には携帯用の無線機が大量にあるのだが、近場でないと通じない。支局車のパジェロに搭載されている無線は出力が大きいが、さすがに今回の現場は長野県との境、山の中なので、使い物にならなかった。警察や消防、自衛隊は強力な無線を使っていて、仕事に支障はないようだったが……。

実は、支局にも携帯電話は二台、既に導入されている。しかしバッテリーの持ちが悪く、少しでも山間に入ってしまうと電波が通じなくなる。携帯もまだ、取材用の通信手段としてはあまり有用ではないのだ。

「今度、携帯は買う予定なんですよ」

「自腹か?」

「ええ」

「もったいないな。仕事で使うものなんだから、会社で一人一台配ればいいんだよ」

「このご時世に、そんなこと、できますかね」

和希が東日に入社して一番驚いたのが、経費の厳しい締めつけだった。新聞記者になれば、タクシーは使い放題だろうと思っていたのだが、自分で車を運転できない試用期間中は、移動は原則バス。タクシー料金は、よほどのことがなければ精算できない。

国道一四八号線は、姫川沿いをずっと走っていく。大糸線の姫川駅——駅舎もなく、道路沿いにホームがあるだけだ——付近まで来ると、ようやく街らしい雰囲気になってきたものの、そこを通過するとまた田舎っぽい光景が戻ってくる。左側が姫川、右側は鬱蒼とした森……北陸自動車道の糸魚川インターチェンジがもうすぐだ、と思うとほっとする。今はとにかく早く、新潟へ戻りたかった。一人暮らしのワンルームマンションは侘《わび》しい狭さだが、それでも今は一人になってゆっくり休みたい。

間もなくインターチェンジ……右折するとすぐに高速道路に入る。車の流れが途切れるのを待ってハンドルを右へ切った瞬間、背広の胸ポケットに突っこんであるポケットベルが鳴った。慌てて取り出して確認しようとしたが、岡本に止められた。

「運転中は駄目だぜ」

「急ぎかもしれませんよ」

「じゃあ、貸せ」

言われるまま、引っ張り出したポケットベルを渡す。

「支局からだよ」

メッセージを確認してから、岡本が携帯電話を取り出した。先ほど話題になった支局の携帯電話……この辺で電波が通じるかどうか。

「岡本です……おう、今、戻る途中だ。北陸自動車道に乗るところ。それで、高樹のポケベルが鳴ったんだけど、何か用か？　奴は運転してるんだ」

岡本はしばらく、相手の声に耳を傾けていた。すぐにメモ帳を取り出し、ボールペンで何か書きつける。

「分かった、伝えておくよ。あ？　何だ？　これ、電波の状態が悪いな。もしもし？　あ、切れやがった……」

舌打ちして、岡本が通話を終える。

「何でした？」料金所の手前でブレーキを踏みこみながら、和希は訊ねた。

「誰か、お前に連絡を取りたがっているらしい。携帯の番号を伝えてきたそうだ」

「携帯ですか？」知り合いで、携帯を使っている人はいただろうか？　知り合いといっても、入社一年目の警察《サツ》回りである和希の知り合いは、警察官ばかりなのだが。携帯を持っている人間はいない——いや、持っていても、自分には教えていないのだろう。携帯の問題点はこれだ。直接相手とつながってしまうから、二十四時間気が抜けない。便利なのだろうが、いざ持ったら、追いかけられるような気分になるかもしれない。ポケットベルよりタチが悪いのではないだろうか。ポケベルは鳴っても、「近くに公衆電話がなかった」と言い訳して無視しておける。

「最初のパーキングに入ろうぜ。腹も減ったよ」

それはそうだ。現地で社会面早版、それに地方版の原稿を送り終え、撤収命令が出たのは午後八時。慌ただしくかきこんだ昼飯の弁当はとうに胃から消えてしまい、和希も腹が減っている。それに何より、コーヒーとガムが必要だった。眠気を吹き飛ばさないと、新潟まで二時間近いドライブに耐えられそうにない。

インターチェンジの先がすぐに、蓮台寺のパーキングエリアになる。幸い、ラーメン店が営業中だった。

後部座席で完全に寝ていた石田に声をかけて起こし、外へ出る。この辺は、土砂崩れの現場付近よりは少し気温が高いようだが、それでも薄いコートだけでは震えがくる。たぶん、今の気温は零度ぐらいのはずだ。東京生まれ東京育ちの和希にとって、初めての新潟の冬。ボーナスの使い道は、携帯電話の他には膝《ひざ》まであるダウンのコートと決めて、もう目星もつけている。

店は、先に券売機でチケットを買う方法だった。冷え込むから味噌ラーメン……と考えるが、メニューが多いので目移りしてしまう。ふいにカレーが食べたくなり、それに餃子《ぎょうざ》を合わせる。

「何だよ、その組み合わせは」岡本が呆れたように言った。

「岡本さんだって、カレーと味噌ラーメンじゃないですか」巨漢の岡本は、見た目通りの大食漢だ。ラーメンとチャーハンならともかく、ラーメンとカレーという組み合わせをする人はあまりいないのではないだろうか。

和希は岡本から携帯とメモを受け取り、店の外に出た、だだっ広い駐車場では寒風が強く吹いており、立ったまま電話をかけていたら凍りついてしまうかもしれない。すぐ近くに電話ボックスがあるので入った。電話ボックスに入って携帯電話を使うのも変だなと思いつつ、メモにある携帯電話の番号を打ちこむ。相手はすぐに出たが、まったく聞き覚えのない声だった。

「東日新聞新潟支局の高樹と申します」相手が誰か分からないので、できるだけ丁寧な声で名乗る。

ぼそぼそと話す相手の声を聞いているうちに、和希は自分の運命が大きく動き出すかもしれないと感じた。父の後を追うように新聞記者になったものの、特に目標もなく、何とか仕事に慣れようと足掻《あが》いて数ヶ月……今初めて、はっきりした目標ができたのではないか？

2

田岡総司《たおかそうじ》は、議員会館の自分の部屋で電話を受けた。十二月。国会は休会中で、既に年末の雰囲気が色濃い。政治家に年末も年始もないのだが、どうしても世間の雰囲気には呑まれるものだ。

「はい、田岡……ああ、お疲れ様です。で、首尾は？　そうですか、上手くいったと考えていいんでしょうね。ええ、それなら結構です。今後は息子が連絡を担当しますので」

電話を切り、田岡はほっと息を吐いた。これで計画は動き出した。後は高みの見物……いや、計画が上手くいかないようだったら、自分も直接手を出さねばならないだろう。危険もあるし、大勝負になるが、それぐらいの覚悟はあった。

「日曜の夜なのに、大変だな」

「それは五十嵐《いがらし》先生も同じじゃないですか」

「お互い、貧乏性ということだな。二十四時間三百六十五日、動き回っていないと不安になるだろう？」

民自党副幹事長の五十嵐がニヤリと笑い、煙草《たばこ》をホルダーに挿してから火を点ける。狭い部屋は、たちまち白くなった。田岡は今年の選挙を機に禁煙したばかりなので、この煙が鬱陶《うっとう》しくて仕方がない。しかし、政治の恩人・同志である五十嵐に文句は言えない。

「いろいろあったが、取り敢えず、無事に年を越せる目処《めど》はついたな」五十嵐がほっとした調子で言った。

「年明けから、アメリカとの外交はどう変わってきますかね」十一月の選挙で、民主党のビル・クリントンが再選されたばかりだった。外交的には大きなエポックであり、田岡も気にかけていた。というより、一人の政治家として、アメリカの大統領という存在、そして大統領選には興味がある。政治家になろうと決めたのは、ケネディに対する憧れがあったからで、アメリカの政治には常に意識を向けているのだ。

「民主党だろうが共和党だろうが、関係ないよ。誰が大統領でも、日米関係が大きく変わるわけじゃない」

「まあ、そうですね」田岡はうなずいた。

「それよりあんた、本当に今のポストでいいのか」五十嵐が身を乗り出した。

「もちろんです」田岡はうなずいた。選対本部長代理。全国の選挙を取り仕切る組織の、実質的な責任者と言っていい。このポジションは、田岡ぐらいのキャリア——今年三回目の当選を果たした——の人間が就くのが適任とされている。

「しかしあんたは、ずっと選対にいる。選挙をやりたいのは分かるが、他の仕事も経験してみないといかんよ。今回、広報本部長代理の就任を蹴っただろう？　あれはよくなかった。受けておくべきだった」

「選挙は、政党にとって何より重要だと思います。それに私は、広報業務には向いていないかと」広報本部は、文字通り民自党の広報戦略を一手に引き受けるところである。しかしその実働部隊は、民間の広告代理店……田岡は、こういう連中とのつき合いが心底嫌いだった。地道に各地の選挙情勢を分析し、候補者の掘り起こし、後押しをしている方が面白いし、自分の性に合っていると思う。それに、選挙の仕事を通じて、各地の議員とのコネができる。将来総理大臣を目指す人間としては、選対本部での経験が役に立つはずだ。

田岡にとっての政治の師匠は、五十嵐と同じ富山県出身の元民自党幹事長・増渕《ますぶち》である。もう二十年以上も前に亡くなったが、田岡は徹底して教えを受けた。その増渕の基本哲学は「選挙こそ政治」。選挙を制する者が政治を制する。議会制民主主義においては当然のことだが、実行するのはなかなか難しい。選挙は複雑な要因が絡み合うもので、政党側の意図通りにはなかなか進まないのだ。しかし増渕は、九割方選挙をコントロールしていた。票読みを外すことはまずなく、自称・他称含めて全国に無数にいる「選挙の神様」の中で、たった一人の本物だったと思う。彼の頭の中では、全国の選挙区の情勢が常にアップデートされていたのだ。自分が裏方向きの人間だと意識していたこと、志半ばで病に倒れたことから総理への道は閉ざされたが、田岡は増渕の教えを受け継ぎ、さらに志は彼よりずっと高いと自負している。

目指すは、増渕が上り切れなかったトップの座だ。アメリカに負けない強い国づくりの志は、今もこの胸にある。

田岡自身は、前々回の選挙で、新潟一区から出馬して初当選を果たしている。父の後を継ぐ形で、危なげない選挙戦だったが、それでもスタートは遅かったとは思う。四十四歳で初当選というのは、出だしとしては悪くないのだが、父親は粘《ねば》り過ぎたのだ。十年前に引退してくれてもよかったのに……結局、政治家として力尽きたせいか、引退後一年で亡くなってしまった。

「それで？　今日は何か悪巧みでも？」五十嵐が皮肉っぽく言った。

「何を仰《おっしゃ》いますか」田岡は笑った。「私はそういうこととは縁がないですよ」

「まあ、否定も肯定もしないがね」五十嵐が灰皿に煙草を押しつけた。「しかし、あまり無理しなさんな。あんたは今、大事な時期なんだから」

「いや、まだまだ下っ端ですよ」

「変なところでつまずいたらいけないよ。オヤジさんの果たせなかった夢を実現しないと」

「父には夢はありましたけど、人望はなかったですね。反面教師です」

田岡が言うと、五十嵐が困ったような表情を浮かべた。しかしこれは事実だと思う。戦前の内務省官僚上がりの父親は、とにかく頭が切れる人だった。その頭脳は政界随一と言われたものの、非常に冷徹で人情に欠け、無条件で信頼しあえるような人間が集まってこなかった。そのせいか、新潟一区の選挙では何度か危ない目に遭っている。地元で人気がない代議士が、党内で人望を集められるわけもなく、結局最高権力には手が届かなかった。

俺は違う。

俺は……人に頭を下げることも厭《いと》わないし、場合によっては脅すこともある。硬軟両方、飴《あめ》と鞭《むち》を使い分けられるのが、優秀な政治家だと信じて実行してきた。

そういう能力は主に、議員仲間のコネクションを作る際に使われる。将来的には現在所属している総裁派閥「清流会《せいりゅうかい》」を引き継ぐか、自ら派閥を旗揚げして総理総裁を目指す――

―それと同時に、田岡には大きな目標があった。

メディアのコントロール。

これも昔、増渕から課せられたことだった。田岡が父の秘書として政治の世界に足を踏み入れた一九七〇年頃は、メディアと政治の対立は今よりもっと激しかった。もちろん、各社の政治部の記者は、政治家の使いっ走りのような仕事をしていたのだが、社会部まではコントロールできていなかった。そこを上手く掌握《しょうあく》して、政治側の思うように動かしたい――四半世紀も前に増渕から言われたことは、田岡の中で大きな課題になって残っている。

「ところで五十嵐先生、東日で一番親しい記者は誰ですか」

「民自党キャップの笹岡《ささおか》だな」

五十嵐が新しい煙草に火を点ける。ちょっと吸い過ぎだな、と田岡は顔をしかめた。五十嵐ももう、六十歳になるのだ。いい加減、煙草はやめた方がいいのだが、周りは何も言わないのだろうか。自分が諫《いさ》めるべきか、と一瞬考えた。

「彼も苦労してますよね」田岡は話を合わせた。笹岡は長い間、「五十嵐番」の記者であった。マスコミ各社の政治部は、与党・野党担当などに分かれているのだが、与党の有力者には番記者がつく。関係は長く続き、政治家にすれば「使える」人間になる。

「我々も苦労したけど、記者も同じ目に遭うわけだ」

　前回の選挙で、民自党は第一党の座をキープしたものの単独では政権を担えず、連立政権が成立した。連立は短命だったが、その時期は大混乱し、苦汁をなめた……それはマスコミ各社も同じである。政治部では、長年政権の座にあった民自党担当がエリートコースだったのだが、その立場が急に危うくなったのだ。逆にそれまで影の存在だった野党担当が、日の目を見ることになった。

「笹岡の面倒、見てたんですか」

「まあな。どうせ連立政権は長続きしないから、腐らないで普通にしてろと……その見通しは当たった」

　この秋に行われた選挙では、民自党は議席を大きく盛り返していた。しかし、ここ数年続いた政治の混乱が収束するには、もう少し時間がかかるだろう。マスコミ各社の与党担当が、政治部の本来の主流に返り咲くにも、まだまだ時間がかかるかもしれない。

「笹岡は、先生のおかげで無事に復活できたわけですね」

「キャップに昇進してな。あれはなかなか使える男だよ。十年後の政治部長候補じゃないかな」

「だったら上手く子飼いにしておいた方がいいですね」

「ま、その辺は上手くやるさ」五十嵐が膝を叩き、急に真顔になる。「ところであんた、やっぱり悪巧みしてるだろう」

「いや……」五十嵐は、田岡の野望を知っている。増渕のすぐ近くにいて代議士になったのだから、故人から何か聞いていたかもしれない。

「本気でマスコミを抑えにかかるなら、あんた一人で全て背負《しょい》こむ必要はない。昔に比べれば、社会部の連中も気骨がなくなったが、舐《な》めてかかってると痛い目に遭うぞ。人を上手く使え」

「党に迷惑はかけませんよ」

「いや、これは民自党としての問題なんだ。もちろん表立っては動けないにしても、しっかり人手をかけてやるべきだな」

「大袈裟《おおげさ》にはしたくありません」田岡は引かなかった。マスコミを——新聞各社の社会部を抑えこむのは、民自党が今後安定して政権運営していくために必要なことだが、大っぴらにできることではない。

「それは分かるが、あんた一人が手を汚すことではないよ」

言われて、頬が引き攣《つ》るのを感じた。手を汚す——そう、田岡は四半世紀前に手を汚した。新潟一区で、民自党の新人候補の選挙を手伝い、関係者に金を配りまくったのだ。しかも、自分の発案で。あの時は、地元で世話になった県議が責任をかぶる形で逮捕され、田岡は何とか捜査の手を逃れた。

その後、増渕の勧めでイギリスに二年間留学して、ほとぼりが冷めるのを待った。政治活動ができない屈辱の二年間だったが、現地在住の商社員や日本人の研究者とコネを作れたのは大きかった。二十年以上経った今でも未だにつき合いがあり、これから自分のブレーンとして活躍してくれそうな人もいる。何より、女優を引退して自分と結婚した尚子《なおこ》と、外野の声に悩まされずに新婚生活を送れたのは大きかった。その二年の間に、長男の稔《みのる》が生まれた。その子がもう大学を卒業して、自分の秘書になっているのだから、時の流れを感じざるを得ない。

「あんたは近い将来、民自党を背負《せお》って立つ人間だ。できるだけ、自分では手を下さない方がいい。使える人間は、他にいくらでもいるだろう」

「ご心配なく」田岡はさっと頭を下げた。「その辺はぬかりありませんから」

「そうか?」煙草の煙の向こうで、五十嵐が目を細める。「あんたのことだからヘマはしないと思うが、無理は禁物だぞ」

「ご心配、痛み入ります」

「とにかく、だ」五十嵐が二本目の煙草を揉み消した。「忠告しておきたくてな。平日だと周りの目もあるから、あんたとは会いにくい」

「携帯でいいじゃないですか。いつでも話ができますよ。五十嵐先生も早く買われた方がいい」田岡も去年、個人用の携帯電話を手に入れたばかりだった。自動車電話は昔から使っていたが、携帯電話の方がはるかに便利である。いつでもどこでも、密かに相談できる。

「ああいうのは何だか苦手でね」五十嵐が苦笑いした。「俺も時代遅れということか」

「あれば便利ですよ」

「ま、考えておく。娘に使い方を教えてもらうよ」

五十嵐には男子がなく、今年三十五歳になる娘が秘書としてあれこれ世話を焼いていた。「そのせいでまだ独身なんだ」といつも冗談めかして話しているのだが、本当は結構深刻に悩んでいるのではないだろうか。娘が結婚しないのも心配だろうし、自分に何かあった時の後継が娘で大丈夫なのか、と考えることもあるだろう。二世議員は数多《あまた》いるが、女性はまだまだ少数派である。五十嵐としては、自分の後を継がせるのに適当な男を見つけて、娘とくっつけたいというのが本音だろう。ただし五十嵐の娘は、将来の出馬に色気を持っている、という噂も田岡は聞いていた。

様々な人間の野望が渦巻くのが政治の世界だ。自分はその中を、四半世紀も泳いできた。その遠泳は、これからまだまだ続く。

3

あの電話は何だったのだろう、と和希は支局に戻っても頭を捻《ひね》り続けた。新聞社には頻《ひん》繁《ぱん》にタレコミの電話がかかってくるもので、それは支局でも例外ではない。新潟の場合、地元紙が圧倒的に強いので、重要な情報はそちらに流れてしまうことが多いのだが、東日や日本新報、東経新聞などの全国紙にもタレコミはある。

しかし今のタレコミは奇妙だった。支局に電話して、わざわざ自分を名指しして情報提供しようとするとは……そして和希は、先ほど話した相手、鈴木《すずき》という名前に心当たりがない。声を聞いた記憶もなかった。

それでも情報は情報だから、まともに話もせずに無視してしまうわけにはいかない。明日、直接会って話を聞くことにしたのだが、まだ釈然《しゃくぜん》としなかった。もしかしたら騙《だま》されているのかもしれない。いや、新聞記者を騙してどうする……単なる悪戯《いたずら》の可能性もあるな、と思った。

いずれにせよ、会ってみないと何も分からない。

午後十一時過ぎ、和希は本社からファクスで送られてきた社会面と地方版のゲラを確認した。地方版にはもう直しが入らないが、毎晩チェックするのは習慣……とはいっても、今日の記事の中で自分が書いたのはほんの一部だ。これだけ大きな災害になると、一人の記者が記事全部を書くわけではない。様々な情報をデスクやキャップ格の記者がつなぎ合わせて、一本の記事に仕立てあげる。和希が書いたのは、現場の雑観だけだ。これでひとまず現場での仕事は終わり。明日以降の三日間は、支局と県警本部で、現場のバックアップと他の取材を担当することになっている。

「何しろ人が足りないからな」と支局長の桑田《くわた》はいつも頭を抱えている。彼から聞いた話だと、昔は支局でも人手は潤沢《じゅんたく》で、大きな現場に大人数を投入してそのまま長期間取材に当たらせても、通常業務に支障が出なかったという。桑田自身も、新人の頃にあさま山荘事件の現場にずっと詰めていて、その間書いた原稿はわずか二十行ほどだった、と自嘲気味に言っていた。逆に言えば、駆け出しの記者を一週間以上現場に放置しておいても、何も問題はなかったということだ。

今は、地方支局の記者はどんどん減らされ、取材拠点も少なくなっている。上手く人を動かさないと取材網に穴が空いてしまうし、特定の記者を現場にずっと張りつけておくと、労務管理上も問題がある……一年目の記者である自分にそんなことを言っても何の解決にもならないだろうが、桑田はとにかく誰にでもすぐに愚痴を零すのだ。実際、いかにも愚痴を零しそうなタイプに見える。半分白くなったぼさぼさの髪、充血して落ち窪《くぼ》んだ目、血色の悪い唇。人生において、いいことは一つもなかったのではないだろうか。

支局から、マイカーのインプレッサに乗って自宅へ戻った。ハンドルを握っている時間は、わずか一分ほどである。住んでいるマンションは、先輩から引き継いだものだった。支局に近い方が何かと便利だろうと、東日新聞の新人記者が入居する家はここ何年も、このマンションに決まっているのだという。便利は便利だが、何だか四六時中仕事から離れられないような感じがする。どうせなら、県警本部に近い新光町《しんこうちょう》辺りに部屋を借りればよかったと思うが、新潟に赴任してきた時には既に家が決められていたから、どうしようもない。

学生向けのワンルームマンションは、狭く冷え冷えとして侘しい。エアコンを入れて、しばらく温風の下で固まっていた。ようやく体が温まったところで、風呂の準備をする。お湯が満ちる間に、またエアコンの下に立ち、携帯電話のカタログを眺める。毎月の料金は馬鹿にならないようだが、それでも携帯が欲しい理由が和希にはある。東京に住む恋人の井上美緒《いのうえみお》と連絡を取るためだ。大学の同級生である美緒は、今は化粧品会社で働いている。勤務時間はだいたい十時六時で決まっているのだが、こちらは早朝から夜中まで振り回されることもしょっちゅうで、ゆっくり電話で話している暇《ひま》さえない。そのせいか、最近は彼女との間に微妙な距離ができてしまっているように感じている。携帯は、その距離を縮めてくれるはずだ。

――と思っていたら電話が鳴った。びくりとして、一瞬その場で固まってしまう。こんな風に電話を恐れるようになったのは、新聞記者になってからだ。自宅で寝ている時にも、平然とかかってくる呼び出しの電話。事件事故は待ってくれないし、何か起これば警察回りは二十四時間三百六十五日対応だと頭では分かっていても、最近気持ちが電話を拒絶し始めているのだった。十月に行われた入社半年研修で再会した横浜支局や浦和支局の同期は、もっと頻繁に呼び出されているようだが……確かに新潟と首都圏では、事件の発生数が全然違う。

気を取り直して受話器に手を伸ばし、相手の声を聞いてほっとした。美緒だった。

「出張か何かだったの？」美緒がいきなり切り出す。

「そんな感じだ。二日前から……さっき帰って来たばかりなんだ」彼女は何も知らないのだろうかと和希は訝《いぶか》った。あの土砂崩れの第一報は、東京でも夕刊一面で掲載されただろう。美緒は会社では広報部に勤務していて、普段から新聞やテレビのニュースをチェックしているはずだから、見逃すわけがないのだが……。

「土砂崩れの現場に入ってたんだ」

「そうなの？」美緒が意外そうな声で言った。「あれ、長野県じゃなかった？」

「いや、ちょうど県境だったから、新潟からも取材に行ったんだよ。まる二日間、現場に張りつきだった」

「そうなんだ……週末なのに電話しても出ないから、「どうしたかと思ったわ」

思わず苦笑してしまう。美緒は今ひとつ、新聞記者の仕事に対する理解が浅いようだ。何度も説明しているのだが、そもそもあまり興味がないのかもしれない。これで結婚などできるのだろうかと、内心首を捻ることもよくあった。

和希としては、いいタイミング――本社へ戻る時期に結婚を申し込もうと思っているのだが、それはまだ数年後である。

「今時、週休二日制じゃない業界なんて、あり得ないわよね」

「いや、新聞は毎日出てるから」

主な取材先の警察も、土日は宿直体制に入ってしまい、ぐっと人は少なくなる。普段のように警察署の各課を回って、無駄話をしながら捜査の動きを探る――という取材もできない。県警本部の記者クラブは常に開放されているが、そこにいてもやることはない。せいぜい、静かな環境で落ち着いて原稿を書けるぐらいだ。ただし、事件事故はいつ起きるか分からないから、警戒は続く。

「それより、明日にでも携帯を買いに行こうと思ってるんだ」

「あ、やっと決心したのね」美緒が少しだけ嬉しそうな声を出した。

「周りも持ち始めてるし、やっぱりあると便利だよな」

美緒はもう、携帯電話を入手している。これで自分が買えば、いつでも連絡が取れるわけだ。美緒は、自分と同じ携帯を買うようにと、盛んに勧めていた。確かに同じ機種なら、操作で分かりにくいことがあっても教え合えるから便利だろう。しかし彼女の携帯は、ボタンが剝き出しのタイプだということが気になっていた。バッグの中に入れておくと、ボタンがどこかに触れて思わぬ誤作動が起きることがある——と彼女も言っていた。だから、ボタン部分にカバーがついている機種にしようと思っている。使う時だけ開けるタイプなら、誤作動の心配はない。

「とにかく、明日携帯を手に入れたら、最初に電話するよ」

「開通式、みたいな？」

「そんなんじゃないけど」和希は思わず笑ってしまった。

「取材、大変だった？」美緒が急に話題を変えてきた。

「まあ……山の中だからね。それこそ携帯がないと、連絡も取れなかった」

「会社で、購入に補助とか出ないの？」

「東日は、今のところ緊縮財政でね。経費削減でうるさいから、とても補助なんか出そうにないよ」

「そうなんだ。天下の東日がね……何か、将来が心配なんだけど」

「結婚したらやっていけるか、とか？」

「私、結婚したらいずれは会社を辞めるわよ」

「もう決めてるのか？」

「だって、面倒臭いじゃない。そんなに仕事に執着していないし、専業主婦の方が楽そうだし」

　この辺の考えがよく分からない。美緒が勤める化粧品会社は、大卒女子の就職先として、常にベスト5に入るほどの人気企業なのだ。そこの広報部というのは、華やかな企業の中でも一際華やかで、やりがいのある部署だろう。女性の昇進の道もあるという。それなのにあっさり辞める気とは……どうも自分は、彼女のことを本当には理解していないのではないかと和希は心配だった。

「それって、結構真面目に将来のことを考えてるって意味かな」

「一般論よ、一般論。だって私、まだ二十三歳よ？　結婚なんて、全然リアリティがないし」

「そうか……」まあ、今はこんな感じで話を流しておいた方がいいかもしれない。彼女が本当に専業主婦希望だとしても、すぐに会社を辞めて新潟に来てくれるかどうかは分からない。そもそも彼女が、新潟の暮らしに耐えられるかどうか、何とも言えないのだ。新潟は大都会で、普段の暮らしには何の不便もないはずだが……本社へ戻ったら結婚という約束をしても、実際に結婚するのは四年後か五年後である。婚約期間が長くなるうちに、二人の関係がどう変化していくかはまったく読めない。取り敢えずは何とか彼女を上手くつなぎ止めて、然るべきタイミングで正式に結婚を申しこむのがいいだろう。ただ、そのタイミングを決められないのだが。

しばらく無駄話をして、電話を切ったタイミングでちょうど風呂に湯が満ちた。ずっとエアコンの温風に晒《さら》されていたので、薄ら汗をかくほどだったが、やはり風呂でしっかり体の芯《しん》から温まりたい。

後はとにかく寝て、明日に備えよう。意外なチャンスが向こうから飛びこんできたのだ。寝不足でぼうっとしていたら、大事なネタを逃してしまう。

翌日の午後、和希は生まれて初めての携帯電話を手に入れた。今までも支局の携帯電話を使っていたから、基本的な使い方で迷うことはない。県警の記者クラブに戻り、まず充電を済ませることにした。とはいっても、記者クラブの東日ボックスには電源は三つしかないので、和希は自分のワープロの電源を外して携帯をつないだ。

新潟県警の記者クラブは、出入り口の近くが大きなソファをいくつか置いた共用スペースで、他の場所は細かく区切って各社用のスペースになっていた。きちんと閉まらないスウィングドアなので完全に密室にはならないのだが、仕切りの壁は天井まであるので、声を潜めていれば両隣に密談を聞かれる心配はない。

「お前、馬鹿だねえ」キャップの石田が鼻を鳴らした。

「何でですか」

「携帯なんか持ってたら、もう逃げられないぜ。ポケベルなら、少し無視していても問題ないけど」

記者全員が持たされているポケットベルは、悩みの種だ。所構わず鳴って、しかもそういう時に限って近くに電話が見当たらない。今は空前のポケベルブームと言われているが、その主役は高校生である。最近のポケベルは文字も送れるから、メッセージをやり取りするのに便利なツールとして定着したのだ。和希も以前、公衆電話の前で高校生が長い列を作っている様子を記事にしたことがある。「県内でもポケベルブーム」と見出しがついた記事は、何もない日曜日の地方版のトップ記事になった。和希が初めて書いた地方版のトップ記事だった。

「でもやっぱり、あると便利じゃないですか」和希は反論した。

「俺はいらないなあ。会社から持たされるようになったらしょうがないけど、自分で買うつもりはない」石田がちらりと腕時計を見た。オメガのスピードマスター……高い時計だ。石田はどうも、こういうアナログなものへのこだわりが強いらしい。携帯電話など、その真逆の存在だろう。「ちょっと警備部に行ってくる。何か新しい情報が入っているかもしれない」

立ち上がった石田に、今夜のことを話しておこうか、と一瞬考えた。いや、まだ早いか……海のものとも山のものともつかない話だから、報告するにしても話を聞いてからにした方がいいだろう。

「しかしな」石田が和希を見下ろして言った。「お前も、もう少しやる気を見せろよ。今回みたいなでかい災害の時は、もう少し張り切れ。オヤジさんが泣くぜ」

むっとしたものの、言い返せなかった。入社した時から散々言われてきたことである。和希の父親、治郎《じろう》は今、東日新聞の社会部長なのだ。口の悪い先輩たちは「コネ入社か」と悪口を言うのだが、それは完全に事実無根である。新聞社には、コネ入社は通用しない。もしもコネが通用するなら、二世、三世の記者がいくらでもいそうだが、実際には数少ない。むしろ親の苦労を見て、わざわざ同じ商売をしようとは思わないのが普通ではないだろうか。大変な割に見返りは少ないし……新聞記者といえば高給取りというイメージもあるのだが、実際には「同じ時間働くなら、ラーメンの屋台を引いた方がよほど儲《もう》かる」と自虐的に言い切った先輩もいた。

「たまにはやる気を見せて、オヤジさんを見返してやれよ」

「別に、見返すような理由はないですよ」和希は思わず反論した。実際父親も、息子が新聞記者になったことを何とも思っていない様子である。連絡もない。それは当たり前か……こちらは地方支局の駆け出し記者、向こうは編集幹部で、将来的には社長の目もあると言われているのである。

記者クラブの共用スペースに出て、へたったソファに腰かけ、もう一度各紙の朝刊に目を通す。土砂崩れに関しては、各社ともまだ地方版でトップ扱いだが、内容に大きな進展はない。それは地元紙でも同じだった。まあ、こういう災害では特ダネも何もないよな、と淡々と考える。とにかく現場は混乱していたし、事実関係に間違いさえなければ、新聞としては問題ないはずだ。

——と考えていると、地元紙の同期の記者、橋田《はしだ》がやって来て、隣に腰を下ろした。つい訊ねる。

「姫川の土石流の件、夕刊では何か書いてるのか？」

「どうかな。事故の原稿は全部現地から出てるから、俺には分からないんだ」橋田が首を横に振った。

「君は、全然現地に行かないのか？」

「糸魚川支局が担当だよ。上越総局も近いし……俺たちは県警本部で警戒だ」

その辺は本当に羨《うらや》ましいと思う。東日は、糸魚川には一人勤務の通信局を置いているだけである。現地に近いものの、地元紙と比べればマンパワーの差は明らかだ。

「呑気《のんき》だねえ」

「だって、本部を警戒するのが警察回りの仕事だから」橋田が平然と言った。

この男は何だか気に食わない……いつもヘラヘラしていて、必死になっているのを見たことがないのだ。しかし何度か――それほど大きいものではないが、特ダネを抜かれた。地元紙の記者は、座っているだけで向こうから情報が入ってくるのかもしれない。実際、学校の同期や先輩が行政などの中枢部にいたりするから、こういう贔屓《ひいき》は仕方ないかもしれないが……地方紙は、地元では絶対的な存在で、何かあったらまず情報提供しようと地元の人が考えるのは普通の感覚なのだろう。そんな話は県内で完結して、まったく広がらないのに。

橋田が気に食わないのは、実は和希と同じ大学の出身だということもある。マンモス大学で学部も違うから、学生時代に接点がないのは当然だとしても、その事実を知った時には愕然《がくぜん》としたものだが……橋田とは、入社一年もしないうちにだいぶ差がついてしまったと思う。さらに自分は、常に父親と比較される——父も四半世紀前に新潟支局にいたのだが、当時から相当切れる記者だったようだ。県警の古手の幹部からは、未だに「あの人はすごかった」と噂話を聞くほどである。しかも「高樹」という苗字はそれほど一般的ではないから、「あの高樹の息子」だとすぐに分かってしまう。この話題になると、非常に鬱陶しい。

和希は、特ダネにはさほど執着がない。記者にもいろいろなタイプがいるのだ。取材先にあっという間に食いこみ、いかにも特ダネらしい特ダネを引っ張ってくる記者もいるし、じっくり取り組む連載ものなどで手腕を発揮する記者もいる。和希はどちらでもなく、東日社内では「書斎派」と呼ばれる記者が向いているのでは、と考えていた。将来の夢は、朝刊、夕刊の一面に掲載される短いコラムの担当だ。時事問題などに鋭く迫るコラムは、大学入試でよく出題され、東日の「顔」でもある。要するに、取材力ではなく文章力で生きていきたい。ただし、そこまでの道のりは長い。担当は歴代、社説などを書く論説委員が任命されているし、そもそも論説委員になれるのは四十代後半からだ。ずっと「趣味・

読書」と公言していて、新潟で初めて一人暮らしを始める時も、一番大きな荷物は本だったわけで、コラム記者になる「下地」はできていると思うが……コラムを書くには取材力や文章力だけでなく、こういう「基礎知識」が大事なはずだ。

とはいえ、そこまでの道筋は、まだまったく読めていない。自分は新卒の二十三歳。二十年も三十年も先の未来のことなど、分かろうはずもないのだ。

新潟支局の新聞作りの仕事は、午後九時過ぎには終わる。その頃が地方版の締め切りで、そこから先はどんなに頑張っても記事は入らない。締め切り時間の遅い社会面や政治面に売りこめるような出来事があれば別だが、そうでなければ翌日回し。地元紙とはそこで差がついてしまう。

最終的な降版時間——印刷に回る時間だ——の少し前に本社からファクスでゲラが届き、担当者は自分の記事をチェックする。今夜、和希は記事を書いていなかったし、約束があるので、午後八時に支局を出た。

待ち合わせ場所は、新潟島の西の端にある関分《せきぶん》記念公園。治水対策として造られた関屋《せきや》分水路《ぶんすいろ》の完成を記念した公園——という知識はあったが、和希はまだ一度も行ったことがなかった。地元の子どもたちの遊び場であり、取材するような場所ではないのだ。

海岸沿いにある駐車場にインプレッサを停め、コートの前を合わせて外に出る。海鳴りの音が不気味に迫ってきた。それに寒い――土砂崩れ現場も山の中で寒かったが、海風が強く吹きつけるこの辺の寒さも尋常ではない。東京生まれ東京育ちで、自分は寒さにそれほど強くないのだと意識する。早くダウンコートを買わないと、一月、二月の取材では難儀するだろう。寒くて震えていたら、仕事にならない。

夜なので、当然人っ子一人いない。少しだけ高台になっており、夜の日本海が薄らと見える。それよりも気になるのは音だ。近いせいもあるだろうが、波の音は結構強烈で、寒さも相まって不安になってくる。

典型的な子ども向けの公園で、大きな砂場の中央には、タコの形をしたオレンジ色の滑り台が設置されていて目立つ。ただし待ち合わせ場所はそこではなく、滑り台から少し離れたところにあるコンクリート製の展望台が指定されていた。周りに遮《さえぎ》るものはないから、昼間に一番上まで登ったら、佐渡まで見渡せそうだな、と思った。夏にはデートにいいかもしれない。美緒が興味を持つとは思えなかったが。

しかしそもそも十二月に、展望台の上で待ち合わせるのは自殺行為ではないだろうか。吹きさらしで冷たい風に襲われ、すぐに風邪を引いてしまいそうだ。ふと思い出し、一度車へ戻る。念のためにと後部座席に放り出しておいたマフラーの出番だ。

しっかり首に巻きつけると、寒さはだいぶ遮断された。安心して、展望台を上って行く。四階分……結構足にくる。最近まったく運動していないからな、と少し反省した。もっとも、四六時中動き回っている警察回りは、運動している時間など取れないのだが。

一番上に出ると、一気に寒風が襲いかかってくる。マフラーなしだったら、五分も耐えられないかもしれないと、和希は自分の判断を褒めた。しかし、なかなかの絶景——ほんの少し上がっただけなのに、暗い日本海が一望できる。荒い波の音が耳を冷たく刺激した。反対側に視線を投じれば、灯りが瞬く市街地。新潟の新しいランドマークである十九階建ての複合ビル・NEXT21は、西海岸公園の防風林が視界を塞《ふさ》いでいるために見えない。

——周囲をぐるりと見回したところで、海側に一人の男が佇《たたず》んでいるのに気づいた。暗い影のようになっていて顔は見えないが、電話をかけてきた人物だろう。男が唐突に、煙草をくわえる。ライターの炎が揺らめき、煙草に火が移るまでに少しだけ時間がかかる。その間、男の顔が照らし出された。五十歳ぐらいだろうか。髪は綺麗に七三に分け、眼鏡をかけている。細面の顔は、神経質そうだった。中肉中背で、スーツにウールのコートというきっちりした服装。足元にはしっかりした造りのダレスバッグを置いている。見ただけでは何者か分からないが、堅い仕事の人ではないかと和希は想像した。医者とか弁護士とか大学教授とか……普通のサラリーマンではない感じがする。

和希は彼の方へ向かって歩《ほ》を進めた。五歩歩いて立ち止まったのは、鋭い視線が突き刺さってきたからだ。呼び出しておいて、こちらを拒絶するような雰囲気。一瞬むっとしたが、こんなことで一々怒っていては取材はできない。

「鈴木さんですか」

風に負けないようにと、和希は少し声を張り上げて呼びかけた。相手は何も言わず、うなずくだけ。風に吹かれて、煙草の先がぱっと赤くなった。

和希は名刺を差し出した。男が腕を伸ばしてさっと受け取り、一瞥してコートのポケットに落としこむ。こちらの名前は既に分かっているわけだから、敢えて名刺を渡す必要もなかったのだが……そうか、この名刺では携帯電話の番号は分からない。せっかく携帯を買ったのだから、有効活用しないと。後で教えよう、と和希は頭の中でメモした。

「名刺はいただけますか？」

「申し訳ない。それはできません」鈴木が首を横に振った。

「そうですか……」たぶん、「鈴木」も偽名だろう。携帯電話の番号が分かっているから、警察ならそこから契約者の名前を割り出すかもしれないが、新聞記者がそれをやろうとすると大変な手間がかかる。まあ、連絡は取れるのだから、今それを突っこんで調べなくてもいいだろう。

「ご連絡いただき、ありがとうございます」

「いえ」鈴木が短く言って、また首を横に振る。

「それで、情報というのは……」

「友岡拓実《ともおかたくみ》さんを知ってますね？」

「ええ、もちろん」県北部、新潟三区選出の民自党議員だ。今年の総選挙で初当選を果たしている。

「彼の選挙資金、何が原資かご存じですか」

「いえ……」地元の政治家のデータぐらい頭に入れておくべきだろうが、実際には名前と年齢ぐらいしか分からない。基本的に警察回りは、事件事故の取材だけで手一杯なのだ。和希は秋の総選挙では開票現場を取材したものの、それぐらいでは「選挙を担当した」とは言えまい。選挙資金などと言われても、まったくピンとこなかった。

「友岡さんは、若い頃からいろいろな商売に手を出していた。元々は、シンクタンクの人ですけど、そこでビジネスの様々なノウハウを学んだんでしょう。それで儲けた金があったからこそ、民自党も公認候補に選んだ」

「その仕事が怪しいとでも言うんですか」

「友岡さんの支持者で、新発田《しばた》で小さな建設会社をやっている村木《むらき》さんという人がいます。

『村木建設』で調べればすぐに分かりますよ」

「その人が？」

「だいぶお怒りのようですね。話を聞きに行けば、喋《しゃべ》ってくれるでしょう」

「何か、友岡さんとトラブルでもあったんですか」

「本人に直接聞いた方がいいでしょう」鈴木は素っ気なかった――というよりもったいぶっているように思える。

「知っているなら、今教えてくれてもいいんじゃないですか。わざわざ会っているんですから」和希は不満を漏らした。

鈴木が面倒臭そうに溜息をついた。出来の悪い学生の相手をせざるを得なくなった大学教授という感じか……そう考えると、大学の教員かもしれないと思えてくる。

「中央経済会という組織を調べてごらんなさい」

「どういう組織なんですか」

「投資セミナーですよ。あなた、インターネットは使いますか」

「いえ……あまり」去年辺りから、インターネットが大ブームになっていることは、和希も知っている。ただし自分ではパソコンを持っていない。普段原稿を書くのに使っているのはワープロ専用機だ。支局にも一台、パソコンが支給されたのだが、インターネットを使っている記者はいない。本当に世間で言われるほどブームになっているのだろうか、と疑問に思うぐらいだった。

「それで調べれば、中央経済会のことはすぐに分かりますよ。ちゃんとホームページも持っている」

「投資セミナー、ですね。それが何か怪しいとでもいうんですか？」

「必ず金が儲かる、という話は全て怪しいでしょう」暗闇の中、鈴木が皮肉っぽく唇を歪めるのが見えた。

「それは分かりますが……」そういう悪徳商法は昔からある。「インターネットを使って、悪徳商法でもやっているんですか」

「それはあくまで入り口です。友岡さんという人は、新しいもの好きでしてね。とにかく、そういうところから手がかりは出てきますよ」

「友岡さんが悪徳商法に手を出しているというんですか」和希はなおも食い下がった。

「もっと複雑です。友岡さんが自分で矢面《やおもて》に立つわけがない。全体をコントロールしているのは別の人間ですよ」

「選挙の関係者ですか」

「まあ……選挙にも絡んでいたでしょう。ただし、友岡選対の正式な人ではない」

「名前は？」

「畠《はた》。白に田の畠です」

「何者ですか」

「スタッフです。シンクタンク時代の後輩と聞いたこともありますが、私の方では確証はない」

「その畠という人が、友岡さんの選挙資金を捻出していたんですか？　違法なビジネスで？」

「調べてごらんなさい。友岡さんは駆け出しの代議士で、ターゲットとしては小物でしょうけど、最終的には大きな事件になるかもしれない」

鈴木がふいに、スーツの内ポケットに手を突っこんだ。名刺を取り出し、二、三歩歩み寄って来て和希に渡す。名刺かと思ったら、同じサイズのカードだった。手書きの文字がかすかに見える。

「これは？」

「私のメールアドレスです。あなた、メールはやりますか？」

「いえ……」

「新聞社はずいぶん遅れているんですね」鈴木が鼻を鳴らした。「メールは便利ですよ。

いつでも連絡が取れるし、証拠が残るから、言った言わないのトラブルにならないですからね」

「設定しておきます」実際、会社からメールアドレスは支給されているのだ。ただし、実際にメールでやり取りする取材相手もいないので、設定もしていない。名刺にも刷りこんでいなかった。この辺、本社のシステム担当に聞いてみないと分からないか……いや、ワープロ通信でメールを使うマニュアルがどこかにあったはずだ。

ふと思い出し、もう一枚名刺を取り出した。手はかじかんでいるが、何とか買ったばかりの携帯の番号を書きつけて渡す。

「携帯の番号です。こちらの方が連絡を取りやすいかもしれません」

「どうも」鈴木が名刺を確認して、またコートのポケットに入れる。すっかり短くなった煙草を携帯灰皿に押しこんだ。

「ところで、どうして私を名指しで連絡してくれたんですか？」昨日から気になっていたことを思わず訊ねる。

「新聞社は、支局員全員の名前を公開しているわけではないですよね」

「ええ」

「でも私は、誰かに話す必要があった――たまたま、あなたの名前を知っていたということです」

「それは……どうしてですか」話が先に進まないな、と少し苛立った。

「詳しいことはいいじゃないですか。私はあなたに情報を渡した。それを調べるかどうかはあなた次第です」

気にはなる。そもそも、支局で一番下っ端の自分に連絡してきたのはどうしてだろう。まるで以前から、自分を知っているようではないか。「たまたま」という説明はどうにも信じられない。

「どうして地元紙じゃないんですか」

「地元紙に書かれても、衝撃は小さい。そこはやはり全国紙でしょう。では――」

鈴木が、和希の脇をすり抜けるようにして階段に向かった。一瞬足を止めて振り向くと、「尾行しないで下さいよ」と真顔で言った。

「そんなことしませんよ」

「少し時間を置いてから降りてくれるとありがたいんですが」

神経質過ぎるのではと思ったが、無理に抵抗する意味もない。ネタ元を怒らせたら、上手くいくものもいかなくなってしまう。これから何度も接触するのだから、徐々に馴染んでいくしかないだろう。

鈴木が階段に消える。和希は駐車場を向いたサイドへ歩き、手すりを両手で握って少しだけ身を乗り出した。下を見ると一瞬頭がくらくらするほどの高さだが、すぐに慣れる。ほどなく、鈴木が展望台から出て芝が敷かれている緩い斜面を下って駐車場の方へ歩き始めた。しかし斜面の途中で立ち止まると、さっとこちらを見上げる。和希は慌てて頭を引っこめた。目は……合わなかったと思う。しかし向こうは、「お前が考えていることなどお見通しだ」とでも言いたいようだった。

しばらく待ってもう一度下を見た時には、鈴木の姿は見えなくなっていた。どこへ消えたのか……しかし、一台の車が海岸沿いの道路を西方向へ走り、すぐに大きなカーブを曲がって南へ向かうのが見えた。上から見ている限り、普通のセダンとしか分からず、車種もナンバーも不明だ。まあ、いいだろう。相手の連絡先は分かっているのだから、いつでも連絡は取れる。後は電子メールの設定をしないと。

自分はどちらかというと機械音痴なのだが、大丈夫だろうか。

支局に戻り、自分のワープロの電源を立ち上げ、会社が作った電子メールのマニュアルと睨《にら》めっこを始めた。インターネットにはつながらないが、電話回線を使って会社のイントラネットに接続し、メールなどが利用できるはず……途中まで上手くいったが、あるポイントから動かなくなってしまう。

　ふと思いついて、本社のシステム部に電話をかけた。ここには同期——同じ大学の理工学部出身でもある——の澤井《さわい》がいるのだ。入社後の研修でそれを知り、何度か酒を呑むうちに仲良くなった。技術の専門的な話になると、こっちはさっぱり分からないのだが。

　既に夜遅い時間だから摑まらないだろうと思ったが、予想に反して澤井は自席にいた。

「何だ、まだ仕事してんのかよ」

「今日は泊まりなんだ」

「システム部でも泊まりがあるんだ」

「そりゃそうだよ。新聞社のサーバーは二十四時間動いてるから、誰かが面倒見なきゃいけないんだ……で？　何事だ？」

「ああ。ちょっと電子メール関係で教えを請いたいと思ってさ。ワープロ通信の設定が上手くいかないんだ」

「どこまで行ってる？」

　説明すると、澤井はすぐに事情を吞みこんで解決策を教えてくれた。自分がマニュアルを誤読していただけだと分かり、顔から火が出るような思いだったが……「マニュアルの文章が下手過ぎるぞ」とつい憎まれ口を叩いてしまう。

「で、どうだ？　画面は……」

「出てる。これで、『電子メール』にカーソルを合わせてエンターキーだな？」

「ああ」

操作してみると、確かに電子メールの画面が開いた。「作成」「送信」「返信」などの項目があるから、これを使って操作すればいいのだろう。

「ワープロのキーボードを叩いてかちゃかちゃやってるより、パソコンの方が設定が簡単なんだけどな」澤井が言った。

「そうなのか？」

「ああ。パソコンの基本操作が分かれば楽勝だよ」

「でも、個人用のパソコンがないからな。支局共用のパソコンで、勝手に個人のメールの設定をしたらまずいんじゃないか？」

「いや、使い終わったらログアウトすれば問題ないよ。アカウントは何人分でも設定できるし。やり方、教えようか？」

「それより、ノートパソコンの方がいいんじゃないか？　原稿も書けるだろうし」

「いや、原稿は……ちょっと面倒だよ」

「だけど、書いて送るのは同じだろう？」

「ワープロとはいろいろ違いがあるんだよ。まだそっちのマニュアルは作ってないし、説明するのは面倒だな」

「じゃあ、正月休みでそっちへ戻った時に、教えてもらうっていうのは？」

「いいけど、まずお前がノートパソコンを買わないと」

「いくらぐらいするんだ？」ボーナスの一部は既に携帯に消えている。厳寒の季節に備えて、ダウンコートを買わないといけないし……。

「IBMか東芝、NEC辺りがお勧めだけど、二、三十万かな」

「そんなにするのか……」思わず言葉を失ってしまった。

「そりゃそうだよ」電話の向こうで澤井が笑う。「ワープロとは違うんだから。やれることが桁《けた》違いに多い」

礼を言って電話を切り、早速鈴木にメールを打つことにした。普段からワープロで原稿を書いているから、メールの文面を作るぐらいは簡単なのだが……実際に送信できたかどうかは分からない。とにかく、朝と夜に必ずメールをチェックして、向こうの返事を待つことにしよう。

あとは、中央経済会について調べないと。支局のパソコンでインターネットを見たことはあるが、果たして中央経済会の情報は分かるものか……ブラウザを立ち上げると、自動的にインターネットに接続される。電話線を使っているので、呼び出し音のような音がする——これはワープロ通信でも似たようなものだ。無事、接続完了。ブラウザのブックマークから「Yahoo! JAPAN」のホームページへ行き、検索窓に「中央経済会」と打ちこむ。この辺は問題なし——やり方を調べなくても、感覚的に使える。怖がらずに、パソコンも思い切って使ってみるべきかもしれない。

検索結果が出てくる。あった、あった……中央経済会の名前がトップに来ている。クリックすると、じりじりとホームページが現れた。背景は白く、項目はシンプルで「ご挨拶」「投資案内」「実績」「会員の声」「コンタクト」と五つしかない。「ご挨拶」をクリックすると、鈴木が言っていた「畠」という人間のコメントが現れる。「中央経済会は、必ず儲かる、とは言いません。投資には知識と経験、判断力が必要で、中央経済会はそれらのノウハウを提供するものです。決断するのはユーザーの皆様自身です」。なるほどね……まあ、いかにもというスタイルの勧誘文だ。

続いて「実績」を覗《のぞ》いてみる。「会員」を自称する人たちが、イニシャルで語っていた。

「米国債への投資で、半年で百万の利益を上げた」などと、景気のいい話が並んでいる。どうも胡《う》散臭《さんくさ》いな……別に株をやるのは悪いことではないが、そういうのは個人の判断で行うべきではないだろうか。「上手い儲け方を教えます」というのは、いかにも怪しげな感じがする。いや、「必ず儲かります」などというフレーズはないのだが、成功譚を読んでいると、怪しさしか感じない。そもそも、本当に利用者の感想かどうかも分からない。取材は進めていけるだろう。まずは新発田の村木か……この件は、まだ石田に言う必要はないだろう。だいたいあの人も、そんなにやる気満々というわけではないのだ。実際に原稿にできるぐらいまで取材を進めておかないと「だから何だ？」と軽くあしらわれてしまうかもしれない。

よし、とにかく明日からだ。自分に気合いを入れて立ち上がる。その瞬間、和希はかすかな違和感を覚えた。気合いなんて、自分には似合わないはずだ。よく「やる気がない」「無気力」と先輩たちからからかわれてむっとするのだが、反論する気はない。目指すところが違うだけなのだ。ただし俺だって……やる時はやる。少しぐらい目立ってやらないと、いつの間にかこの会社の中で埋もれてしまうだろう。

4

「上手くやれたんだね？」

「ええ、何とか大丈夫みたいです。そういう風に報告を受けました」

稔はほっと息を吐いた。電話で話している相手は、地元新潟で父の私設秘書を務める桜《さくら》木《ぎ》。父は厳しい人なのだが、何故か周りを固めるスタッフは、長年苦楽を共にした「同志」ばかりである。父の冷徹な性格を考えると、頻繁に人の出入りがあってもおかしくないのだが……自分が知らない、父とスタッフの深い関係もあるのだろう。

稔は秘書団の一人——私設秘書だ。東京にも地元にも私設秘書は何人かいて、普段の政治活動や選挙などで政治家を下支えする。その人件費だけでも莫大で、政治家は儲からない仕事だ……父は東京の真ん中、麻布で生まれ育ったのだが、稔が十歳の時に生家と土地を売却し、同じ港区内のマンションに引っ越している。戦前から祖父が住んでいた家と土地は都心の一等地で、かなりの売却益が出たはずだが、それも政治活動や選挙でとうに消えてしまっただろう。

父は、悪さをしてまで金儲けしようという人ではない。しかし世間は、そうは見ていない。政治家には様々な旨味があり、甘い汁を吸っていると世間からは思われている。内実は火の車なのだが。

「それで、次に新潟に来るのはいつだい？」

「それこそ、いつがいいですか？　桜木さんが空いている時に合わせますよ」

「年明けには通常国会が始まるから、忙しくなるだろう。年内――できるだけ早い方がいいな」

「じゃあ、週明けにでもどうですか？　一度、しっかり打ち合わせをしておいた方がいいですよね」

「ああ。こっちで美味いものでも奢《おご》るよ」

「ありがとうございます」

頭を下げて電話を切る。美味いものねえ……新潟と言えば米と酒、魚だが、稔は日本酒をあまり好まないし、魚も積極的に食べたい方ではない。新鮮な刺身に日本酒を出しておけば歓待になると考えている新潟の人たちは、少し安直過ぎないだろうか？　しかし新潟を馬鹿にするわけにはいかない。いずれ、自分がここで父親の地盤を継ぐのだから。とはいえ、大学を出て一年目、本当に政治家になるのはまだまだ先の話だが。

溜息をついてキッチンへ向かう。今夜はもう少し頑張らなければならないから、眠気覚ましのコーヒーが必要だった。母の尚子がいれば淹《い》れてもらうところだが……父が選挙に出るようになってから、母は東京と新潟を行ったり来たりの生活を続けている。東京に家があるのに、地元の新潟を守るのが自分の役目――と平然と言ったことがある。それだけでも、政治家とは面倒な商売だと思う。家族にも、こんなに負担をかけているのだから。

というわけで、この家では父と二人きりになることも多い。父は基本的に平日は東京にいて、金曜日の夜か土曜日の朝に新潟に入って週末を地元で過ごすのが、ほぼ決まった生活パターンだ。当選三回目では、まだまだ安心できないだろう。祖父の地盤を継いで代議士になったからと言って、盤石だとは思っていないはずだ。政治家はいつまでも、「落選」の恐怖と戦い続けなければならない……大臣にでもなれば別だろうが。

コーヒーの前に、冷蔵庫の中身の確認――これも習慣になっているが、未だに面倒で仕方がない。平日、父は朝食だけはこの家で食べる。そしてその準備は稔に任されているのだ。これは、大学時代からずっと変わらない。母がいないことが多いし、父はまったく料理をしないから、仕方ないと言えば仕方ないのだが、家事をやってくれる人ぐらい雇えばいいのにと思う。それぐらいの余裕もないのだろうか。

卵、それに冷凍したほうれん草はある。父は食べ物に関してはあまり贅沢《ぜいたく》を言わない人なので、目玉焼きにほうれん草のおひたし、それと納豆でも出しておけば文句は出ない。しかし味噌汁は難しいんだよな……母には何度も作り方を教わっているのだが、絶対に同じ味にはならないのだった。それにしても、二十三歳の男が毎晩味噌汁作りというのも……世間の人は、私設秘書の仕事がこんなものだとは思ってもいないだろう。自分だって想像もしていなかった。

まあ、味噌汁作りは後回しにしよう。まずは眠気覚ましに自分の分のコーヒーだ。ヤカンをガス台にかけたところで、電話が鳴る。はいはい――うんざりしながらコードレスフォンを取り上げると、母だった。

「ちゃんとご飯、食べてる？」

第一声はまたそれかよ、と思わず苦笑してしまう。母は食べることが大好きで、他人も当然同じだと思っている。稔は「腹が膨《ふく》れれば何でもいい」タイプで、三食牛丼でも構わないのだが、母は栄養バランスを異様に気にして、時々「こういうものを作ればいい」とレシピをファクスで送ってきたりする。たまにそれに従って作ることもあるのだが、どうしても上手くいかない。たぶん自分には、根本的に料理の才能がないのだろう。

「食べてるよ。今、明日の朝食の準備をしようと思ってた」

「しっかり栄養バランスを考えてね」

「ちゃんとやってる」そういうのは母親の仕事ではないか、とつい言いかける。離れ離れの生活は、家族の形として間違っている気がしてならない……。

「母さん、このままずっと新潟にいるつもりなのか？」

「そうねえ。そっちの狭いマンションよりは、こっちの家の方がずっと広くて快適だし」

「でも、雪も降る」

「新潟市は、そんなに降らないわよ」母親が笑いながら言った。「住むにはいい街だわ。何かと便利だし」

「母さんは、新潟でも有名人だしね」

「あら、そうかしら」

実際、母は目立つ。あの年齢の人にしては長身で、美貌も未だに衰《おとろ》える気配がない。父親と結婚する前は女優をやっていたというのだが、稔は当然、その時代を知らない。それ故か、古い映画のビデオで母の姿を観る度に、微妙な違和感を覚えるのだった。

父は若い頃、イギリスに留学した。それを機に母は女優を引退して父と結婚し、イギリスまでついていったという。その後は、祖父の秘書として地盤継承を進める父を、陰から支え続けてきた。

父が六年前の選挙で無事に初当選できたのは、七割は母の力ではないかと稔は思っている。女優として活動していた期間は短いものの、今でも目立つルックスなので、地元の新潟では大人気なのだ。特に後援会の婦人部では、「総司さんよりもあなたが選挙に出た方が票が取れる」とまで言われているという。父もひどい言われようだが、派手な見た目や明るい性格は、政治家の妻の理想の一つだろう。妻が後援会で人気なら、その影響は当然夫にも及ぶ。どちらかというと冷たい感じで、一般的な人気があるとは言えない父の欠点を、母は見事にカバーしていた。

自分も本当に選挙に出るなら、配偶者はよくよく選ばないと駄目だな、と思うことがある。高校から大学にかけてつき合っていた相手は何人かいたのだが、いつの間にか自然に別れてしまい、今は完全に独り身である。この分だと、そのうち見合いでも勧められるかもしれない……それでもしょうがないかな、と最近は思っている。何しろ、四六時中父にくっついて雑用をこなしているので、自分の時間など持てないのだ。たまに休みをもらうと、一日ごろごろしているうちに終わってしまう。ほぼ離れて暮らしている父と母を見ると、別に見合い結婚でもいいかな、と思うぐらいだった。大恋愛の末に結ばれても、仕事に時間を奪われて、離れ離れの時が長い、辛い結婚生活になるだろう。「政治」を共通項に結婚するなら、むしろ淡々とした相手の方がいいのではないか。

「あなた、お見合いする気、ない？」

「え？」自分が考えていたことを母から突然言われ、稔はどぎまぎしてしまった。

「いいお嬢さんを紹介してもらったのよ。私は写真を見て話を聞いただけだけど、なかなか可愛い人よ。家柄もいいし」

「どんな人？」

「去年地元の短大を卒業して、今年二十二歳。ご実家は、新潟で昔から商売している和菓子屋さんなのよ。今はそこで仕事を手伝ってるわ」

「和菓子ねえ」傾きかけた古い店で地味な菓子を売っている——とついイメージしてしまった。

「馬鹿にしてる？　『藤島《ふじしま》製菓』よ」

「それ、和菓子屋じゃないでしょう。藤島製菓は相当大きな菓子メーカーだよ。東京でも普通に売ってるし」

「ああ、そうね。私のイメージだと、土産物なんかを作っていた和菓子屋さんのイメージなのよ。昔は古町《ふるまち》に大きなお店があって」

「それ、いつの時代の話？」

「二十年ぐらい前？　いやね、歳がバレるわ」

母が声を上げて笑った。息子と年齢の話をしてもしょうがないだろうが、と稔はつい溜息をついた。この辺の気さくさが、母の人気の原因かもしれない。

「まあ、会うぐらいはいいよ。来週、そっちに行くことになると思うんだ。桜木さんに呼ばれてる」

「あら、そう？　私は何も聞いてないけど」

「ついさっき、言われたばかりだから」

「じゃあ、ちょうどいいじゃない。上手く時間を作りなさい。向こうに失礼にならないようにね」

「そんな失礼な真似なんかしないさ」

電話を切り、首を捻る。結婚は、こんな風にいきなり決まってしまうのだろうか。いやいや、母が持ってきた話だからといって、絶対に受けなくてはいけないということもないだろう。だいたい、昔から母の「可愛い」は当てにならないのだ。一般の人とは、審美眼が少しずれているのかもしれない。

さて、ようやくコーヒーだ。ヤカンが沸騰していたので火を止め、コーヒーの用意をする。最初に少量、ゆっくりと湯を注いで香りを引き出す——鼻先にいい匂いが漂い出してきたところで、また電話が鳴った。まったく、政治家の家っていうのは、どうしてこんなに頻繁に電話が鳴るんだろう？　子どもの頃からそうだった。用事があるなら昼間話せばいいのに、と子ども心に首を傾げたものだ。しかし今は分かっている。政治の話は、夜動くのだ。

「はい、田岡です」

「鈴木です」

それが偽名だということは、稔には想像がついていた。しかし、絶対に「鈴木」という名前以外でやり取りしてはいけないと、父からは厳しく言い渡されていた。それにしても彼とは、数時間前に電話で話したばかりなのだが。何か状況が変わったのだろうかと稔は首を傾げた。

「一つ、確認させて下さい」

「ええ」

「あなたは、東日の新潟支局にいる高樹という記者について、何か知っていますか」

「いえ」この計画については、父に「連絡役」を命じられただけなのだ。そして父は、ターゲットである高樹という記者については何も教えてくれなかった。

「そうですか……正直言って、私はあまり気乗りしないですね」

「しかし、もう仕かけたんですよね」その件は先ほど話していた。

「それは、きちんとやりましたよ。しかし、どうも嫌な予感がする」

「それは何とも言えません……鈴木さん、私もこの計画の狙いについてはよく知らないんです」

「お父上からちゃんと聞いていないんですか?」鈴木が疑わし気に言った。

「はっきりとは」嘘を言うわけにもいかず、稔は認めた。

「そうですか……いつまで続けるつもりなんですかね」

「どういうことですか？」

「――いや、気にしないで下さい。お父上から聞いていないなら、私から話すことはありません」

「そういう中途半端な話では――」

「では、これで。また動きがあったら連絡します」

「鈴木さん――」

　電話は既に切れていた。

　気に食わない。鈴木とは一度も会ったことがなく、電話で話しただけである。声を聞いた限りでは、五十代――父親と同年代だろうか。父の指示で動いたという話で、父も「今後は鈴木と連絡を取り合って上手く進めるように」と稔に命じていた。

　何だか、ひどく中途半端な気持ちだ。大事な仕事をさせるなら、まず一からきちんと事情を説明して、こちらを納得させるべきではないか？　それなのに父は、自分を下僕扱いしている。政治家の私設秘書などこんなものかもしれないと割り切ろうとしても、やはりむかついてしまう。

　俺は本当に、父の後を継いで政治家になるべきなのだろうか。そのタイミングはいつになるのだろう？　これから十年も二十年も、父の下で自分を殺しながら働かねばならない？　そんなことに耐えられるとは思えなかった。

こうなると、母が用意している見合い相手が気になってくる。結婚を急いでいるわけではないし、女がいなくても今は特に困らないのだが、それでも気晴らしにはなるかもしれない。余計なことを喋らず、黙ってこっちの言うことを聞いてくれて、ついでに可愛ければ最高なんだが……。

5

新発田市は古い城下町で、市内のあちこちに歴史的建造物がある。観光名所も多いのだが、現代から取り残された古臭い街並みが続くだけ、とも言える。新潟市の中心部からは、国道七号線を車で走って三十分ほど。ここの通信局に駐在しているのは口うるさいベテランの先輩なので、和希は彼に何も知らせずに村木建設を訪れることにした。時刻は午後五時。建設会社だから現場の仕事があるはずだが、遅くまで残業ということはないはずだ。五時過ぎには一日の仕事が終わるだろう、と予想していた。

仕事で車を運転している時は、大抵ラジオをつけっ放しにしている。流れているのは安室奈美恵――今はどこへ行っても流れているので、少しうんざりしている。和希も音楽は好きで、実家の部屋には五百枚ぐらいCDがあるものの、洋楽ばかりである。最近は日本人アーティストのCDが百万枚のセールスを記録することがある一方、洋楽人気はすっかり落ち目になっている。子どもの頃――八〇年代はよかったな、と思うこともある。当時は、洋楽が幅を利かせていた。

会社は、市役所の近くにあった。JR新発田駅からは車で五、六分というところ。この辺りが市の中心街で、市役所の他に裁判所や地検、地元銀行の支店などが固まっている。ただし地方都市の常で、歩いている人はほとんどいない。

市役所の裏手、商工会議所の近くにある会社は四角い三階建ての建物で、前には小型のトラックやワゴン車が停まっている。仕事を終えた社員が一度会社へ戻って、一休みしている感じだろうか。

近くに車を停め、一階のドアを開ける。先はすぐに事務室になっていて、数人の社員がいた。出入り口の近くに座っている女性社員が和希に気づいて立ち上がる。

「東日新聞の高樹と申します。約束なしで申し訳ないんですが、社長さん、いらっしゃいます？」

「ご用件は何でしょうか」すぐに取り次ぎがない辺り、意外にしっかりしているのかもしれない。

「取材です。内容は、社長に直接お話ししたいんですが」

「……お待ち下さい」

女性社員が部屋の奥に引っこみ、社長らしき人物に耳打ちしながら、和希に怪訝《けげん》そうな視線を向ける。しかし門前払いされるわけではなかった。社長らしき男が立ち上がると、すぐにこちらへ向かってくる。

がっしりした体格の四十歳ぐらいの男で、目つきは鋭く、嫌な迫力がある。胸のところに社名が入った、ベージュの作業着姿だった。

「何のご用ですか」声は低く張りがあり、和希は一瞬気圧《けお》された。しかし、引いてはいけないと自分を鼓舞《こぶ》する。鈴木の情報が確かなら、この男は「被害者」。上手くポイントを押せば、必ず喋ってくれるはずだ。しかし、その「ポイント」が何か分からない。

「社長の村木さんですよね」胸の名札を見ながら、和希は名刺を取り出した。

「そうだけど」名刺は受け取ったものの、和希から視線を離そうとしない。

「いきなりで申し訳ありませんが、中央経済会という投資セミナーの会に――」

「ちょっと外へ出ようか」

村木の顔からいきなり血の気が引く。目つきの鋭さから、怒っている、とすぐに分かった。怒ると顔が真っ赤になるのが普通だが、沸点を通り越して顔面蒼白になる人もいる。

村木が、和希の脇をすり抜けるようにして外へ出た。駐車場に停めたベンツのワゴン車のドアを開けると、運転席に腰を下ろす。和希が躊躇《ためら》っていると——同車してどこかに拉《ら》致《ち》されたらたまらない——「乗って下さい」と村木が声をかけた。

「どこかへ行くんですか」

「会社の中では話したくないんだ」村木が低い声で言って、和希を睨みつける。

仕方なく、助手席に滑りこんだ。ドアを閉めた瞬間、村木がエンジンをかける。クソ、やっぱり拉致するつもりかとビビったが、村木はエアコンの温度を調節しただけだった。確かに車内は冷え切っており、落ち着いて話ができる環境ではない。温風が吹き出してきて、和希もようやくほっとした。駄目だ、駄目だ……相手は確かに強面《こわもて》だが、これはあくまで取材である。相手の行動や言葉に一々怯《おび》えていては、話にならない。

「あんた、いったい何を知っているんですか」村木がぞんざいな口調で訊ねる。

「中央経済会について、です。投資セミナーの会ですよね」

「その件はあまり喋りたくないな」

ちらりと横を見ると、村木は一日の疲れをこそげ落とそうとでもいうように、両手で顔を擦《こす》っていた。

「詐欺《さぎ》的なやり方だったと聞いています」

「まあ、よくある話でしょう」

「どうして投資を始めたんですか？」村木建設に関する情報はあまりない。しかし、地方の小さな建設会社というのはなかなかしぶとく、そう簡単には苦境に陥らないということは和希にも分かっている。地域に根ざして——主に公共工事を請け負っていることが多いので、取り引き先が倒産する恐れもない。新潟の場合、小さな建設会社は、工事のできない冬場は、除雪などの副業をしながらしっかり生き残っている。

「そりゃあ、人の勧めでね。あんなこと、自分から手は出さない」

「勧誘、ということですか」怪しげな商売は、様々な手で一般の人にアプローチする。和希も、郵便受けに不動産投資のダイレクトメールが入っていて苦笑したものだ。いくら何でも、二十三歳独身の新聞記者に対する誘いとは思えない。もっとも投げこむ方は、相手の素性を一々調べたりしないのだろうが。

「勧誘……勧誘ね」どこか馬鹿にしたように村木が言った。「おつき合い、と言った方がいいかな」

「知り合いがやっていて、誘われたとかですか」

「ま、そんな感じだな」

「畠さんですか」投資セミナーの代表の名前を出してみた。

「まあ、それはあれだ、個人の話なので……」村木の口調は、急に歯切れが悪くなった。

「社長、損害を受けたんじゃないんですか？　それもかなりの額の」

「そんなこと、あんたに言う必要はないだろう」

急に村木が激昂したので、和希は助手席で身をすくませた。しかし勇気を振り絞って話を進める。

「中央経済会は、詐欺的な手口で会員を集めていると聞いています。投資セミナーという と、推奨の株なんかを教えてもらうんでしょう？」

「まあ、そういうこともあるよ」

「それに従って金を出したら大損した、ということですか」

「ああいう商売は、虚業だね」村木が吐き捨てる。「実態のない情報を売り物にしている わけだ。情報ってのは金になるものなのかね」

「なると思います。新聞がまさにそうですよ」

「いや、新聞と投資セミナーは違うでしょう。しかし俺も、馬鹿だよね。つき合うにして も、もっと違うやり方があったはずなんだ。田舎にいると、どうしても人間関係で身動き が取れなくなることが多くてね」

「畠さんとは個人的に知り合いなんですか」

「畠という人は……俺は知らなかった」

「知らない人の誘いに乗ったんですか」意味が分からない。この件に関しては、村木自身も混乱しているのかもしれない。

「投資っていうのは、要するに自分の金を何かに賭けて、その見返りを受け取るっていうことでしょう？　実際には、勝つ確率の低いギャンブルみたいなものだ」

「確かにそうですね」和希はうなずいた。投資に詳しくない自分でも、それぐらいの理屈は分かる。「投資した先が儲かるか、駄目になるか……その見極めは難しいですよね」

「ああいうセミナーっていうのは、『ここなら必ず儲かる』って勧めてくるわけよ。こっちは株のことなんか全然分からないから、はあはあってな具合で聞いているだけなんだ。でも、専門家の言うことだから、いかにも儲かりそうな気になってくる。だけど世の中、そう上手くいくわけがないんだよな。後で冷静になれば、おかしいと分かる」

「損したんですか？」

「した」嫌そうな口調で村木が認める。

「いくらですか」

無言。ちらりと横を見ると、村木は拳《こぶし》を顎《あご》に当てて必死に考えている感じだった。やがて、絞り出すように言葉を発する。

「何で初対面のあんたに、自分の恥を晒さないといけないのかね」

「他にも被害に遭っている人がいると聞いています」当てずっぽう……しかし、鈴木が言いたかったのはそういうことではないのか？　被害者が一人だけということはないだろう。

「だろうね」村木が鼻を鳴らす。「素人に上手いこと言って、騙して金を吐き出させる——ろくでもない団体だよ」

「ホームページを見ました」

「ホームページ？」

「インターネットの……そこでは、中央経済会としては特定の銘柄を推奨することはしない、と書いてありました。基礎知識を教えて、投資のヒントを与えるビジネス、という説明でしたよ」

「とんでもない。それは大嘘だよ。奴らに言われるままに金を出して、俺は大損したんだから」

「手数料は……」

「百万」

「百万？　それで向こうは、何をしてくれたんですか？」

「ちなみに手数料じゃなくて、受講料っていう名目だった。でも、大勢集まって授業を受けるみたいにやるわけじゃない。向こうがこっちに来たんだ」

「一対一の講義みたいな感じですか」

「ああ。証券マンの営業ってのは、あんな感じじゃないかな。全国に会員がいるから、大きな街では人を集めて講義形式でもやっているけど、地方の人には個別の講義もする、という話だった」

「いつ頃の話ですか？」

「今年の初めから夏にかけてだな。三回ほど、うちへ来た奴がいる」

「名前、分かりますか」

村木が作業服の胸ポケットに手を突っこみ、名刺入れを取り出した。中から大量の名刺を引っ張り出し、トランプのカードを切るように探し始める。ほどなく、一枚の名刺を取り出して和希に渡した。

「中央経済会　ディレクター　足達直斗《あだちなおと》」と名前がある。住所と電話番号も。それは、ホームページに記載されていたものと同じだった。和希はすぐに名刺の内容をメモし、さらに写真を撮った。

「何だい、写真まで」

「一応、証拠ということで……ありがとうございました」名刺を村木に返す。「足達というのはどういう人ですか？」

「とっぽい兄《あん》ちゃんでさ。茶髪で、ピアスなんかしてるんだよ。見た瞬間に怪しいと思ったけど、一気に数字をまくしたてるから、専門家っぽくは見えたんだ」

「受講料の他に、投資の方の損害額は、どれぐらいだったんですか」

「それは……」村木が言い淀む。「まあ、いいじゃないか」

「受講料よりも高かったんですか」

「とんとん、ってところだな」

「だったら、百万ぐらいだったんですね」

「いい加減にしてくれ。思い出したくもないね」村木の口調には怒気が感じられる。

「それは全部、社長のポケットから出たんですか？」

「当たり前だろう」村木が怒ったように言った。「会社の業務じゃないんだから……いや、ある意味会社の業務みたいなものだけど」

「中央経済会と、会社としてのつながりがあったんですか」話は核心に入りつつある、と和希には分かった。

「そこはいろいろ、難しいんだよ」

「もしかしたら、こういうことですか」和希はシートに座り直した。情報は少なく、確定したことは一つも言えないのだが、何となく筋は想像できる。「友岡拓実さんの関係じゃないんですか」

村木がぴくりと身を震わせるのが分かった。和希は敢えて淡々とした口調で続ける。

「私は普段、選挙を取材していないので、詳しい事情は分かりませんが、村木さんの会社も、新潟三区では重要な役割を果たしているんじゃないですか」地方の建設会社は、選挙では集票マシンとして働く。ほとんど自分たちの利益のための選挙応援なのだが、田舎の選挙は基本的にこんなものである。

「友岡さんは、初めての選挙で無事に当選しました。政治経験がない人が、あんな風に悠々と当選したのは、民自党の強力なバックアップがあったからですよね？　そして地元の有力者も動いた。村木さんのところも、会社を挙げて応援したんじゃないんですか」

「うちは小さな会社だよ。社員三十人だ。そんな会社が応援できることなんて、高が知れてる」

「ご謙遜《けんそん》されなくても……政治家にとっては、地域に根を張って活動している会社の方が大事なんじゃないですか？　そういう中で、政治家本人とも濃いつながりができるはずです」

「ああ、分かった、分かった」村木が面倒臭そうに吐き出した。「確かに、友岡さんとの関係がなければ、あんな投資セミナーに引っかかったりしないよ」

「友岡さんと畠さんは特別な関係なんですよね？　正式な秘書というわけではないですが、懐《ふところがたな》刀みたいな」

「詳しくは知らないけど、そんな感じみたいだね」

「畠さんから、誘いがあったんですか」

「まあ……そういうことだ。あの人とは面識はなかったけど、友岡さんの名前を出されたら、断れないじゃないか」

「当時はともかく、今考えると詐欺だと思いませんか」

「詐欺……まあ、『必ず儲かるから』なんていう理由で金を出させるのは、詐欺と言っていいんじゃないかな」

「社長、お願いがあるんですが？」

「お願い？　あんた、図々しいね」

　自分でもそう思う。新潟は事件が少ない県だと聞いていたし、実際その通りだった。今まで、こんなシビアな事件を取材したことはない。一対一で、闇に隠された事件をほじくり出そうとしている——自分が急に変わった感じがしていた。

「この件、もっと被害者がいると思います」

「だろうね。ふざけた話だ」村木が初めて、憤りを露にした。

「被害者は全国に広がっているんじゃないかと思います。大きな事件になる可能性もあります。私の方で取材を進めますから、今後も協力してもらえますか」

「しかし、金が戻ってくるわけじゃないだろう。奴ら、今は連絡が取れなくなってるんだよ」

「本当ですか？」この情報は初耳だった。同時に自分の怠慢を恥じる。中央経済会の電話番号は分かっていたのだから、まず電話をかけてみるべきだった。電話が通じなくなっていたら、もっと怪しんで厳しく取材を始めていただろう。

「本当だ。金だけ集めてトンズラしたんじゃないかな」

「それが友岡さんと絡んでいたら……」

「まったく、困るよ」村木が息を吐いた。「うちは、オヤジの代から民自党支持なんだ。俺も民自党員だし。でも、こんなことになったらどうしたらいいのかね。誰を信用していいのか」

「弁護士や警察に相談しましたか？」

「そんな恥ずかしいこと、できるかよ」村木が吐き捨てる。「泣き寝入りだよ、泣き寝入り」

「金が戻ってくるかどうかは分かりません。でも、記事になれば、中央経済会の責任を追及することはできますよ。違法行為だと確認されて会社が摘発《てきはつ》されれば、社長も少しは溜飲が下がるんじゃないですか」

「そんなこと、できるのかね」

「新聞として、精一杯頑張ります」

和希はその後も説得を続けた。今後も取材に協力して欲しい、他社には情報を漏らさないように頼む——自分でも信じられないぐらい必死だった。

もしかしたら、この一件をきっかけに変われるかもしれない。いい方へか、悪い方へかは分からなかったが。

6

部長の仕事というのは、なかなか面倒臭いものだ。高樹治郎は、東日の社会部長になって一年半、未だに「慣れない」と戸惑うことがある。四十歳まで地検や裁判所を中心に現場で取材を続け、その後はデスク。一時は司法担当の編集委員になって、原稿を書く現場に復帰したものの、社会部に戻って筆頭デスク——仕事のほとんどは金勘定と人事だ——から部長に……ここ数年は、取材して原稿を書くという記者の仕事からは遠く離れた毎日を送っている。部全体の面倒を見るのが部長の仕事なのだが、実際にそれがきちんとできているかどうかは分からない。

ただし、これは出世のために避けて通れない道だ。

入社当時——もう二十五年以上も前だ——高樹は一生取材して原稿を書いていくと思っていた。現場の記者として人生を全うすることを目標にしていたのだが、周りの状況がそれを許さなかった。そして高樹自身、新聞を作るという現場の作業から、新聞社全体を動かす大きな仕事に興味が向いてきたのも事実である。そのためには、どうしても部長を経験しておかなければならない。部長から編集局次長、編集局長、編集担当役員——その先に社長の椅子が見えている。そういう意味で、五十代の十年間は大事だ。

朝から夜まで社会部の自席に座り、必要な書類に判を押し、デスクたちの相談に乗る。早版の締め切りが終わる頃に、部員たちを誘って軽く酒を呑みながら遅めの夕飯を食べるのが日課だった。生活時間は世間の人からずれているが、それでも昔に比べれば仕事は楽になっている。細かい折衝《せっしょう》は多いが、土日は基本的に休めるし、一本一本の記事に神経を使うこともない。社会面の作りについては、基本的にその日当番のデスクに任せているのだ。自分の経験から、デスクの仕事に一々口を挟んでくる部長は邪魔な存在だと分かっている。やるべきは、部全体に目を配ることだ。

その日も、高樹は遊軍の若手記者三人を連れて夕飯を済ませた。東日の本社は銀座にあるが、銀座だからといって敷居の高い、高価な店ばかりというわけではない。昔ながらの洋食店や蕎麦屋、気安い居酒屋も少なくないのだ。少し足を延ばして新橋まで行けば、まさにサラリーマン天国である。今日も新橋まで足を運び、居酒屋であれこれ食べ、少し酒も入って満足した。若い遊軍記者たちの不満を聞いて……吐き出すことで、彼らが満足したかどうかは分からないが。そもそも記者というのは、昔から常に不満たらたらの人種なのだ。仕事の内容、自分の現在のポジションなどについて、やたらと愚痴を零す。高樹は他の仕事を経験したことがないが、他業種でも同じようなものなのだろうか。

九時過ぎに社会部に戻るのは、社会面のゲラを確認するためである。今日もまずまずの紙面……最近派手な事件がなく、何となく華がないのが気がかりだったが、無理に記事をでっち上げるわけにはいかない。しかしそろそろ、きちんとした特ダネが欲しい。まあ、十二月というのは毎年こんな感じで「仕込み」の時期なのだが。東日に限らないが、新聞は「初荷」という感じで元日の紙面に特ダネを載せたがる。各部で、一面トップの奪い合いという感じなのだ。

早版の紙面を確認し、社会部長としての一日の仕事は終了だ。このまま帰ってしまうこともあるし、送りの車が出る十一時半まで、どこかでだらだら呑みながら時間を潰《つぶ》すこともある。今日は帰るか……今週はほとんど午前様で、疲れてもいた。荷物をまとめ始めた瞬間、デスクに置いた携帯電話が鳴る。今年手に入れたばかりだが、高樹は重宝《ちょうほう》していた。画面を見ると、登録名が――「A」とあるだけ。我ながら用心し過ぎかもしれないと思うが、仕事の関係で極秘にしておきたい相手の名前は、念のために仮名《かめい》で登録してある。「A」は四半世紀にも及ぶつき合いがある相手、東京地検特捜部の副部長、松永光正《まつながこうせい》だ。デスクで電話を取ったものの、ここでは話はできない。

「かけ直していいですか」小声で告げる。

「何だかずいぶん騒がしいな」

「仕事場にいるもので」

「動物園か？」

言って、松永が笑う。二歳年上のこの検事は、昔から皮肉っぽかった。まあ、東日の社会部が動物園かと問われれば、まさにその通りだと思うが。すぐに叫びを上げる血気盛んな連中が集まっているという意味では……今も、早版のゲラを巡って、あちこちで丁々《ちょうちょう》発止《はっし》のやり取りが続けられている。原稿の間違いを発見して慌てて整理部に連絡する者、自分の原稿の扱いが小さいとデスクに嚙みつく者、取材先と電話で大声で話している者——それらを見て、高樹は小さな満足感を覚えた。この喧騒こそ、社会部の真髄なのだ。

一度電話を切って、エレベーターの前まで移動する。東日新聞の編集局は、四階のフロアぶち抜きで、各部は個別の部屋に入っているわけではない。一応、低い仕切りはあるのだが、廊下に向かって開けているので、廊下に出ても静かに話はできないのだ。実際、早版のゲラが出るこの時間は、編集局は一番騒がしくなる。整理部員はゲラを持って走り回っているし、各部の大声でのやり取りも、そのまま廊下に漏れ出てしまう。

一方、正面入り口にあるエレベーターの前まで来ると、急に静かになる。正面玄関は九時に締め切られ、その後は建物の裏にある夜間出入り口しか使えなくなるのだ。社内で移動する人はエレベーターを使うが、その数は昼間に比べればずっと少ない。

携帯電話を取り出し、松永に電話をかけ直す。松永はすぐに出た。酔っている気配はない——基本的に酒好きなのだが、吞むのは何もない時だけである。ということは、今は重要な案件に取りかかっているのかもしれない。

「どうも、お待たせしまして」

「相変わらずお忙しいようですな」松永の声には何となく皮肉な響きがある。

「いや、部長が忙しくしているようじゃ、社会部はおしまいですよ」

「管理職の定番のご挨拶だね」

「まあまあ」続く皮肉に苦笑いしながら、高樹は話を継いだ。「今日は？　何か、重要な話ですか」

「しばらく、あんたとは酒も呑んでないね」

「そう、ですね」

高樹が社会部長になるのと、松永が特捜部の副部長に昇進するのがほぼ同じタイミングで、その時に祝い酒を酌み交わして以来だから、もう一年以上酒席を共にしていない。その間、高樹はむしろ松永の弟と何度か会っていた。松永の実家は銀座でも老舗《しにせ》の紳士洋服店なのだ。高樹が子どもの頃から「会社で役員になって背広をあつらえるならあそこ」と言われていたほどの高級店だが、今は普通のサラリーマンでも手が出しやすい価格のセミオーダーもやっている。最初は松永に半ば脅かされて背広を作っていたのだが――店は彼の弟が継いでいる――このセミオーダーシステムが導入されてからは、数年に一度は夏冬の背広を注文するようになった。価格は吊るしの背広より少し高いぐらいだが、自分の体型に合わせてきちんと調整してもらえるのがありがたい。もちろん、イタリア製の最高級素材を使って、一から採寸して作ると、ヨーロッパのハイブランド並みで数十万円はかかるのだが。

「弟さんのところで、今年も冬物を作りましたよ」

「毎度どうも。あんたは上客だね」

「そんなこともないでしょう」

「それで、久しぶりにどう？」

「構いませんけど、お忙しいんじゃないですか」

「俺は平気だ。あんたこそ大丈夫かい？」

「何だったらこれからでも」

「おお、いいよ」

松永が乗ってきた。昔から酒が好きな男ではあるのだが……今夜は何かあるな、と高樹は推測した。松永も携帯電話を購入していて、今は連絡を取り合うには二人とも携帯を使うのだが、松永は信用していない節がある。盗聴されるのではないか？　実際高樹も、昔自動車電話の通話内容が新聞社の無線機に入ってきて驚いたことがある。今は、そんな危ないことはないと思うが、重要な話は直接会って、という原則は変わらない。

二人は、行きつけの店で待ち合わせた。代々木——東日や地検の関係者は、まず足を踏み入れない街である。そもそも予備校と会社の街で呑み屋は少ないのだが、数年前に松永が「人に話を聞かれずに会話ができる場所」として見つけ出してきたのがこのバーだった。実際、二人が足を運んだ時には他に客がいないのが常で、よくこれで潰れないものだと感心してしまう。そう言えば新潟支局時代、高樹が一人で吞む時に通った店が東堀通にあったが、あの店もここと同じような感じだった。今はどうなっているだろう。いつも閑散としていたから、さすがに潰れてしまっただろうか。店の名前は……そう、「レトワル」だ。それを思い出した瞬間、嫌な記憶も蘇《よみがえ》ってくる。あの店で、生涯の友と信じていた人間の問題を摑んでしまったのだ。新聞記者としては看過できない問題——そして友情が一つ壊れた。

古い話だ。しかし今でも、時々高樹を苦しめる。あの時の判断は正しかったのだろうか。

地味なバーには、今日も客はいなかった。先に到着していた松永がカウンターに座り、煙草を燻《くゆ》らせているだけ。また吸い始めたのか、と高樹は少し呆れた。高樹自身も以前はヘビースモーカーだったが、四十歳になったのを契機に辞めた。

高樹に気づくと、松永が軽く右手を上げてみせる。相変わらず仕立てのいい背広を着て、まだ若々しい雰囲気を振りまいている。いい背広を着ているから年を取らないというわけでもあるまいが、だらしないよりはイメージがいい。

隣に座り、水割りをもらう。松永が煙草を灰皿に押しつけた。一本目の吸い殻《がら》――それほど長くは待たせなかったようだとほっとする。

軽く乾杯して、水割りを一口呑む。既に夕飯のビールが入っていたせいか、すんなり胃の腑《ふ》に落ち着いた。

「あんたのところの息子さん、どうしてる」

「何とかやってるみたいですよ」いきなり何だ？　高樹はかすかに警戒した。確かに松永は、息子の和希のことを子どもの頃から知っているのだが。

「この前、大変だっただろう。長野との県境で、大規模な土砂崩れが起きて」

「現場には入ったみたいですよ。でも、ああいう現場では、一年生記者が何かできるわけでもないですけどね」

「そうか、まだ一年目なんだな……あんたを見てるせいか、ずっとベテランみたいに思ってたが」

「いやいや」高樹は苦笑した。自分と息子を同じに見られても。

「近々、向こうは忙しくなるかもしれないよ」

「何でそれを松永さんが？　松永さんのところで何かあるんですか」

「そういうのは、言っちゃいけないことになっている」

検事は、取材に対しては極めてガードが堅い。地方でもそうだったが、東京地検ともなると尚更だ。社会部に異動して、地検担当になって驚いたのだが、一般の検事には会うのも叶わないことだった。それでも何とか伝手《つて》をたどって検事たちと顔をつなぎ……松永は、新潟支局時代からの知り合いで、幸いその関係は、互いに東京に転勤になってからも続いた。ただし、松永からはっきりとネタをもらったことは一度もない。地検担当の記者のネタ元は、むしろ弁護士たちなのだ。東京地検特捜部が狙う獲物は、政治家や大物の財界人、高級官僚。そういう人間は、捜査の対象になると、すぐに弁護士に相談する。そういうところから情報が漏れてきたりするものだ。

「新潟ねえ……東京にいて、新潟の案件に手を出すんですか」

「東京が少しでも引っかかっていればね」

政治家絡みか、と高樹は想像した。しかも国会議員。国会議員が絡んでいさえすれば、東京地検が地方の事件に手をつけることもあるのだ。実際過去には、地方選出の政治家を何人も摘発している――しかしそれは過去の話だ。最近、東京地検の成績は振るわない。捜査能力が落ちているわけではなく、政治家たちが悪事を上手く隠す術《すべ》を身につけてきたからだろう。九〇年代の初めから重大事件の摘発が相次いだことをきっかけにして、政治家たちは用心してしまったはずだ。仕方ないと言えば仕方ないが、上層部はそうは見ないわけで、高樹は以前、松永から愚痴を零されたことがあった。そろそろでかいネタを上げないと、特捜部は総入れ替えだよ、と。確かに、特捜部は事件を立件してこそ存在意義が証明される。しかも狙いは、常に大物……。

「新潟出身の人間が、東京に引っかかっているわけですか」

「新潟と言えば、あんたには因縁の相手がいるな」

「まさか……」田岡なのか？　田岡が若い頃、大規模な選挙違反事件の捜査の網をすり抜けたことは、高樹も松永も知っている。二人にすれば悔しい事件ではあった。そして高樹は、幼馴染みの田岡という存在を失った。

「いや、そうじゃない。直接関係はないと思う。あの人も当選三回で、もう将来の総理候補なんて言われてるんだから、下手なことはできないだろう。ただ俺の読みでは、もっと大きなところまでつながる可能性があるけどね」

「どこまでですか？」

「そいつは言えないな」素っ気なく言って、松永が新しい煙草に火を点ける。もったいぶった言い方だが、彼はだいたいいつもこういう感じだ。「とにかく、あんたは息子さんにしっかり指示しておくべきだな」

その時、松永が右手の人差し指、中指、薬指を立ててカウンターを叩いていることに気づいた。

「三区?」

松永が指を引っこめてニヤリと笑う。高樹はほっと息を吐いて、水割りを呑んだ。

「あんたは昔から勘がいいからね。そういうところが好きだよ」

「松永さんに好きと言われても」

二人は声を上げて笑った。五十を過ぎ、普段は取材をしない立場になっても、ネタ元との会話が気持ちよく転がる時間には高揚する。

「しかしあんたも、息子さんには期待大じゃないのか。親子で新聞記者っていうのは珍しいよな」

「あまりないですね。医者や法律家は結構いるでしょう?」

「いるよ。ただ、結局は本人の努力次第だからなあ」松永が、白いものが交じり始めた髪を撫でつけた。「何しろ司法試験を突破しないとどうしようもない。資格が必要な職業だと、二世は医者の方がずっと多いんじゃないか」

「法律家といっても、検事は公務員なわけですから、どうしても後を継がせたいということはないでしょうね」

「実際俺も、そういうこだわりはない。息子は二人とも、全然法律には関係ない仕事を始めたし、それでいいと思う。あんたはどうよ。息子さんが記者になりたいって言った時、嬉しかったんじゃないか」

「うーん……」高樹は腕を組んで唸《うな》った。「驚いた、が正直なところですかね」

息子の和希は、子どもの頃から成績はよかった。高校は都立で一、二を争う難関校、大学もトップクラスの私学に現役で合格した。ただし、将来について語ることはなく……大学生になっても就職について何も言わなかったので心配になり、三年生になった時に初めて「就職はどうするんだ」と聞き、「新聞記者」という答えに仰天したものである。高樹自身、自分の仕事について息子に話すことはなかった。それに、親の背中を見ていれば仕事の内容が分かるような職種でもない。そもそも息子が幼い頃は、ほとんど家に帰らなかったのだから、「記者の仕事はろくでもない」「家族を大事にできない」と考えるのが普通ではないだろうか。

親としては、賛成も反対もない。「大変だぞ」とだけ釘《くぎ》を刺しておいたが、本人はまったく気にしていない様子だった。和希は、昔からそういうところがある。堂々としているわけではなく、少し鈍い。積極的にやる気を見せることもなかった。大学までは淡々と勉強して、淡々と上手くやってきた感じだったのだ。

入社試験に関しては、俺は、何もできないぞ、と最初に忠告しておいた。新聞社ではコネは通用しない。その証拠に新聞社には、親も新聞記者、あるいは政治家や高級官僚という人はほとんどいない。テレビの場合、有力者とコネを作ることを狙って、どうしようもない係累を採用することもあるのだが、新聞の場合あくまで、仕事ができるかどうかがポイントになる。記者職にしろ他の仕事にしろ、コネがあるだけで使えない人間を置いておく余裕はないのだ。

高樹は息子が入社試験を受けることを誰にも言わなかった。そして結果は、筆記試験はトップでの合格。小論文やコラム作成の試験が、特に点数が高かった。合格が決まるとさすがに高樹の息子が入ってくるという情報が流れ――この苗字はそれほど多くないのだ――「さすが高樹の息子は違う」と持ち上げる人も出てきた。家では相変わらず何も話さなかったが、社会部長として新人研修で講演した時にスーツ姿の息子の姿を見つけ、何とも言えない気持ちになった。誇らしいような恥ずかしいような……そのうちちゃんと話を聞いてみようと思っているうちに、息子は自分と同じ新潟支局に赴任になり、面と向かって話す機会はなくなってしまった。

しかし、普段どうしているか知ることはできる。地方版に載った和希の記事を読めばいいのだ。生ニュースではまだ大きなネタを書いていないようだが、文章は新人にしてはしっかりしている。地方版のコラム「越後路《えちごじ》」――高樹が新潟にいた頃からあった週一の決まりものだ――を読んで、ベテラン記者のように文章が練れているのに驚いた。しっかりオチもついている。こんな風にきちんと読ませるコラムを書ける記者は、あまりいない。何も記者は特ダネ合戦に参加するだけが仕事ではないわけで、将来はこっちの方向に進むのもありだな、と密かに考えていた。となると、本社に上がる時には、社会部や政治部などの気力・体力をすり減らすような職場は避けるべきかもしれない。文化部など、時間に余裕のある部署でのんびりやった方がいいのではないか、と高樹は考えていた。ただしこの辺は、本人の希望をしっかり聞いてみないと何とも言えない。新聞社の人事もずいぶん親切になっている。昔は本人の希望など無視して、適当に記者を取材部署に配置していたものだが、最近は所属長が年に一度、部署によっては半年に一度面談して、仕事の現場や将来の希望を確認することになっている。近年は就職難で、狭き門をくぐって新聞社に入った人間は何があってもしがみつきそうなものだが、意外にあっさり辞めてしまう。せっかく厳しく選考して、高い金をかけて育てているのに、あっさり辞められたらたまらない、というのが人事の連中の本音なのだ。

「息子さんが新潟にいれば、あんたも何かと心強いんじゃないか」

「いやあ、昔からぼんやりしてる子でしてね」

「そうかい？　俺は高校生の頃までしか知らないけど、聡明な感じだと思ってたよ。打てば響くようなところがあるし」

「勉強はできても、実社会だとあまり関係ないですよ」

「部長さんは点数が厳しいねえ」

「まあ、いろいろな記者を見てきてますから、どうしても厳しくなりますよ」

「新人というのは、いろいろ問題があるからね。その座にたどり着くまでに、やらかしている人間も少なくない」

何気ない一言で、さらにピンときた。メモ帳を取り出し、「友岡拓実」と書き殴って松永に見せる。松永は素早くうなずいた。

そうか、友岡か……高樹は、新潟支局出身者として、あの県を地盤にする代議士については常にデータを更新している。友岡は民間のシンクタンク出身で、民自党の幹事長である長村《ながむら》のブレーンになり、その伝手で、この秋の総選挙で出身地の新潟三区から出馬、初当選した新人議員である。どんな人物かは知らないが、それまで政治のキャリアがまったくなかったのにいきなり当選したことで、民自党の中では有望な若手として認識されていたことが分かった。二世政治家、あるいは地元の地方議員などを経ていない候補者の場合、党本部がよほど金と人を投入しないと当選しないものだ。著名人の場合は名前が売れているから、その限りではないが。

友岡は当選したての新人議員で、大物ではない。将来もまだ分からない。しかし長村との関係を考えれば、意外な大物につながる可能性もないではない。

　高樹はさらに「選挙？」と書いて松永に示した。しかし松永は「うーん」と唸って首を捻っただけで、否定も肯定もしなかった。

「はっきりしませんね」高樹は思わず文句を言った。

「そりゃ、言えないことの方が多いさ。だけど、これは珍しいケースになるかもしれない。金が動くと、いろいろきな臭い感じがしてくるよな？」

　となると、経済事件かもしれない。いまいちピンとこないが、特捜部もまだ着手していないのではないだろうか。情報収集の段階で、松永はかなり臭いと睨んで高樹に話を流してくれたのかもしれない。それはありがたい話だが、どうしたものか……。

　まあ、ここから先は東日の取材力の見せ所だ。それこそ和希にも取材の機会が巡ってくるだろう。政治家の事件を取材するのは、一年生記者には荷が重いかもしれないが、早いうちに難しい事件を経験しておけば、必ず一皮剝ける。

　息子の本当の姿にたどり着くために、何枚皮を剝けばいいか、分からなかったが。

　松永が先に店を出た。これは昔からの暗黙の了解で、どこか外で呑んでいる時には、必ず松永が先に店を出ることになっている。

松永が店を出てから五分して、高樹は店を出た。既に午後十一時。この時間になるとさすがに、代々木の街も人通りが少なくなっている。コンビニエンスストアの店先で携帯電話を取り出し、筆頭デスクの中村《なかむら》の携帯を呼び出した。

「どうしたんですか、こんな時間に」中村は戸惑っていた。筆頭デスクは部内の人事と金の調整が主な仕事だから、よほど大きな事件・事故がない限り、遅くまで社に残っていない。今日もとっくに帰宅して、のんびりしていたのだろう。

「遅くにすまない。ちょっとした情報を小耳に挟んでね。特捜部が、新潟三区選出の代議士を狙っているようだ」

「ネタは何ですか？」中村はすぐに食いついてきた。彼とのつき合いも長い――検察や裁判を担当する司法クラブで、二年ほど苦楽を共にしたのだ。その後も何だかんだで一緒に仕事をする機会が多い。

「経済事件じゃないかと思うんだ。ただし、はっきりしたことは分からない」

「明日、担当者の耳に入れておきますよ」

「俺から出たことは言うなよ」高樹が釘を刺した。部長が自らネタを取って、部下を動かしている――部下の記者にすれば、あまり気持ちのいい話ではない。新聞記者は、あくまで自分でネタを取ってくるのを好むものなのだ。上からネタを流されても、いい気分はしないだろう。

「分かってますよ。でかいネタになるといいんですが」

「正月紙面に使えないかな」

「それは、特捜部の頑張り次第でしょう」

「うちが調べあげれば、特捜部は関係なしで書けばいい」

「特捜部、怒りますよ。出入り禁止になるかもしれない」

「出禁を怖がってちゃ、記者はやっていけないよ」

笑って、高樹は電話を切った。腹の底に湧きかえるような興奮がある。現場を離れた意識はあるのだが、やはりネタを追う興奮は否定できないのだ。

第二章　被害者たち

1

村木と会って二日後、和希は県庁前の道路——県道一号線をぶらぶらと歩いていた。県警本部近くにあるラーメン屋で一人で昼食を取り、本部へ戻る途中。十二月の新潟にしては珍しく晴れていて、爽快な気分だった。美味いラーメンを食べて、体は内側から温まっているし。

交差点に差しかかる。そう言えば新潟に来た時、信号機が全て縦型だと気づいて首を捻ったことがある。後で交通規制課に聞いてみると話は簡単、横型だと雪が積もりやすいから、ということだった。前方に視線を投じると、県庁が見えている。地上十八階建ての堂々たる建物で、新潟市内のランドマークの一つである。隣には四階建ての県警本部。県庁は以前は新潟島の真ん中、学校町にあったのだが、十年ほど前にこの新光町に移転してきて、県庁の跡地には新潟市役所が入った。その辺りで、「新潟は二十一世紀を迎える準備ができた」と言う人もいる。

新潟市は、戦後に二大災害――新潟大火と新潟地震に見舞われ、市街地を新しく造り直す必要に迫られた。今は、この新光町が街の中心部の一つと言っていいだろう。いかにも一から計画して造られた街という感じで、清潔だが面白みはない……市役所に近い古町や西堀通など、昔からの繁華街の方が、ずっと味わい深い。バブルの頃は今よりずっと華やかで、日本海側最大の繁華街と呼ばれ、まさに「不夜城」という感じだったというが、今はだいぶ落ち着いている。

背広のポケットに入れておいた携帯電話が鳴る。やっぱりこれ、あると便利だよな……こうやって歩いている間にも連絡を受けられるのだから。

「高樹です」

「あ……新発田の村木だけど」

「村木さん――この前はありがとうございました」和希は前方に向かって自然に頭を下げてしまった。前から歩いて来た中年の女性が、怪訝そうな表情を浮かべる。携帯電話はまだそれほど一般的な存在になっていないから、一人でペコペコしている奇妙な人間だと思われたのかもしれない。急に恥ずかしくなって立ち止まり、和希は女性に背を向けた。仏具店の前にいたので、敷地内に入りこむ。ここで携帯を使うのもどうかと思うが、歩道で話しているよりはましだろう。この辺を歩いている人はほとんどいないが、歩道にいると誰かに話を聞かれる恐れもある。

「実はさ、あれからちょっと人と話したんだ」村木が打ち明ける。

「誰とですか？」弁護士だろうか、と和希は想像した。

「俺と同じような立場の人間がいてね」

「被害者ということですか」

「その、被害者っていうの、やめてくれないかな」村木がクレームを入れた。「何だか、騙された間抜け野郎みたいな感じがするじゃないか」

「そんなこと、ありませんよ。騙す方が悪いんですから」

「まあ、いいよ……新発田で設計事務所をやってる岡山《おかやま》って奴がいるんだ。高校の時のダチなんだけど」

「ということは、四十一歳ですか」先日、村木の個人情報もある程度摑んでおいた。直接記事になるわけではないが、情報源についてよく知っておくのは大事なことだ。こうやって、今回の事件に関わる人のリストを作っていこう。

「そういうこと。奴も百万ぐらいやられてるんだ」

「でかいですね……その話、いつ知ったんですか？」

「選挙が終わった頃だ。友岡さんの話が出て、あいつが『実は』って打ち明けたんだ」

「騙された、と」

「最初はそういう感じじゃなかった。『損した』とは言ったけどね。ただ話を聞いてみると、俺とまったく状況が同じなんだよ。それで、二人して『これはやられた』って……冗談じゃない」

「その、岡山さんと会えますか？」

「向こうが会いたがってるよ。あんたの話をしたら食いついてきた」

「つないでいただけますか？」

「いつでも電話してくれ。今、連絡先を言うから」

これはなかなか面倒臭い。左手で携帯電話を持ったままではメモが取れない。「ちょっと待って下さい」と言って窮屈《きゅうくつ》な姿勢でしゃがみこみ、腿《もも》の上でメモ帳を広げてボールペンを構えた。

「どうぞ」彼が言う電話番号を書きつけ、メモ帳を背広のポケットにしまった。「ありがとうございます」

「あんた、ちゃんと記事にしてくれるんだろうね」村木が疑わし気に言った。

「記事にするために取材しています」そうは言ったものの、まだ自信はない。岡山という人物に話を聞いた後で、支局の先輩たちにちゃんと相談した方がいいだろう。どう考えても、自分一人の手には余る。

　電話を切り、歩調を速めて県警本部に急いだ。早く連絡を取らなくては……しかし、わざわざ本部まで戻る必要はないのだとすぐに気づく。俺には携帯があるじゃないか。

　とはいえ、立ったままではメモを取るのは難しい。どうしたものかと悩みながら歩いていると、近くに酒屋があるのを思い出した。あそこは、夕方になると立ち呑みをやっていて、テーブルも置いてあるはずだ。この時間だと……あった。しかし勝手にテーブルを使うのも申し訳なく、自販機で缶コーヒーを買う。百円でも金を使ったのだから、テーブルを使わせてもらってもいいだろう。

　和希はすぐに約束を取りつけた。今夜、新発田まで行って会うことになった。この取材が上手くいったら、キャップの石田にも思い切って話してみよう。

　岡山の事務所は、村木建設のすぐ近くにあった。自宅の一角を事務所に改造したもので、要するに職住接近――というか職住一緒である。こういうのはやりにくくないだろうか？　もっとも、東日でも通信局勤務になると住居と仕事場が一緒になるのだが。

「村木に取材したんですね」岡山が切り出してきた。

「先日、話を伺《うかが》いました」本当は、誰に取材しているかは他人に話さない方がいいのだが、この二人は同じ案件の被害者、しかも友人同士である。そして岡山は村木から話を聞いている。今更隠す必要はないだろう。

「どうぞ」

言われるまま、応接セットのソファに腰を下ろす。硬く張っていて、座り心地がいい。話を聞きながらメモを取るにもちょうどよかった。

それにしても、なかなか洒落《しゃれ》た事務所である。内部はほとんど白に近い色合いで統一されており、窓も大きいので、昼は明るい雰囲気になるだろう。大きな鉢植えが二つ——しかし部屋が広いので、うるさい感じはしなかった。この部屋も、岡山が自分で設計したのだろうか。

岡山が向かいに腰を下ろす。白いワイシャツの袖《そで》を捲《まく》り、下はジーンズ。長い髪をふんわりと立ち上げ、銀縁の眼鏡をかけているが、冷たい感じはしない。村木と同級生ということだが、村木よりはだいぶ若く見えた。外で仕事をしている人と、そうでない人の違いかもしれない。

「じゃあ、だいたいのところは分かってますね」

「村木さんと同じような感じで被害を受けられたとか」

「ああいうの、マニュアルでもあるのかね」岡山が皮肉に笑う。「勧誘の言葉とか、説明の仕方とか、そっくりなんですよ。話したのは別の人間なのに」

「ああ……確かにマニュアルはあるかもしれませんね」詐欺グループの場合、しっかりしたメンバーを集めてくるわけではないだろう。適当にかき集めた人間を使って犯行を行う場合も多く、そういう時に絶対必要なのは、誰が見てもすぐに呑みこめるマニュアルだ。そこまでまめにやるなら、真っ当な商売をした方がいいのではないかと思うのだが。努力の方向性がおかしな方を向いている。

話を聞いていくと、岡山も村木と同じような手口で投資詐欺に引っかかったことが分かった。断りきれない――岡山も親の代からの民自党員なのだ。このやり方はどうも和希には理解できない。どうせ金を騙し取るなら、まったく面識のない人間を狙う方が安全ではないだろうか。普段選挙などで協力している、いわば「仲間」を騙すと、後々面倒なことになりそうなものだが……ただし信頼関係を逆手に取って、「騙しやすい」ということはあるかもしれない。

じっくり話を聞いているうちに、岡山は村木と違って、被害を回収することを既に諦めていると分かった。

「献金みたいなものだと思えば、ね」

「しかしこの感じだと、被害を受けている人は全国にいそうですよ」

「そうだとしても、全員が全員騙されたとは思えないんだよね。中には儲けた人もいるかもしれない」

「そうは思えません。たぶん、中央経済会は、もうなくなっています」和希は何度も電話をかけたのだが、誰も出ない。まともに活動している組織なら、昼間はだいたい人がいて、電話に応答するものだ。

「要するに、金だけ集めて逃げたわけか」岡山が舌打ちした。「やっぱり大問題だね、これは」

「畠さんという人はご存じですか」

「代表の？　一度だけ会ったことがあるよ。友岡先生の集会の時に、挨拶した」

「名刺、ありますか」

「ちょっと待って」

岡山が立ち上がり、デスクの引き出しを探し始めた。すぐに大判の名刺ホルダーを持ってきてソファに座り、膝の上で広げる。しばらくめくっていたが、やがて一枚の名刺を取り出し、和希に渡した。

畠泰弘《やすひろ》、新潟政経同友会幹事。

「新潟政経同友会というのは、友岡さんの地元の後援会ですよね」

「そう。そこの幹事っていうのは、どういう意味のある肩書きなのか……」岡山が首を捻る。

「集会の前後で、中央経済会の主催者としては知っていたんですか」

「いや、後で分かったんですよ。あの時はあくまで、後援会の幹事として会ったんですけどね。ただ、同友会の知り合いに聞いてみたら、肩書きだけだって」

「どういうことですか？」

「うん……」岡山が煙草に火を点ける。「私設秘書っているでしょう？　それと似たようなものだけど、要するに地元でいろいろなことをやる裏方、アドバイザーということらしいですよ。そういう仕事でも、肩書きがないと動きにくいでしょう」

「正式な肩書きなんでしょうか」

「どうかねえ。もちろん、勝手に名刺を作ってバレたら、大事になるだろうけど」

和希は、中央経済会が投資詐欺で集めた金が、友岡の選挙資金に流用されたのではないかと疑っている。友岡は大手シンクタンクで経済分析などの仕事を行った後、独立して経営コンサルタントとして活動していた。コンサルという仕事がどれだけ儲かるのか分からないが、選挙にかかる資金は馬鹿にならない。幹事長との深い関係があって、党から金も人も出していただろうが、それだけで選挙戦を戦い切れるものだろうか。

違法な金を選挙戦に使った？　だとしたら、大問題だ。ただ投資詐欺をやったというだけでは済まない。

「話はしたんですよね？　どんな感じの人でした？」

「キレがいい――頭のいい人だとは思ったよ。数字に強くて、早口でまくしたてるように話す感じです。今考えると、ああいうのは、人を丸めこもうとするやり口ですよね」

「友岡さんとの関係については、何か言ってましたか？」

「本人の説明では、友岡先生の後輩らしいですよ。同じシンクタンクにいた――つまり、会社の後輩ということです。だから、つき合いは二十年ぐらいになるそうですね。あくまで本人の説明によると、ですけど」

「その後、中央経済会の代表が畠さんだと分かったわけですね」

「私も去年、インターネットを始めましてね」岡山が、製図作業用のデスクの横に置いてあるパソコンのモニターに視線をやった。「村木と『あれはおかしいんじゃないか』っていう話をした後、検索して調べてみたんです。中央経済会のホームページに、代表として畠さんの名前が載っているじゃないですか。それで……」

「どんな人だと思いました？」

「さっきも言ったでしょう。早口でまくしたてて、人を丸めこもうとするタイプ——要するに詐欺師ですよ」岡山が吐き捨てる。「だいたい、同友会の中でも畠さんのことを知っている人はほとんどいないんだ。友岡先生が、個人的な関係で引っ張ってきた、ということみたいですね。個人的な懐刀ってところでしょうか」

汚い仕事を一手に引き受けていたわけか。それにしても、危うい話である。友岡も、少し脇が甘いのではないだろうか。

「やっぱり他にも、投資詐欺に引っかかっている人はいるんじゃないですか」和希は話を最初に巻き戻した。

「いるでしょうね。ただし、横のつながりがないんだな……人を集めて講演会や勉強会をやっていたら、一緒に参加していた人と知り合いになったかもしれないけど、個別撃破だからね」

「人を集めての会合はやってなかったんでしょうか」

「東京や大阪ではやっていたみたいだけど、我々のように田舎に住んでいる人間に対しては、個別撃破だったんでしょうね。会場を押さえて人を集めてというのは、結構金がかかるんでしょう。セールスマンみたいに、一軒一軒歩いて回った方が、経費がかからないんじゃないかな」

「確かにそうかもしれません」和希はうなずいて同意した。「じゃあ、この問題の全体像は分からないかもしれない……」

「分からないようにするために、こういう方法を取ったんじゃないかな」

「その可能性もあります。他の被害者の方、誰かご存じないですか？」

「残念ながら私は……」岡山が力なく首を横に振った。「しかし、まんまと引っかかった感じですね」

「友岡さんについてはどう思っているんですか」

「それは——難しい話ですね」

「畠さんが、本当に友岡さんのバックアップをしていたら、どう思います？」

「嫌なこと言いますね」岡山が顔をしかめて和希を睨みつけた。

「岡山さんたちから騙し取った金が、友岡さんの選挙資金になっていた可能性もありますよね。仮に被害者が百人いたとして、受講料でそれぞれ百万円を受け取っていたとしたら……一億円になります。選挙資金を集める方法としては、なかなか効率的だと思います」

「本当に、嫌なことを言いますね」岡山が繰り返した。「でも、当たらずといえども遠からず、かな」

「友岡さんに対しては、今後どうするんですか」

「分からないなあ」岡山が頭を撫でた。「畠と友岡さんが、金の問題でダイレクトにつながっているとは思えないんだ。それだったらすぐバレてしまうでしょう？　間にクッションをいくつも挟んで、直接はつながらないようにしてるんじゃないかな」

「私もそうだと思います」和希はうなずいた。「だから、友岡さんを直接責めるわけにはいかない、ということですよね」

「私は友岡さんを推すことには乗り気じゃなかったんですよ。確かに彼は村上出身で、三区には縁があると言えばあるんだけど、大学からずっと東京でしょう？　しかも今まで、表立った政治活動もしていなかった。つまり、一種の落下傘候補ですよ。党の方針だからプッシュしましたけど、何だかねえ……」

「推して活動しただけじゃなくて、金まで騙し取られていたとしたら……」

「あのね、田舎の民自党の組織は、なかなか強いんですよ。家と家、親と子でしっかりつながっていて、代々世襲の政治家を推していく。都会だともっとドライなんでしょうけど、ここでは人間関係と選挙が密接に結びついているから、簡単には抜けられないんです」

「そういう人から金を騙し取っても、文句は言ってこないと考えたんじゃないですか」

岡山が、すっかり短くなった煙草を灰皿に押しつける。新しく一本引き抜いてくわえたが火は点けず、唇の端からだらしなく垂らして、かすかに揺らせる。

「きつい言い方ですね」

「すみません——でも、泣き寝入りを狙ったのかな、と思って」

「どうしようかなと思ったんですよ。畠さんを追いかけて、締め上げる。それで友岡先生との関係がはっきりして、金の流れが分かれば、友岡先生だってただではおかない——なんて考えたこともある。ただねえ……」岡山が煙草を唇から引き抜き、掌の上で転がした。

「友岡先生のバックには、長村幹事長がいるから」

「長村幹事長……民自党で一番の実力者ですね」

「長村幹事長に睨まれると、後々面倒なことになるからなあ」

「でも、被害者同盟を作って裁判でも起こせば、相手のバックに民自党の実力者がいようが、関係ありませんよ。政治家だって、民事裁判の内容にまでは手を出せないはずです。自分に非難の矛先《ほこさき》が向かないように、知らんぷりするんじゃないでしょうか」

「簡単に言いますけど、そうはいかないでしょう」岡山が首を横に振った。「裁判なんて、大変じゃないですか」

確かに……大学は法学部で、刑法、刑事訴訟法を専門にしていた和希には、日本の裁判の面倒臭さがある程度は分かっている。アメリカでは、普通の人がごく簡単に裁判を起こしたりしているのだが、日本では裁判はそんなにカジュアルなものではない。そしてこういう事件での集団訴訟となるとさらに壁が高い、ということも過去の事例から知っていた。

「取材を進めます。またお話をお伺いすることもあると思います」

「話はしますけど、そんなに上手くいきますかねえ」

「上手くいくように頑張ります」和希としては、そう言うしかなかった。

2

そろそろキャップやデスクに報告して、今後の取材の指示を仰《あお》がなければならない。しかしその前に和希は、鈴木と接触しておくことにした。おそらく鈴木は、この事件の真相について、かなり詳しく把握している。和希にネタを投げて、どこまで食いついてくるか試しているのではないだろうか――つまり、一種の「試験」のようなものだ。彼の予想通り、あるいは予想以上に取材が進んでいると分かれば、さらに新しいネタを流してくれるかもしれない。

新発田から支局へ戻り、ワープロ通信で鈴木にメールを送る。前回メールを送った時には「今後もよろしくお願いします」と返信があったが、連絡を取るのはそれ以来である。

二人に取材しました。鈴木さんのご指摘通り、それぞれ被害を認めました。つきましては、さらに詳しいことを伺いたく、お会いできませんでしょうか。時間、場所は合わせます。

送信。

何となくぎこちないというか、普通の手紙を電子メールで送っただけ、という感じになってしまう。別に無礼ではないだろうが、電子メールには電子メールなりの書き方があるのではないだろうか。そういうマナー本もあるかもしれない……萬松堂《ばんしょうどう》にでも行って探してみよう。あそこなら、パソコンやインターネット関連のマナー本なども揃っているはずだ。ついでに海外ミステリの新刊でも探そうか。ロバート・B・パーカーの新作があるかも。

さて、今夜はこれで終わりにしようと思ってワープロの電源を落とそうとした瞬間、送ったばかりのメールに返信が届いているのが分かった。いくら何でも早過ぎないか？　鈴木はワープロ――パソコンだろうか――の前にじっと座って、和希からのメールを待っていたのかもしれない。

今夜すぐにでも会えます。詳細は電話にて。携帯に電話して下さい。

気が早いというか、即断即決の人なのかもしれない。しかしこのメールで、一つだけはっきりしたことがある。鈴木は普段から新潟に住んでいる——あるいは新潟を拠点に活動しているに違いない。そうでなければ、こんなに早く会えるとは言ってこないはずだ。この前話した感じでは、新潟訛《なま》りは一切感じられなかったが……新潟も、高齢者は訛りがきつく、何を言っているか聞き取れないこともあるのだが、五十代から下の世代は、新潟弁と標準語を巧みに使い分ける。それでもイントネーションなどから、地元の人かそうでないかは何となく分かってしまうものだ。鈴木は、新潟で生まれ育った人とは思えなかった。自分と同じように他県出身で、今は新潟に住んでいるのかもしれない。

和希は支局の事務室を出て、一階の駐車場に降りた。仕事の電話だから支局の中で話していてもいいのだが、何となく気が引ける。風が吹き抜ける駐車場に出ると、思わず身震いした。空気が重く感じられるのは、本格的な雪の季節が近いからだろうか。新潟市でも、十一月の終わりぐらいになると、いつ雪が降ってもおかしくない気温が続く。

電話をかけると、鈴木はすぐに出た。

「いきなりメールしてすみません」

「謝るような話ですか？」鈴木が不思議そうに言った。「メールは前触れなしで出すものですよ。それが便利なんですから」

「……すみません、そうですね」自分はまだ、メールの流儀がまったく分かっていない。もしかしたら携帯電話の使い方も間違っているのではないだろうか。こういう新しいツールは、コミュニケーションの方法も変えてしまうかもしれない。自分はそれについていけるかどうか。「それで、今からでもお会いできますか？」

「構いませんよ」

「場所はどうしましょう」既に午後九時。あまり遠くで待ち合わせすると、間に合わないかもしれない。

「この前の公園の展望台にしましょう。あそこなら、誰かに見られる心配もない」

確かに……こんな遅い時間にあの公園に行く人もいないだろう。いや、先日も駐車場には何台か車が停まっていたのだが、あれは、カップルかもしれない。さすがに寒いから展望台に登る気にはなれなかっただろうが、暗い駐車場に停めた車の中でなら、ゆっくり話ができるのだろう。

「何時にしましょうか」

「三十分後では？」

「大丈夫です」支局からは公園までは、車で十五分ほどだ。そして今の会話で、鈴木の現在の居場所はさらに絞られた。新潟市の中でも、新潟島の西部、あるいは関屋分水路を渡ったすぐ先の青山地区辺りではないだろうか。まあ、鈴木の正体についてあれこれ詮索しても意味がないだろうが……いかにも怪しい感じのする人物ではあるのだが、今のところは有益な情報を提供してくれる大事なネタ元だ。

「では、先日の展望台の上で」

鈴木はあっさり電話を切ってしまった。雑談をするつもりはまったくないようだ。

二階の事務室へ戻って、コートを着込む。キャップの石田が声をかけてきた。

「おい、呑みに行かないか」

「あー、ちょっとアポがあるんです」

「お前、最近内緒であちこちに行ってるな。何の取材をしてるんだ？」

「まだはっきりしないんですよ。情報収集中ということで」

「それでも、ちゃんと報告しろよ」

和希は思わず顔をしかめた。二年先輩のこのキャップは、自分ではあまり熱心に仕事をするわけではないのに、部下に対する縛りが厳しい。昼間の取材も夜回りも、一々どこへ行くか報告させるのだ。和希としては、これが面倒臭くて仕方がない。同期の女性記者、羽村純子《はむらじゅんこ》といつも愚痴を零し合っているのだが、最近、あまり気にする必要はないという結論に達していた。要するに石田は、がみがみ言いたいだけなのだろう。そうすることで、後輩を「管理」しているような気分になっているに違いない。

「あの人、口だけだから」と、純子は最近、平然ときついことを言う。和希もそうだろうと思っていたが、露骨に逆らうことはしなかった。余計なことを言って軋轢《あつれき》を生むのは馬鹿馬鹿しい。

そう──一九七三年生まれの自分たちの世代は、基本的に争うのが嫌いなのだ。団塊《だんかい》ジュニアと呼ばれ、人数は多い。それ故子どもの頃から厳しい競争にさらされてきたのだが、大学生になる頃にバブルが崩壊し、就職では誰もが難儀した。そういう厳しい共通経験があるから、争うよりも仲良く、という感覚の方が強い。

自分より成績がよかった仲間が就活で失敗し、今でもバイトや派遣の仕事で食いつないでいる話を聞くと、自分はつくづく運が良かったのだと思う。今でも新聞社の入社試験は狭き門で、和希が試験を受けた時には、東京本社管内の記者の定員四十人に対して、応募が二千人あったという。そのうち何人が実際に試験を受けたかは分からないが……この件に父親は絡んでいないはずだ、という確信はあった。新聞社を受験すると言った時に、「俺には何もできないからな」とはっきり言われたのだ。その時までは、マスコミの世界はコネが強いと思っていたのだが、新聞社は関係ないらしい。それに父が、息子を新聞社に入れるために、人事部や役員に頭を下げるような人とは思えなかった。基本的に、世間の人が「新聞記者」と聞いた時に思い浮かべる人物像そのままなのだ。皮肉屋、反権力、何事にも批判的——コネを使って子どもを自分の会社に入れることなどとは、一番縁遠いタイプだ。

景気に左右される人生か……新聞社はそれほど景気の影響を受けないものだが、これからはどうなるか分からない。

何とか石田の誘いを振り切り、車で公園に向かう。少し時間をロスしてしまったが、大丈夫だろうか。

舞い始めた雪が、ヘッドライトの光を受けて無数の光の点になる。積もる感じではなさそうだが、激しくなると夜の運転は気を遣うんだよな……しかし、公園に着いた時点では、雪はまだそれほどひどくなっていなかった。

早足で展望台に向かい、階段を駆け上がる。寒くて、体を動かさないとやっていけない感じだった。息は上がってきたが、そのせいで体が少し温まってくる。

屋上に上がると、鈴木は既に到着していた。今日は暖かそうなダウンジャケットを着ている。マフラーも巻いており、顔の下半分がそこに埋もれている。和希はさっと頭を下げ、彼に近づいた。しかし途中で足が止まってしまう。ここから先には立ち入るな、と無言でプレッシャーをかけられている感じだった。風が強いので、もう少し近づかないと互いの声が聞こえないはずだが。

しかし、そこで揉めていても仕方がない。和希は「取材を進めています」と切り出した。鈴木が静かにうなずくのを見て、何とかいけそうだと判断して続ける。

「中央経済会を主催している畠という人間は、友岡代議士のブレーン——右腕と言われている人ですよね。畠が違法な方法で金を集め、それが友岡代議士の選挙資金になっていた可能性もあります。いや、そもそも選挙資金を集めるために、違法ビジネスに手を染めたんじゃないでしょうか」

「いい線だと思いますよ」

言われてほっとする。初めて会った時と同じ、大学で講義——一対一の口頭試問を受けている感じが続いているが。

「もしかしたら、民自党関係者ばかりを勧誘していたんじゃないでしょうか。そういう人たちは、被害に遭っても声を上げにくい」

「田舎ではね」

「都市部ではどうですか？」

「民自党員ばかりが狙われたわけじゃないですよ。政治的には真っ白な人も多い」

「となると、かなり広範囲に資金を集めていたということですか」

「ただし、民自党関係者が主なターゲットにされたのは否定できない」

「友岡さんの背後に、長村幹事長がいるからじゃないですか」

鈴木が一瞬黙りこむ。しかし眼鏡の奥の目が笑っているようだったので、自分の説明は正解だった、と確信する。

「党で一番の実力者の長村幹事長は、友岡さんの親分です。そういう人が睨みを効かせていれば、文句は言いにくい」

「睨みだけでは、被害を受けた人は黙りこまないでしょう」

「それでは――」和希は相手の次の言葉を待ったが、鈴木は何も言わない。こちらが正解を出すまで、反応しないつもりかもしれない。これはまさに口頭試問だ。

すぐに一つの仮定――考えが頭に浮かぶ。軽々に口に出してはいけない仮定だが、話さないことには何も始まらない。

「もしかしたら、長村さんにも金が流れたんじゃないですか？　つまり中央経済会は、民自党の集金マシンのようなものだったとか」

「そういう話は、裏はまったく取れていませんよ」鈴木が釘を刺した。「しかし、そうとしか思えないことがいくらでもありました。もちろん、中央経済会からストレートに幹事長に金が流れているわけではない。間にいくつも挟んで、直接の流れは分からないようになっているはずです」

「となると、それを解き明かすのは相当大変じゃないですか」自分に——新聞記者にできるだろうか。捜査機関のように証拠を押収し、それを分析してはっきりさせることはできないのだ。頼りになるのは証言のみ。

「大変でしょうね」

「これだけ大きな事件なのに、捜査は始まっていないんですか？　それこそ東京地検特捜部とか」

「私は、そういうところの動きは把握していません。ただ、この話は中央政界では既に広がり始めています。特捜部が動いてもおかしくないでしょうね。警察では対処できない規模の事件になるはずです」

「中央経済会とは、もう連絡が取れなくなっています。解散したんでしょうか」

「行ってみればいいじゃないですか。東京で実際に調べてみれば」

うなずいたが、そんなことが許されるだろうか？　確実に取材できるなら出張の許可が出るだろうが、経費削減の折、海のものとも山のものともつかない案件だったら、デスクも支局長も渋い顔をするだろう。東京の記者に任せてしまえ、という話になるのではないだろうか。

「畠という人を見つける方法はあるでしょうね」

「分かっているなら、それを教えていただけませんか」和希は迫った。

「まず、中央経済会が今どうなっているか、それを確かめてからにした方がいいでしょうね。畠という人はあちこちに足跡を残していますから、どこかで接触できると思いますけどね」

「例えば？」

「ご自分で調べてごらんなさい。分かるはずです。とにかく、あなたの取材の方向性は間違っていない——また連絡して下さい」

「分かりました」もったいぶった態度には頭にくるが、ここで怒っても仕方がない。もしかしたら鈴木は、和希が重要なポイントを自力で摑むのを待っているのかもしれない。そこまでたどり着けば、自分が知っている情報を全て明かすつもりだとか。

これも一種の試験なのか？

意味が分からない。しかし、情報提供者というのは様々だろう。こちらは一々詮索しないで、純粋に情報を追い求めていくべきだ。

翌日、夕刊の締め切りが終わってのんびりした雰囲気が流れているところで、和希はこの話を初めて石田に切り出した。県警記者クラブの狭いボックスに、純子も含めて三人。気をつけて喋らないと、隣のボックスに漏れてしまう。それを避けるために、和希はわざわざワープロ打ちでメモを用意してきていた。

それに目を通した石田が「これが本当なら、相当でかいぞ」と感想を述べた。口調は淡々としているが、顔は引き攣っている。事件の大きさに怯《ひる》んでいるのは明らかだった。

「全体像はまだ分かりませんが」

「こっちの事件と言えるかどうかも分からないな。これ、本来なら社会部がやるようなことじゃないか」

「だとしても、最初に情報を摑んだのはこっちですから、うちがやるべきでしょう」

「俺には判断できないな。デスクと相談しよう。これから支局に上がるか」そう言って、石田が純子の顔を見た。「羽村はしばらくここに残ってくれ」

「え、私も一枚嚙みたいんですけど」純子が露骨に不満そうな表情を浮かべる。

「記者クラブから同時に三人いなくなると、怪しまれるよ」石田が低く抑えた声で言った。「他社を騙すためのダミーを頼む。俺は先に戻るから、高樹は三十分ぐらいしてから来てくれ」

「分かりました」

石田がいなくなると、純子がすぐに文句を言い始めた。

「何で今まで黙ってたの？」

「物になるかどうか分からない話だったから。下準備は自分でやっておこうと思ってさ」

「自分だけの手柄にしようと思ってたんじゃないの？」純子が疑わし気に言った。

「そんなんじゃないよ。別に、手柄なんか欲しくないし」

「高樹って、欲がないっていうか、淡々としてるわよね。よくこの商売をやろうと思ったわね」

「他には何も考えてなかった」

「二世だから？」

「それは関係ないって」この話を持ち出されるとむっとする。「とにかく、本格的に取材するなら、支局の総力戦になると思うよ」

「後から取材に入るのって、やりにくいのよね。だいたいどうして、高樹のところに情報が入ってきたの？」

「分からない」

それは未だに謎のままだった。鈴木は、知っている名前を適当にピックアップしただけ、という感じで言っていたが……あちこちで名刺を配っているから、思いも寄らない人に名前を知られている可能性もある。あるいは署名記事で名前を知ったのかもしれない。ただし、人に強い印象を与えるような記事を書いた記憶はないが。

「でもとにかく、一気に取材することになったらよろしく頼むよ」

「仕事ならやるけど、何だかね……最初からつまずいているみたいな感じ」

「まだ始まってもいないよ」

純子の攻撃を受け続けるのが鬱陶しくなって、和希は広報課へ避難した。課長としばらく雑談して時間を潰し、記者室へは戻らずに、庁舎の前にある駐車場に直行する。車に乗りこんでちらりと記者室の方を見ると——各社のボックスは、駐車場の方を向いて窓があるのだ——こちらを覗きこんでいる純子と目が合った。おいおい、これじゃまるで監視されてるみたいじゃないか。

県警本部から支局までは、車で十五分ほど。県警本部に一番近い千歳大橋はよく渋滞しているのだが、今日は珍しくスムーズだった。しかし橋の上なので風が強く吹きつける。

インプレッサのボディが軽く揺れるほどの風だったが、新潟では珍しくもない。

支局に着くと、石田とデスクの如月《きさらぎ》に加え、支局長の桑田も待機していた。全員が、先ほどのメモを見ている。石田がコピーしたのだろう。

座るとすぐに、如月に質問攻めにされた。

「それで、お前の感触では、でかい事件になりそうなのか」

「被害者は全国にいるみたいです」

「新潟でこの情報が出てきたのはどうしてなんだ？」

「こちらは情報をもらっただけなので何とも言えませんが、もしかしたら民自党内で揉め事があるのかもしれません。友岡と長村の関係が気に食わない人間がいて、新聞に書かせようとしているとか」

「邪推……とは言わないが、それは考え過ぎじゃないかな」如月が首を捻る。

「でも、いかにもありそうな感じじゃないですか？　政治の世界なんて、足の引っ張り合いでしょう」

「お前、どうしたんだよ」如月が笑いながら言った。「何でそんなにむきになってるんだ？　いつものキャラじゃないぞ」

それが自分でも分からない。確かに普段の自分は、熱くなって取材するようなタイプではないのだ。今回は何故、こんなに入れこんでいるのだろう？　本物の特ダネになりそうな情報だから興奮している？　あるいは正義感を揺さぶられた？　自分でも分からないが、入社して初めて、記者らしい仕事にぶつかっている感覚はある。

「別に、いいじゃないですか」結局説明できず、和希は誤魔化した。「それより、まず中央経済会について取材してみたいんです。もうなくなっているかもしれませんけど、所在地は割れていますから、行けば何かが分かるんじゃないかと思いますが」

「しかしなあ……こんなはっきりしない話で東京まで出張っていうのは……」予想通り、如月の反応は鈍い。

「いいですよ、自費で行きますから」和希もさすがに意地になってきた。「早い冬休みをもらいます。それでいいでしょう」

「駄目だ」支局長の桑田が割りこんできた。「休み中に取材していて、何か事故があったら問題になる」

「こんな取材で、事故なんか起きるわけないじゃないですか」和希はすかさず反論した。

「お前、相手を甘く見てないか？」桑田が厳しい視線を向けてきた。「詐欺集団なんだろう？　マル暴と関係があるかもしれない。だとしたら、一人で取材に行くのは危険だろうが。休みの時に勝手に取材していてトラブルが起きても、労災は認められないぞ」

「労災って……」さすがに呆れてしまう。あまりにも心配し過ぎではないだろうか。取材拒否ぐらいはあるかもしれないが。

「しかし、取材を進める必要はあるな」桑田が顎を撫でる。「地方部の連中に頼むか。ちょっと見てきてもらうだけなら、大した手間もかからないだろう」

東日新聞の全支局を統括する本社の地方部には、取材記者もいる。東京で地方ネタを拾い上げ、記事にするのが仕事だ。大きな事件があれば、地方へ応援にも出る。東京にいる記者なら、確かに半日仕事かもしれないが……こちらが頼んだ取材をしっかりやってくれるかどうかは分からない。やはり自分できっちり調べたかった。

「じゃあ、地方部と俺が一緒に動いたらどうですか。それなら安全でしょう」

「まあ、そうだな……それでいくか」桑田が同意した。「出張は認める。ただし一泊だ」

「実家に泊まれば、経費が浮きますが」

「そんなことしてると、経費の精算が余計に面倒になるんだよ。いいから行ってこい。いつ出発する？」

「明日にでも」

「分かった。じゃあ、如月、地方部に話を通してくれ」

「分かりました」いかにも面倒臭そうに如月が言った。

「それよりお前、被害者のリストはないのか」石田が突っこんできた。

「それは……今のところ、二人しか摑まえていません」

「リストがあれば、被害者にどんどん当たって、話を膨らませていくことができるんだけどな。お前のネタ元、リストを持ってそうじゃないか」

「それは分かりません」

「聞いてみろよ。こういう取材は、だらだらやってたら駄目だぜ」

「確認します」

果たしてそんなリストが出てくる——存在しているのだろうか。そもそも鈴木は、この事件にどんな形で関わっているのだろう。中央経済会内部の人間でもない限り、リストなど持っていないはずだ。もしかしたら鈴木こそ中央経済会の人間で、内部告発者なのかもしれない。

「如月よ、ここは少し気合いを入れてやるべきじゃないかね」桑田が急にやる気を見せた。「正月も近い。元日の紙面で、新潟発で特ダネをぶつけられたら、最高じゃないか」

「それはまあ、そうですけど……」

如月も、そんなにやる気を見せる男ではない。デスクとして、日々の紙面をどう埋めていくかに心を砕《くだ》いているだけで、記者を指揮して特ダネを追いかけることには特に執着していないと思う。もちろん、紙面をちゃんと作ることは大事なのだが、何となくただ流されているだけ、という感じがしないでもない。

こういう生ぬるい状況が我慢できない——自分は確実に変わりつつある。

3

人生の途中まではあまり縁がない街だったせいか、新潟へ来る度に、稔は何となく落ち着かなくなる。祖父の代から地縁はあったものの、稔自身は東京生まれの東京育ち、新潟を訪れる機会はあまりなかった。頻繁に来るようになったのは、大学を卒業して父の秘書になってからである。今では街の様子も分かってきたが、それでも未だに見知らぬ場所にいる、という緊張感は拭えない。

父の新潟の事務所は、祖父の代からある一軒家である。新潟での拠点である家の隣にあり、「田岡総司事務所」と墨書された大きな木の看板が、いかにも古めかしい——昭和の政治のイメージを体現している。

事務所は平屋建てで、十人ほどが詰められる事務室、大小二つの会議室と父の部屋がある。父はだいたい金曜の夜に新潟入りして、土日はこの事務所を拠点に地元支援者への挨拶回りを続けている。選挙がない平時でも、この行動パターンに基本的に変わりはない。そこまで頭を下げ続けないと立場が保てないのかと、稔はうんざりしていた。挨拶回りにつき合うこともよくあるのだが、小さな会社の社長にまで丁寧に挨拶している光景には、違和感しか抱けない。そう思いながら、自分もそれに合わせて頭を下げているのだが……こんなことで、顔と名前を覚えてもらえるだろうかと不安にもなる。実際、名刺を渡しても反応は鈍い。まあ、地元新潟の人にしてみれば、これからまだまだ父を推して総理総裁への道を歩ませなければならないわけで、息子になど構っている暇もない、ということだろう。

しかし事務所の人たちは親切だ。特に地元の筆頭の私設秘書である桜木は何かと気を遣ってくれて、特に用事がなくても電話をかけてくることもしばしばだった。彼との雑談で、地元の事情について学ぶことも多い。

桜木は病的に思えるほどほっそりした五十男で、事務所にいる時にはネクタイをしている姿を見たことはない。今日もワイシャツにグレーのズボン、ベージュのカーディガンという格好だった。家に帰って来た父親が寛いでいるような感じである。

小さい方の会議室に入り、二人で向かい合ってコーヒーを啜《すす》る。

「その後、あちらから連絡は？」

「この前、桜木さんと話した直後に電話がかかってきましたよ。もしかしたら、盗聴してるんじゃないかな」

「まさか。そんなことはしないだろう。それで、内容は？」

「確認ということでした。ただ、ちょっと気になるんですよね」

「何が？」桜木が煙草に火を点ける。

「オヤジは、本当は何がしたいんですか？　かなり危ない話に思えるんですけど」

「危なくはないさ」桜木がさらりと言った。「危ないことは、鈴木さんが全部担当する。あんたは全体の様子を見て、逐一状況を把握していればいい。司令塔みたいなものだ」

「しかし、その全体像がどんな感じになるか、分からないんですよ」

「事態は頻繁に動くからな。とにかく様子を見ておく、としか言いようがない」

「鈴木さんの報告だけでは、一部しか分からないんですけど……しかし、こういうことはどうなんですかね」

「どう、とは？」

「確かに投資詐欺は犯罪ですけど、その調査に我々が手を貸しているようなものでしょう？　そんなことは、警察やマスコミに任せておけばいいんじゃないですか」

「最終的には捜査機関もマスコミも動くだろう。マスコミ……オヤジさんの本当の狙いはそこだからな」

「マスコミですか?」まったくピンとこない。自分が鈍いだけだろうか。

「オヤジさんの長年のテーマは、ひとつが、日本をアメリカに負けない国にする。そしてもうひとつが、マスコミのコントロールだ。政治部は、昔からの関係で簡単にコントロールできる。問題は社会部や地方の記者なんだ」

「政治家の不祥事を書いてくるのが気に食わないんですか? そもそも最近、そんな記事はあまり見ませんよ。記者の取材力も落ちているんでしょう」

「いや、新聞を舐めたらいけない」桜木が首を横に振り、煙草を灰皿に押しつけた。「昔に比べれば、乱暴な取材をする記者は少なくなっているが、未だに権力の監視が仕事だ、なんて考えている青臭い奴らがいるからな。実際はそうじゃないんだ」

「違うんですか?」

「もちろん、政治家全員が清廉潔白だとは言わない。悪い奴らは昔からいたし、これからも消えることはないだろう。だけど、何でもかんでも書けばいいってもんじゃない。その辺の塩梅を、マスコミにはちゃんと学んでもらわないとな」

「オヤジは、そんなことを考えているんですか?」

「何だい、本当に何も聞いていないのか？」桜木が呆れたように目を見開いた。「ちゃんと話をしろよ」

「オヤジは、私のことを雑用係ぐらいにしか思っていませんよ」

桜木が大袈裟に溜息をついた。全てに絶望したような、暗い溜息だった。

「歴史は繰り返す、ということかねえ」

「どういう意味ですか？」

「オヤジさんと先代も、やっぱり仲がよくなかった」

「そうなんですか？」亡くなった祖父とは、あまり話したこともなかった。とにかく厳格な人だったのは間違いなく、それだけに近づき難かったのだ。

「先代は、戦前の内務省官僚から代議士の秘書を務めて、そこから政治家になった人だ。戦前の内務省の役人っていうのは、官僚の中の官僚って言われててね。先代も優秀な――切れ過ぎる人と言われていて、それが美点でも欠点でもあった。正直、周りからは冷たい人と言われていたね。だから選挙では、結構苦労していたんだよ。女性人気がイマイチでねえ」

「じゃあ、父と同じですね」

「奥さんに助けてもらったという意味でも同じだよ。先代の奥さんはとにかく愛嬌がある人で、地元後援会の婦人部では絶大な信頼を得ていた。尚子さんも元女優だから人気があるし……親子二代、女性票は奥さんが集めてきたようなもんだ。あんたも、奥さんは慎重に選んだ方がいいぞ。日本の政治家は、半分以上奥さんで決まるんだ」

「そんなものですか？」

「そうだよ。いい相手、いないのか？」

「いやあ」今回は、まさにそれもあって新潟に来たのだが、その件まで桜木に話すことはないだろう。「なかなか難しいですね。父の雑用係をしていると、とても女性と知り合うような時間はないですよ」

「何だったら俺が紹介してやるよ。身元のしっかりした、いい家のお嬢さん、いくらでも紹介できるぞ。あんたが面食いだと、条件が厳しくなるけどな」桜木が豪快に笑った。

「今のところは……桜木さんに一生言われないために、何とか自分で探します」

「俺は一生、恩に着せるつもりだったんだけどな。三代目の嫁を世話したとなったら、死ぬまで自慢できるじゃないか」

「どうしようもなくなったら、お願いします」

笑いながら一礼して立ち上がる。さて、家に顔を出さなくては……こちらでは、本当の見合いが待っている。

条件的には問題なしだな、と稔は冷静に考えた。藤島明日花《あすか》、二十二歳になったばかり。去年地元新潟の短大を卒業して、父親が社長を務める藤島製菓に入社。総務課で仕事をしながら花嫁修業中、ということだった。藤島製菓は、先代――明日花の祖父の代から田岡家の大スポンサーで、選挙などでは常に大きな役割を果たしてきた。一種の政略結婚と言えなくもないが、家柄は確かだし、写真を見てその可愛さが一発で気に入った。アイドルかよ、と一瞬思ったぐらいである。卵型の顔に大きな目。写真ではさりげない笑顔だが、満面の笑みを浮かべたら、ひまわりが咲いたようになるだろう。わざと不揃いにしたような髪型は最近の流行りである。東京では、誰もかれもこんな髪型をしている。新潟にいても流行には敏感なようだ――いや、新潟は大都会だし、流行の遅れはほとんどないのだが。

「どう？」母が嬉しそうに訊ねる。

「見合い写真じゃないんだ」

「そもそもお見合いじゃないんだから、そんな、正式な写真はないわよ。それにお見合い写真だと、修正したりするから本当の顔が分からなくなるでしょう」

「そんなこと、本当にするのかね」稔は首を傾げた。

「よくあるわよ。昔から、お見合い写真は修正するのが普通だったから」

「これは……そういう写真じゃないね」それでこの可愛さなら、文句が出ようはずもない。

「お宅から借りてきたのよ。これでも、あまり写りがいい写真じゃないから。実物はもっと可愛いわよ」

「ふうん……」写真を眺めながら、稔はお茶を一口飲んだ。これで写りが悪いというなら、大当たりと言っていいだろう。

「どうする？　今回、いつまでこっちにいるの？」

「明日……明後日かな」

「じゃあ、明日の夜にでも会ってみたら？　向こうは普通にお勤めだから、夜には時間が空くはずよ」

「藤島製菓って、本社、どこだっけ？」

「黒埼《くろさき》。昔は古町にあったんだけど、黒埼に大きな工場を造って、本社もそっちに移転したのよ。古町の古い店は改築して、今は本店って言ってるわね」

さすが、詳しい。「新潟の主」と言われるだけのことはあるな、と稔は感心した。

「母さんさ、新潟でこんな風に暮らしてるのって、問題ないの？」

「問題って、何が？」母が急須《きゅうす》にお湯を足した。そのまま稔の湯呑みに茶を注ぎ足す。

「母さん、女優だったわけじゃない。ずっとそのまま、女優として活躍する手もあったと思うんだ。やめたのはもったいないって言うかさ」

「女優と政治家の奥さん——天秤にかけたら、政治家の奥さんの方が面白いかなって思っただけよ」

「面白い？」あの父親と一緒で面白いということがあるのだろうか。稔は内心首を捻った。

「波瀾万丈《はらんばんじよう》。選挙はいつも——まだ三回しか経験していないけど、一筋縄ではいかないのよ。それを毎回工夫しながら乗り切るのは、やりがいがあるわ。それに将来は、総理夫人だから」

「昔からよく言ってるけど、それ、本気なの？」

「本気よ」母がにっこりと笑う。そうすると、まだ残っている若さがぱっと花開くようだった。「総理大臣が外遊へ行くじゃない？　その時に、腕を組んで飛行機から降りて来るところをテレビカメラに撮られるのが夢ね。おばあちゃんにならないうちに、それが叶えばいいけど」

「元女優としては、カメラ映りが気になるんだ」

「当たり前じゃない。人は、まず見た目で判断するんだから」

以前、後援会の婦人部の集まりに出て、母親と地元のおばさんたちのやり取りを見て、呆れたことがある。あけすけというか何と言うか、女優時代の逸話も自然に披露して相手を喜ばせる。しかも年配の相手に対しては、こなれた新潟弁で話すのだ。愛知で生まれ育ち、東京で女優をやっていた母が、あんな風に新潟弁を使いこなせるのが不思議だったが、後で聞いてみると「私は今でも女優だと思っているから」という答えが返ってきた。方言をマスターするのは台詞《せりふ》を覚えるのと同じ、ということらしい。

「電話してあげるけど、どうする？　どこかで食事でもする？」

「母さんは来ないのか？」

「何言ってるの。親と同伴で会うなんて、今時流行らないでしょう。自分でちゃんとしなさい。あなたはまず、いいお店を見つけておいて。決まったら、私が電話するから」

相変わらずちゃきちゃきしている……母は仕切り上手で、天性のリーダーシップがあるとしか言いようがない。稔は慌てて手帳をめくり、女性と二人で食事をするのに適した店を探した。新潟で会食する機会が増えているから、リストは増える一方……畳の部屋に上がりこんで日本酒という感じでもないから、フランス料理の店にするか。東京に比べれば、新潟にはまだフランス料理店は少ないのだが、ここ数年のグルメブームで、新しい店が何軒かできている。少し気楽なビストロがリストにある——あそこでいいか。肩肘張って食事しなくてもいいだろう。

店に電話して予約を入れる。午後七時。それなら、会社が終わって黒埼から駆けつけても間に合うだろう。その件を告げると、母がすぐに電話をかけ始めた。話している相手は、明日花の母親だろうか……そのうち声の調子が変わったので、電話を明日花に代わったのだと分かった。稔はそそくさとその場を離れた。いきなり受話器を渡されて「ちょっと話して」とでも言われたらたまらない。母はせっかちなところがあり、時に順序を飛ばして話を進めようとする癖《くせ》がある。しかし今電話を代わっても、いきなり話すこともない。

全ては会ってから。明日までには心の準備もできるだろう。

『ビストロ・キド』は、古町通のずっと北の方――アーケード街が切れる手前にある店だった。稔は七時五分前に店に到着して、明日花がまだ来ていないことを確認した。どうするか……中に入って待っていてもいいが、何となく外にいようか、という気持ちになった。誠意を見せるというわけではないものの、その方が真面目なタイプに見てもらえるだろう。

ちょうど信号のある交差点で、稔は歩道で煙草に火を点けた。古町もずいぶん寂れた感じがするよな、と思う。子どもの頃から、夏冬の休みには帰省していたのだが、その頃はもっと賑やかだった記憶がある。初めて夜の古町に足を踏み入れたのは中学生の頃――今から十年ほど前だが、バブルが始まったばかりで、街全体がネオンで昼のごとく輝いているようだった。ここが日本海側最大の繁華街だと聞いて納得した。

信号が赤になり、一台の車がブレーキを鳴らしながら急停止した。その音に引かれて目をやると、何とオープンカー――マツダのロードスターである。濃い緑色の流線形のボディは、都内でもよく見かける。それはいいのだが、トップを下ろしていたので驚いてしまった。夜になって零度に近い気温になっているはずで、普通ならオープンにしようとは考えもしないだろう。いったいどんな酔狂な人間なんだと思って目を凝らすと、写真で見た明日花ではないか。しっかりコートを着て、髪は後ろで一本にまとめている。見られているのに気づいたのか、明日花がこちらを見やる。

「田岡さんですか！」声を張り上げて手を振る。「藤島です」

「あ――はい」自分でも呆れるほど間抜けな声が出てしまった。

「すみません、ちょっと遅れました。今、車を停めてきますから、中で待っていて下さい」

すぐに信号が青になり、明日花が思い切りアクセルを踏みこんだ。小さな車なのにエンジン音は野太く、ロードスターのテールランプはあっという間に小さくなる。次の交差点で、西堀通を左へ曲がった。えらく乱暴な運転だ……しかし、驚いたな。最初に度肝を抜かれてしまって、稔は今後の展開が心配になった。

煙草を一本吸い終えたところで、東堀通の方から明日花が走ってくるのが見えた。写真で見たのとイメージが違って驚く。可愛い顔立ちからして、百五十センチぐらいの小柄な女性かと思っていたのだが、実際には百六十五センチぐらいありそうだ。

「ごめん……なさい」息を整えながら明日花が言った。

「大丈夫ですか？」

「会社でちょっとトラブルがあって、出るのが遅くなったんです。飛ばしたんだけど、遅刻ですね」明日花が腕時計をちらりと見た。

「一、二分ですよ。入りましょう」

「はい」

彼女のためにドアを開けてやる。明日花はさっと頭を下げ、稔の横をすり抜けるように先に店内に入って行った。かすかな香水の香りが鼻先をくすぐる。控えめなのがいい感じだった。

予約してあった席に案内される。一番奥の、目立たない四人がけのテーブル。席は半分ほど埋まっており、客の賑やかな会話がＢＧＭになっている。木を多用したインテリアのせいで基本的に落ち着いた雰囲気なのだが、気さくな感じもあって、そのバランスの良さが気に入った。初めて会うには最高の場所じゃないか……。

「車で来るとは思いませんでした」稔は正直に言った。

「ごめんなさい」

ウールのコートを脱ぎながら明日花が言った。稔はコートを受け取り、壁のフックにかけてやった。

「ありがとうございます」最後まではっきり言葉を発するのも好印象だ。

「どうぞ……座って下さい。仕事、大丈夫だったんですか？」

「何とか大丈夫です。本当は、家に車を停めてから来ようと思っていたんです。歩いて十分ぐらいなので」

「今は？」

「非常事態なので、近くの駐車場に停めました。今夜は、お酒はやめておきます」

「残念だな。ここ、いいワインが揃ってるんですよ」

「でも、運転して帰らないといけないので」

「あー……実は僕は、あまり酒が呑めないんです。僕が運転して帰る、ということでどうでしょうか」代行を頼めば済む話なのだが、あまり酒が好きでないのは事実だ。それ故、義務的に出なければならない宴席では、毎回しんどい思いをする。ただ、最近新潟の日本酒には慣れてきた。

「それじゃ、申し訳ありませんよ。初めて会ったのに」明日花が顔の前で手を振った。

「気にしないで下さい。運転には慣れているんです」

「ああ……お父様ですか」

「雑用係兼運転手みたいなものなので」つい自虐的に言ってしまった。

「大変ですね」明日花は真剣な表情で相槌を打ってくれる。

「私設秘書というのは、そういうものかと思います」

「でも、それだったらなおさら申し訳ないです」

「取り敢えず、最初の一杯だけ呑みませんか？　それで……本当に、運転ぐらいは任せて下さい」

しばらく押し問答が続いたが、結局明日花が折れた。彼女は赤ワインをグラスで、稔は炭酸水を頼む。二人でメニューを眺めて料理を選んだ。ビストロなのでどんな頼み方をしてもいいのだが、取り敢えず前菜としてパテ・ド・カンパーニュと鯛のカルパッチョ、サラダ、そしてメインには二人ともラムチョップを頼む。

「羊、大丈夫ですか」少し癖があるので苦手な人も多いのだが。

「大好きです。基本、嫌いなものはないですから」

「偉いですね。僕は、魚関係では食べられないものが結構あるんですよ。それに、珍味系は苦手だな」

「新潟は、海産物天国ですけどね」

「ですね……寿司が美味いのはいいです」次に会うのは寿司屋でもいいか、と思った。

料理が運ばれてきて、稔はさらに明日花に好感を抱いた。パテを大きく切り分け、思い切り頬張る。こういう風に食べると下品に見える人もいるのだが、彼女の場合、何故かそういう感じにはならなかった。だいたい、よく食べる人に悪人はいないと言うではないか。そしてワインは控えめに。呑んでしまったからにはハンドルは握らないにしても、羽目を外すつもりもないようだった。

稔は、明日花に多く話を振り、話させた。彼女のことを知りたいと思ったからだが、彼女は会話の運びが上手く、自分のことを話しながらも、必ず「田岡さんはどうですか」と逆に聞いてくる。とかく自分のことを喋るだけで、一方通行の話しかできない人は多いのだが、彼女はしっかりしている。こういうのも、育ちがいい証拠だろうか。

「東京へ出ようという気はなかったんですか」

「行きたかったけど、両親に止められました」明日花が首を傾げる。「東京はとんでもないところだと思っているみたいです」

「そんなこと、ないですけどねえ」つい苦笑してしまう。

「田岡さんは東京生まれですから、よくご存じですよね」

「安全で面白いところはいくらでもありますよ。逆に、危ないところに近づかなければそれでいいんですから」

「よく分からないんです。東京へ出るのは駄目だっていうのに、卒業旅行でヨーロッパに一ヶ月行くのはOKだったんですから」

「ヨーロッパの方が、東京より危ない感じがしますけどね……今度、東京で面白そうなところを教えますよ」

「どうせなら連れて行ってもらえませんか？」明日花が大きな笑みを浮かべながら言った。いきなりかよ……こういうのは軽薄と考えるべきか、大胆だと捉《とら》えるべきか。明日花の顔には邪気がなく、子どものようだ。

「そうですね……僕も東京と新潟を行ったり来たりなんですけど、仕事で東京へ行くことはないんですか？」

「それはないですね。総務ですから、基本的には一日社内にいるだけですし、出張もないんです。仕事はやりがいがありますけど、ちょっと飽きてきました」

「ずっと働くつもりなんですか？」

「それは、結婚する相手によります」

はっきりした物言いに、稔はさらに好感を抱いた。こういう娘《こ》が相手なら、遠慮せずに意見をぶつけ合えるだろう。稔は結婚相手に、絶対服従は求めていない。本当に政治家を目指すなら、ある意味両親の姿が理想だ。特に母は「政治家の妻」という役割に完全にフィットして、父親を支えている。何より母自身が、それを楽しんでいるのは間違いない。それで父の選挙戦が有利に戦えているのだから、まさにウィンウィンの夫婦関係だ。二人で一つの目標を目指す——自分がそういうことを考えるのは、いくら何でも早いかもしれないが。

食事の間ずっと会話は弾み、稔はアルコールを一滴も呑んでいないのに、いい感じに酔っ払ったような気分になった。彼女は大当たりかもしれない。初対面で、こんなに話が弾む相手は今までいなかった。

店を出て——少し押し問答した末、金は稔が払った——彼女がロードスターを停めた駐車場へゆっくりと歩いて行く。別れるのが惜しい感じがしたが、最初からあまりにも引っ張るのは図々しいだろう。

車に乗りこみ、シートの位置を調整していると、明日花が「少しドライブしませんか」と誘ってきた。

「もう遅いですけど、いいんですか？」稔は腕時計を見た。既に九時を回っている。「門限とかないんですか」

「さすがにもう、そういう歳じゃないです」明日花が苦笑した。「大丈夫です。ちょっと酔いも覚ましたいし」

「酔ってるようには見えませんよ」

「父が全然お酒を呑まないので、アルコールの臭いに敏感なんです」

「じゃあ、海の方でも行きますか」

「トップをおろすと気持ちいいですよ」

十二月の夜。オープンにして走るのは自殺行為に思えたが、彼女のリクエストとあらば仕方がない。明日花は助手席から身を乗り出して、エアコンの温度調節レバーを最高まで上げた。

「寒くないですか？」

「オープンにしてエアコンを効かせていると快適なんです」明日花は嬉しそうだった。

「なかなか豪快だ」

久しぶりにマニュアル車に乗るので、少し緊張しながら西堀通に乗り出す。最初の交差点で左へ曲がり、西海岸公園を目指した。道路は空いており、ギアチェンジに慣れると非常に気分がいい――シフトレバーを動かすだけでも快感なのだ。ストロークは短く、手首の返しだけで素早くギアチェンジできる。小さいが故に車重も軽いようで、エンジンは非力でも爽快な加速感を楽しめた。

市街地の細い道路を抜け、海岸通りに出る。右側——運転席側に海の音を感じながら走り続けた。エアコンは温風を吐き出しているが、車内に入りこむ冬の寒気の方がはるかに優勢である。ちらりと横を見ると、ほとんど闇の中で、彼女の髪が巻き上げられ、時には顔全体を覆い隠してしまうのが見えた。女性なら髪の乱れを気にしそうなものだが、明日花はまったく平然としている——それどころか、嬉しそうな笑みを浮かべていた。

関屋浜まで出て、駐車場に車を停める。エンジンはかけたまま。頭の天辺を寒風が撫でていくが、エアコンの効きはよく、体は温まっている。こういうのもそれなりに快感なのだと思い知った。

「オープンカーもいいですけど、雪が降ったらどうするんですか」

「取り外しができるハードトップがあるんです。雪が降り始めたらそれをつけて、春まではオープンカーはお休みです」

「なるほど……こういう車が好きなんですね。意外だな」

「女性が乗るような車には見えませんか？」

「いや、別に女性差別をしているわけじゃないけど」稔は慌てて言った。

「反動みたいなものかもしれません」明日花がぽつりと言った。

「反動？」

「女子校、短大で、二十歳までは親の締めつけも厳しかったんです。だからせめて車ぐらい、好きな物に乗りたくて。可愛いでしょう？」

「可愛いと言えば可愛いですね。でも、やっぱり小さいスポーツカーっていう感じかな」

「こういうのに乗る女性って、困ります？」明日花が話を蒸し返した。案外しつこいのかもしれない。

「そんなことはない」稔はハンドルを抱えこんだまま首を横に振った。「アクティブな女性は好きですよ」

「じゃあ、車で来たのも間違いじゃなかったですね。どう思われるかなって、ちょっと心配でした」

「全然心配することはないですよ」

コロコロと転がる会話が心地好い。こういう女性は、今まで俺の周りにはいなかったな、と嬉しく思う。

もしかしたらこの出会いは、俺にとってターニングポイントになるかもしれない。そういう意味では母親に感謝しないといけないな。

4

稔は、鈴木と直接会うのは初めてだった。これまでの接触は全て電話に限られており、声から顔を想像するしかなかったのだが……想像はあっさり外れた。常に苛ついている小柄な男性と思っていたのだが、実際には中肉中背の中年男である。きっちり背広を着こみ、上にはチェスターフィールドコート。どんなビジネスの場でも通用しそうな格好だった。ただし、顔の印象がはっきりしない。銀縁の眼鏡の奥で、目が冷たく光っているのは分かるが、顔の下半分はマスクで覆われているのだ。これで軽い変装をしているつもりなのかもしれない。

そもそも鈴木の顔を正面から見たのは一瞬だった。待ち合わせ場所は、JR白山《はくさん》駅前。その小さなロータリーに入ってきた彼の車に乗りこんだ時に、一瞬正面から顔が見えただけだった。後はずっと横顔。鈴木は慣れた様子で住宅街の中の細い道を走り、途中から国道一一六号線に入った。そのまま西を目指す。既に午後八時、帰宅ラッシュは終わっており、道路は空いていた。

「変な場所を指定されましたね」稔はずっと気になっていたことを訊ねた。

「何がですか？」

「駅前……目立つでしょう」

「人、いましたか」

「いえ」言われてみればほとんど人影を見なかった。

「越後線は、朝のラッシュ時以外には一時間に三本しか走ってません。それに、ターミナル駅の次の駅というのは、だいたい乗降客数が少ないんですよ」

「はあ」

「東京で言えば、椎名町の駅前で待ち合わせするようなものです」

ぱっと西武池袋線の駅名が出てくるのは、この男が西武線の沿線住人だからかもしれない。やはり新潟の人間ではないのか……彼の年齢の新潟の人は普通に標準語を喋るが、それでもイントネーションが乱れることはある。彼の場合は綺麗な標準語だった。新潟出身であっても、長い間東京で暮らしていて、訛りがすっかり抜けてしまったのではないだろうか。

興味は湧いたが、今は突っこむのは避けた。初対面の相手が自分のことをそんなに喋ってくれるとは思えないし、鈴木は「話しかけて欲しくない」オーラを発している。一目見た時には苛立ちを感じなかったのだが、助手席に座っているうちに、ピリピリした雰囲気が熱波のように伝わってきた。

「今、どんな感じなんですか」稔は意識して淡々とした口調で訊ねた。

「二度目の接触に成功しましたよ。向こうから連絡してきた」鈴木がさらりと答える。

「ということは、網に引っかかったと考えていいんでしょうか」

「それは何とも言えない」

「そうなんですか？」自信なげな鈴木の言い方が引っかかる。「特ダネを提供されて興奮しない記者はいないでしょう」

「ターゲットは、そういう感じでもないようですね」

「よく分かりませんが……」記者はダボハゼのようなものだと思っていた。ちょっとした餌《えさ》を投げてやれば、百パーセントの確率で食いつく。

「やる気がないというわけではないんでしょうが、熱はそんなに感じないですね」

「最近の記者はそんなものなんですか」

「さあ」鈴木が気の抜けた声を漏らした。「私は記者さんとはつき合いがないので、分かりませんね」

「鈴木さん、普段は何をされているんですか？」

「それについては、言うつもりはありません。お父上から何も聞いていないんですか？」

「私が知っているあなたの個人情報は、名前と携帯電話の番号だけです」だいたい、「鈴木」は偽名ではないかと稔は疑っていた。日本で一番多いとされる苗字だから、本当に鈴木でもおかしくはないのだが、多いが故に、偽名を考える時にも真っ先に頭に浮かぶのではないだろうか。「――今の話は忘れて下さい。失礼しました」

「とにかく、あの高樹という記者は、使えないかもしれない。お父上のお気持ちは分からないではないですが、ちょっと個人的な思い入れが強過ぎですね」

「どういうことですか？」

「お聞きになっていない？」

「ええ、何も。あなたと会って、この作戦を進めろと指示されているだけです。理由も何も聞いていない」

「そうですか……歴史は繰り返すんですかね」

「どういうことですか」

「田岡家の先代――つまりあなたのお祖父さまも、基本的には何も言わない人だったらしいですね。お父上は、それでだいぶ苦労されたと聞いています。お祖父さまの秘書になったのも、押しかけだったそうですから」

「息子だから秘書にしたわけじゃないんですか？」

「秘書になるのを黙認、ということだったようです。もう二十五年以上も前の話ですが」

「そうなんですか……」

初耳だった。だいたい父は——亡くなった祖父もそうだったが——普段から自分のことをあまり話さない。政治家個人の歴史を知るのも大事だと思うが、母もきちんと教えてくれない。

「父は、その高樹という記者に対して、何か特別な感情を持っているというんですか？」

それもおかしな話だが。向こうは自分と同じ、社会人一年目の駆け出しだという。しかも地方支局勤務。確かに新潟は父の地盤だが、全国紙の新人記者と関係ができるとは思えない。あるいは——。「秋の総選挙で、取材をめぐって何かトラブルがあったりしたんですか」

「いや、高樹記者は直接選挙の取材はしていないでしょう。投開票日に、開票所へ行ったぐらいですよ。普段はただの警察回りです」

「事件記者、ですか」

「そういうことです」

国道一一六号線は、関屋昭和町の交差点で左に折れる。真っ直ぐ行くと、そちらは四〇二号線。鈴木は四〇二号線を走り、車はほどなく有明大橋で関屋分水路を越えた。いつ見ても広々とした立派な川だが、実は治水対策で人工的に造られた信濃川の分水である。関屋分水路ができた結果、新潟市の中心部は川に囲まれて完全な「島」になった。今では関屋分水路には五本も橋がかかり、島と市の西部をつないでいる。

有明大橋を渡り終えると、鈴木は最初の交差点で右折した。左手には大きな集合住宅──団地だろうか。こんなところが目的地なのか？　鈴木は左側の歩道に寄せて車を停め、向かいにある公園に入った。河川敷の近くが、川沿いに細長い公園として整備されている。中に入る時に、木製の看板で「浦山《うらやま》公園」という名前を確認した。

少し歩くと、関屋分水路を上から見下ろせるようになる。夏場ならこういうところも涼しげでいいだろうが、十二月だと……川面を渡る冷たい風が、顔を凍りつかせる。無礼になるのは承知の上で、稔はダウンジャケットのポケットに両手を突っこんだ。鈴木のチェスターフィールドコートは、防寒性では稔のダウンジャケットに劣るはずだが、寒がる様子は見せない。中にたっぷり着こんでいるのか、それともこの寒さに慣れている──やはり新潟に住んでいる人なのだろうか。

鈴木が煙草に火を点ける。高そうなライターで、風に負けずに一発で着火した。目を細めて煙を吐き出しながら、しばらく無言で煙草を味わう。それからおもむろに「これは危険だ」とつぶやいた。

「この計画が？」

「あなたは、自分のお父上のことをどれぐらい知っていますか」

「それは、父親ですから……」しかし実際には、どれだけ知っているだろう。世間的な父子としての関係とは違っていたと言っていい。子どもの頃は祖父の秘書、それから代議士に転じて常に忙しかったので、親子らしい触れ合いなどほとんどなかった。

「お父上は、プライドの高い人です」

「それは分かります」地元の支援者に対しては腰が低いが、あれはあくまで選挙対策ということだろう。

「おそらく、先代との関係があったと思います。普通、自分の息子が優秀ならば、後を継がせるために早めに帝王学を叩きこもうとするはずだ。そのためには、政治家なら自分の秘書として身近に置いて、一挙手一投足を見せるものでしょう。しかし先代は、そういうことをしなかった」

「父を後継として認めていなかったんですか」

「あるいは、恐れていたのかもしれません」

「息子なのに？」

「お父上は若い頃から優秀でした。やる気もあった。お祖父さまにすれば、いつか自分を追い落とす存在として、恐怖を感じていたのかもしれません」

「まさか……」

「父と息子の関係は、一筋縄ではいかないでしょう。特に父親が強大な権力を持っている場合、それをどう譲るかは難しい。ギリシャ神話のような世界ですな」

理解し難いことだった。黙りこんでしまうと、鈴木がぼそぼそと話を続ける。

「お父上の場合、個人的な事情でこの件を企図した可能性があります。いや、間違いなくそうだな」

「何があったんですか？」

「お父上にとっては、この件は家と家との戦いなんです」

「家って……田岡家と高樹家ですか？　何があったんですか」

「詳しいことは、お父上に直接聞いて下さい。私が言うことではない」

「中途半端にしないで、教えていただけませんか」

「私は言うべき立場にない」

鈴木が拒絶した。前振りだけして本題に入らない意図は何なのだろう。鈴木が煙草を携帯灰皿に押しこみ、一瞬だけ稔の顔をまじまじと見た。

「一つだけ言いましょう。二十五年前——発端はこの街ですよ」

「父がまだ、祖父の秘書をやっていた頃ですね」

「当時のお父上は、若くて才気走った人だった。自分の考えと行動に自信を持って、民自党の選挙を支えていた。しかしやり過ぎた」

「選挙違反のことですか」

二十五年前——自分が生まれる前に、旧新潟一区を舞台に大規模な選挙違反事件が起きたことは、稔も知っていた。民自党の新人候補の選挙で現金をばらまいた容疑で、地元の県議ら有力者が何人も逮捕されていた。金を配った対象は百人近く、総額二千万円にも及ぼうかという大規模な事件である。古株の秘書に事情を聞くと、概要は話してくれるのだが、詳しいことについては口をつぐんでしまう……何となく、父が関与していたのでは、という疑いを稔は抱いていた。秘書は、他の候補の選挙を手伝うこともあるのだ。祖父は既に何回も当選を重ね、選挙については安泰だったはずだから、当選が危うい新人候補のテコ入れに父が動いても、おかしくはない。

「父も選挙違反に関わっていたんですか」稔は思い切って聞いた。

「私の口からは言えません。しかし二十五年前、選挙をきっかけに、お父上は高樹家に対して深い恨みを抱くようになったはずです」

「今回の件は、その時の復讐ということですか」

「もちろん、それだけではない。中央政界――民自党の人間関係も深く関わっているんです」

訳が分からない。民自党は巨大組織だし、実力者がひしめき合っているから、人間関係は非常に複雑だ。そこに権力闘争も絡んで、外から見たらまったく意味が分からないことも少なくない。稔は今やインサイダーでもあるのだが、知識はまだ部外者と同レベルだと自覚している。

「もしも事情を知っているなら、教えて下さい。不安になりますよ」稔は正直に頼みこんだ。

「それはお父上に聞いて下さい」鈴木が繰り返す。

それが難しそうだから困っているのだが……稔にとって、父は高い壁なのだ。昔から、気安く話せる相手ではない。むしろ母に聞いた方が分かるかもしれない。

「分かりました」今はそう言うしかない。つい自虐的に「私にとってはチャレンジですけどね」と零してしまった。

「チャレンジしないと、将来はありませんよ。特にあなたが、本当にお父上の後を継ごうとしているなら。そのつもりなんでしょう？　政界に田岡家の名前を刻みこみたい――違いますか」

「まあ……そうなるかもしれませんが、今はまだ、自分が政治家になることが想像できません」

「覚悟が必要な仕事ですからね」

稔は、昨日会ったばかりの明日花の顔を唐突に思い出していた。彼女は、政治家の妻という立場に、間違いなく興味を持っているようだ。一度会っただけで花嫁候補と考えるのはあまりにも早計だが、少なくとも応援団が一人いると考えると、前向きな気持ちにもなる。女性に背中を押されるのも情けない感じはするが、動機などどうでもいいだろう。

「鈴木さんのことをお聞きしたら、話してくれますか」

「話したくはないですね」鈴木が冷たい口調で言った。「ただ……あなたが考えているよりも、お父上は複雑な人だと申し上げておきましょう」

「鈴木さんの話ですよ？」

「私とお父上の間には、いろいろなことがありました。その関係は、一言では説明できません」

「大きなトラブルでもあったんですか」

「大きなトラブルも、小さなトラブルも」鈴木が皮肉っぽく言った。「いずれにせよ、あなたがお父上から直接聞くべきだと思います。私は何も言いたくないですね――ということを、どうしてもあなたに言っておきたかったんです」

「意味が分かりませんが」

「この件は——今回の作戦は非常に危険です。しかしお父上は、異常な執念を燃やしている。四半世紀も復讐のチャンスを狙っていたんですよ。今、代議士としての立場も安定して、権力を行使できるようにもなった。選挙が終わったばかりの今こそ、チャンスだとお考えなんでしょう。ただし、権力があれば何でもできるというわけではない。成功するかどうか、私は五分五分だと思っています。だからあなたも時々振り返って、状況がどうなっているかを詳細に検討した方がいい。何も見ないで突っ走ると、思わぬ怪我をすることがありますよ」

「肝に銘じておきます」とは言ったものの、不安はまったく消えない。いったい父は、自分に何をさせようとしているのだろうか。本当にただの「連絡係」なのか？

東京へ戻り、いつものように父の朝食を準備する。慣れてはきたが、こういうのはやっぱり自分の仕事じゃない、という意識は依然として強い。

今日はパンと目玉焼き、サラダのメニューだった。食べ終えた父は、いつものようにダイニングテーブルに各社の朝刊を積み上げて目を通していく。忙しい朝によくこんな時間があるものだと昔は不思議に思っていたのだが、実際には、家では一面と政治面をざっと見るだけだ。経済面と外報面の記事は、議員会館などへ向かう車中で読んでいる。

稔自身は、社会面にも目を通す。東日を読んでいる時、ふと目が止まった。社会面は、ペルーで起きた日本大使公邸占拠事件を見開きで伝えている。事態は膠着《こうちゃく》したまま、テロリストによる占拠が続いていた。その記事にくっつく形で掲載されたコラムに、「社会部長　高樹治郎」の名前を見つけたのだ。高樹……それで動転してしまい、コラムの内容が頭に入ってこなくなる。「海外の日本人を守れ」という見出しだけが、頭の中でぐるぐる回っていた。

「行くぞ」父が立ち上がり、手を伸ばした。慌てて東日を折り畳んで渡す。このまま各紙の朝刊を自分で車へ持ちこむのが毎朝の習慣だった。

今のところ、都内にいる時の稔の主な役目は、父の運転手である。タクシーの運転手になるトレーニングかよ、と皮肉に思うこともあるが、都内を運転していてもそんなに危ないわけではない。行く場所はほぼ決まっているのだ。

議員会館へ向かう道すがら、稔はバックミラーで父の顔を確認した。まさに東日を開いて読んでいる。しかし社会面ではないだろう……それでも思い切って声をかけてみた。

「父さん、それ、東日だよね」

「ああ」

「社会面、見てもらえるかな。ペルーの日本大使公邸占拠事件の横のコラム」

「それがどうした？　占拠事件については、官邸と外務省が中心になってしっかり情報収集しているぞ。新聞に書いてある以上のことも分かっている。救出に向けて交渉も進んでいる」

「生ニュースじゃなくて、コラムなんだ」

「何の話だ」

軽く文句を言いながら、父がばさばさと新聞を開いた。バックミラーで見ると、表情が急に険しくなったのが分かる。

「そのコラムの執筆者――社会部長の高樹っていう人だけど、今回の作戦の相手も高樹だよね？　新潟支局の若い記者」

「だから？」

「関係あるよね？　親子か何か？」

「親子だ」父が認めた。

「新潟支局の若い記者を、こんな計画に巻きこむ意味があるのか？　まだ新人だっていう話じゃないか」自分と同じ駆け出し。「それとも、狙いはこの社会部長の方？　家と家との戦いなんだよね?」

「お前は詳しい事情を知らなくてもいい」

「だけど、言われたままに動いてるだけじゃ、何も分からない」稔は思わず反発した。

「知らない間に変なことになってたら困るよ」

「お前は何か、まずいことでもしているのか?」父が冷ややかな声で言った。

「いや、そういうわけじゃ……」

「不正があるから、社会的に問題にしようとしているだけだ。かといって、俺やお前が直接動けば問題になる。同じ民自党の中の話だからな。だからこういうややこしいやり方をしている。しかし目指すところは社会正義の実現だ。何か問題あるか?」

確かに——稔も散々考えたが、今のポイントで話が止まってしまうのだ。父の計画は何かと怪しいのだが、やっていることはマスコミに対する正当な情報提供である。自分が動けば問題になる、というのも間違いではないだろう。何しろ相手は、初当選を果たしたばかりの新人代議士。そして長村幹事長の個人的なブレーンとして知られた人物である。

いや、待てよ……それこそが問題ではないのか? 父は、長村幹事長とは距離を置いている。民自党を実質的に牛耳る幹事長と密接な関係にないのは、今後の政治活動でマイナスになりそうなものだが、その辺、何かまた別の事情があるのかもしれない。

「下らないことを考えていないで、今目の前にある仕事をしっかりこなせ」

そう言われると、これ以上の質問もできない。こういう風に高圧的な態度で接することが、父のポリシーなのだろうか？　この厳しさについてこられる者だけが後継者になれるとか？　しかし父には、後を継がせる血縁者は自分しかいないのだ。厳しい選抜が必要なわけではない。

やはり、父が何を考えているかは分からない。そして、父がまとっている殻をぶち破って本音に迫ろうという勇気は、自分にはまだないのだった。

父は今日、一日中来客の相手をすることになっている。地元からの挨拶、陳情の予定がびっしり詰まっているのだ。そうなると、私設秘書としては特にやることがない――基本的に待機なのだが、いつ呼び出されるか分からないので、むしろ気疲れしてしまう。支援者と会っている最中に、資料を用意しろとか挨拶しておけと言われることがよくあるので、席を外すわけにはいかないのだ。結局昼飯も、自席で弁当で済ませることになる。食べ終えて一息ついている時に、目の前の電話が鳴る。反射的に受話器を摑むと、新潟の私設秘書、桜木だった。

「おう、見合いはどうだった？」

第一声でいきなり言われ、稔は苦笑してしまった。

「情報が早過ぎますよ。それにあれは、見合いじゃない」

「見合いじゃなければ何なんだ？」

デート、だろうか。紹介だけされて、会う時は二人きり。確かにデートっぽいのだが、上手く定義できない。

「藤島さんのところの明日花ちゃんだろう？　あれはいい娘だよ。育ちがいいから礼儀正しいし、可愛いだろう」

「ええ」それは間違いないが、冬でもオープンカーを乗り回すアクティブな一面を桜木は把握しているのだろうか。

「さすが奥さんは目が高い。いい人に目をつけたよ。それで、これからどうするんだ？」

「まだ決めてません」取り敢えず二度目のデートの約束はしたが。

「さっさと動かないと、他の奴に取られちまうぞ。あの娘なら引く手数多だろう」

「まあ……頑張ります。でも桜木さん、そんな話で電話してきたんじゃないですよね」稔は話の修正に入った。桜木は前置き・雑談が長い人で、話が脱線したまま、本題に入らずに終わってしまうこともある。

「ああ、すまん。オヤジさんの日程の確認なんだけど」

次回新潟入りする時の話だった。毎年年末には大規模な「帰朝報告会」をするのが恒例になっているそうで、今回はその相談である。会場は既に押さえ、後援会の会員には案内も発送しているが、今回は少し反応が鈍いらしい。主だったメンバーに勧誘の電話をかけ、直接出席をお願いするように、というのが桜木の指示だった。

「そういうのは、地元事務所がやった方が早いんじゃないでしょうか」

「何言ってる」桜木が怒ったように言った。「あんたのためなんだぞ。名前を売るチャンスを作ってやったんだから、幹部連中にはしっかり挨拶して、ちょっとぐらい雑談もしてみろ。相手の印象に残るような話がいいぞ」

「そういうのは、あまり得意じゃないんですが」

「人気のある政治家っていうのは、落語家や漫才師と同じようなものなんだ。相手を喜ばせようというサービス精神がないと、やっていけない」

それが危ないのだが……政界では「失言王」と呼ばれる、古澤《ふるさわ》という民自党代議士がいる。数年前に建設大臣に抜擢《ばってき》されたのだが、台風被害に遭った地元を視察した時に、「災害で橋は流されても、かけかえれば全員が儲かる」と身も蓋《ふた》もないことを言ってしまい、それを地元紙に書かれた結果、就任からわずか一ヶ月で大臣辞任に追いこまれたことがある。問題発言はそれ以前から頻繁にあったのだが、この辞任を機についたあだ名が「失言王」だった。今も、公の場でしばしば余計なことを言っては、マスコミに叩かれている。稔は一度会ったことがあるのだが、「気のいい田舎のおっさん」としか思えなかった。桜木の言う通り、サービス精神が旺盛なのだろう。それがちょっと過ぎるのではないか。何も、自分の支援者を冗談で喜ばせる必要もないのに。

逆に父は、そういうことを一切やらないタイプだ。普段からまったく冗談を言わない、基本的に真面目一辺倒の人間である。

ふと思い出して聞いてみた。

「桜木さん、高樹さんって知ってますか？」

「高樹？」

「高いに樹木の樹で高樹。あまりない苗字ですよね」

「そうね……それで？」

「東日の社会部長が、高樹という名前ですよね。父と何か関係があるんですか？」

「それは……電話では話しにくいな」

「そんなに厄介《やっかい》な話なんですか」

「厄介だよ」いつもは明るい桜木の声が、妙に深刻になっていた。「俺が話していいことかどうか」

「いやいや、秘密はなしでいきましょうよ。この件、今回の計画にも絡んでいるんじゃないですか？」

「それは分かっているのか」桜木が溜息をついた。「とにかく、電話では話せない。こっちへ来た時に時間を作るよ」

「分かりました」

「計画自体は上手く進んでるのか？」

「それは大丈夫だと思います」ただ、鈴木の態度が気にかかる。彼は何かを気にしている——この計画自体に疑念を抱いているようだった。それでもかなり危ない橋を渡っているのはどうしてだろう。金か？　父は、計画を進めるに当たって、鈴木に相当の資金を渡しているのではないだろうか。

危ない臭いがする。しかしその正体は、稔には未だに分からないのだった。

5

田岡は五十嵐と二人きりで会っていた。互いの秘書も交えない、まったく極秘の会合。

息子の稔には、二時間後に迎えに来るようにとだけ言ってある。

人に聞かれずに話をするには、やはり料亭になる。田岡は必ずしも料亭での密談が好きではなかったが、この際仕方がない。

政治家同士の会合では赤坂辺りの料亭が定番なのだが、田岡は自分だけの店を持っていた。赤坂ではなく銀座で、一軒家ではなくビルの一階に入っている店だ。しかしきちんと門を構え、玄関に至る短い道のりにはいつもちゃんと打ち水がしてある。田岡が知る限り、この店を使う政治家は一人もおらず、社用族御用達という感じだった。バブルはとうに弾けたというのに、その余波は高級飲食店にはあまり及んでいないようで、いつもだいたい満席である。バブルの頃に多くの日本人は——特に東京に住む人は、高級な料理に馴染んだ。一度美味いものの味を知ってしまうと、レベルを下げるのは容易ではない。

五十嵐は富山選出だけあって、魚介類にはうるさい。この店に誘ったのは初めてだったが、取り敢えず満足してくれているようだった。

「富山ほど新鮮ではないですけど、ここは上等ですよ」

「間違いないね。料理が丁寧だし、いい店を教えてもらった」伊勢海老の身をすすりながら五十嵐が嬉しそうな笑みを浮かべる。箸を器用に使いながら、伊勢海老の中身まですっかり食べてしまった。

この後、松阪牛のグリルが出てくるまで少し時間が空く。そのタイミングを図ったように、五十嵐が切り出した。

「例の計画の方、どうだい」

「順調に進んでいますよ。問題は、どこで弾けさせるかですね」

「記事にするタイミングか……年内には間に合わないだろうな」

「私も、事件の全容は知りませんからね。どこまで取材が進んでいるかも分かりません。地検の動きとなったら、なおさら読めない」

「あんたのことだから、地検にもスパイを飼っていると思っていたよ」

「あそこはなかなか難しいですよ。法務省に出向している連中に何度か飯を食わせたんですが、それぐらいでは落ちない」いや……実際にはもう落とした人間がいる。ただしそれは、五十嵐にも秘密にしておこうと決めていた。自分だけの秘密兵器のようなものだ。

「特捜部は、変なプライドを持ってるからな」五十嵐が嫌そうな顔をした。「とにかく奴らは、このところ調子に乗り過ぎだ」

「それは間違いありませんね。あまりにも立て続けに事件を立件してきたから、自分たちが万能の存在だとでも思ってしまっているんじゃないですか」

地検特捜部の動きが活発化したのは、九〇年代に入ってからだ。政界絡みの事件を立て続けに立件し、世間もヒーロー扱いしている。しかしそれは、田岡たちの感覚では「やり過ぎ」だった。検察庁も、あくまで行政組織の一部である。しかしこのところの特捜部長、それに東京地検の検事正は「強硬派」が多く、平然と政界の暗部に切りこんでくる。

そもそも、前回の総選挙で民自党が退潮し、五十五年体制が崩壊したのも、特捜部の捜査が遠因だと言われている。九一年に、民自党の大物代議士・小賀《こが》が脱税容疑で逮捕されたのが最初のきっかけだった。違法な献金に端を発したこの事件では、ゼネコン側も摘発の対象になり、小賀とゼネコンの不適切な関係が明るみに出た。その結果、民自党に対する有権者の目は厳しくなり、それまで民自党が集めていた票は、保守系の新党に流れたのだった。その後の連立政権を経て、今年の選挙では民自党は過半数を回復したものの、政界が大揺れした余波はまだ続いている。

それもこれも特捜部のやり過ぎから生じた——という声が民自党内には根強くある。特捜部が何らかの政治的な意図を持ってあの捜査を行ったかどうかは分からないが、田岡は「明確に意図はあった」と確信している。要するに、のぼせあがった特捜部が「民自党にお灸《きゅう》を据えよう」と画策したに違いない。小賀は総理未経験者の中では大物中の大物で、逮捕当時、党内人事、総裁選出などに対して絶対的な力を誇っていた。ただし重要な役職者ではなかったこともあり、特捜部も狙いやすかったのかもしれない。

「ま、この辺でお灸を据えないといけないな。三権分立とはいうが、司法が立法の上に来てはいけない。国民の暮らしを守っているのは我々で、特捜部ではないんだから」

「仰る通りです」田岡は椀の蓋を閉じた。伊勢海老にはほとんど手をつけず、濃い出汁を味わっただけだった。食事は二の次、五十嵐と話をすることが大事なのだ。

「とにかくこの辺で、バランスを正す必要がある。それで、東日はどうだ？　ある意味、向こうの方が面倒かもしれない。民間企業に露骨な圧力をかけるわけにはいかないからな」

「だから、自爆させるんです。それが今回の作戦です」

「自爆、か」五十嵐が嫌らしい笑みを浮かべる。「どこまでの規模の爆発になるかね」

「社長の首が飛ぶまでではないでしょう。社長とはむしろ、良好な関係を保っておかなければならない」

「東日の西《にし》社長は政治部出身だしな。総理とは三十年以上のつき合いになる。総理と直接電話で話せる、数少ない記者の一人だよ」

「社長になってもまだ記者なんですかね」

「ま、本人の意識としては、そういうことじゃないか。とにかく、このラインは生かしておかなければならない」

「承知しています。総理にはお願いできるんでしょうか。事前にきちんとお話ししておいた方がいいのでは？」

「総理は、打てば響く人だ。事前の説明など必要ないと思う。事前に話すと、むしろ情報漏れを心配しなくてはいけなくなる。総理の耳に入れるということは、その周辺の人間にも知られるということだから」

「だったら、状況が弾けたところで、こちらからテルフォンですか」

五十嵐が声を上げて笑った。総理の名前＝照山《てるやま》。そして照山は、何かあると誰にでもいきなり電話をかけるという奇妙な癖がある。普通は秘書官などを通すものだが、一向に気にしない。相手は政界の人間だけではなく、国際舞台で活躍したスポーツ選手や芸能人などにまで及ぶ。昔から電話好きとして知られていたのだが、総理になってからその傾向には拍車がかかったようだ。その直電を評して「テルフォン」。かけた相手と内容は、度々マスコミで紹介される。本人は人気取りに有効だと思っているようだが、田岡の感覚では効果に関しては疑問符がつく。

「基本的に、寂しい人なんだろうな」

「しかし、総理ですよ」

「日本における総理は、最高権力者だ。そして権力のトップに近づけば近づくほど、人は孤独になるもんだよ」

「そんな風には見えないですけどね」

「総理の立ち位置は難しい」五十嵐が椀に蓋をした。「出身派閥だけでなく、他の派閥にも気を遣って幹部とつき合わなくてはいけない。そういうことを繰り返していると、飯を食うことさえ仕事になってしまうんだ。本当に気を許せるのは、秘書官やつき合いが古い同僚の政治家ぐらいだろう。だから、電話をかけてあれこれ言うぐらいは大目に見てやらないと」

言われてみれば、総理が孤独になるという感覚は想像できる。周りには常に人がいるのだが、それ故の孤独ということもあるだろう。最終的には、本当に信頼できるのは家族だけ、となりかねない。照山は、そういう孤独に耐えられない小心者、ということではないだろうか。

俺はそんなことにはならない。

この会合は、まず上手くいった。やはり五十嵐とは定期的に食事をして、二人だけで話をする必要がある。今回の件には、五十嵐の個人的な恨みも関係しているのだが、それは田岡も同様である。四半世紀も胸に抱き続けてきたこの恨みは、絶対に晴らす。そしてそれは、結果的に民自党のためにもなるのだ。

田岡のみならず、民自党はこの数年、苦杯をなめ続けた。政権を手放さないために、連立の屈辱に耐えた。昔から議論がある二大政党制に関しても、日本に馴染むとは思えない。やはり民自党がしっかり多数を握って政権を担当することで、長期にわたって安定した国を作ることができるのだ。それこそが、国民のためにもなる。

それを実現するためには、やはり今回の計画はどうしても必要だ。その件に関しては、五十嵐と意識を合致させておかねばならない。

食事を終え、五十嵐の車が到着したと連絡が入ったので、田岡は彼を車まで送った。あとは自分も帰るだけなのだが……稔が運転する車はまだ来ていない。どこかで渋滞に巻きこまれているのだろうか。電話をかけてみたが、出ない。やはり運転中なのだろう。苛ついたが、焦《あせ》っても仕方がない。何度も電話を鳴らすと、稔は事故を起こしてしまうかもしれない。昔からそそっかしいところがあるのだ。

しばし待つことにして、玄関先まで引っこむ。ふと思い出して、尚子に電話を入れた。

「あら、こんな時間に珍しい」尚子の声は明るかった。これは昔から変わらず、気分が落ちこんでいる時でも良薬になる。

「五十嵐先生と呑んでたんだ」

「五十嵐先生、お元気？」

「ああ、相変わらずだよ。還暦になってあんなに元気な人も珍しいね」

「政治家は、人の血を吸って生きてるからよ。ドラキュラみたいに、永遠に生きるんじゃない？」

「よせよ」つい苦笑してしまう。女優の経験があるからだろうか、尚子は時々大袈裟な物言いをする。「それより、これから大勝負になる」

「そうなの？」

「東日の高樹、覚えてるか」

「もちろん」尚子の声から明るさが消える。「あなたの挫折の原因を作った人ね」

「潰すことにした」

「そんなこと、できるの？」

「ああ。間違いない」

「危険なことはない？」

「多少は危険かもしれないが、そんなことは承知の上だ」

「そう。あなたがそう言うなら大丈夫でしょう」

尚子は肝が据わっている。秘書時代はともかく、初めての立候補の時に、それを改めて意識した。自ら選挙区を駆け回り、有権者と話し、バックアップしてくれた。議席の五十パーセントは彼女のおかげだと思っている。

政治家の妻として、これ以上の人がいるだろうか。

「高樹は、俺の将来にとって邪魔な存在なんだ。今のうちに潰しておかないと、後々面倒なことになる」

「あなたがそう言うなら」

「俺の目標は、君を総理夫人にすることなんだ。そのためには、邪魔者を排除することも大事だ」

「総理大臣になることじゃなくて、私を総理夫人にするっていうのが素敵ね」

「それは君の夢だったじゃないか。最初から……俺は、その夢を絶対叶えるつもりで、この二十五年間、頑張ってきたんだ」

「私の存在があなたの動機になるなら、それは嬉しい限りね」

「ああ。とにかく、これからしばらくはシビアな日が続くと思う」

「いつもシビアだったわよ。これ以上シビアになるとは思えないわ」

「そうか。いつも申し訳ないな」

「どういたしまして……それより、稔にお見合いさせたわよ」

「どうだった」この件は、夫婦二人で話し合って進めたことだった。ただし自分が言い出しても稔は聞きそうにないから、実際の説得は妻に任せた。

「気に入ったみたい」

「そうか。じゃあ、このまま進めても大丈夫だな」

「そう思うけど、焦らない方がいいわよ。稔はまだ二十三歳だし、あちらの娘さんは二十二歳なんだから。結婚するにしても数年後、という感じじゃないですか」

「二人とも異存がなければ、早く結婚させた方がいい。そうしたらあいつは新潟に常駐させて、桜木の下でしっかり仕事を覚えさせよう。いつまでもあんなに頼りない感じじゃ、この先を任せられない」

「後を継がせるなら継がせるで、早く言った方がいいんじゃない？　あなたもそれで、嫌な思いをしたでしょう」

「稔の場合は、明らかにまだ時期尚早だ」息子は、なんと言うか、幼いのだ。もう少し精神的に成長してからでないと、重大な話はできないだろう。そのタイミングがいつになるか……せめて結婚してからだな、と考えていた。政治家志望の人間は、早く身を固めた方がいい。家庭の問題で悩まされることなく、政治活動に邁進するためには、その方がいいのだ。

「向こうの娘さん、政治家の嫁としてはどうだ？」

「興味はあるみたい。今は働いているけど、それはあくまで家業のお手伝いみたいなものだから」

「じゃあ、家の方も問題なし、ということだな」

「そうでしょうね。だから心配しないで。この件は、私の方でちゃんとやっておくから」

「頼む——ああ、迎えが来た」

電話を切り、外へ出る。車から稔が飛び出してくるところだった。やはり渋滞か何かだったのだろう。焦ったその顔が、何とも情けない……こいつは本当に、政治家になれるのだろうか。

第三章　仕かけ

1

和希は久々に東京に戻った。夏休み以来だから、四ヶ月ぶり……実家が恋しいわけではなかったが、それでも東京へ帰れるのは嬉しい。新潟も好きだが、やはり自分は東京の人間だと思う。実家に帰りたいというより、あの街の空気に身を浸していたかった。

「お前が羨ましいよ」と赴任前、父親に言われた。「俺が新潟にいた頃には、新幹線も関越道もなかったからな」

父親が新潟にいた四半世紀前には、東京と新潟は今よりはるかに遠かっただろう。今では当時のように、在来線に五時間近く乗ったり、国道一七号線を延々と走って東京と新潟を行き来することなど考えられない。

まず、本社に顔を出す。ここへ来るのは、赴任前に研修を受けていた時以来である。妙に緊張したが、緊張しても意味がないと思い直し、四階のフロアのほとんどを占める編集局に向かう。ここで、地方部デスクの御手洗《みたらい》という男に会うように指示されていた。

「ああ、お疲れ」洒落たべっこう柄の眼鏡をかけた御手洗は、穏やかな雰囲気の男だった。

「今朝来たのか？」

「七時過ぎの新幹線に乗ってきました」

始発は午前六時台なのだが、それだと八時過ぎには東京駅に着いてしまう。そんな時間に本社に行っても、泊まり明けの人間がいるだけだ。日勤のデスクや記者が本社に来るのはだいたい午前十時過ぎなので、その時間を狙ってきた。

「話は聞いてる」

御手洗が勧めてくれた椅子に腰を下ろし、バッグを膝の上に抱える。一泊する予定なので、着替えも含めて普段より荷物は多い。

「うちの記者を一人つけるから、一緒に回ってくれ」

「東京の地理はよく分かってます。一人でも大丈夫ですけどね」

「君は、東京生まれだろう？　社会部長の息子さんだ」

「ええ、大学まで東京にいました」

「それにしても、一人で取材は危ない。どうも胡散臭い話だからな」

「それは間違いないです――」

「ああ、来た、来た」

和希は反射的に立ち上がった。振り向くと、一人の女性記者が地方部に入って来るところだった。身長百六十センチぐらい、痩せ型で、腰のところまでしかないトレンチコートを着ている。東京だと、十二月中はこの程度のコートで寒さを凌《しの》げるんだよな、と和希は思った。

「三田《さんだ》、新潟支局の高樹君だ」

「高樹です」御手洗が紹介してくれたので、和希はさっと頭を下げた。

「三田美智留《みちる》です。取材に行く前に、ちょっと話を聞かせてもらえる？　ずいぶん複雑そうだから」

「分かりました」

「じゃあ、後は二人で頼むぞ」御手洗がパソコンの方に向き直る。

「ここだとうるさいから、喫茶室でお茶でも飲みましょうか」言って、美智留がさっさと部屋を出て行く。

「そうですね」午前十時だと、編集局全体はようやく眠りから覚めたといった程度の騒がしさなのだが、じっくり打ち合わせをするには適していない。それに、ずっと地方部に居座っていると、他の記者の邪魔になるだろう。

二人は、三階にある喫茶室に向かった。新聞社では、基本的に二十四時間誰かが仕事をしているので、喫茶室も食堂も営業時間が長い。どちらも、朝七時から午前零時までオープンしているはずだ。喫茶室には、泊まり明けの人間が朝食を食べに来たりするのだが、午前十時を過ぎると一段落していて、客はほとんどいない。

「私、食べるけど、あなたは？」

「朝食ですか？」

「たまにここでモーニングセットを食べるのよ。家で食べる時間がない時、あるでしょう」

「分かります」と言ったものの、和希は新潟支局に赴任してから、基本朝食は家で食べている。どうせ食生活は滅茶苦茶になるだろうから、せめて朝食ぐらいは栄養バランスを考えて自分で用意しようと思っていたのだ。とはいえ、トーストに野菜ジュース、タンパク質としてチーズを食べるぐらいだが。「僕はコーヒーだけで」

美智留が手を上げて店員を呼んだ。モーニングセットとコーヒーを注文し、ジャケットのポケットから煙草とライターを取り出してテーブルに置く。

「食べるまで、吸わないでおくから」言い訳するように美智留が言った。

「別に気になりませんよ」

「そう言ってもらえるとありがたいわね。最近、喫煙者はちょっと迫害されてるから」

「でも、新聞業界ではまだまだ喫煙者が多いじゃないですか」地方部でも、デスクには普通に社章入りの灰皿が載っていた。

モーニングセットとコーヒーはすぐに運ばれてきた。そうそう、こんな感じ……和希も研修中、ここでモーニングセットを食べたことがあった。分厚いトーストに小さなサラダ、ゆで卵。それに飲み物がついて三百五十円だった。

コーヒーはかなり煮詰まっていて苦味が強かったが、二百円だからこんなものだろう。元々和希は、飲み物や食べ物にそんなに執着するタイプではないから、あまり気にならない。

美智留は急ぐでもなく、トーストにバターとジャムを丁寧に塗り、ゆで卵の殻を慎重に剝いた。何だかのんびりし過ぎだな、と苛ついてきたが、こちらは手伝ってもらう立場だから——和希が頼んだわけではないが——文句は言えない。美智留は年次的にも先輩なわけだし。

「相手、電話が通じないんですって?」齧《かじ》り取ったトーストをゆっくり嚙《か》んで呑みこんだ後、美智留が唐突に言った。

「はい」

「事務所は？　マンションか何か？」

「新橋ですから、雑居ビルかもしれません」

「そうね。あの辺にはマンションなんかないし。電話の他に連絡先は？」

「メールしましたけど、届かなかったみたいです」

「ああ、変なメッセージが返ってきたんじゃない？」

「ええ」何故分かったのだろうと、和希は首を捻った。

「あなたがメールアドレスを打ち損なったんじゃなければ、向こうがもうアドレスを削除したっていうことになるわね。そういう時、『そういうアドレスは存在しません』っていうメッセージが、サーバーから自動的に送られてくるのよ」

「ホームページは残ってますよ」

「それを消すまでは気が回らなかったのかもしれないわね。業者に任せきりで、連絡し忘れたとか」

「ホームページなんて、残しておくだけでも金がかかるんじゃないですか？」

「どうかなあ」美智留が顎に指を当てた。三十歳ぐらいなのだろうが、そんな仕草をすると妙に幼く見える。「私も、インターネット関係はそんなに詳しくないから」

「新聞社に、ネットに詳しい記者なんかいるんですかね」

「科学部とか？　でも今回は、ネットの取材じゃないわよね」

「そうでした」

「ネット犯罪ってわけじゃないでしょう？　詐欺なんかは、たまに摘発されるようになってるけど」

「あくまで対面、セミナーでの詐欺ですね」

「じゃあ、とにかく現場に行ってみて――その後はどうしたい？」

「本当に会社を引き払っているなら、物件を担当した不動産会社を割り出して、借りた人を調べます。中央経済会で当たれる人間を探し出して話を聞く、という形になるかと」

「はい、正解」美智留が真顔で言った。「とにかく現場ね」

急に食べるスピードを上げて、美智留が朝食を終えた。コーヒーに口をつけたところで、一応彼女自身のことについて訊ねてみる。短時間かもしれないが、これから一緒に仕事をする人のことは、ある程度は知っておきたい。

「三田さんって、支局はどこだったんですか？」

「私？　山形。今六年目で、希望の外報部に空きができるまで、地方部で腰かけ状態」

聞いた以上の情報が返ってきた。基本的に話し好きな人なのだろう。希望しているのは外報部だけど、あそこはなかなか席が空かないから、しばらく地方部にいることになるかもしれない。そのうちここで腐って、また地方支局に出される可能性も……。

そんなことがあるのだろうか？　東日では、記者は一度は希望する取材セクションに異動できる、と聞いたことがある。その後ずっとそこで仕事できるかどうかは、本人の頑張り次第だ。

その後も細かい情報を説明して、ミーティングは終了。打てば響くような反応なので、一安心した。自分より経験を積んだ先輩記者だからと言っても、愚鈍な人もいるのだ。あるいは石田のように、根本的にやる気のない人も。

さて、いよいよ本格的に取材開始か……住所から見て、中央経済会が入っている建物には、銀座の東日本社から歩いて行けることが分かっている。美智留に告げると「了解」と短い答えが返ってきた。

正面出入り口側にあるエレベーターに回り、下行きの到着を待つ。その時、右の方から数人の人間が歩いて来るのが視界の隅に入った。ちらりとそちらを見ると、父……一瞬固まってしまったが、すぐに一礼した。向こうはごく自然な調子で頭を下げる。何か声をかけてくるかと思ったが、何もない。何だか気が抜けてしまった。その時ちょうどエレベーターがやってきたので、急いで乗りこむ。

「あ、そうか」美智留が急に声を上げる。「君、もしかしたら社会部長の息子さん？」

「ええ、まあ」まあ、はないだろうと自分でも思いながら答える。

「なるほどね。さすが、カエルの子はカエルってことか」

「それ、本当は悪い意味ですよ」和希は指摘した。「所詮カエルはカエル、っていう意味だと思います」

「校閲みたいなこと言うわね」美智留が笑う。「じゃあ、事件記者の子は事件記者。これならいい？　そういうの、遺伝するのかしらね。社会部長って、伝説の事件記者でしょう」

「どうですかねえ」

自分は父とは似ても似つかない——それは事実だ。研修中、東日新聞の歴史を学ぶ中で、大きな特ダネ記事の裏側などのことも学び、この四半世紀の東日の特ダネの中には、父が関わっていたものが何件かあることを知った。家では仕事の話などまったくしなかったから、初めて聞く話ばかりだった。

自分は……絶対にそういうタイプではない。今回のネタは、たまたま向こうから飛びこんできたものだ。胸を張って「自分の特ダネだ」とは言えない。

そもそも、まだ記事にしてもいないのだから。

予想通り、中央経済会は消えていた。住所である新橋の雑居ビルでロビーの郵便受けを確認すると、ガムテープで塞がれていた。五〇一号室には、看板も何もかかっていない。しかしドアの横に張り紙がしてあり、この部屋を管理している不動産会社の連絡先は割れた。

「余計な手間が省けたわね」美智留が腰に両手を当てたまま、張り紙を眺めた。「ここに聞けば分かるでしょう」

「不動産屋に取材ですか……上手くいきますかね」

「そこは、あなたの腕の見せ所」

「はあ」

「あなたの取材なんだから、自分でやらないと。私はあくまでオブザーバーだからね」

「頑張ります」とは言ったものの、不動産屋への取材には自信がない。契約上の秘密を盾に、取材拒否されるのではないだろうか。団体について調べる方法は……中央経済会は会社ではないから、登記もないだろう。こういう商売は、やろうと思えば誰でもすぐに始められるはずだ。

不動産会社は新宿にあったので、二人はそのまま転進した。オフィス物件を専門に扱う会社で、応対してくれた若い社員は、最初から「拒絶」という感じだった。

「お客様に関する情報は、お教えするわけにはいきません。決まりなんです」

「御社のお客さんじゃありません。既に解約したはずです。先ほど、事務所を訪ねたんですが、誰もいませんでした。そこで御社の張り紙を見つけたんです」

「そうですか……しかし、うちが仲介したかどうかも含めて何も言えません」

「物件のところに、御社の張り紙がありましたよ」和希は繰り返し言って、なおも食い下がった。「だからここへ来たんです」

「とはいえ、こちらでは申し上げられることはないです。信用商売なので」

「相手が犯罪に関わっているとしてもですか？」

「犯罪？」若い社員の表情が、微妙に変わった。

「今、あそこに入っていた団体について調べています。とんでもなく大規模な犯罪を展開していた可能性があるんです。御社は、それに手を貸したことになりませんか？」

「いや、それは……」

「よろしかったら、上の方と話をさせてもらえませんか。詳しく事情をお話しします」

「ちょっと……お待ち下さい」

若い社員が奥へ引っこんだ。カウンターのところに取り残された二人は、返事を待つっしかなかった。美智留が感心したようにうなずき、声をかけてくる。

「今のでいいと思うわ」

「ちょっと脅してしまいましたけど」和希は肩をすくめた。

「でも、嘘は一つもついていない。中央経済会が犯罪に手を染めているのは、まず間違いないんだから」

「あまり脅さないように気をつけます」

「いやいや……さすが高樹社会部長の息子さんだけあるわ」

「それは関係ないと思いますけどね」

しかし、悪い気はしなかった。父親とは比較の対象にもならないだろうと思っていたのだが、持ち上げられると何だかその気になってくる。

若い社員は、なかなか戻って来ない。

「どうかしましたかね」不安を感じ始め、和希は腕時計を見た。この腕時計は父からもらったもの……就職祝いだった。「おめでとう」の一言もなかったが。

「こういう時は、チャンスありよ」

「そうですか？」

「ノーなら、すぐに門前払いになるでしょう。どうしようかって相談してるから、時間がかかるんじゃないかしら……来たわよ」

顔を上げると、部屋の奥から先ほどの若い社員と年配の社員が連れ立ってやって来るところだった。年配の社員が責任者ということだろうか。眉間には皺《しわ》が刻まれ、厳しい表情を浮かべている。

それでも礼儀を失うことはなく、まず二人に名刺を渡した。立花春彦《たちばなはるひこ》。肩書きは、この不動産会社の新宿支店長だった。一歩前進ということだろうか、立花は、二人を事務室に入れてくれた。脈なしというわけではないな、と和希は楽観的に予想した。くたびれたソファに座ってから美智留の顔を見ると、素早くうなずいてくる。ここは任せる、ということか。うなずき返して、早速口を開こうとしたが、先に立花が話し始めた。

「お話は分かりましたが、何ぶんお客様の個人情報に関することですので……」立花は強面の顔立ちだったが、言葉遣いは丁寧だった。

「それは重々承知しています」和希はうなずいた。「ただ、ことは犯罪に関わる問題なんです」

「犯罪というのは、どういうことですか？」

「もしも御社が仲介した物件に、犯罪者集団が入居していたらどうしますか」

「そういうことなんですか？」立花が目を細めた。

「まだ確定したわけではありません。我々は、大規模な詐欺グループを取材しているんですが、そのグループがあのビルを拠点にしていた可能性が高いんです。もう契約は切れたようですが」

「詐欺ですか……どういうことですか」

「詳しいことは申し上げられませんが、被害者が全国にいるかもしれません。大規模な犯罪です」

立花の表情がさらに厳しくなり、腕組みをした。何とか支店長まで引っ張り出したが、まだまだ壁は高そうだ。この先どうやって攻めようか、と和希は一瞬思案した。今は厳しい言葉を発したから、次は緩く——飴と鞭作戦でいこう。

「御社から情報が出たことは、一切口外しません。秘密は厳守します」

「しかしうちには、何のメリットもないですな」

「東日新聞として感謝します」

その言葉に、立花の唇が一瞬だけ歪んだ。笑いかけたのだと分かったが、警戒心を解くためにジョークを続けるわけにもいくまい。話はあくまでシビアなのだ。

立花が、若い社員にちらりと視線を向けた。若い社員はうなずきもせずに立ち上がり、事務室の奥に消えていく。その動きを目で追っていると、自席についてパソコンを操作し始めるのが分かった。すぐに立ち上がると、プリンターのところへ足を運び、腰に両手を当てて待機する。ほどなく戻って来て、一枚の紙を立花に渡す。

　早速何かの情報を教えてくれるかと思ったが、立花は紙を手に持ったまま、視線を落とすだけだった。

「それは――」焦《じ》れて、思わず聞いてしまう。

「情報を直接お渡しするわけにはいきません」立花の口調は頑《かたく》なだった。

「でもそれ、契約書じゃないんですか」

「私がこれから話すことは、独り言です。いいですか？　あくまで独り言ですよ」

「はい」和希は慌ててボールペンを構えた。

「なるほど……代表者は畠泰弘という人ですか。住所は渋谷区ですね。これだと千駄ヶ谷というか、代々木の駅の近くかな」

　ぶつぶつ言いながら、立花が住所を読み上げる。メモ帳に書きつけながら、どういう場所なのか、和希にはだいたい想像がついていた。おそらく、代々木駅と千駄ヶ谷駅の中間地点、すぐ近くを首都高四号線が走っている場所だ。山手線の内側だが、基本的には一戸建ての家が多い住宅街のはずである。

「電話は……これは家の電話かな？　違うか。会社っぽい電話番号ですね。なるほど、別の会社の代表者として契約したんですね」

自分に言い聞かせるような喋り方だが、和希はしっかり聞き取り、電話番号、さらに「岸《きし》財政研究会」という名前を書き取った。会社というか、これも中央経済会と同じような団体である予感がする。畠は、複数の投資セミナーを運営していたのかもしれない。その一つ一つが、友岡の資金源になっていた可能性がある。

立花が紙を二つに折り畳んで、若い社員に渡した。それから、和希の顔をまじまじと見る。居心地が悪くなって、和希は目を逸らした。ここで聞くべきかどうか迷ったが、つい確認してしまった。

「あの……どうして話していただけたんですか」

「あなたの脅しが怖かったからですよ」

「すみません、そういうつもりでは……」

「高樹さん、でしたね」立花が、テーブルに置いたままの和希の名刺を取り上げた。「苗字としては珍しいんじゃないかな。よくある『高いに木』じゃなくて、高樹町と同じ字だ」

「ええ」

「もしかしたら、お父さんも新聞記者ですか？」

「そうですが……」何の話だ？

「やっぱりね」立花がうなずいたが、満足した様子ではなかった。何か、嫌な記憶が蘇ってきたような感じ。

「やっぱりって……」

「十五年ぐらい前かな、高樹という人の取材を受けたんですよ」

「そんなに前のことを覚えているものですか？」

「珍しい苗字だし、何よりしつこかったもんでねえ」立花が苦笑した。しかし必ずしも悪夢の想い出という感じではなく、昔のちょっとしたエピソードを語っているように見える。

「何か、ご迷惑をおかけしたんですか？」

「二時間、粘られました。最後はこっちが根負けしました」

「喋ったんですか」

「ええ……参ったな、嫌なことを思い出した」立花が髪を撫でつける。嫌なことと言う割に、どこか嬉しそうだった。

「その節はご迷惑をおかけしまして」自分が謝ることではないと思いながら、和希は頭を下げてしまった。高樹というのが同姓の別人である可能性もあるが、こんな苗字の新聞記者は何人もいないだろう。

「何の取材だったんですか？」

「内容は覚えていないけど、やっぱり今日のような話だったんじゃないかな。まあ、大変な人でした。あんなにしつこい人には、会ったことがないね。しつこいというか、粘り強いというか」

初めて、父の「外」での顔を見た感じだった。家では淡々としていて、本を読んでいるか寝ているかという感じなのに、外ではそんなに粘り強く取材していたわけだ。

「あの人の息子さんかもしれないって思ったら、諦めましたよ」立花が、今度ははっきりと笑った。「私も忙しいものでね。また二時間も粘られたらたまらない。これで終わりにして下さいよ」

「もちろんです。ありがとうございました」

取り敢えず線はつながった。ほっとして新宿の街中へ出ると、既に昼をだいぶ過ぎている。朝方、新幹線の中で慌ただしくサンドウィッチを食べただけなので、腹が減ってきた。十時過ぎにトーストを食べた美智留は平気な顔をしていたが……ここは、一気に取材を進めた方がいいだろう。調子に乗っている時には、昼食休憩などで動きを止めない方がいい。

「まさか、社会部長に助けられるとはね」美智留が皮肉っぽく言った。「死せる孔明《こうめい》生ける仲達《ちゅうたつ》を走らす、って感じ？」

「オヤジは、まだ死んでませんよ」つい真剣に反論する。そもそもこの故事の使い方も間違っている……美智留は、新聞記者として言葉のチョイスに問題がある。自分が細かいだけかもしれないが。

「ごめん、ごめん。でも、十五年も前のことをまだ覚えている人がいるんだから、よほど強烈な取材だったんでしょうね」

実際には、立花は大袈裟に話していたのではないかと思う。普通の人は、新聞記者に取材を受けることなど一生に一度もないから、強烈な印象として残るのだろう。もっとも、「高樹」という苗字がキーワードになったのも間違いあるまい。

「どうする？　ここからそんなに遠くないけど、ご飯食べてからにする？」

「先に家まで行ってみませんか？　気になるので」

「いいわよ」美智留が左腕を持ち上げて腕時計を見る。「じゃあ、お昼は後で……でも、あの辺りだと、ご飯を食べるお店はあまりないけどね」

「予備校が多い街ですからね。ファストフードばかりですよ」

「そういうの、体に悪いから……野菜を一杯食べたいわね」

美智留が背伸びした。本社勤務だとそんなに食事のバランスが悪いのだろうか、と和希は心配になった。確かに父も、家で食事をするのは週末ぐらいだった。外食続きだと、栄養バランスだって崩れてくるだろう。

二人は、JR新宿駅の西側にいた。ここから当該の住所までは、微妙に遠い……新宿駅まで戻って、代々木、あるいは千駄ヶ谷まで電車に乗るのも馬鹿馬鹿しい。

「タクシーでも拾います?」

「何言ってるの。これぐらいなら歩きよ」

「本社はタクシー使い放題だって聞きますけど」

「いつの時代の話よ」笑いながら言って、美智留がさっさと歩き出した。「私も本社に来て驚いたけど、タクシーの領収書は落ちないし、会社契約のハイヤーは制限が厳しいし……いつも自由にハイヤーを乗り回しているのなんて、社会部の警視庁担当ぐらいよ」

「そうなんですか……」締めつけが厳しいのは間違いないようだ。

「日本新報や東経はもう少し緩いみたいだけど、使い放題ってわけじゃないわね。今は新聞業界全体が、そんなに景気がいいわけじゃないから」

そんな話——気が滅《め》入《い》る話を続けながら歩いているうちに、当該住所に着いてしまった。

細長い五階建てのマンションで、交通の便はよさそうだが、住むにはどうだろう。和希も今は、新潟でワンルームマンションに住んでいるが、独身だし、あくまで仮住まいなので、広さを気にしたことはない。詳しいデータはまだないが、畠はそれなりにいい年齢だろう。

狭いワンルームマンションで暮らしているとは考えられなかった。違法な方法かもしれないが、金は儲けているはずだし。

「オートロックじゃないですね」ほっとして和希は言った。最近、東京ではオートロックのマンションが増えている。記者になる前には気にもしなかったが、取材が面倒なのは間違いない。オートロックでなければ、直接部屋の前まで行ってドアをノックできるが、オートロックだと居留守を使われて門前払いされる可能性も高いだろう。もっとも新潟では、まだ取材でオートロックのマンションを訪ねたことはなかったが。

「オートロックのマンション、困るのよね」美智留が愚痴を零した。「居留守を使われること、結構あるのよ。モニターで、家の中からはこっちが見えてるから、知らない人だったら反応しないで済むし」

「ですね……行きますか」

「ちょっと待って」

和希は歩き出したところで、いきなり後ろから腕を掴まれた。バランスを崩しかけ、慌てて踏みとどまる。何なんだ、と後ろを向いて抗議しようとしたが、美智留は首を横に振るだけだった。何かトラブルか？

「何ですか」

「うちの記者」

「え？」

美智留は説明せずに、マンションの出入り口に向かって歩き出した。マンションから出て来た男が、美智留に気づいて一瞬立ち止まる。うなずきかけると、さっさと彼女に向かって歩いて来た。話を聞き逃すまいと、和希は急いで二人のもとへ駆け寄った。

「三田、こんなところで何してるんだ」

「何って、取材だけど」美智留が抗議するように言う。「橋本《はしもと》こそ、どうしたの」

「いや、俺も取材だけど」

二人のやり取りには、それぞれ困惑が感じられた。もしかしたら橋本というこの記者も、畠を取材しに来た？　この小さなマンションに、取材のターゲットになる人が何人も住んでいるとは思えない。

二人はしばらく、無言で見つめ合った。冷たい空気が流れる……これは、記者同士の腹の探り合いだ。

「そっちは何の取材なの？　うちと同じ？」美智留が先に口を開く。

「それは、お前がちゃんと言ってくれないと分からない」

「せーの、で同時に言う？」

「やめろよ、ガキの遊びじゃないんだから」面倒臭そうに、橋本が首を横に振った。「このマンションに住んでいるはずの、畠という男を探してるんだよ」

一瞬、体が硬直した。橋本というのがどこの記者か分からないが、同着になってしまったのか？　和希は思わず彼に詰め寄り、「畠を取材してるんですか」ときつい口調で訊ねた。

「この人は、どちらさん？」橋本が、困ったような表情を美智留に向けた。

「ああ、新潟支局の高樹君」

「何だよ、要するに地方部と同着か。どういうことだ？」

「すみません、橋本さん……ですよね」和希は訊ねた。

「ああ、社会部だ」橋本がさらりと言った。

「同期なのよ」美智留が説明した。「今、どこにいるんだっけ？」

「遊軍の下っ端。雑用係だよ」橋本が自虐的に言った。「ということは、うちと地方部が、それぞれ勝手に取材していたということか？」

「そうみたいね。これは無駄だわ……」

「だけど、何で新潟支局が？　ああ、そうか……」橋本が周囲を見回した。人気《ひとけ》はない。

「友岡は新潟の代議士だったな」

「それで、畠はいたの？」美智留が訊ねる。

「不在。夜にでも出直すよ。それより、ちょっと情報のすり合わせをした方がいいんじゃないか？　それぞれ勝手に動いていたら、無駄でしょうがない」

「そうね。どうする？」

「本社へ上がってデスクに相談するか」

「そうしようか。ここで張っていても時間の無駄になりそうだし」

二人の間であっという間に話が決まってしまった。困ったな……これから自分はどう動けばいいんだ？

2

三人で、社食で遅めの昼食を済ませる。食べ終えてから、和希は新潟支局に電話を入れた。

「社会部が？」デスクの如月が、声を潜めて言った。「それぞれ端緒を掴んで取材していた、ということか」

「そうみたいです。これから社会部でちょっと話をしようと思いますが」

「そうだな。社会部が入ってるとなると、うちだけで勝手に取材を進めるわけにはいかないだろう。地方部には話を通しておくから、お前が新潟支局代表で打ち合わせをしてくれ。終わったらまた連絡しろよ」

「分かりました」

社会部に顔を出す。父がいるのではと一瞬身構えたが、不在だった。ほっとして、空いている席に腰を下ろす。

社会部には、記者それぞれの席はない。部長、デスクの席が並んだ一角があり、他には机を四つくっつけた「島」が四つあるだけだ。それぞれの机には、電話以外には何も置かれていない。ここはあくまで、日々の新聞制作用の作業スペースということで、それぞれの記者の取材拠点は別にあるのだろう。社会部の記者も、多くは省庁などを担当しているから、普段はそこの記者クラブに詰めているはずだ。

ほどなく、地方部から御手洗がやって来た。社会部の筆頭デスクだという中村も参加する。中村が音頭を取って打ち合わせが始まった。

「新潟支局は、どういう経緯でこの取材を始めたんだ？」中村が厳しい口調で問い詰めてくる。和希は、まるで悪いことをして追及を受けているような気分になってきた。

「タレコミです」余計なことは言わないように……和希は短く答えた。

「そうか。それでわざわざ東京まで出て来たわけか」中村が納得したようにうなずく。

「そのネタ元とはまだつながっているか？」

「連絡は取れます」

「それは絶対に切らないようにしてくれ。今回の件、最終的には新潟につながっていくわけだな？」

「友岡代議士がターゲットになるかと思います」

「社会部は、どこまで取材を進めているんですか？」御手洗が遠慮がちに訊ねる。同じデスクと言っても、中村の方がだいぶ年上のようだ。

「まだ着手したばかりだよ。関係者を特定しようとしている段階だ」

そう言えば橋本は——社会部は、どうやって畠の住所を割り出したのだろう。あの不動産屋ルートではないはずだが。

「どうしますか？　別々に取材していたら、非効率的ですよね」御手洗が切り出す。

「合同で取材、ということでいいんじゃないかな」中村が長い髪をかき上げた。「人数も増えるし、一気に勝負できると思う。うちは、遊軍と地検の担当者がこの件に取り組んでいるから、地方部さんにも入ってもらって……新潟で取材することもあるだろうし。だな？」

「あると思います」話を振られ、和希はうなずいた。

「じゃあ、もう合同取材班を作る方向で進めよう。これから地検の担当者も呼ぶから、本格的な情報交換と打ち合わせということでどうかな。遊軍の部屋を取材本部に使ってもらっていいから」

「そうですね。ちょっと部長にも話しておきます。三時ぐらいに集合でいいですか？」御手洗が腕時計を見ながら答える。

「そうしよう」

中村が壁の時計を見上げた。久しぶりに本社に来て改めて気づいたのだが、東日の社内にはやたらに時計がある。ここで仕事していると、常に締め切り厳守を迫られているような気分になるかもしれない。和希は遠慮がちに、中村に頼みこんだ。

「支局に連絡します。電話、お借りしていいですか」

「どうぞ」中村が言ったが、次の瞬間、急に声を柔らかくした。「部長に会っていかなくていいのか？」

「いやあ……」和希は苦笑した。「いないみたいですし」

「今日は夕方まで戻らないかな」

「またの機会にしておきます」社会部の部屋で父と再会しても、何を話していいか分からない。向こうも困るだろう。

支局に電話して、如月に詳しく状況を報告した。合同取材班の件についても了解。打ち合わせが終わったら、また報告するようにと指示された。今日は泊まりはないだろうな、と和希は判断した。今のところ、自分が東京で取材できることはない。むしろ今後も、新潟にいた方が取材は進むだろう。何となくほっとした——東京で合同取材班に入れられたら、雑用係で終わってしまうだろう。自分は、鈴木という絶好のネタ元を持っているのだから、立場は弱くない。そして今のところ、鈴木と接触するには新潟にいた方がいいような感じがする。

しかし、こんな風に事態が転がりだすとは思ってもいなかった。それだけ大きな事件で、興味を持つ記者も多いのだと実感する。手柄争いになったら面倒だな、と思ったが、今は先のことを心配しても仕方ないだろう。自分の手腕を発揮できる機会は必ずあるはずだ。

何が自分の「手腕」なのか、自分でもよく分からなかったが。

結局和希は、その日のうちに新潟に戻ることにした。明日以降、東京ですぐに取材できることはなさそうだし、東京での取材は社会部と地方部が担当することになる。今後の主戦場は東京に移るかもしれないが、鈴木とのパイプをつないでおくこと、さらに被害者を割り出すことなど、新潟でやれることもたくさんある。

打ち合わせは長引き、五時までかかった。その後和希は地方部で資料の整理などをしていたが、実際には支局に少し遅く帰るための言い訳を考えていたのだった。図々しいと思いながら、美智留を利用することにする。

「今日、結団式みたいな感じで呑みに行くことにしておいてもらえませんか？」

「何、それ」美智留が首を傾げる。

「ちょっとこっちで会いたい人がいるんですけど、支局に連絡したらさっさと帰って来いって言われそうで」

「彼女？」

「ええ、まあ」

「そんなの、遠慮することないわよ」美智留が声を上げて笑う。「どうせ今から帰ったって、新潟でやれることもないでしょう」

「まあ、そうなんですけど」言い訳を考えていた自分が恥ずかしくなってきた。

「高樹君、変に心配性なのね。でも、いいわ。私をアリバイ代わりに使いたいなら、別にいいわよ」

「すみません。たぶん、連絡はこないと思いますけど」

和希は支局に連絡を入れ、デスクの如月に状況を報告した。

「ということは、ほとんど東京で持っていくつもりなんだな」

「でも、そもそもの発端——ネタ元はこっちで摑んでいますから、まだできることはあると思います」

「しかし、社会部は特捜部とのつながりから摑んだ情報なんだろう？　そっちの方が強そうだな」

特捜部とのつながり——中村がさりげなく教えてくれたのだが、このネタを取ってきたのは、実は父らしい。確かに父は、若い頃から司法担当として特捜部を取材していたはずだが、今でも捜査幹部とつながっているのだろうか。部長自ら夜回りして取材していると は思えないが……もしも向こうからネタを入れてくれたとしたら、記者としては理想的な仕事になる。座って待っていればいいのだから。

「いや、新潟でも何とかしますよ」

「何だ、お前、急にやる気を出したな」

「そういうわけじゃないですけど」

「まあ、いいよ。やる気がないよりはずっとましだ」

「それでですね……日帰りで戻りますけど、ちょっと地方部の人たちと呑んでいこうと思います」

「別に、そっちに泊まったっていいんだぜ。元々一泊の予定だっただろう」

「いや、明日も朝イチから動きたいので、今日中には戻ります。遅くなるから、支局には寄らないと思いますが」

「分かった。明日の朝、一回支局に顔を出してくれ。詳しい報告を頼む。それで、支局として今後の取材予定を決めよう」

「分かりました」

　これでよし……和希はニヤけた笑いをこそげ落とそうと、両手で頬を擦った。あとは美緒に連絡しないと。これで彼女と会えなければ、わざわざ帰りを遅らせた意味がない。

　平日の夕方、当然美緒も仕事中だったのだが、何とか時間を作ってくれた。彼女が勤める化粧品会社の本社は品川にあるので、東日の最寄駅である有楽町との中間地点、浜松町で落ち合うことにする。浜松町で飯を食ったことなんかないんだけどな……何を食べていいか分からず、取り敢えず待ち合わせ場所だけ決めた。

　世界貿易センタービルの前で、午後六時半。既に陽は落ち、高層ビルの前にいるせいか、強烈に風が吹きつけてきて寒い。新潟とは違う、乾いた寒さだ。中に入っていようか、と思った。互いに携帯を持っているから、連絡が取れなくなることもないだろう。ちょっと音楽でも聴いて、とMDウォークマンのヘッドフォンを装着する。オアシスの『ドント・ルック・バック・イン・アンガー』のピアノのイントロが聴こえ始めた瞬間、美緒がやって来た。

彼女の姿を見ると、胸をぎゅっと摑まれるような感覚を味わう。会うのは一ヶ月半ぶり──十一月の三連休に、彼女が新潟に来てくれて以来だった。そんなに長く間隔が空いたわけではないし、電話ではよく話すのだが、やはり「久しぶり」ではある。美緒も笑顔だったので安心した。彼女も仕事が忙しいのは分かっている。急に会いたいと言われて、本当は困っているかもしれないと思ったのだが、その笑顔に裏はないようだった。

「時間、大丈夫?」美緒が左手を上げて腕時計を見た。

「最終の新幹線は九時半過ぎだから、余裕はあるよ」

「じゃあ、ゆっくりご飯食べられるわね」

「その後のお茶も」

本当は、彼女の家に行きたかった。仙台出身の美緒は、京急の大森町駅近くで一人暮らしをしている。品川にある会社へ通うには便利な場所なのだが、そこでゆっくりしていると、最終の新幹線に乗るのに大慌てすることになる。

「先輩に聞いたけど、近くに美味しいイタリアンがあるわよ」

「こんなところに？」

「浜松町を馬鹿にしたらバチが当たるわよ」美緒が皮肉っぽく笑う。

「いや、イタリアンのイメージじゃないっていう意味だよ」浜松町は、東京モノレールの始発駅——つまり羽田へのアクセスの街であると同時に、普通の会社が多い。新橋とよく似たサラリーマンの街という印象を持っていた。居酒屋などは多いのだが、洒落た店があるとは思えない。

「次の信号を渡ってすぐみたい」

「OK。イタリアンでいいよ」

二人は腕を組んだまま、駅から離れた。ちょうど帰宅時間で、駅へ向かう人の流れとは反対になる。社会人になってから東京を歩く機会はほとんどなかったので、新鮮な感じだった。東京のサラリーマンは皆せかせかしている感じで、歩調も速い。新潟では車移動が基本だから、歩いている人の姿をほとんど見かけないのだが。

右手の方に東京タワーが見えている。父の実家は昔、東京タワーの足元にあった。いや、父が生まれた終戦直後には、まだ東京タワーはなかったのだが……和希も中学生になるまではその家に住んでいた。しかし祖父が亡くなった後、相続の関係でその家を維持できなくなり、建物と土地を処分して杉並のマンションに引っ越すことになったのだ。中学も転校になり、結構厳しい思いをしたのだが、今考えるとあれは仕方がなかったと思う。東京の地価がどんどん上がっていた時代で、相続も大変だったのだ。新聞記者は他の業種に比べれば高給取りと言っていいのだが、それでも都心の不動産をずっとキープしておくのは難しかったはずだ。祖父も、商社で副社長にまでなった人だが、所詮《しょせん》はサラリーマンだったし。かつての男爵家の出だが、終戦で全てを失って自立したのだ。

美緒が選んだのは、ビルの一階に入っているこぢんまりとした店だった。二人でメニューを吟味して、あれこれ料理を選ぶ。前菜は店お任せの盛り合わせ。パスタも店お勧めのジェノベーゼと、美緒が好きなプッタネスカを選んだ。メーンはメカジキとトマトのソテー、それにディアブル・チキンにして、分け合うことにした。

白ワインをグラスでもらい――これも美緒の好みだ――乾杯する。一口飲んだ瞬間に思い出し、笑ってしまった。

「何、どうしたの」

「いや……新潟でイタリアンっていうと、こういう店のことじゃないんだ」

「イタリア料理の店、ないの？」

「あるけど、一般的にはファストフードの名前なんだよ。それが、焼きそばにトマトソースをかけた、変わった料理なんだ」

「ええ？　それ、美味しいの？」美緒が首を傾げる。

「焼きそばにトマトソースをかけた味がするんだ」

「何、それ」

「味が喧嘩してるわけじゃないけど、融合してもいない……不思議な料理だよ。地元だと、高校生が部活帰りに食べるようなファストフードなんだ。安いしね」

「この前行った時、食べさせてくれなかったわよね」

「わざわざ食べるほどじゃないよ。まあ……俺はたまに食べるけど。時間がない時にいいんだ」

「ローカルなファストフードもあるのね」

「仙台には？」

「思い浮かばないなあ。牛タンはファストフードじゃないし」

会話が上手く転がる。料理も美味い。こんな風にゆっくりと食事をするのは久しぶりで、それが嬉しかった。そして幸いなことに、ポケベルも携帯電話も鳴らない。どうやら今夜の自分は、忘れられているようだった。

次第に気持ちが緩んできた。それでも、ふと気づくと事件のことを考えて、眉間に皺が寄ってしまう。

「どうしたの？　今日、ずっと難しい顔してるけど？」美緒が鋭く気づく。

「厄介な仕事が入ってるんだ。今日もその件で、東京へ来たんだけどね」

「長引きそう？」

「分からないけど、長引くかな……でも、どうして？」

「お正月、うちの田舎に来ない？」遠慮がちに美緒が誘いかける。

「田舎って……仙台へ？」

「うん」

「それはつまり、ご両親に挨拶ってことだよな？」

「そういうこと。都合、つかないかな」

「何とも言えないけど、何でまた急に？」胸騒ぎがする。これまで二人の間で、曖昧に結婚の話が出たことはあるが、あくまで「数年先に」「和希が東京へ戻ったら」という前提だった。新婚生活を始めるなら、やはり東京がいいだろう。美緒は結婚したら専業主婦になると言っているが、話の端々から、三十歳ぐらいまでは働くつもりだと分かっている。子どもを持つなら、その後で。

「母が、見合いの話を持ってきたのよ」

「ええ？　マジかよ」パスタを巻きつけたフォークを落としそうになった。「何で急に、そんな話になってるんだ？」

「田舎の友だちが、空前の結婚ブームを迎えてるのよ」美緒は、説明するのも嫌そうだった。

今、結婚する年齢の平均は、男性が二十八歳、女性が二十六歳ぐらいだろうか。社会人になって仕事をしっかり覚え、収入が安定し、結婚生活に備えられる年齢というと、やはりそれぐらいだろう。

「仙台って、そんなに結婚が早いのか？」

「別にそういうわけじゃないけど……私の高校時代までの友だち——母も知っている子たちって、ずっと仙台にいる子が多いのよ。高卒で働いたり、地元の短大を出て就職したり。それで今年になってから、四人ぐらい、ばたばたと結婚が決まったの」

「ああ、そう言えば九月にも、結婚式で田舎に帰ってたよな」

「たまたま続いただけなのに、母が急に焦っちゃって。母が結婚したのが二十三歳だから、私も適齢期だと思ってるのよ」

「そうなんだ……」

「それで、あなたのこと、話しちゃった」

「マジか」二人の交際について、和希の両親は知っているが、美緒の家族は知らないはずだ。あまり深い意味はなく、単に和希の実家が東京にあるから紹介しやすかっただけなのだが……学生時代に、何度か実家に招いたこともある。母は、「こういうことはちゃんとしなさい」と釘を刺したのだが、和希は聞き流していた。そもそもちゃんとしているのだから。

「予定はどう？　お正月は、私は仙台に帰省するつもりだけど」

社会人になって初めての正月。いや、たぶん休みは取れない。「新人の仕事は大晦日と元日の泊まりだからな」と、石田から早々に言い渡されていたのだ。純子と自分で、じゃんけんでもして決めることになるだろう。

「正月に行ける確率は低いかな」泊まりのことを説明した。

「あ、でも、全然大丈夫じゃないかな」美緒がハンドバッグから手帳を取り出した。「今年は冬休みが長いじゃない。二十七日が御用納めで、一月は四日と五日が土日だから。九連休」

「新聞社は、世間が休みでも休めないからなあ」とはいえ、今は長い休みが取れないこともないという。昔は、新人記者は最初の一年はまったく休暇がないと言われていたそうだが、さすがにもう、そんなことはあり得ないだろう。「例えば、大晦日は泊まりにして、一日の朝から正月休みにするとか……そのまま仙台へ行ってもいいし」

「じゃあ、うちの親に会うのはＯＫ？」

「ああ、まあ……」最初にスケジュールのことを考えてしまい、肝心の内容は頭から抜け落ちていた。「ちゃんとしたご挨拶っていうことだよな？」

「そうなるかな」

「結婚の挨拶？　順番、おかしくないか？」

「何で？」

「だって、プロポーズもしてないしさ」

美緒が急に吹き出した。フォークを置いて、紙ナプキンで口元を拭う。

「和希って、そういうことを気にするタイプだったんだ。じゃあ、クリスマスには頑張って都合つけて会う？　それでイベントでも作る？」

「いや、シチュエーションの問題じゃなくて」

「ちゃんとプロポーズして、それから両親に挨拶したいの？　私は別に、そこまで考えてないけど。急過ぎるでしょう」美緒は、妙にサバサバしたところがある。それがいいところでもあり悪いところでもある。

「じゃあ、本当にご挨拶だけということ？　おつきあいさせていただいてます、みたいなことで？」

「そんな感じ。別に、不自然じゃないでしょう」

「要するに、見合いを避けるための方便だろう？」彼女に利用されているだけ、という嫌な感覚もある。

「別に、そういうわけでもないけど」

「じゃあ、結婚してくれ」

「駄目」美緒があっさり言った。

「何で？　今、そういう流れになってたじゃないか」

「いくら何でも、ここでいきなりプロポーズはないんじゃない？」

「じゃあ、どうしろって言うんだよ」和希は口を尖《とが》らせた。彼女の本音を読むのは、つき合って長くなっても難しい……。

「とにかく、ちゃんと交際してますっていう挨拶だけして。それで見合い攻撃からは逃れられるし。仙台の美味しいもの、奢るから」

「まあ……ちょっと流動的だけどね。今の仕事がどうなるかによっては、年末年始もなくなるかもしれない」

「母には言っておくわ」美緒は平然としていた。「約束しておいて、急に仕事で来られなくなったっていうことになれば、仕事に命を燃やす若者、みたいな感じになるじゃない。うちの両親、そういうの大好きだから」

「変わったご両親だね」

「そんなこともないでしょう。あの年代は、仕事一番なんだから」

妙に緊張してしまう……彼女の本気がなかなか読めないのだが、それでも結婚に前向きなことだけは間違いない。この積極性にどう向き合っていくか――仕事よりも難しいかもしれない。


午後八時四十分、和希は東京駅のホームにいた。いくら何でも、東京へ来て実家を無視するわけにはいかないと考え、電話だけはしておくことにする。父はまだ会社にいるはずだが、母親と話しておこう。

「あら、どうしたの」母の隆子《たかこ》がおっとりした口調で電話に出た。新潟のバス会社の社長の次女という生まれで、お嬢様育ちなのは間違いない。以前、「パパとは駆け落ちした」と言っていたが、あれは本当だろうか。普段の様子を見る限り、そんなことをしそうなタイプには見えないが。

「ちょっと仕事で本社に来てたんだ」

「だったら、家に寄ればよかったのに」

「そこまでは時間がなかったんだ。日帰りで」

「あらあら、忙しいことね……本当は美緒ちゃんと会ってたんじゃない？」

図星だ。昔から、母親には簡単に心情を見透かされてしまう。母子だからというわけではなく、鋭い人なのだ。

「まあ、ちょっと飯を」

「あなたももう、家族より彼女優先なのね」母親が大袈裟に溜息をついた。

「そういうわけでもないけど……オヤジは？」

「まだ帰ってないわ。あなた、本社に行ったんでしょう？　挨拶ぐらいしなかったの？」

「ちょっと顔を見たけど、話してる暇はなかった」

「そう。お正月は？」

「たぶん、大晦日か元日は泊まりになる。それを外して休みを取ることになると思うんだ。でも、仙台に行くかもしれない」

「美緒ちゃんの実家？　あなたたち、結婚するの？」

「まだそういう話にはなってないけど、ご挨拶ぐらいはしておこうかと思って」

「そういうのをちゃんとしておくのは大事なことよ。きちんと挨拶していらっしゃい」

「もちろん……オヤジにもよろしく言っておいてくれないかな。挨拶できなくて申し訳ないって」

「携帯持ってるんだから、そっちにかければいいのに」

「わざわざ電話で話すのも、何だかさ。じゃあ、もう新幹線が来るから」

実際にはまだ余裕がある。しかし母親は、基本的に話が長いのだ。こういう時でなければつき合うのだが、新幹線待ちの時間では慌ただしい。

「また電話しなさいよ。体は大丈夫？」

「今のところは何ともないよ」

「一人暮らしだと、無理しがちだから……パパも、新潟支局時代はいろいろ大変だったのよ」

「気をつける」

電話を切って、今の「大変だった」はどんな意味だろうと思った。病気でもしたのか、あるいは仕事か……例の大きな選挙違反の取材が大変だったことは、容易に想像できるが。

まあ、いい。父は父、自分は自分。別の道を歩いていくのだ――しかし今回の取材は、同じ道になっている。

3

高樹は、月に一回は中村と二人だけで酒を呑むことにしている。社会部で昔から一緒に苦労してきた仲だし、今は部長と筆頭デスクとして、仕事に関してすり合わせしておくべきことも多い。今日腰を据えたのは、二人が検察担当をしていた頃に、よく息抜きに訪れていた有楽町のガード下のバーだった。銀座・有楽町といっても高い店ばかりではなく、ガード下には気さくな店が多い。

今日は自然に、中央経済会の話になった。

「新潟支局——息子さんは、いいネタ元を摑んだようですね」

「そもそも田舎のネタ元が、よくこんな情報を摑んでいたと思うよ」

「政治絡みだと、田舎も都会も関係ないでしょう。むしろ田舎の人の方が政治好きだし、いろいろ情報も握っている」

中村がハイボールを一口呑んだ。この呑み方は、高樹が大学生の頃まではトリスバーでの定番だったが、その後は水割りに取って代わられた感がある。しかし中村は、昔からこれ一辺倒だった。若い頃の好みがずっと続いているということか。

「新潟三区の友岡か……どうも胡散臭い感じがする男だな」

「高樹さん、昔からコンサル嫌いですよね」

思わず苦笑してしまう。二十年ほど前、特捜部が摘発した大型詐欺事件に経営コンサルタントが噛んでいた。高樹は逮捕前に接触に成功して話を聞いたのだが、まんまと騙されて書けなかった――こちらの取材が甘かったのだが、それ以来、高樹は「コンサル」と聞いただけで眉間に皺が寄るようになった。

「まあ、コンサルはどうでもいいが、選挙の資金源が怪しいよ」

「党からは相当金が流れているはずですが、それだけでは足りなかったんでしょうね。自分で調達したんだと思います」

「詐欺で、な」カウンターの隣に座る中村に聞こえるか聞こえないかぐらいの小声で高樹は言った。「俺は、もっとでかい山の一部だと思う」

「長村絡みでしょうね」中村がうなずく。「一種の、資金の還流みたいなものですよ」

「還流というか、上納金かな」

「ヤクザですか」中村が苦笑した。

「ヤクザと政治家の違いは、刺青があるかないかだけだぜ」

「高樹さん、政治家嫌いも徹底してますね」

それはそうだ。二十五年前に起きた新潟一区の選挙違反事件で、高樹は政治家を見限った。田岡に代表される政治家、というべきかもしれないが。

そしてあれ以来、小学校時代からの親友だった田岡とは一度も会っていない。もちろん高樹は、慎重に避けていたのだが……。

「最終的には、違法な献金の源泉になっていた、的な話に落としこみたいな」

「地検の方はどうなんですか？　捜査はどこまで進んでるんですかね」

「そこは俺に聞くなよ」高樹は苦笑いした。「担当がきちんと取材するだろう」

「任せておいて大丈夫ですか？　高樹さんからみれば、今の若い連中は食い足りないでしょう」

「そんなことはない」高樹は首を横に振った。「記者も変わるし、取材相手も変わる。時代は変化するってことだよ」

「なるほど……いい変化だといいんですけど、俺にはそうは思えない」

中村が煙草に火を点ける。高樹はやめて久しいのだが、他人が煙草を吸っていると、紫煙の香りを懐かしく思うことがあった。不思議と、また吸いたいとは思わないのだが。

「昔の方がよかったか？　お前も最近の若い奴は……なんて言い出す年齢になったのか

ね」

「そういう愚痴は、古代ギリシャ時代からあったそうですよ」

「だったら二千年以上、世の中はまったく変わっていないことになる」

「そうかもしれません――しかし、息子さんは大したものですね」

「いやいや」

そう言いながら、気分は満更でもない。和希が記者になると言い出した時、高樹は正直不安の方が大きかった。昔から引っ込み思案というか、気が弱いところがあり、記者に必要なある種の図々しさとは縁遠いタイプだったのだ。しかし今回の動きを見た限りでは、シビアな取材でも何とか上手くやっている感じである。

「一年生記者が、こういうでかいネタを摑まえることはあまりないですよ」

「タレコミだろう？　それは、誰でもキャッチできる話だよ。たまたま電話を取ったら――」

「いや、息子さんを名指しで情報提供してきたらしいですよ」

「ほう」それは妙な話だ。様々な人に取材を続けて情報網を広げていけば、何かあった時に、記者に「情報を投げてやるか」と考える人も出てくる。しかし記者一年目ぐらいでは、そういう情報網を構築することはまず不可能だ。しかも新潟では地元紙が圧倒的に強く、情報はそちらに流れがちである。

「ネタが流れこんでくるような人間関係は、一年目からはなかなか作れないものですけどね。彼は、そういうことが得意なのかな。今回の件が上手くいけば、社会部に引っ張りたい」

「おいおい」

「まだ先――俺が部長になってる頃の話ですよ」

東日では、部長職は二年から三年だ。確かに和希が本社に上がってくる頃には、中村が社会部長になっているだろう。まあ、それはその時の人事担当者の判断で、高樹に何かできることではない。それに、社会部に来るのが息子のためになるかどうかも分からなかった。

「とにかくこの件は、何とか物にしたいな。元日紙面には間に合わないかもしれないが」

「そうですね。弾ける前に書いてしまいたいところですが……」

「弁護士を絡ませたいな。集団訴訟の動きがはっきりすれば、捜査の状況に関係なく書ける」

「被害者の特定が急務ですか」中村が煙草を灰皿に押しつけた。「しっかりしたリストが欲しいですね」

「だからまずは、中央経済会の内部に話を聞ける人間を作ることだ」

「いつもの取材計画ですね」

「ああ。やり方は、現場に任せておこう」高樹はうなずいた。「俺らが一々口を出すことじゃない。司法担当の連中、気を悪くしてないかな。俺がネタを持ってきたことに対して……」

「何言ってるんですか」中村が声を上げて笑った。「そんなこと、気にしないで下さい。自分たちでネタを摑んでこなくてどうする、ぐらいのことは言ってやらないと」

「今時、そういう押さえつけるような言い方は流行《はや》らないだろう」

若い頃は……とつい考えてしまう。先輩は威張《いば》り散らし、逆に後輩は先輩に食ってかかった。編集局で殴り合いの喧嘩が起きることも珍しくなかったが、今そんなことになったら大問題だろう。いつからこんな風になった？　元号が平成に変わった頃だったかもしれない。元号が変われば社会の雰囲気が変わるというわけではないのだが。

二人はそれから、通常業務の相談に入った。主に人事……社会部は百人を超える大所帯で、毎月のように人の出入りがある。誰を出して、誰を迎え入れるか、常に考えていないと混乱してしまうのだ。駒を動かすような感覚ではいけないと思うものの、百人もいると、どうしてもある程度は感情を廃して考えざるを得ない。毎度のことだが、自分が機械になってしまったような気分になるのだった。

家に戻って午後十時半。背広を脱ぐなり、高樹は妻の隆子に告げた。

「今日、和希が会社へ来たぞ」

「さっき、電話がかかってきたわよ。東京駅のホームから……新潟に日帰りだと大変じゃない？」

「俺たちの頃とは違うさ。新幹線で二時間――近いもんだ」

「話ぐらいすればよかったのに」少し詰《なじ》るような口調で隆子が言った。

「俺も時間がなかったんだよ。和希も取材中みたいだったしな」

「相変わらず忙しいことね。親子なのに話もできないなんて」

「いやいや……」話を誤魔化して、高樹はソファに腰を下ろした。すぐに隆子が、スポーツドリンクのペットボトルを出してくれる。最近は、呑んで帰ると必ずスポーツドリンクを一本飲むのが習慣になっていた。風呂につかりながら飲んでいると、何もしないよりもたくさん汗をかき、酔いの引きが早い気がする。五十を超えてからは、進んで酒が呑みたい、という気持ちが薄れてきた。部下たちに呑ませるのが目的で、自分はあくまでつき合いだから、酔いはできるだけ早く抜きたい。

「和希、お正月に美緒さんの実家に呼ばれてるみたいよ」

「呼ばれてる？」四半世紀も記者をやっているせいか、言葉遣いの細かい点がやけに気になる。「向こうのご家族が呼んだのか？」

「そうじゃなくて、美緒さんに誘われたみたい」

「ずいぶん積極的なお嬢さんじゃないか」確かに、見た目もそんな感じではあるが。大柄で、花がぱっと咲いたような派手な顔立ちなのだ。

「何かいろいろあるみたいだけど、このまま結婚するかもしれないわね」

「俺は別に反対じゃないぞ。身を固めるのは大事だ」

「そこは積極的に賛成って言わないと」隆子が微笑んだ。「めでたい話だし、いいお嬢さんなんだから」

「まあな……しかし、結婚はいいけど、いくら何でも早過ぎないか？　あいつ、まだまだ本社へは上がってこないぞ」

「その辺は二人で話し合うでしょう。私たちだって、早かった方じゃない？」

「あの頃なら普通だったよ」

二人は、高樹が新潟支局に勤務中に出会った。娘の交際相手を探していた父親が、高校の後輩である県の広報課長に適当な人物を紹介するように頼み、そのお眼鏡に適ったのが自分……しかし、一筋縄ではいかなかった。最初は向こうの両親も歓迎してくれたのだが、高樹が取材を進めていた大規模な選挙違反事件に隆子の父親が絡んでいたことが分かり、それを報じたために、交際は許さないと厳しく言い渡された。しかしその後、隆子が家を飛び出して高樹のアパートに転がりこみ、そのまま結婚した。以来、父親とは音信不通になってしまっている。ただし他の家族とはつながっており、和希が生まれた時には母親がしばらく手伝いに来てくれた。逆に言えば、家族の中で父親だけが浮いていたわけだ。その父親も、三年前に亡くなった。その葬儀で、隆子は二十数年ぶりに新潟に足を踏み入れたのだった。

自分は何もできなかったな、と思う。あの記事を巡っては別れも覚悟したのだが、隆子は俺の胸に飛びこんできてくれた。あの頃の女性にしては非常に大胆だったと思うが、彼女の判断は正解だった。自分が無事に記者生活を送って、社会部長になれたのは彼女のおかげだ。

妻に対しては何の不満もない。今は実家との行き来が復活していることも安心材料だった。ただし、妻の実家を壊してしまったのではないかという後悔は未だに消えない。隆子の兄は、社長含みで新潟バスに入社していたのだが、あの事件をきっかけに辞めてしまい、自分でビジネスを始めた。それは上手くいっているのだが、新潟バスの経営から完全に離れたことで、一家の財政基盤が脆弱《ぜいじゃく》になったのは間違いない。もちろん、経済的に困窮しているわけではないが、義母が本格的に老後を迎えた今、これからが少しだけ心配だ。

「和希も、結婚すればもっとしっかりするんじゃないかしら」隆子が高樹の前に座った。

「家族に責任を感じれば、仕事もきちんとやるようになる……ってことかな」

「あなたみたいに、独身時代からしっかりしている人なんて、そんなにいないわよ。今の時代なら尚更でしょう」

「俺がしっかりしていたとは思わないけどな」新潟のアパートはいつも整理ができず、ひどい状態だった。人間がしっかりしているかどうかは、まず身辺を見れば分かる。部屋が汚い人間は、基本的にだらしない――かつての自分のように。

「気持ちの問題でしょう。片づけが得意とか苦手とかとは関係ないわよ」立ち上がり、隆子がソファの背で広がっている背広を取り上げた。「でも、背広ぐらいちゃんと片づけないと。型崩れするわよ。せっかくいいお店で作ってるのに」

「ああ……」我ながら不思議な癖なのだが、背広を脱ぐと、必ずソファの背に放り投げるように引っかけてしまう。

「和希、お正月は仙台へ行けるといいわね」

「ちょっと分からないな」今回の件の取材が進めば、冬休みも取れなくなってしまうだろう。「予定が崩れるのはこの業界ではよくある話だから。美緒さんも、それぐらいは覚悟しておいてもらわないとな」

「今時、そういうのは流行らないと思うわ。私たちの頃とは時代が違うでしょう」

「つまり、君には散々苦労をかけたということか」

「それはまだ続きそうだけど」

隆子が背広を片づけに行った。その間、高樹はスポーツドリンクを半分ほど飲み、喉の渇きを宥《なだ》める。胃が冷たくなり、酔いが急速に引いていく感じがした。

隆子が戻って来て、「そう言えば、兄から電話があったんだけど」と告げる。

「何だって？」

「来年オープンする、チューリップ園の話」

「中条《なかじょう》だろう？　確かにあそこはチューリップの球根生産量が日本一だったはずだけど、テーマパークなんか造って上手くいくのかね」高樹は首を捻った。この話は少し前に聞いていたが、義兄の目が曇ったとしか考えられなかった。

義兄の阿部《あべ》隆興《たかおき》は、家業でもある新潟バスを辞めた後、観光関係の会社を起業した。関越道、上越新幹線の開通を当てこんで、今後は新潟でも観光業が盛んになるだろうと予想しての転身だった。

そのチャレンジは、結果的に正解だった。小さな旅行会社から始めて、様々な観光関係の仕事に手を出し、八〇年代半ばにはとうとうスキー場をオープンするに至った。九〇年代初頭にかけては空前のスキーブームだったせいもあり、大儲けしたらしい。今はスキーブームも一段落して、全盛期に比べれば稼ぎはだいぶ減っているようだが。

「どうなのかしらね。私も、テーマパークのことはよく分からないけど、兄は何かあると、ホラ吹きになるから」

「確かにな」思わず笑ってしまった。義兄は、人に話しながら自分の考えをまとめていくタイプだ。頭の中だけにとどめておかず、実際に言葉にすることで考えがクリアになる……確かにそういう人はいるものだ。走りながら考える、と言うべきか。

「今回も、ずいぶん膨らませて話してたわよ」

「だけど、チューリップの季節は限られてるからな。花がない時期はどうするんだろう。冬は雪も降るし」下越地方の中条町は日本海に面しており、降雪量はそれほどでもないが、まったく降らないわけではない。もしかしたら冬は休業にするつもりだろうか。それで採算が取れるとは思えない。「さすがに、義兄《にい》さんも少し読みがずれてきたかな」

「そうねえ。話を聞いた限りでは、あまり上手くいくとは思えないのよ」

「それとなく、反対しておいた方がいいかもしれないいな」

実は高樹は、義兄の会社の株主である。会社を立ち上げる時に少し資金を都合し、その後も資本金を増資したり、新規株を発行したりする時に、追加融資をしてきた。毎年多少の配当があり、投入した分の資金は既に回収している。

「そういうことなら、あなた、話してくれる？」

「いやあ、俺が話すと角が立つんじゃないかな」実は、義兄は少しだけ苦手なのだ。自ら会社を興して成功した人にありがちなのだが、妙に自信たっぷりにまくしたてる態度に、時にうんざりしてしまう。いわゆる人の話を聞かないタイプで、なかなか腹を割って話せなかった。

テーブルに置いた携帯電話が鳴る。おっと、松永だ……取り上げ、隆子に目配せしてから立ち上がる。電話に出ながら、書斎に向かった。それほど広くない３ＬＤＫのマンションで、高樹が「書斎」と呼んでいる場所は、実際は物置のようなものである。デスクと椅子を置いてあるから、読書や書き物はできるというだけの話だ。

「すみません、ちょっと移動しました」

「話して大丈夫なのか？」

「もう家ですよ」

「そうか」松永が一瞬言葉を切る。「取材は上手くいっているかい？」

「それなりの人数を投入することにしました。それだけでかい事件ですからね」

「うちとは別に、動きがあるようだぞ」

「警視庁ですか？」これだけ大きな詐欺事件だと、捜査できるのは警視庁か地検の特捜部ぐらいのものだ。政治家が絡んでいたら特捜部が持っていくのが、捜査当局同士の暗黙の了解のようだが。

「いや。マル弁さんたちがね」

「まさか、集団訴訟を予定しているとか？」これは東日にとっては痛し痒《かゆ》しだ。弁護士が絡んで集団訴訟が起こされれば、記事にしやすくはなる。しかし逆に、他のメディアへ情報が漏れる可能性も高くなるものだ。弁護士というのは、自分の仕事を上手く宣伝することに常に目を配っている。時にはメディアを利用することも厭わない。新聞かテレビかラジオか……一番宣伝効果のありそうなメディア、そして社を選んで情報を流したりする。本当に弁護士が絡んでいるとしたら、早く取材を進めないと。

「弁護士さん、誰ですか」

「堀田《ほりた》さんだよ」

「ホリケンさん？　そいつはまずいな」つい声が暗くなってしまう。堀田健吾《けんご》はいわゆるヤメ検――検事をやめた後に弁護士になった。高樹は彼が検事時代に取材したことがあるが、一度も上手くいったことがない。当時は名前をもじって「堀田喧嘩」と揶揄《やゆ》されるほど激しやすい人間で、四十歳になる前に上司と激しく衝突して検察を辞めてしまった。仕事はできる人で、プライドも高かったのだろう。弁護士に転じてからも何度か取材しようとしたのだが、その都度適当にあしらわれた。普通の弁護士は、きちんと取材を受けるものだが……堀田曰く「あんたには散々痛い目に遭わされたから」。いやいや、痛い目に遭ったのはこっちだと思ったが、意固地な堀田と本気で喧嘩するほどの我慢強さは高樹にはなかった。

「あんたも気が短いよな。ホリケンさんも同じだよ。似た者同士だから気が合わないんじゃないか」

「今のは、松永さんの言葉でも聞き捨てならんですね」

松永が豪快に笑って、「悪い、悪い」と言った。検事の任官に際しては、性格チェックなどはないから、誰もホリケンさんの本性を見抜けなかったんだ、と続ける。

「いずれにせよ、ホリケンさんのところで集団訴訟の準備を進めている」

「原告は？」

「東京の人たちじゃないかな。東京では、人を集めたセミナーが行われていたから、被害者同士も顔見知りだったんだろう。後でおかしいとなった時に、セミナーで一緒だった人間同士が相談し合うのはおかしくない。それで弁護士に話をするか……となったんじゃないかな」

これまでの社会部の取材、それに和希の情報を総合すると、中央経済会は、「二本立て」で詐欺を実行していたようだ。東京や大阪などの大都市では、人を集めてセミナー形式で勧誘を行う。地方では、コネを使って個別撃破――講師がセールスマンのように各地を回って説明をしていたらしい。なかなか効率的なやり方だと思う。

「だったら、ホリケンさんを攻めれば、被害者のリストが手に入りそうですね」

「まあ、あんたが直接取材するわけじゃないだろうから、何とかなるんじゃないか？　人材豊富な東日さんなら、ホリケンさんと話が合う人もいるだろう」

「そんな人間がいる確率はゼロに近いでしょう」

「まあねえ」

「――でも、ありがとうございました。若い連中にやらせてみますよ」

礼を言って電話を切ったが、何だか釈然としなかった。昔の自分だったら、上からこんな命令が降りてきたら、即座に「できません」と反発していただろう。もちろん、デスクだろうが部長だろうが、あるいは社長だろうが、新聞社の人間ならネタを取ってくることはある。それに基づいて指示されたら悔しい、ということだ。

今の若い記者は、こんなことで一々怒ったりしないだろう。時代は着々と変わりつつあるのだ。同僚同士で言い合いもせず、淡々と仕事を進める——ぶつかり合いがなければそれだけ時間が無駄にならないのだが、熱がないのが高樹には少し寂しい。

俺はもう、古いタイプになったのかもしれないが……団塊の世代として、常に大勢の仲間と競争してきた身にすれば、最近の若者は強烈な競争に慣れておらず、甘やかされて育った——いや、甘やかしたのはそもそも自分たちの世代かもしれないが。和希を見ていると、もう少し厳しく育ててもよかったかもしれないと思う。

いずれにせよ、時代は変わる。その中でも、特ダネを追う記者の意識だけは変わらないでいて欲しいと願う。

4

稔は、父につき合ってある人物と面会することになっていた。東日の編集局次長、宇佐《うさ》。一年前まで政治部長で、次の編集局長候補だという。近いうちに、編集の最高責任者になる可能性の高い人物……というわけだ。

場所は、政治家同士がよく使う料亭からは少しランクダウンした、ホテルのレストラン。ここにも個室があるので、面会場所としては適切だった。

「記者を飯に誘うこともあるんだ」

「ある」父はあっさり認めた。「時々餌を投げてやらないと、いざという時に使えないからな」

馬鹿にしたような言い方は、恐ろしくもあった。父は、政治部記者を、いつでも自由に使える駒ぐらいにしか考えていないようなのだ。そこまで上から目線なのかと驚くが、確かに政治記者は政治家に対して「取材」している感じではない。自宅に夜回りに来る記者は、やけにへりくだっていて、見ているだけでみっともない。それとも、こういう関係が普通なのだろうか。

宇佐は父より一歳か二歳年上なだけだが、ずっと老けて見えた。来ている背広もくたびれていて、どうにも冴えない。新聞記者は、着るものにあまりこだわらないのかもしれない。政治家は人に見られる商売なので、背広やシャツ、ネクタイは常に綺麗にしているのだが。

「最近、東日の社内はどうですか？　西社長ももう五年目でしょう？　そろそろ交代の時期じゃないですか」父が話を切り出す。

「来年で交代かもしれませんね。六月の株主総会で……最近、ちょっと体調がよくないようなので」

宇佐が、社内の事情をぺらぺら喋るのが意外だった。こういうのは、内密にしておくことではないのか？

「深刻な状態ですか？」

「血圧が高いんですよ。大したことはないと思うんですけど、本人がかなり気にしているようでね。まあ、もう六十八歳だから、引退してもいい歳ですよ」

「よく頑張りますな」父がわざとらしく感心してみせた。「御社には、社長の定年規定はないんですか」

「特に決まってないんですよ。ただこれまで、七十までやった人はほとんどいません。新聞記者は、だいたい何か病気を抱えてますから、途中脱落のケースが多いんです。若い頃からまったく体をケアしないから、仕方ないんでしょうけどね」

そう言う宇佐も、どこか不健康そうだ。顔色は良くないし、煙草も吸う。酒量も相当なもの——ビールを呑んでいるのだが、ペースが速い。今もグラスが空になったのを見て、稔はすかさず立ち上がってビールで満たした。

「どうも……しかし、田岡さんも息子さんが秘書だと安心でしょう」宇佐が微笑む。

「いや、まだまだ勉強中ですので」父がさっと頭を下げる。

「稔さんも、やはりいずれはこの道へ進むんでしょう？」宇佐が話を振ってきた。

「いえ、それこそまだ勉強中ですので」稔は小さな声で答えた。

「長く秘書をやっても、何も学ばない人間はいるからね」

父が皮肉っぽく言ったのでむっとしたが、こんなところで反論しても仕方がない。自分の仕事は、二人の会話を邪魔しないように座っていて、時々ビールを注ぎ足すだけだ。まあ、同席させてもらっているだけでもよしとしよう。話を聞いているのも、勉強の一環だ……。

「社長が変われば、論調も多少変わると思いますよ」宇佐が言った。

「この数年、東日の論調は厳しかったですからね。民自党の過半数割れにも、東日さんの論調が多少なりとも影響していたと思いますよ」

「形だけでも厳しく書いておかなくてはいけない——大層なものじゃないですよ。それに社説なんて、一般の読者はほとんど読んでいないですしね」

「しかし、政界では誰もが読みますからね。そこから広がっていく効果もある……あれですか？　社会部出身の社長さんは、やはり政権に批判的になりがちなんですか？」

「叩けるものは叩けっていうのが、社会部の原点ですからね」宇佐が皮肉っぽく言った。

「思想はあまりないんですよ。反射神経のようなものです。週刊誌の連中と似ているかもしれない」

「そんなものですか」

「今の社会部の原点がどこにあるかは分かりませんけど、まあ、戦後からでしょうね。戦前は、社会部なんてのはただの警察の御用聞きだった」

これまた乱暴な物言いだが、当たっていないこともないだろう。いや、今でも同じようなものではないか。

「宇佐さんは、基本的に政治部なんですよね」稔は思わず口を出した。

「政治部から、政治担当の論説委員、政治部長ですから、基本的に他のことは知らないんですよ」

「政治部の人から見ると、社会部の記者さんは偏見を持った人が多いんですか」

「偏見というか、おかしな正義感という感じですかね」宇佐が唇を捻じ曲げてからビールを一口呑む。「まあ、今後は社会部の勢力もさらに低下するでしょう……というより、我々がそうしないと」

「新聞社は、政治部が仕切っていくのが筋ですね」父が応じる。「日本全体を見ているのは政治部なんですし、本来新聞は、もっと大きな視点から論説を展開すべきではないですか」

「そうでしょうか」

「私はね、インターネットを気にしているんですよ」

「ネットね。確かに去年からブームになってますな」宇佐がどこか馬鹿にしたように言った。「ただしあんなものが、言論に影響を及ぼすとは思えない」

「いや、発言する垣根が下がると思うんですよ。これまで、言論はマスメディアを舞台に展開してきた。しかしインターネットは、個人でやれますから、意見も発表しやすい。ただそれが、大きなうねりになるかどうかは分かりませんけどね」

「個人の意見はばらばらですよ。同じような傾向はあるにしても、細部は微妙に違う。マスコミが影響を受けることはないでしょう」

「ただし、マスコミを攻撃するような声は大きくなるかもしれませんよ。これまで批判する気持ちはあっても、公表する手立てがなかった人たちが、盛んに情報発信してますよ」

「そういうのは、見なければ存在しません」宇佐が鼻を鳴らした。

ずいぶん気楽、かつ傲慢に構えているものだ、と稔は呆れた。稔自身も仕事などでインターネットを使うようになり、今ではそこに無限の可能性を感じている。現在は、ニュースといえば新聞やテレビなどマスメディアの独擅場だが、ネットでもニュースは扱える。

しかも既存のマスメディアより有利な点も少なくない。締め切りに関係なくいつでも情報発信できるスピード性がその最たるものだ。さらに海外への発信も容易である。考えてみれば、新聞もテレビも、ニュースを載せる「器」でしかない。インターネットというのも、新しく現れた「器」だと考えていいだろう。しかしそこには、既存メディアを超える可能性がある。メディアが一般の人にも解放されるような……。

「確かに、ネットの脅威を言う人もいますけど、新聞はそう簡単に潰れませんよ。ラジオが登場した時も、テレビの放送が始まった時も、『これで新聞は終わりだ』と言われていたのに、ちゃんと今でも生き残っているでしょう。インターネットなんかに負けるわけがない」

日本のラジオ局やテレビ局は、新聞とは資本関係にある。互いに利用し合っているわけだから、テレビが新聞を潰すことなど考えられない。しかしインターネットは、そういう旧弊な関係とは無縁のところから出てきた新しいメディアだ。自分たちの利益のためには、古いメディアに忖度《そんたく》しないだろう。しかし今のところ、インターネットの世界全体を支配するような「巨人」は出現していない。

二人の話は、また東日内の人事に変わった。

「それで、次期社長は……大阪本社の社長の富永《とみなが》さんとかですか？」

「いや、二段飛ばしで、東京の編集担当役員の白井《しらい》さんがくるかもしれません。富永さんも、ちょっと健康不安がありましてね。それに、東テレの社長に就任するという説が根強くあるんです」

今でもメディアの世界では、テレビ局は新聞より格下、というのが暗黙の了解になっている。そのせいか、しばしば新聞からテレビ局に天下り的に役員がやってくる。それでテレビ局側の社員は、やる気を保てるのだろうか。

「それに富永さんは社会部出身の人だ。やはり社長は政治部から……というのが流れです。白井さんは政治部ですからね」

「昔は社会部、政治部から交代で社長が出てましたがね」父が指摘する。

「そういうのはもう時代遅れでしょう。今や、社会部の権力低下は著しい。将来的には、政治部長を経験していないと社長になれない、というルートを作りたいですね」

「日本新報さんなんかは、もうそんな風になってるでしょう。このところ三代の社長は、全員政治部出身だ」父が指摘した。

「そうですね。まあ、うちとしても新報さんに追いつき追い越すためには、政治部がしっかり権力を握らないと駄目なんですよ。社会部の連中に、経営のことが分かるとは思えない」

経営と言えば、経済部出身の人間の方がよほど分かりそうだが、と稔は皮肉に思った。どうも、この宇佐という人も感覚がずれているとしか思えない。

「となると、宇佐さんにも社長の芽が出てきますね。編集局長から編集担当役員、そして社長だ」

「どうですかねえ」宇佐が耳を掻いた。「私は、経営には興味がない——向いていないと思うんですよね」

「しかし、編集局次長ともなると、生涯一記者ともいかないでしょう」

「まあ、こういうルートに乗ってしまったので……しかし、将来は何が起きるか分かりませんよ」

暗に「やる気がある」と言っているのだろうか。それを父に告げたところで、本当に社長になれるものでもあるまい。一私企業の人事に、政治家が口を出せるわけがない。

二人はその後も、あけすけかと思えば腹の探り合いのようなややこしい会話を続けた。稔は宇佐のビールの減り方に注目していたので、途中で話の内容が分からなくなってしまった。料理もあまり食べられず、ただただ気疲れするだけの会合——二時間はなかなかの苦行だった。

帰りの車のハンドルを握った途端、後部座席に乗った父が話しかけてきた。

「宇佐という男をどう思う?」

「どうって……」

「お前の感触だ。俺は、二十年ぐらい前から知ってるんだが……宇佐がまだ現場の記者だった頃だ」

「なかなか本音を読ませない人みたいだけど」

「ああ。そういう風にしていると、深い人間だと思われる——勘違いしてるんだよ。実際には底が浅い」

「何でそんな人を接待して、つき合ってるわけ?」

「底が浅い人間の方が利用しやすい」父が鼻を鳴らした。「それに日本の会社では、あまりにも切れる人間は敬遠されて出世できない。一応、ここまでは順調ということだろう」

「本当に将来は社長に?」

「大きなヘマをしなければ、それもあるかもしれない」バックミラーの中で、父がうなずく。「そうなれば、今よりもっと利用価値は上がる。こっちでも、少し後押ししてやらないとな」

「そんなこと、できるのかね」政治家が私企業の人事に介入——トップに知り合いがいればできるかもしれないが、あまり現実味が感じられない。

「マスコミを動かす方法はいくらでもあるんだ。どんな方法があるか、お前も勉強してみればいい。いいか？　マスコミは、上手く利用するものだ。生かさず殺さずで、こちらの都合のいいように動かしてこそ、価値がある」

「ネットは？　父さんはネットも評価しているみたいだけど」

「宇佐よりは分かっているつもりだ。ただしまだ、海のものとも山のものとも分からない。あくまで、無視はできないというレベルの話だな。これから注視しておく必要はあるが」

「俺はちゃんと研究している」そんな大袈裟なものではない。自分でもネットは使うし、最近雨後の筍《たけのこ》のように出てきたネット関係の雑誌を読み漁っているぐらいだが。

「それは続けた方がいい。将来的には、ネットのことが分かる政治家も必要になるだろう。今から詳しくなっていれば、大きなアドバンテージになる」

稔は素直に「そうしておく」と答えた。今まで、父はほとんど自分を無視——せいぜい運転手扱いしかしていなかったのだ。まともなアドバイスをもらったのは初めてかもしれない。

そんなことで一々喜んでいてはいけないのだが。子どもじゃないんだから。

自宅に戻ってシャワーを浴びると、父はさっさと自室に引っ込んでしまう。稔は、食事が中途半端だったので微妙に腹が減っていた。何か作って食べるのも面倒臭い……キッチンのストックヤードを漁ると、カップ麵が出てきた。そう言えば最近、こういうものも食べていない。たまにはいいか、と思ってヤカンをガス台にかけた。火を点けた瞬間、携帯が鳴ったので、慌てて火を消す。

キッチンのテーブルに置いてあった携帯を見ると、名前と電話番号を登録したばかりの明日花だった。彼女も携帯を持っている。慌てて通話ボタンを押し、耳に押し当てる。

「夜分にごめんなさい、藤島です。明日花です」

「いや、全然——あの、かけ直しますよ。電話代がもったいないですから」

「そんな。かけ直してもらったら悪いです」

「とんでもない」

電話代がどうこうという押し問答をしばらく続けた後、二人は同時に吹き出してしまった。二人とも、携帯電話の料金を気にするような立場ではないのだ。結局そのまま話し続けることにして、稔は冷蔵庫を開けてミネラルウォーターを持ってきた。

「この前は、ありがとうございました。奢ってもらって」

「その件なら、わざわざ葉書をくれたじゃないですか」

それには、正直仰天した。要するに礼状なのだが、今時そんなものを送ってくれるような人がいるとは思ってもいなかったのだ。まるで昭和の時代のやり方ではないか。

「葉書は書きましたけど、電話でもお礼を言いたくて」

それなら先に電話してから礼状ではないかと思ったが、彼女の中では何か、独特のルールがあるのかもしれない。しかし別に不快なわけではなく、彼女の礼儀正しさが嬉しくなるだけだ。

「この前のお店、美味しかったですね」明日花が嬉しそうに言った。

「最近、新潟でもああいう美味い店が増えてるんじゃないですか？」

「そうですね。昔は日本酒を呑ませる居酒屋ばかりだったみたいですけど」

「東京化してきたのかな」

「そうかもしれませんね……あの、この前、両親に怒られちゃいました」

「どうして？」

「家まで送ってもらったのに、挨拶もさせないとは何事だって。そもそも自分がお酒を呑んで、男性に車を運転させるのはけしからん——これは父ですけど」

「それなら、逆に申し訳なかったなあ。僕がきちんと挨拶しておけば、そんなに怒られなかったかもしれない」

「父はちょっと古いタイプの人間ですから、しょうがないです」電話の向こうで、彼女が苦笑している様子が窺えた。

「家は、面倒臭いですか？」

「はい。いえ——どうですかね」明日花の声に迷いが生じる。「子どもの頃は、可愛がってもらっていたと思います。古町のお店でも、まだ手作りの商品を出していた頃ですね。でも工場ができて社員が増えて、県内だけじゃなくて東京や大阪にも商品を出すようになると、父は段々厳しくなって」

「社員や社会に対する責任も大きくなりますから、家族にも厳しくなるんじゃないですか」

「私、兄が一人いるんですよ」

「ああ——この前、そう言ってましたよね」

「兄は会社の後継ぎだから、何かと大事にされてきました。でも私は……さっさと嫁に行け、ですからね。今時、こういうの、古いと思いませんか？」

「うーん、どうかな」答えにくい。「お父さんとしては、早く身を固めて安定した生活を送って欲しいと思っているだけじゃないですか？　それとも明日花さんは、仕事を続けたいんですか？」

「仕事は面白いですけど、いつまでも続けられないし、経営陣に入るつもりもないです。

でも、結婚までの腰かけみたいに思われるのも嫌ですけどね」

「真面目ですね」

「真面目っていうか、馬鹿にされたくないだけです」明日花が少しむきになった。

「誰もあなたを馬鹿にしないでしょう」いい家のお嬢さんだし、性格はいいし……。

「そんなこと、ないです……被害妄想かもしれませんけど」明日花が不安そうに言った。

「でも、うちみたいに古い家だと、いろいろあるんです」

「分かります」稔は思わず同意してしまった。「そういうの、僕にもあるな。老舗の会社と政治家だと事情は違うかもしれないけど、親やその上の世代から引き継いできたものの重みを感じることはありますよ」

「政治家の家の方が大変じゃないですか」

「そんなこともないと思うけど」実際にどうなのか経験するためには、俺と結婚するしかない――そんな台詞が浮かんだが、稔は胸にしまいこんだ。話すのが二回目の人に、いきなりこんなことを言われたらどう思うだろう。しかし稔は、話しているうちに自分にはこの女しかいない、と確信を持つに至った。こうやって深い話をしていても、落ちこまない。むしろ話は上手く転がっている。将来自分が本格的に政治の道に進むことがあったら、その時は彼女に横にいて欲しい、と真剣に思った。

「今度はこっちから電話してもいいですか」稔は一歩を踏み出した。

「あ、それは嬉しいです」明日花が本当に嬉しそうに言った。「私は、仕事は昼間だけですから。夜ならだいたい、電話に出られます」

「じゃあ、今度はこっちから連絡します」言いながら、ついニヤけてしまうのを意識する。

電話を切り、胸の中が少し温かくなっていることを意識した。このチャンスは絶対逃してはいけない。頑張って物にすれば、自分にも幸運が巡ってくる感じがした。


議員会館の部屋から部屋へ……届けものをするのも秘書の仕事なのかよ、と稔は腐っていた。しかし父は「これも大事な顔つなぎだ」と真顔で言うだけだった。別に顔つなぎしなくても、五十嵐はよく知っている相手なのだが。

しかし、相手は民自党の副幹事長だと考えただけで、やはり緊張する。まあ、実際には会わなくても済むだろう。誰か秘書に渡してしまえばいいのだ。

しかし、議員会館の部屋を訪れると、「副幹事長は空いています」と言われた。国会開会中でなくても、地元からの陳情や、他の国会議員との会談など、とかく忙しいのが議員なのだが、今はエアポケットのようにぽっかり空いた時間なのだろうか。

「おう、入りなさい」

部屋から顔を出した五十嵐が、気さくに声をかけてきた。こうなったら直接渡すか……それに、聞いてみたいこともある。父に聞いても教えてもらえないかもしれないだろうが、父の盟友の五十嵐なら話してくれるかもしれない。

「失礼します」

「ま、座んなさいよ」五十嵐がソファを勧めてくれた。

「その前に、田岡からお届けものです」小さな箱を差し出す。

「お、かんずりかい?」五十嵐が嬉しそうな表情を浮かべる。

「はい。好物だそうですね」かんずりは商品名でもあるのだが、一般的には調味料の名前として認知されている。唐辛子を発酵させた辛味調味料で、一度塩漬けした後に雪の上にまいてアク抜きをするという、独特の製法が特徴だ。白い雪の上に真っ赤な唐辛子が散らばる様は、新潟──上越地方の冬の風物詩である。そんなことをしなくてもアク抜きぐらいできそうだが、こういうのが伝統というものだろう。深みのある辛さが特徴的で、鍋物の薬味の定番であるほか、辛さが必要な料理では万能調味料として使える。東京のスーパーでも手に入るが、地元でしか買えない種類もあり、父はよく手に入れては人に配っていた。自分の選挙区のものでもないのだが、まあ、新潟代表ということだろう。

「新潟は、いい食べ物が多いね。うちの地元の富山は今ひとつなんだ」

「でも、魚は圧倒的に富山ですよね」

「その辺の話を本気で始めると、長くなるぞ」五十嵐がニヤリと笑う。

秘書がコーヒーを淹れてくれた。五十嵐には日本茶。一口コーヒーを飲んで、疑問を切り出そうとした瞬間、五十嵐が先に口を開く。

「例の件は、上手くいってるかね」

「今のところは問題ありません。まだ先行きは見えませんが」

「上手く引っかかってくるといいんだが」

「それは大丈夫だと思います。時間の問題かと」

「結構、結構。これは大勝負だ。君も大変だと思うが、しっかり軸になってやってくれよ」

「頑張ります」それ以上は言えない。事態が最終的にどう動いていくか、自分でも見えていないのだ。コーヒーをもう一口飲もうとしてカップに手を伸ばしたが、躊躇って引っこめる。話が先だ。「今回の最終的な狙いは何なんですか」

「君は、昔民自党の幹事長を務めていた増渕さんを知っているか」

「もちろん、存じ上げています」歴代幹事長の中で、統率力という意味では最高だった、と評価されている人だ。総理にはなれなかったが、彼が幹事長を始め党の要職を歴任していた頃、民自党の党内運営は非常に安定していた。金の使い方が上手い上に、気さくな人柄でベテランからも若手からも慕われていた、というのも大きかったのだろう。「人柄一本槍だった」などと揶揄する人もいるが、政界ではこういう人は珍しい。そして、父の政治の師でもある。

「増渕さんは、田岡君が政界に入るに当たって、後ろ盾になった人だった」

「それも聞いていますが……父は二世議員ですし、他に後ろ盾が必要だったとは思えません」

「いや、そういうわけでもないんだ。正直、田岡君は、お父上とそれほど上手くいっていたわけではなかった。一方で増渕さんは、田岡君を最初から買っていた。田岡君が若い頃、一時イギリスに留学していたことは知っているな？」

「ええ」そもそも自分はイギリス生まれだ。父から話を聞いたことはないが、母からは「長い新婚旅行」だったと聞かされている。実際にそんな呑気なものだったのだろうか？

「あの時、田岡君は身分的には増渕さんの私設秘書になっていた。だから留学費用も増渕さんが出していたんだ。最初の頃は、まだ一ポンド八百円以上の時代だったから、大変だったと思うが」

「そこまで面倒を見ていたんですか？」

「それはもう、人柄の増渕さんだから」

五十嵐が声を上げて笑ったので、稔も御追従《おついしよう》で笑ったが、実際には疑問だらけの話だ。「人柄の増渕」なら、相手の人柄も見るだろう。確かに父は切れる人間だが、あの冷たい態度には疑問符がつく。増渕はいったい、父の何を買っていたのだろう？　頭が切れれば政治家になれるものではない。そういう人はむしろ官僚向きではないだろうか。

「残念ながら増渕さんは、田岡君が留学中に病気で急逝された。それをきっかけに田岡君は留学を切り上げて帰国したんだが……富山の選挙区では、長村幹事長が増渕さんの後継の座を強引に奪った格好になったんだ。本来なら、息子さんがそのまま代議士になるのが自然だったんだがね。息子さんは富山市議をやっていて、既に政治の道を歩き出していたんだから。しかし、富山で増渕派の実力者だった長村さんが、勝手に出馬を決めてしまった。長村さんは、増渕さんの大番頭と言われた実力派の県議だったから、そのネットワークを生かしたんだな。政治の世界は多数決が原則だから、どうしても人を集めた方が有利になる。しかしそれが、田岡君には許せなかったんだ」

「何だか……戦国時代みたいな話ですね」主君を裏切った人間を、忠臣がつけ狙う――仇《かたき》討《う》ちのようではないか。

「日本は――日本人は、戦国時代からあまり変わっていないのかもしれない。恩を受けた相手がひどい目に遭わされれば、自分の命をかけてでも復讐する。明治維新や敗戦を経験しても、そういう心情に変化はなかったんじゃないかな」

今度は、稔ははっきりと首を傾げてしまった。そういうのは、あまりにも父らしくない。個人的感情を排して仕事をしているような感じなのだが。

「何かおかしいか？」

「いや……父が、そんなに人情に動かされるような人だとは思いませんでした」

「どんなに冷静に見えても、政治家は必ず情の人なんだよ。そういうのがなければ、政治家なんてやっていても面白くも何ともない」

「そんなものでしょうか」

「情というか……まあ、田岡君は、非常に情念の深い男だよ」

「私は……近過ぎて見えていないんでしょうか」

「そうだよ。情念が深くないと、恩義ある人に後ろ足で砂をかけたような人を潰そうとは思わないだろう」

「五十嵐さんにとっても、長村幹事長は……」

「増渕さんの息子さんは、オヤジさんが亡くなって、その後自分が衆院選に出るチャンスを失ったことで、失意の日々を送ってね。酒が過ぎて、若くして亡くなってしまった。俺は増渕さんとは選挙区が違うけど、同じ富山だから、そういう状況を間近に見てきた。田岡君の気持ちは非常によく分かるよ」

「だったらどうして、長村さんの下で副幹事長をしているんですか？」

「そこは、個人的な感情だけで断れる問題じゃない。党内のパワーバランスがあるから、従うしかないんだよ。そういうことでは、自分の情念を押し潰していかなくてはいけないこともある。田岡君も、この一件が終わったら、気持ちの整理をつけるべきだな」

「整理はついていると思いますが」

「いや、それは違うな」五十嵐の顔からは完全に笑みが消えていた。「田岡君は、この四半世紀、暗い怨念の中で生きてきた」

「怨念、ですか」あまりにも強い言葉に、稔は引いてしまった。「そんなにひどいことがあったんですか」

「彼にすればね……ただ、この件については、直接田岡君から聞いたわけではない。増渕さんから間接的に教えてもらっただけだ。問題の件からわずか数年後の話だから、間違いないとは思うが。増渕さんは田岡君から直接聞いていたはずだし」

「どういうことですか？」

「うむ……」五十嵐がお茶を一口飲んで喉を潤し、腕組みをした。「個人的な話だから言っていいものかどうか……しかし、君は田岡君の息子だからな。いずれ地盤を継ぐ人間には、知る権利があるだろう」

「知りたいです」稔は身を乗り出した。父にそんな重大な秘密があるとしたら、どうしても知っておきたい。

——とんでもない話だった。どう消化していいか、まったく分からない。

議員会館の五十嵐の部屋から父の部屋へ戻るまでの間、稔は考え続けた。今の話が本当なら、現在、父は相当危ないところに足を踏み入れていると思う。問題は、動機が不純なことだ。もちろん、人は純粋な動機だけで動くわけではないが、政治家はそれではいけないと思う。私怨は、人の心を曇らせてしまうのではないだろうか。

しかし、この件を父に直接ぶつけるわけにはいかない。となると……話せる相手は母になってしまう。幸い、今夜は東京へ戻って来ているはずだ。

夜、父は例によって会合に出かけていた。久しぶりに母の手料理を食べながら、稔は五十嵐から聞いた話を切り出すタイミングを待った。結局、食べている最中は話し出せる雰囲気ではなく、食後のコーヒーになってからようやく話ができた。

「それは……五十嵐さんは少し思い違いしているところがあるけど、全体的にはその通りよ」

「オヤジの気持ちは分からないでもないけど、そもそもの原因はオヤジじゃないか」

「政治の世界は、綺麗事だけでは済まないわよ。私が言うことじゃないけど」

「いや……でも、分かるよ」人の気持ちとして理解はできる。ただ、やはり政治家としてはどうかと思う。政治家は、個人的な気持ちに左右されることなく、天下国家のために仕事をすべきではないだろうか。

「ただね……パパは、いろいろ複雑な人なのよ」

「それはそうかもしれないけど」

「パパも、この辺で重荷を下ろすべきだと思うわ。四半世紀ももやもやしていた気持ちを整理して、これから本格的に政治家としてやっていくために」

「母さんは、全部知ってるんだ」

「もちろん。今回のこともね」

「それは……」稔は目を見開いた。「知らない方がいいんじゃないかな。あまり綺麗な話じゃない」

「でもある意味、正義でしょう」

「そうかな……」

「そう考えて、あなたも頑張りなさい。ここで頑張れば、必ず将来のための勉強になるから」

本当にそうだろうか。父は、政治生活の第一歩で大きな選挙違反事件に関わった。それが父のキャリアにどんな影響を与えているのか……自分がやっていることは違法とは言い難いが、倫理的には正しいとも思えない。本当にこんなことが勉強になるのだろうか。母は本気でそう信じている様子だが。

二階の自室に上がり、ベッドに寝転ぶ。どうにもすっきりしない。引くも進むも間違いではないかという気がしてきた。いっそ全てを放り出して、政治の世界から離れ、別の仕事を探すべきではないだろうか。父も、どうしても自分に後を継がせたいとは思っていないだろう。

ふと、明日花の快活な笑顔が目に浮かぶ。彼女を悲しませないためにはどうしたらいいだろうと考えた。この件を彼女に相談すべきかどうか。

母は、父の全てを——表も裏も受け止めたようだ。受け止めて、さらに父の政治活動を支え、選挙ではフル回転している。何の疑問も持つことなく、むしろ絶対的に正しいこととして父に伴走し、時には先に立って引っ張っている。

手の中で携帯電話を弄《もてあそ》ぶ。明日花と話したい、と無性に思った。電話しても、この件を打ち明けるわけにはいかないだろうが……彼女の声を聞くだけでも、この暗い気分は晴れるかもしれない。ただ、自分でもコントロールできない感情の捨て場を彼女にしていいのだろうか。それはあまりにも不誠実――そんなことを考えていると、携帯電話が鳴った。

明日花。

向こうからかかってきたのだから、これは出ないわけにはいかない。彼女はまさに救いの神だ、と稔は両手を合わせたい気分になった。

第四章　決断

1

　年明けまで、取材に進展はなかった。和希は何度か鈴木と接触を試みたものの、タイミングが合わずに会えないままだった。あるいは向こうが、何らかの理由で自分を避け始めているのかもしれない。

　社会部の取材班も、まだ決定的な材料を摑めていないようだ。このまま取材が上手く進まず、せっかく集めた材料が闇に沈んでしまったら……と考えると怖くもあったが、一方でプライベートでも人生の山場が迫っている。年末は、これまでにないほど緊張したまま過ごすことになった。

　和希は大晦日が泊まりになった。元日の午前中から休みになった方がいいだろうと判断して自分で手を上げたのだが、まったく人と会わない二十四時間は、精神的になかなかきつかった。

大晦日の午前十時に支局入り。すぐに、支局長の桑田がお節を差し入れてくれた。手作りではなく、デパートかどこかの出来合いのようだが、中身は豪華だった。最初は喜んでいたが、昼、夜と続けて食べると、早くもうんざりしてしまう。お節は基本的に酒を美味く呑むための肴なのだ。餅はあるから腹は膨らむが、何となく侘しい。

さすがに大晦日ともなると事件も事故もなく、定期的に警察や消防に警戒の電話をかけても、当直の人たちと話が弾むこともない。結局夜に入ってからは、ぼんやりと紅白歌合戦を眺め、家から持ってきた本を読んで時間を潰すしかなかった。今年の紅白のトリは坂本冬美に北島三郎か……紅組司会が松たか子っていうのは、いかにも今風だったな。しかし、最初から最後まで紅白を見るのは何年ぶりだろう？　去年、一昨年の大晦日は美緒と過ごした。家族が何も言わないのをいいことに、大晦日に外泊したのだ。しかし今は、寒い新潟で一人。この一年で、自分の環境は大きく変わってしまったのだとつくづく思う。

紅白が終わってしばらくしてから、最後の警戒電話をかけて、一九九六年の仕事は終了。当直室でくたびれた布団に潜りこむのも気が進まず、ソファに寝転がって何とか眠ろうとしたものの、やけに目が冴えてしまう。考えることが多過ぎるのだ。仕事もそうだし、美緒のことも。

それでも何とか、五時間ぐらいは寝ただろうか。めざましにも頼らず、午前七時前に目が覚める。すぐに警察と消防に警戒電話をかけてから、一階へ新聞を取りに行く――ふと思いついて、道路の向かい側にあるコンビニに走った。本当は、泊まりの時は一分たりとも支局を空けてはいけないのだが、お節が朝ごはん、というのは考えただけでもううんざりだった。餅を焼くのも面倒臭い。サンドウィッチと缶コーヒーを買って、大量の新聞――元日の新聞には別刷特集が大量に挟まってきてずっしりしている――を抱えて支局に戻る。

サンドウィッチを食べながら、いつも通りに地元紙の社会面から確認していく。さらに各紙の地方版。目を剝くような抜かれはないとほっとして、改めて各紙の一面から読んでいく。しかし上手くいっていたら、東日の元日紙面は俺の特ダネが飾っていたかもしれないんだよな……それが少し悔しく、気持ちが上向かない。それでも午前十時過ぎ、純子と交代して支局を出た瞬間、ほっとして体が緩んでしまう。夏休み以来の長期休暇なのだと意識すると、今まで自分がどれほど緊張した日々を過ごしていたかが分かった。

その日は東京へ戻って、取り敢えず実家に一泊。二日の昼前に仙台へ向かった。ただし、泊まりはホテルにしてある。美緒の実家はマンションで、客を泊める部屋がないということだった。まさか美緒の部屋で一緒に寝るわけにはいかないし……というわけで、一人でホテル泊まりが決定。その方が、むしろ気は楽だ。翌日、三日には美緒が仙台を案内してくれることになっている。

両親との顔合わせは、まず上手くいったと思う。こういう時、母親は愛想がよく、父親は無愛想に娘の交際相手を見極めようとするものだと想像していたのだが、それは本当に単なる想像に過ぎないと分かった。父親は東北電力に勤めるサラリーマンなのだが、広報部門の勤務が長く、昔から地元の新聞記者とのつき合いがあったのだ。幸運にほっとしながら、昔の記者たちの武勇伝に笑い、それに乗っかって自分の仕事を紹介し……そんな感じで、高樹和希という人間をある程度理解してもらえたと思う。

美緒が車を運転して、駅前のホテルまで送ってくれた。両親との話は弾んだが、終わればやはりげっそりしてしまっている――忙しかった十二月の疲れが、ここにきて一気に出たようでもあった。今夜は泥のように眠れそうだと一安心し、明日の朝の仙台観光はゆっくりめ、十時スタートにした。

狭い部屋だが、どうせ眠るだけだと考えると居心地は悪くない。シャワーを浴び、地酒の酔いも手伝って、あっという間に眠りに引きこまれそうになったが……意識が遠のいたと思った瞬間、携帯が鳴る。習慣で咄嗟《とっさ》に、ベッドサイドに備えつけの時計を見る。午後十時。何か忘れ物でもして美緒がかけてきたのかと思ったが、デスクの如月だった。

「正月に悪いな」

「いえ……」今、何かあったらまずい。この時間だと、どう頑張っても仙台から新潟へは戻れないだろう。レンタカーを借りて飛ばすにしても、レンタカー屋も開いていないはずだ。

「お前、仙台に旅行に行っていると言ってたな」

「ええ」支局管内を出る時は必ず届け出を――というのは決まりだった。

「だったら大丈夫か……明日朝一番で、本社へ顔を出してくれないか」

「何かあったんですか」

「いよいよ取材が本格的に動き出すようだ。会議がある。俺もついさっき、地方部から連絡を受けたんだ」

「正月なのに……ですか？」

「何言ってるんだ。新聞社には盆も正月もないんだよ。人の動きが止まるわけじゃないからな。とにかくお前が、新潟支局代表で顔を出してこい。会議が終わったら、すぐに状況を報告してくれ」

クソ、冗談じゃない。久しぶりのゆっくりしたデートが流れてしまう。思わず「彼女の両親にご挨拶だったんです」と言ってしまった。

「そいつは申し訳ないが……他の人間を東京へやってもいいんだが、お前はそれで構わないのか？」如月は平然としている。

痛いところを突かれた、と言葉を失ってしまった。確かにこれは自分の事件であり、誰にも渡したくない、という気持ちは強い。仕方ない、美緒との約束はキャンセルだ。考えてみれば、記者になって初めての約束キャンセルなのだが……ここはやはり仕事優先だ。

美緒は少し文句を言ったが、結局は快く送り出してくれた。最後は「親には、仕事に生きる男、みたいに言っておくから」と……今時、家族や恋人より仕事を優先する人間が評価されるかどうかは分からないが。

翌日、仙台を八時前に出る東北新幹線に飛び乗る。正月休みも三日になると、帰省先から戻る人で新幹線が混み合うのが普通だろうが、今年は正月休みが長いので、そこまで混んでいないのが救いだった。自由席には余裕で座れたので、サンドウィッチとコーヒーで朝食を済ませ、東京まではゆっくり寝るつもり——しかし座席を少し倒して目を瞑《つぶ》ってみたものの、眠れない。社会部の凄さを思って興奮していた。あの人たち、年末年始も関係なく仕事をして、情報を摑んできたのだろうか。帰省した時、父は何も言っていなかったが……全ての取材が部長の耳に入るものではあるまい。あるいは、昨日になって急に動きがあったのかもしれない。

　新聞社にも、ほぼ毎月休刊日がある。一月は元日がそれであり、この日は新聞制作の作業は休みになる。それ故二日は新聞が発行されないのだが、実際には二日にはもう、新聞作りの作業は再開されている。正月休みなので役所に取材もできないが、それでも様々な人に会うことはできるから、何かネタが出てきた可能性もある。

　指定された会議室へ行くと、まだ会議は始まっていなかった。先月畠の家を取材に行った時につき合ってくれた三田美智留が、一人でスターバックスの大きなカップを前に座っている。

「おめでとうございます」反射的に言ってしまったが、この挨拶は不適切だったかもしれない、と思った。正月の挨拶なら「おめでとうございます」で正しいのだが、これから仕事なのだ。

「おはよう」案の定、美智留は普通の挨拶で応じてきた。「冬休みだったんだって？」

「ええ」

「実家？　それともどこかへ旅行にでも行ってた？」

「ええ、ちょっと仙台に」プライベートな事情にずいぶん突っこんでくるんだなと思いながら、和希は言った。

「仙台？　新潟にいるのに、わざわざ寒いところへ？」

「野暮用がありまして」

「例の彼女に会いに行ったとか？」

惜しい——微妙にずれている。だが詳しく事情を説明する気にもなれず、和希は「そんなところです」と適当に答えた。

「それより、何があったんですか」椅子を引いて彼女の隣に腰を下ろしながら訊ねる。

「社会部の連中が、被害者リストを手に入れたみたい」

「そんなもの……どうやったんですか」一瞬、顔から血の気が引くのが分かった。和希も、どうしても欲しいと思っていたものである。リストがあれば、順番に被害者に取材して、被害をより正確に再現することができる。

「それは、これから社会部の人たちが説明するから」美智留は微妙に機嫌が悪そうだった。彼女も取材班に入っているのだが、自分だけ置いてけぼりにされた、とでも思っているのかもしれない。

それを言うなら、和希は完全に蚊帳《かや》の外だったわけだが。

十時になると、取材班の記者たちがぞろぞろと入って来た。指揮を執るのは社会部のデスク、古川《ふるかわ》と、地方部デスクの御手洗。記者は和希を入れて六人いる。四人は社会部で、やはり主戦力という感じだ。和希は背中がピンと伸びるような緊張を感じながら、会議の始まりを待ったが、二人のデスクも何も言わない。

そこへ突然、父が入って来た。目が合ったが、うなずきかけもしない。奇妙な感じ……昨日の朝には実家で会っていたのだ。着席した途端、慌ただしい口調で喋り出す。

「正月早々、お疲れ様。中央経済会事件で大きな進展があったので、集まってもらった。君たちに意識して欲しいのは、これは大きな事件になるということだ。捜査の方向は見極めなければならないが、我々の報道の仕方によっては、民自党政権をまた揺さぶることになる」

緊張した空気が流れる。父は、まるで誰かが外で廊下トンビをやっているのではないかと心配するように会議室のドアに目をやってから、話を続けた。

「最終的にこの件の肝は、中央経済会から代議士の友岡に金が流れていたかどうかだ。仮に正当な名目、適切な金額であっても、違法に稼いだ金だったら当然問題になる。さらに、民自党の他の幹部にも金が流れていたという情報がある。これが本当なら、現在の民自党は中央経済会の金に汚されていることになる。この背景の裏には、民自党が前回の総選挙でどうしても勝たなければならなかったという事情があるのは、お分かりいただけるな？」

父が全員の顔をざっと見回した。一瞬だけ、自分の顔に視線を据えたように和希は感じた。父が両手を組み合わせてテーブルに置き、続ける。

「今回の件で、民自党はまた大揺れになるかもしれない。内閣が倒れるまでいくかどうかは分からないが、今後の政局が不安定になるのは間違いないだろう。ただし東日としては——私としては、発足したばかりの内閣に対して、恣意的な攻撃を加える意図はない。純粋に大型詐欺事件として取材し、事実関係を伝える、それだけだ。政界への影響は……それも、事実関係があれば書く。そして肝に銘じて欲しいが、この件は新聞協会賞も狙えるネタだと思う。協会賞のために取材するわけではないが、それぐらいのでかいネタだという意識を持ってやって欲しい。私からのお願いだ」

父がさっと頭を下げる。周りの記者たちも——和希も慌てて頭を低くした。顔を上げると、父が早くも立ち上がったところだった。

「後は若い人たちで」

見合いの席での仲人のような台詞に、軽い笑いが広がり、場が温まる。さて、これからが本番だ。社会部の古川デスクが音頭を取って、打ち合わせを続ける。

問題の被害者リストは、中央経済会内部から出てきたものではなかった。この件で動き始めている東京の弁護士——父は「ホリケン」と呼んでいたので、マスコミ業界では有名人なのかもしれない——がおり、彼が自力で被害者の名前を割り出してリストを作っているという。和希が持っているリストは二人だけ……やはり弁護士の方が、こういう調査には長けているということだろう。そもそも被害者の利益に直接関わることだし。一方新聞に対しては、被害者は微妙な感じを持っているに違いない。具体的な名前が出ずとも、被害に遭ったことが新聞で報じられれば、騙された自分の愚かさ加減を再度意識することになるだろう。

「現在、被害者リストには三十人ほどの名前がある」古川が説明を続ける。「まずは、このリストに掲載された被害者に話を聞いて、どんな騙しのテクニックが使われたのか、明らかにしていこう。こういう投資詐欺では、決まったマニュアルがあるものなんだ。必ず儲かると言って特定の株を推奨するとか、今後上場予定の株を紹介するとか——実際には上場の予定はなかったりするけどな。そういう手口を集めていく。これは手分けしてやってもらうことになるから、後で割り振ろう。今は、講演会やセミナーに出ると、その様子を録音しておく人もいるから、必ず確認すること。それと、ええと、高樹君」

「はい」いきなり話を振られ、和希は慌てて背筋を伸ばした。リストを見て、新潟の人間はいないと分かったので、少しだけ気が抜けていたのだ。

「畠だが、都内の自宅には戻っていないようだ。新潟に潜伏しているという情報がある。

これも、弁護士経由の話だけど……君の方で、ちょっと当たってくれないか」

「分かりました」これも重要な仕事だ。何しろ畠は、詐欺の実質的な首謀者である。「何か手がかりは……」

「新潟市内に、畠が定宿にしていたホテルがあるようだ。それが手がかりになるかもしれない。あとは、友岡の関係かな。友岡の後援会に『幹事』の肩書きで出入りしてたんだろう？　その伝手から探り出せないか？」

「やってみます」

実はその線は、既に当たっていた。しかし、友岡の後援会の面々は口が堅い――という より、畠については語りたくない様子だった。実際畠は、新潟とは直接のつながりがなく、友岡がシンクタンク勤務時代の関係を元に、右腕にしてきた人間である。地元に密着した後援会の人間にしてみれば、「急に現れた訳の分からない人間」という感じかもしれない。

「後援会の中で、畠の評判はよくないようです」

「そうなのか？」

取材した事情を説明し、今後一歩踏みこんでいいかどうかを確認する。

「畠を悪者にして、話を聞き出すのはどうでしょう。悪口なら、喜んで話す人はいると思います」

「それは構わない。ただし、事件についての質問はＮＧだ。一切触れないままで取材できるか？」

「頑張ります」頑張りますとしか言いようがない。

　その後も細かい打ち合わせが続き、会議は昼前までかかった。冬休みは五日までなので、このまま仙台へとんぼ返りして美緒と落ち合ってもよかったのだが、取材の件も気になる。しばし迷った末、支局に報告を入れて指示を仰いでから、新潟へ戻ることにした。美緒には、後で謝っておこう。

　非常階段の踊り場に出て、支局に電話を入れる。如月に会議の内容を報告して、取材が一気に進展しそうだ、と説明した。普通に話しているが、考えてみれば、如月も正月三日から支局に出てきているのだから大変だ——正確には昨夜、二日から動いているのだが。

「うちとしては、本丸を狙うということか」

「本丸の一歩手前ですが」

「しかし、そいつを何とか落とさないと、友岡にはたどり着けない。そういう意味では、本丸と言っていいよ。とにかくこっちへ戻って来い。県政担当の連中も交えて、取材のやり方を相談しよう」

「はい……ええと……」

「ああ、冬休みが潰れたんだよな。それは後で代休を出すから」

「分かりました」それで何とか、美緒の機嫌を取ろう。昨夜電話をかけた時に、美緒があまり悲しそうな様子を見せなかったことが気になっていた。悲しむとか拗《す》ねるとかしてくれた方が、まだ分かりやすかったと思う。しかし「分かった」と簡単に言われただけで、まるで彼女は自分への関心を失ってしまったようだった。

新潟へ戻る前に、電話だけしておこう。こういうのが誠意を見せるということなんだ。

「適当に戻ります。でも、デスク、今日も出てきてたんですね」

「お前が東京で仕事してるのに、俺が家で寝てるわけにはいかないだろう」

「すみません」

「お前が謝ることじゃないよ。とにかく、ちょっと早い仕事始めということだ。取材相手はまだ正月休み中かもしれないが」淡々と言って、如月が電話を切った。

さて……非常階段を降りて、エレベーターの前に出る。忙しなく短い正月休みだったな、と改めて思う。新聞記者を続けている限り、長い休みなど取れそうにないが、もう諦めておいた方がいいだろう。

下行きのボタンを押した瞬間、父が近づいて来るのが分かった。一人、そして手ぶら……妙に緊張してしまったが、向こうから声をかけてきた。

「すぐ戻るのか」

「そうだね」

「飯でも食うか？　さすがに今日は、社食しか開いてないだろうが」

「いや……」つい苦笑してしまう。「新幹線で弁当でも食べるよ」最近の駅弁はレベルが高く、下手な店で食べるよりも美味い。それに、父と二人きり、社食で食べるのも何だか照れ臭い。誰かにその場面を見られるのも嫌だった。

「そうか。彼女は大丈夫だったか？」

「いやあ、どうかな」和希は苦笑いした。「急に東京へ戻って来たから、あまりいい気分じゃないと思うけど」

「後でちゃんとケアしておけよ」

「そんな時間、ないかもしれない」

「そこは上手くやれ。仕事で、プライベートを犠牲にする必要はない」

和希は目を見開いた。父は、こんなことを言う人だっただろうか。父自身、私生活を犠牲にして――ほとんど省《かえり》みずに仕事だけしてきたような感じなのに。

「じゃあ、新潟に戻るけど」

「いや――飯はともかく、お茶を飲もうか」

「何で?」

「ちょっと聞いておきたいことがある」

「彼女のことなら――」

「違う」父が急に厳しい口調で言った。「仕事の話だ」

結局、喫茶室に落ち着いた。三ヶ日でも開いているのは少し驚きだったが、新聞社というのはやはり、こういうものかもしれない。二十四時間、三百六十五日営業。

二人ともコーヒーを頼み、一息つく。この前美智留と一緒に来た時と同じように、コーヒーは少し焦《こ》げ臭い味がした。

「前から少し気になっていたんだが、確認したいことがあるんだ」

「何」思わず引いてしまう。父は、家では見せたことのない、仕事用の険しい表情を浮かべている。

「お前のネタ元のことなんだが、正体は分かってるのか」

「いや……向こうが名乗らない限り、詮索しないのが筋かなと思って」

「そうか。お前が話した限りで、信頼できそうな人間なのか?」

「話の内容は信頼できる。ネタは当たってるんだし」

「人間的には?」

「それは……分からないな」言葉に詰まる。「友岡か、その関係者に対して不満を持っている人間、という感じだと思うけど」

「不満分子か」父が腕組みをした。「それは分かるが、どうしてお前に連絡を入れてきたんだ？　今までの取材で知り合った人間じゃないのか」

「そういうことはないと思う。たまたま向こうが名前を知っていて、それで連絡を入れてくれたという話だけど……署名記事も書くから、名前が知られていないわけじゃないし」

「注意しておけよ」

「どうして」

「今度話をしたら、向こうの正体をさりげなく探ってみろ。俺はどうも、怪しい感じがしてるんだ」

「でもそれって、単なる勘でしょう」

「そりゃそうだ。俺は取材してないんだから。とにかく、調子に乗るなということだ。向こうから情報を流してくれるネタ元には、意外な意図があることも多い。誰かを貶《おとし》めるためにやっているとか」

「実際、畠や友岡を貶めようとしてる」

「政治的な意図が絡んでいる可能性もある。それこそ政友党の関係者とか、民自党の中で痛い目に遭わされたことがある人間とか。鈴木が個人的な感情で報復をするつもりだったら、気をつけた方がいい。うちが書いた記事が、特定の人間を利するようなことがあってはならない」

「結果的にそうなっても？」

「そうなるかどうか、事前に予想しておくのが大事なんだ。もちろん、記事は書かないというわけじゃないがな。書くのが大前提だ」

「つまり、騙されるなっていうこと？」

「そうだ」父がうなずく。「記者を利用しようとする人間はいるからな……ちなみにどんな人間なんだ？」

「年齢は五十代前半から半ばぐらい。中肉中背で、見た感じは大学教授か医者か弁護士……堅い仕事っていう感じかな。服装がいつもきっちりしている」

「他に、個人の情報を特定できるような材料は？」

「分かっているのは、携帯電話の番号と電子メールのアドレスだけなんだ」

「その情報は取材班と共有しておいた方がいい」

「俺のネタ元を人に渡すつもりはないよ」和希は言い張った。

「いざという時のため、だ。携帯の番号やメールアドレスから、個人が特定できるかもしれない」

「そうかな」和希は首を捻った。「個人情報は、そんな簡単には割り出せないと思うけど」

「手はいくらでもある。後でデスクの古川に伝えておけ」

「まあ……分かったよ」教えるぐらいなら、別に問題はないだろう。「でも、俺のネタ元を社会部に取られたくないな」

「余計な心配するな」釘を刺しながら、父の目は笑っていた。何かを誇っているような感じもある。「お前、結構変わったな」

「そうかな」

「やる気が出てきたじゃないか」

「やる気は前からあったよ」

「お前らの世代のやる気は、俺らには分かりにくい」父が首を横に振った。「しかし今のは分かりやすかった。縄張り争いみたいなものだが、敵が近づいてきたら吠えるぐらいでいいんだ。何だったら嚙みつけ」

「俺は犬じゃないよ」

「こういう時は大袈裟に、ライオンぐらいにしておけ」

「分かりにくい喩《たと》えだな」

「俺は書斎派の記者じゃない。お前ほどは本も読まないしな。お前は書斎派になりたいのか？」

「基本的にはね。でも、シビアな取材もやりがいはあるな」

「今頃それに気づいたか」父が嬉しそうにうなずく。

「だって、新潟にいたら、そんなにシビアな仕事はないじゃない」

「土砂崩れがあっただろう？　新潟の災害は、冬の終わりから春にかけてが本番だぞ。雪崩の取材は、こっちも命懸けだ。同時に何人も——時には何十人もの命が奪われる災害は、東京にいたらなかなか経験できない」

「そうか……」

「裏地が貼ってある暖かい長靴を用意しておけよ。足元が冷えると、雪崩の取材はできないぞ」

「でもその前に、今回の件をきちんと仕上げないと」

「そうだな」父が深くうなずく。その顔に満足そうな表情が浮かんでいるのを、和希はしっかり見てとった。

2

新潟支局へ戻って、待機していた如月に報告。すぐに打ち合わせを始めるかと思ったが、人がいない……支局員も順番に冬休みを取っている。現段階では緊急事態というわけではないから、呼び戻すわけにはいかない。

「これから当たってみていいですか」和希は切り出した。「この前取材した後援会の幹部に、もう一度情報をぶつけてみます」

「県政クラブの連中と相談しなくていいか？」如月は少し腰が引けていた。

「取り敢えず顔がつながっている人には話を聞きたいです」

「そうか……でも、明日にならないと動けないだろうな。三ヶ日に取材に行くと嫌われる」

「そうですかねえ」動くのは、早ければ早いほどいいと思っていたのだが。

「とにかく、上手くやれよ。何か政治的な背景もあるかもしれないから、押したところの影響がどこに出てくるか分からない」

「そんなに複雑なんですか？」

「政治の世界は複雑怪奇だよ。誰と誰が、どこでどんな風につながっているか、表面を見ただけじゃ分からない。敵の敵は味方って言うけど、敵の敵がこっちを敵だと思っていることもあるからな。一筋縄ではいかないぞ」

「できるだけ慎重にやります」うなずき、勢いをつけて立ち上がる。「デスク、今日はこのまま仕事するんですか」

「冗談じゃねえよ。冬休みの間のデスクは、順番で任せてあるだろう。今日だって、お前の報告を待ってただけだ」

東日の新潟支局には、デスクは一人しかいない。それで記者の取材を指揮し、二ページの地方版を作る。毎日の仕事は午前十時から午後十時ぐらいまでで、緊急の仕事が入れば仕事の時間はさらに延びる。そのため、毎週日曜日と隔週の土曜日には、ベテランの記者が交代でデスクを務める決まりになっていた。長い休みの時はどうするのだろうと思っていたのだが、如月の休みが優先で決まるようだ。如月は年末のうちに休みを取って帰省しており、元日に新潟へ帰って来た途端、本社の指示で仕事に巻きこまれたわけだ。

結局、今日の残りは休みになってしまった。支局にいても仕方がないし、県警クラブに行ってもやることがないから、引き揚げることにした。今朝は仙台にいて、その後東京、そして新潟――移動距離は数百キロになり、何だか妙に疲れていた。気候の違いにもダメージを受ける。仙台も寒かったが、空気は乾いていた。新潟の空気は、やはり湿って重い。さらに、積もるような降り方ではないが、雪がちらつき始めていた。そういえば一昨日——元日は最高気温が十五度ぐらいまで上がり、泊まり勤務を終えて新潟駅に向かう時に、ダウンコートが邪魔になったのを思い出した。

それにしても、一月三日の新潟市は寂しいものだ。普段、夕方は帰宅ラッシュの車で慢性的な渋滞になるのだが、さすがに今日は交通量が少ない。歩いている人の姿はほとんど見かけなかった。

雪がちらつく中を一人歩いていると、侘しさが募ってくる。新潟という大きな街で一人きり……ふいに、美緒の体温が懐かしく思い出される。彼女の冬休みはまだ続くのだし、予告なしでこっちへ来てくれていたりしないだろうか。

しかしマンションの前に立つと、窓は暗かった。それはそうだよな、と溜息をつく。正月休みは、彼女にとっても貴重な帰省のチャンスなのだ。親元でゆっくりもしたいだろう。

さて、夕飯はどうしようかと考えていると、マンションから純子が出て来た。しかも男連れ……和希はその場で固まってしまった。純子に、つき合っている相手がいるのは知っている。大学時代の後輩で、一歳年下。彼は大学最後の冬休みを利用して、新潟に遊びに来たのだろう。背の高いなかなかのイケメンで、純子は普段見せないような明るく緩んだ表情を浮かべている。何なんだよ、と思ったが、文句をつけるようなことではない。二人で新潟の正月を楽しんでいるのだろうから。

純子も気づいて、途端にバツの悪そうな表情を浮かべる。軽く手を振って、横にいる彼氏に何か囁《ささや》くと、そのまま去って行った。紹介ぐらいしてくれてもいいんじゃないかと思ったが、二人の貴重な時間を邪魔するのも野暮だろう。同じマンションに住んでいるから、こういうことも起きるわけだよな……去年の四月、和希と純子は同時にこのマンションに入ったのだった。和希は二階、純子は四階。貴重なプライベートを確保できる場なので、ここでは互いの生活に干渉しないようにしている——というより、無言の了解でそうなっていた。

そのまま部屋に帰る気にはなれず、近くのコンビニエンスストアに寄った。昼飯も新幹線の中で弁当だったのだが、夜もそうなるか……それも侘しくなって、インスタントラーメンと卵、稲荷寿司、それにスナック類を買って、大きな袋をぶら提げて部屋に戻る。

夕飯はまだ先でいいか。美緒に電話を入れようとも思ったが、東京を離れる前に話したばかりである。そう何回も電話をかけると、かえって迷惑かもしれないと思い、遠慮した。

エアコンを入れて狭い部屋を暖め、テレビをつけてぼんやりと眺める。一月三日だと、テレビはまだ完全に正月モードで、見ているだけでエネルギーが低下していく感じがした。

自分のワープロを立ち上げ、電話線を接続してメールを確認する。何もなし。

父に言われた、鈴木の正体が気になってきた。今まで順調に正確なネタをもらってきたから、正体については特に疑ってもいなかったが、指摘されると怪しい人物ではないかと思えてくる。どうして中央経済会――友岡を刺そうとするのか、そして何故自分を選んだのか。

考えても仕方がない。鈴木の問題は後で解決するとして、まずは畠の行方を探さなくては。しかしそれも、今日は無理だろう。一月三日に電話をかけて、まともに応対してくれる取材相手はいない。

明日だ、明日。世間は明後日まで冬休みだが、三ヶ日を過ぎれば多少は仕事の連絡もしやすくなるはずだ。今日はさっさと飯を食べて、ゆっくり風呂に入って寝よう。寝溜めはできないと言われるが、寝られる時に寝ておかないと体が悲鳴を上げてしまう。

卵入りの味噌ラーメンに稲荷寿司……そのあとはビールとポテトチップスの時間が待っている。こんな食生活を続けていたら太る一方なのだが、支局暮らしで健康な食生活はやはり無理だ。食べられる時に食べられるだけ食べておく――こういうやり方は、今後も続いていくのだろうか。

翌日、和希は友岡の地元後援会の事務局長、張江《はりえ》に連絡を入れた。友岡が地盤とする新潟三区の新発田から選出された県議である。県議としては既に五期目のベテランで、友岡が実質的に議席を継いだ民自党代議士・福田《ふくだ》の時代から選挙を支えている。選挙区は大きく変化したが、自治体の枠組みは変わっていないから、地元の有権者をまとめる仕事に大きな変わりはない。

張江には、一度取材していた。その時にもらった名刺には、自宅、事務所、相談役を務める建設会社それぞれの電話番号がある。まず事務所にかけてみたが、反応なし。仕事始めは、週明けの六日なのだろう。自宅へかけてみると、妻らしき女性が出た。

「東日新聞の高樹と申します。正月早々申し訳ありません。張江先生、いらっしゃいますか?」

「主人は出かけているんですが……」

「どちらですか?」

「今日は挨拶回りをしています」

「戻りは何時頃ですか?」

「昼には一度、こちらへ戻って来る予定ですが」

「分かりました」それなら何とか会えそうだ。「昼ぐらいにそちらにお伺いします。もしも連絡があったら、そうお伝え願えますか」

「取材ですか？」妻が訝った。

「取材――そうですね。新年のご挨拶も兼ねて」

新年の挨拶で県議を訪ねる新聞記者などいないだろう。しかし妻は、特に不審に感じたわけではないようだ。政治家の家には様々な人間が出入りするから、記者が来ても不思議ではないと思っているのだろう。

さて、これで取り敢えず仕事ができた。新発田までは車で三十分。しかし自宅の場所が分からない――前回は事務所を訪ねた――ので、一度支局に寄って、新発田市の住宅地図をコピーしていかねばならない。面倒だが、いつも車に入れてある道路地図では、正確な住所までは分からないのだ。

身支度して家を出たところで、今度は外から戻って来た純子と出くわした。コンビニの大きな袋をぶら提げている。今日は二人で家に籠《こも》ってお楽しみ、というところだろうか。

「あ」純子が決まり悪そうに声を上げる。「高樹君、何で新潟にいるの？　休みは？」

「昨日、呼び戻されたんだ」

「何かあったの？」純子の目つきが鋭くなる。「私、何も聞いてないけど」

「例の中央経済会の件で……昨日は本社に行ってた」

「仙台に行ってたんじゃないの？」純子が目を見開く。

「行ってたよ。それがいきなり、本社へ行けっていう指示が入ってさ。君も、これから忙しくなると思う」

「私、明後日まで冬休みよ」

「俺だってそうだよ……君、帰省しなかったんだ」純子の実家は東京である。

「今日の午後に帰るつもりだけど……」にわかに不安そうになった。

「それは大丈夫じゃないかな。それより昨日の人は……いや、別に言わなくてもいいけど」和希は慌てて言い直した。

「つき合ってる人だけど」純子があっさり明かす。和希ほど気にしていないようだった。

「まだ学生だったよな？」

「今年の四月から社会人」

「会社は？」

「東京」

「じゃあ、状況は俺と同じだな」東京と新潟は三百キロほど離れている。新幹線で一本とはいえ、遠距離恋愛になるのは間違いない。「携帯、早く買った方がいいよ。あると便利だ」

「その相談はしてるわ」純子がうなずく。「それで？　高樹君は今から取材？」

「正月の挨拶を兼ねて。取り敢えず君は、冬休みはちゃんと取っておいた方がいいよ。明日までに、何か重大な動きがあるとは思えないし、その後は忙しくなるだろうから」

「ふうん」純子の反応は微妙だった。同期の記者が重大な取材に取りかかっていると知った時の反応は、だいたい三つに分かれる。一つは嫉妬。一つは我関せずで無視。一つが「頑張って」と本気でエールを送る――三つめのケースはほとんどないだろう。記者は誰でも、同僚が何をしているかを気にするものだ。自分だけ取り残されるのは特に気に食わない。和希は、そういう意識が希薄な方だと思っていたが、最近は急速に変わってきたのを自分でも意識している。少しガツガツしてきたというか、少なくとも自分の仕事には誇りを持てるようになってきた。純子はどうだろう？　平然としているようだが、やはり悔しそうな雰囲気を発している。

「休める時に休んでおかないと」

「もちろん、そのつもりだけどね」鼻を鳴らして、純子はマンションに入ってしまった。

何か怒らせるようなこと言ったかな、と心配になってくる。彼女とはずっと、表面上だけのつき合いをしてきた感じだった。もちろん、一緒に取材することはあるが、それはあくまで仕事ということで、互いのプライベートについてはあまり触らないようにしてきた。

同期が男同士の場合、酒でも呑みながらあれこれ話すこともあるだろうが……いや、そもそも純子とはあまり気が合わないので、男女の違いを抜きにしても、それほど親しく話し合う関係にはならないかもしれない。

近くの駐車場に停めている車に乗りこみ、まず支局を目指す。午前十時半では、支局はまだ目覚めていない感じで、今日の当番デスクの記者と泊まり明けの記者が、手持ち無沙汰に新聞を読んでいるだけだった。和希は新発田市の住宅地図を広げて、当該住所の地図をコピーした。今出ると早過ぎるのだが、支局でだらだら時間を潰すのも馬鹿らしく、さっさと出かけることにした。

十一時過ぎに、新発田市の中心部にある張江の自宅に着いた。県議といえば地元の名士だが、家はそんなに大きな訳ではない。庭付きの一戸建てだったが、家そのものはこぢんまりとしている。張江の家は、戦前から建設業が家業だったはずだが、そこでの儲けはそれほど大きくないのだろう。あるいは、儲けた金は全て、政治活動に注ぎこんでしまったのか。

ガレージも、車が一台停められるだけの広さしかなかった。田舎だと、車は一家に一台ではなく一人一台ないと、普段の生活にも困るぐらいなのだが……そこが空なのに気づき、和希はしばらく家の近くで車を流し、新発田市中心部の様子を頭に叩きこんだ。もしかしたらこの後、新発田の通信局に異動になる可能性もあるから、地理は知っておいて損はない。

　十一時半、張江の自宅に戻る。ガレージはまだ空……しかし今度は、このまま待機しようと決めた。家を監視する視線を逸らすわけにはいかないから、本も読めない。仕方なく、カーステレオに『ザ・ビートルズ・アンソロジー1』の最初のCDを突っこむ。ビートルズが好きなわけではないが、こういう企画ものは、何となく持っていないといけない気がして手に入れていた。

　それほど長く待たなかった。一台の車——ホンダのステップワゴンが家の前で停まり、後部座席から張江が降りて来る。彼はこういう車に乗っているのか、と意外な思いを抱いた。県議クラスだと、移動用にはクラウンかセドリックなどの高級セダンというイメージがあるのだが、ステップワゴンのような背の高いミニヴァンの方が、居住性ははるかに高いだろう。しかも四輪駆動。雪国ではやはり、四輪駆動は安心して運転できる。

　和希は急いで車を飛び降り、狭い道路を一気に走って渡り「張江先生！」と声をかけた。張江が怪訝そうな表情を浮かべてこちらを見る。和希を認めても表情は変わらなかったが、うなずいてはくれた。

「東日の高樹です」

「覚えているよ。何だい、正月から」

「申し訳ありません」和希は頭を下げた。「ぜひお伺いしたいことがありまして、正月なのに来てしまいました」

「急ぎの話かい？　今日は挨拶回りがまだ残っているんだが」

「急ぎます」

和希は相手に反論させないよう、一歩詰め寄った。できるだけ真剣な表情で……それに気圧されたのか、張江がちらりと腕時計を見て、「三十分だけならいいよ」と言ってくれた。

「ありがとうございます」

「悟《さとる》！」張江が、運転席から降りて来た青年——和希と同年代のようだ——に声をかける。「お前、先に飯を食っててくれ。俺の分は、握り飯を作っておくように、言っておいてくれないか」

悟と呼ばれた青年がうなずき、先に家に入って行った。

「息子さんですか？」

「ああ。今、大学生なんだ。今日は運転手をやらせてる」

「大学はどちらですか」

「新大《しんだい》」

新潟大学か……地元に張りつきの人生になるのだろうか。張江の後を継いで政治家を目指す路線が敷かれているのかもしれない。

「医学部なんだ」聞いてもいないのに、張江がぽつりと打ち明ける。自慢したいのだろう。

「優秀なんですね」

「金がかかってしょうがない」張江がぼやいた。「医者も、病院でも開けば儲かるかもしれないが、そこに至るまでに、こっちは干上がっちまうよ」

「でも、将来が楽しみじゃないですか」

「息子の病院で最後を看取られるのだけは嫌だな」

「それはまだ、全然先の話でしょう」

張江は五十五歳。政治家としてはこれからが働き盛りだろう。それに日本人男性の寿命を考えると、彼の死は遥か先の話だ。

玄関脇にある応接間に通される。部屋は冷え切っていた。張江がエアコンをつけてくれたが、部屋が暖まるまでは時間がかかりそうだった。ダウンコートは脱いでしまったので、寒くて仕方がない。一方張江は、外から帰って来た時と同じ背広のまま。車で移動しているし、挨拶で人の家に上がる時に一々コートを脱ぐのが面倒臭いから、背広姿なのだろう。

和希も同じようにしようと思うことがあるのだが、寒い現場で張りこむこともあるので、防寒着は手放せない。

「この前の話の続きです」

「畠さんかい？　うーん……」張江が掌《てのひら》で顔を撫で回した。脂ぎった丸顔に太い眉毛、大きな口が、いかにも精力的な印象を与える。

「この前聞いた限りでは、よくご存じない、ということでしたよね」

「実際俺は、一、二回しか会ったことがないんだ」

「友岡さんの、個人的な秘書みたいなものだと聞いています」

「シンクタンク時代の後輩だとか」

「そうですね……信頼できる後輩を、個人的な秘書として引っ張ってきたということでしょうか」

「そうなんだろうけど、私設秘書というわけでもない。後援会の幹事という肩書きを与えるように言われたんだけど、何でそんなことをしたのか、友岡さんも説明してくれないんだよな。でも、候補者に指示されたら断れないよ」

「張江さんから見て、畠さんはどんな人ですか」

「どんな人……そうねえ」張江が首を傾げ、ワイシャツの胸ポケットから煙草を取り出した。素早く火を点け、顔を背けて煙を吐き出す。「切れる人だね」

「頭がいい？」

「やたら数字に強いんだよ。今年度の県の予算の数字をばっと並べ立てて、防災関連の予算の低さに苦言を呈《てい》していた。あまりにもすらすら出てくるんで呆気に取られたけど、考えてみれば失礼な話だよな。予算を議会で通したのは我々なんだから」

「確かにそうですね」和希はうなずいた。頭の良さをアピールするために数字を持ち出すのは、よくある手法だ。

「選挙が終わってからは、会いましたか？」

「いや。そもそも彼は、開票待ちの事務所にもいなかったはずだ。当選は間違いないと思っていたのかもしれないけど、ちょっとおかしな動きだったね。まるでフィクサーみたいだ」

「畠さんに取材したいと思っているんですが、摑まらないんです」

「それで俺に話を聞きに来たの？」

「ええ」

「ちょっと待って」

張江が背広のポケットから携帯電話を取り出した。番号を呼び出して耳に当てる……十秒ほどそのままにしていたが、顔をしかめて耳から離した。

「携帯はつながらないね。まあ、携帯なんかビルの地下にでもいれば通じないから、当てにならないか。ところで彼の携帯の番号、知ってる？」

「分かっています」これも社会部の連中が割り出したものだった。しかし今のところ、直接電話をかけて接触するのは禁じられている。もっと情報を集めて、本人にぶつけるタイミングが来るまで待て、ということだった。和希は軽く嘘をついた。「何度かけてもまったく出ないんですよ」

「じゃあ、東京の事務所かな。事務所だと言って、電話番号を教えてもらってるんだ」

「それ、岸財政研究会のことですか？」まだ実態は摑めていない組織だ。

「そうだよ」

張江がまた電話をかける。しかしやはりつながらなかったようで、すぐに携帯をテーブルに置いてしまった。

「岸財政研究会の事務所はどこなんですか」

「確か、代々木だったな」

「そこなら、自宅兼事務所かもしれません。そこも訪ねてみたんですけど、ずっといないんですよ。新潟にいる、という情報も聞いたんですが……新潟にいる時に泊まる定宿があるそうですね」

「オークラだろう」信濃川沿いに建つ、市内では老舗のホテルだ。「あそこはどこへ行くにも便利だからね」

「そうですか……こんなことをお伺いすると悪いですけど、畠さん、何か怪しくなかったですか」この件は出さないように、と如月から指示を受けていたが、思い切って話してみることにした。

「うん？」張江が疑問の声を上げ、しきりに煙草を吸った。「怪しいとは？」

「変な勧誘をしてませんでしたか？」

「そういうことは、俺は知らないね」誰か知っている人はいる、というようにも聞こえる。

「勧誘って何だい」

「よくあるセミナーですよ。そういうところに人を勧誘していたという話があります」この話は、前回は敢えて出さなかった。

「知らないなあ」張江が首を捻る。「何だい、あの人、そんな怪しい商売をしていたのか？」

「それは分かりませんけど……友岡さんの選挙資金、どこから出てたんですかね」

「それはいろいろだよ。三区は重点区だから、党本部からもかなりの金が流れてきたし」

「でも、友岡さんが自分で調達してきた分もありますよね」

「それはそうだ。選挙では、まずは自助努力をしないと」

「友岡さん、選挙を戦えるだけの金を用意できたんですか」

「実際、戦ったじゃないか。そして勝った」

「畠さんが資金を調達していたんじゃないですか」

「それはどうかね。資金の内訳までは俺は知らない」

「選挙の会計は、はっきりしているはずですよね。そこが曖昧だと、後々問題になる可能性もある」

「そりゃそうだよ」張江がうなずく。「ただ、その金がどこから出てきたかまでは、後援会でも選挙事務所でも知る由もない。知る必要もない。党本部からの金、候補本人が準備した金――それぐらいにしか分類できないんだから」

「そうですか……」いったい友岡は、自分でいくら用意したのだろう。

「何だか、友岡さんが不正したみたいな言い方だけど」

「友岡さんが何かしたと言ってるわけじゃありません」

「だったら畠さんかい?」

和希は肯定も否定もしなかった。やがて、張江が居心地悪そうに、もぞもぞと体を動かし始める。煙草を灰皿に押しつけ、分厚い唇をきつく嚙み締めた。

「畠さんは、外部から入ってきて、いきなり友岡さんの選挙を手伝った人ですよね？　しかも、後援会の他の人たちとはあまり接点もなかった」

「まあ、そうだね」

「誰か、後援会で特に親しかった人はいないんですか？」

「そうねえ……よく話していたのは、青年部の住田《すみた》かな」

「その方は……」

「新発田の家具店の若旦那だよ。青年会議所の役員でもある。畠とは年齢も近いんじゃないかな」

「紹介していただけますか？」

「おいおい、いったい何なんだ」張江が身を乗り出してきた。「あんた、畠が何かやった前提で話をしてるんだよな？　友岡さんに何か悪い影響を与えるんじゃないだろうな」

「何がどうなるか、まだまったく分かりません」

　これは偽らざるところだった。張江の不審感は高まる一方のようだったが、新聞記者としてこの段階で話せることには限界がある。

和希は住田の住所を聞き出してから、張江の自宅を辞した。しかし張江に聞かなくても、すぐに分かっただろう。職業別電話帳で「新発田家具」を調べればよかったのだ。

「新発田家具」は、JR新発田駅のすぐ近くだった。駅前通り沿いで、裏手に数台が停められる駐車場がある。そこに自分のインプレッサを停めて、駅前通り沿いにある店の正面入り口に回った。一月四日、店もまだ正月休みの最中だ。

広い店舗の二階が住居らしい。店の脇にもう一枚のドアがあり、そこが住居部分に入る階段になっているようだった。インタフォンを鳴らし、応答してくれた女性に丁寧に頼みこむ。

「東日新聞の高樹と申します。青年会議所の住田さんのお宅ですよね」

「はい」

「少しお話を伺いたいと思いまして……今、いらっしゃいますか」

「少々お待ち下さい」

三分ほど待たされた。このまま無視するつもりかと思ったが、やがてドアの向こうで階段を降りて来る音が響く。すぐにドアが開き、ジーンズにケーブル編みの分厚いカーディガンというラフな格好の男が降りて来た。四十歳ぐらいだろうか、痩せて背が高く、髪が少し薄くなっている。

「正月からすみません」和希はすぐに頭を下げた。

「構いませんけど、時間、かかりますか？　今日は青年会議所の新年会なんですよ」

「何時からですか？」

「五時ですけど」

「全然大丈夫です」住田が早く喋ってくれれば、だが。県警キャップの石田の評によると、和希は「しつこい」。普通の記者ならさっさと切り上げてしまうところを、延々と粘って話を聞いている。会見などでは、他社の質問の時間を奪ってしまうこともあった。それは自分でも分かっていて反省しているのだが、細かいところが気になる性格なので仕方がない。

「じゃあ、ちょっとお店の方で」

言って、住田がシャッターの横にあるドアの鍵を開けた。先に店に入ると、照明を点ける。

「どうぞ」振り返って、和希に声をかけた。

普段、家具店などには縁がない生活を送っているので、中に入った瞬間に視線を奪われた。ところ狭しと家具が置いてあるのは当たり前として、値札を見て目を見開いてしまう。ベッドが二十万円、デスクが十五万円、タンスが八十万円……こういうのを平然と買う人もいるのだろう。

「どうぞ、座って下さい」住田が、二十万円の値段がついたダイニングテーブルを指さした」

「いいんですか？　売り物ですよ」

「家具は、そんなに簡単に傷つきませんよ。実際に座って気に入ったら、お買い上げいただいても構いません」そう言って、眼鏡の奥の目を細めて笑った。

「いやいや……」苦笑いするしかなかった。結婚すれば、四人がけのダイニングテーブルも必要になるだろうが、今はまだ具体的な予定がない。取り敢えずは遠い未来の話という感じだった。

名刺を渡し、早速話を切り出す。

「住田さん、友岡代議士の後援会で青年部長をやっていますよね」

「ええ。押しつけられましてね」

「希望して、ではないんですか」

「役職を押しつけられやすいタイプなんですよ」住田が苦笑いする。「青年会議所の方もそうです」

「もしかしたら、学生時代に無理矢理生徒会長に立候補させられた口ですか？」

「分かります？　断りきれないんですよ」

「頼りがいがあるということでしょう」

「面倒なことはあいつに押しつけておけばいい、ということじゃないですか。人がいいから、どうしても断れない」

「いえいえ……後援会の幹事という肩書きの、畠さんという人がいますよね」和希は本題を切り出した。

「ええ」住田があっさり認めた。

「個人的におつき合いがあったとか？」

「まあ、そうですね。何度か一緒に呑みましたよ」

「後援会の他の幹部の人たちは、畠さんのことを、よく分からない人物だと言っていますが……」

「友岡先生が個人的に連れてきた人ですし、我々と一緒に後援会の仕事をしていたわけではないですからね。動くのに便利だから、後援会の幹事という肩書きをさし上げただけで」

「畠さんは、具体的にどんな仕事をしていたんですか？」

「それは、私も知らないんですよ」住田の顔に戸惑いの色が広がった。「あくまで友岡先生個人のブレーンという感じでしたから。政治家の周囲には、そういう人がいるでしょう？　秘書でもない、給料も発生しないけど、右腕になるような人」

「そんなものですか？」

「いますよ。昔からの友人とか、政治活動をする中で知り合った人とか……畠さんは、友岡先生のシンクタンク勤務時代の後輩でしょう？　私は大きな会社勤めの経験がないですけど、そういう関係は長く続くんじゃないですか？」

「そういうこともあるとは思います」今の自分が、支局の仲間とこれからも長く一緒に仕事をしていくかどうか――それは分からない。想像もできない。

「じゃあ、基本的には友岡さん個人が頼りにしていた相手、ということなんですね」

「ええ」

「でも住田さんは、一緒に呑んだことがあるんですよね」和希は念押しした。

「そうですね……たまたまですけど。集会の後とかに話していて、その流れで、ということです」

「新発田でですか？」

「ええ。あ、一度村上でも呑んだかな。向こうで演説会を開いた後です」

「じゃあ、畠さんのことはよくご存じと言っていいですよね」

「それはどうかな」住田が自信なげに言った。「何というか、あまり本音を話さない人なんですよ。政策や、民自党本部の噂話には詳しい人なので、話していて面白くはありましたけどね」

「民自党本部の話？　畠さんは、政治活動の経験がなかったはずですけど、そういうことにどうして詳しいんですかね」

「友岡先生との関係じゃないですか？　友岡さんは幹事長の長村さんにとっては右腕ですから」

「それで立候補させるぐらいですから、幹事長もよほど信頼していたんでしょうね」

「でしょうねえ」住田がうなずいた。「そういう人と一緒に動いていると、自然と民自党内部の事情に詳しくなるんじゃないですか。長村幹事長は、友岡さんを贔屓にして、今後は民自党の中で大事に育てていくつもりだ、と聞いています。将来的には大臣よりも党の要職を経験させたい、と仰っているようですね」

「でもそれは、ずいぶん先の話でしょう」友岡はまだ四十歳、しかも当選一回目である。政治家としての歩みは始まったばかりで、将来のことなど何も分からないだろう。「いくら幹事長の後ろ盾があるとはいえ、気の早い話ですね。それとも幹事長には、今後も友岡さんを引き立てる理由が何かあるんでしょうか」

「それは、やはりこれまでのブレーンとしての活動で信用しているからでしょう」

「金じゃないんですか」和希は一歩踏みこんだ。「政治の世界では、金を調達してくる人は重宝されるでしょう」

「いや、友岡先生は、それほど金持ちじゃないですよ」住田が真顔で言った。

「そうですか？　今回の選挙では、資金潤沢だったと聞いていますけど」

「いやいや、実際にはぎりぎりの戦いでしたよ」

この辺は、本当に帳簿を見てみないと分からない。ただし、入ってきた金が「どうやって」作られたかについては、いくら帳簿を見ても分からないと思う。

「あの、いったい何を聞きたいんですか」住田が不審感を露にした。

「畠さんに取材したいんですけど、摑まらないんですよ」

「友岡先生の関係ですか？」

「友岡さんとは直接関係ない——畠さん個人の問題です。ただ、畠さんは夜逃げしたか、どこかに隠れているみたいで、連絡が取れないんです」

「連絡先、分かってるんですか？」

「何度も電話しました。でも、摑まらないんです……新潟にいるかもしれないと聞いているんですが」

「ああ、なるほど」何かに納得した様子で、住田がうなずく。

「何かご存じなんですか？」

「友岡先生が当選したら、事務所とは別に政策研究会のような組織を作りたいと言っていたんですよ。事務所はあくまで政治活動と選挙のためでしょう？　地元の若者を集めて、政策研究の拠点を作りたいということでした」

「政治塾みたいな感じですか？」

「そんな感じだと思います。実際友岡さんは、政界の世代交代を公約に掲げていましたからね。四十歳の友岡さんがリーダーになって、自分よりも若い人たちを積極的に政治に参加させたいと、集会などでも言っていました。ベテランの皆さんには不評でしたけどね」

住田が声を上げて笑った。

「それはそうですよね。極論すれば、年寄りはいらない、みたいな話になりますから」

「でも、友岡さんの言うことには一理ありますよ。若者の政治離れは、こんな田舎でも変わりませんから」

「その話、どこまで具体的に進んでいたんですか？」

「投開票前は、まだゼロベースだったと思いますよ。適当な事務所を探すところから始める、という話でしたから」

「そうですか……」和希は内心首を捻った。友岡の理念は分かるが、これは急ぐ話なのだろうか？　それに、政治塾のようなものを作るとしたら、また金が必要になる。その資金はどこから出るのだろう？

「畠さん、何か怪しい商売に手を出していませんでしたか？」

「いや……どうかな」住田の口調が揺れた。

「何か知ってるんですか？」和希はさらに突っこんだ。

「具体的な話は知らないですよ。でも、あの人は何と言うか……ギャンブラーなんですよ」

「賭け事好きなんですか？」

「そういうギャンブラーじゃなくて、何事でも一発大勝負をしたがるタイプ」

「そのためには違法なことにも手を出すというわけですか」

「金儲けしないかって誘われたんですよね」住田がうなずいた。「少ない資金で、確実に儲かる話があるって。一瞬、気持ちが揺れましたよ。うちも私で三代目なんですけど、商売は苦しいもんでしてね。特にバブル崩壊後は、こういう仕事はきつくなってます。そこへ金儲けの話ですからね……ただ、リターンは大きいけど、投資額も結構大きいという話だったので、断りました。私が自由にできる金なんて、高が知れてるんです」

手を出さずに正解だ、と思った。しかし畠も、手当たり次第に声をかけていたのだろうか？　こういうのは、あまりにも話を広げると収拾がつかなくなって、どこかでボロが出るものだが……。

「畠さん、新潟にいる時にはオークラを定宿にしているそうですけど」

「そうですね。でも、途中から新潟市内に部屋を借りてましたよ。後援会の連中には知らせていない話ですけど……女がいるって言ってました」

「密会用の部屋ということですか？」

「詳しいことは知りませんが」

「それがどこか、分かりますか？」

分かった。畠も意外に脇が甘い人間なのかもしれない。年齢が近い住田には気を許していたのかもしれないが、新潟市内の「別宅」の住所を教えていたのだ。

3

稔は期待半分、緊張半分で新潟へ向かった。期待は明日花と会えること、緊張は極秘で進めている計画が次のステップに入るせいで生じている。

期待の方は後回し――明日だ。その前にまず、鈴木との面会が待っている。

今回、鈴木は鳥屋野潟《とやのがた》沿いにある市の総合体育館を面会場所に指定してきた。時刻は午後八時。その時間でもまだ体育館を使っている人はいるので、車で埋まった駐車場で会っていても目立たない。稔は新潟へ来た時に使っている仕事用の車を自分で運転してきていた。少し早めに着いてしまったので、煙草を吸いながら待つ――煙草は去年から吸い始めて、すっかり癖になってしまっていた。ストレスの溜まる仕事だから、どうしても逃げ場が必要なのだ、と言い訳するように考えている。実際、国会議員にも喫煙者は多い。

煙草を一本灰にし、吸い殻を駐車場のアスファルトに弾き飛ばした時、ふと人の気配に気づく。周囲を見回すと、鈴木が早足で近づいて来るところだった。今夜は雨……雪が降っているよりも寒いぐらいに感じていたが、鈴木は傘もさしておらず、雨合羽《あまがっぱ》のフードを被って雨をしのいでいた。何だか修行僧のようでもある。稔は傘の下で寒さに震えていた。

立ち止まると、鈴木が周囲を見回す。体育館には灯りがついているが、駐車場には他に人はいない。

「いよいよ本番に入るようです」鈴木が低い声で告げる。

「そうですか……それで、私は何をすればいいですか」

「見守っていていただければ。実際にいつ記事が掲載されるかは分かりませんから、毎日必ず新聞をチェックして下さい」

「鈴木さんはどうするんですか」

「私は……」

鈴木の口から白い息が漏れた。濡れた両手を忙しなく擦り合わせる。どうしてもっと暖かい格好をしてこないのかと稔は訝った。そもそも、ここまで歩いてきたのだろうか？　車を持っていないわけではあるまいに……ナンバーから正体がバレるのを恐れているのかもしれない。

「記事が出たら、それで私の仕事は終わりですね。見届けて、それからは元の生活に戻ります」

「検察の方はどうなんでしょう」

「東日が、どういうタイミングで記事を出すか……おそらく、検察の捜査が動き出すよりは早いでしょう。今のところは、取材は順調に進んでいるようです。東日としては、被害者の声がある程度集まれば、記事にできるでしょう。それを補足する取材も進んでいるはずだ」

「鈴木さん、そういう情報はどこから取ってくるんですか」あまりにも内部情報に通じている感じが、以前から不思議だった。

「私は何もしていない。間接的に聞いただけです」

「誰からですか」

鈴木が黙りこむ。嫌な沈黙で不安になった稔は、体を少し揺らした。傘から、雨粒がぽたぽたと垂れる。

「田岡さんは、新聞記者とのつき合いはありますか」鈴木が訊ねる。

「直接はありませんが……」そこで、年末に開かれた、父と東日幹部との会合を思い出した。「まさか、鈴木さんの情報源は父ですか？」

「お父上は、東日の中にいつでも話ができる記者を飼っている」

「飼う？」宇佐のことだろうか。

「政治部の記者は、基本的に政治家の言うがままに動きます。彼らの目的は、政治家に情報を投げてもらうことで、政治家を批判することではない」

「そもそも、新聞が政治家を批判しても、誰も読まないでしょう」

「仰る通りですね。批判はしない。しかし、批判につながる記事は出す——そういうのは、主に社会部の仕事です」

「政治家のスキャンダルを暴くわけですね」

鈴木がうなずく。フードを被っているせいで、表情は薄暗い中に隠れており、本音が読めない。

「過去には、新聞のスクープで内閣が倒れたこともありました。しかしそれは余計なこと――新聞は政治を邪魔してはいけない、というのがお父上の考えでしょうね。いや、お父上だけでない。民自党も野党も、政治家なら同じように考えているでしょう。メディアは国益に添う報道をすべきで、政治のやり方に口を出すのは無意味なことだ、権利もない、と。要するに、自分たちの仕事を邪魔して欲しくないということです」

話がシビアな方向に流れていく。嫌な緊張感を消すために、稔は二本目の煙草に火を点けた。鈴木は特に気にする様子もない。稔は忙しなく二、三度吸ってから、深呼吸した。冷たく湿った空気が肺を満たし、ようやく落ち着いてくる。

「私は明日、東日の記者に会う予定です」鈴木が静かな声で話を再開した。

「はい」

「それが引き金になって、この作戦は間違いなく最終段階に入るでしょう」

「私は何をすればいいですか」稔は再度訊ねた。緊張が続く作戦だったが、自分が何かしたとは言えない。結局鈴木から話を聞いて、進捗状況を確認していただけだ。

「あなたは連絡係だ――それ以上のことをしてはいけない」

「一度手を汚す必要はない、ということです」フードの下で、鈴木の目が暗くなった。「一度手を汚すと、完全に綺麗にするには長い年月と大変な努力が必要になります。そういうことは、なければない方がいい」

「――父の話ですか？」すぐにピンときた。二十五年も前の、大規模な選挙違反。

「お父上は、政治家を志してから実際に代議士になるまで、二十年近くかかった。その二十年は、耐え忍ぶ歳月でもあったでしょう」

「あなたは……父とどういう関係なんですか」

「……昔、一緒に仕事をした仲です」鈴木がとうとう、秘密の一端を打ち明けた。

「政治関係で？」

「そういう風に考えていただいても構いません。正直に言って、お父上とつき合ったせいで、私の人生は大きく狂ってしまった。本当なら、今頃はまったく別の仕事をしていたはずなんですけどね」

「それはどういう――」

「申し上げられません」鈴木が稔の質問を断ち切った。「お父上に対しては、恨みを抱いたこともあります。しかし結果的に、私はお父上に救ってもらった。今、何とか普通に生活できているのは、お父上のおかげだといっていいでしょう」

「そんなに大変なことなんですか？」

「あなたが想像もできないほどに大変でした。とにかくあなたは、これ以上手を汚さない方がいいでしょう。お父上があなたを連絡係として使っているのも、あまり褒められたことではありませんね」

「しかし、これは命令ですから」

「お父上は、本当にあなたを後継として考えておられるのか？」鈴木が一歩前に詰め寄ってきた。「ご自分の復讐のために、家族も利用しようとしているだけではないんですか？」

「復讐……これは復讐なんですか？」稔は、激しい喉の渇きを覚えた。まだ長い煙草を投げ捨てると、濡れたアスファルトに触れた瞬間に火が消える。

「あなたは、四半世紀前にお父上が何をしたか、ご存じですか」

「ええ」五十嵐から聞いていた。

「知らない方がよかったでしょう」

「別の人から聞きました。父は、聞いても答えてくれないかもしれませんね」稔は鼻を鳴らした。「父はそういう人なんです。確かに私のことも、後継ではなく道具ぐらいに思っているのかもしれません」

「あの人は、そういう人です。自分以外の人間は全て、利用する道具だと考えているんでしょう」

自分以外ということは、家族でさえ……稔は一瞬、寒気が背筋を駆け上がるのを感じた。

新潟の家に戻った時には、体はすっかり冷え切っていた。エアコンの温風にしばらく身を晒してみたものの、体の表面が温まるだけだった。芯は凍りついたようで、自分はまだ新潟の冬に慣れていないのだと実感する。地元の人たちは、冬でもそれほど厚着をせずに平然とした顔で真冬の街を歩いているのだが。

母が温かいお茶を用意してくれたが、飲んでもやはり体は凍りついたままだった。

「今夜は、何してたの？」母が怪訝そうに訊ねる。

「ちょっと外で人に会ってたんだ」

「こんなに寒いのに？」

「雨だから、そんなに冷えないと思ってたんだよ」稔は普段、下着を身につける習慣がない。しかし新潟の冬では下着は絶対に必要だ、と心底思い知った。これで夏は猛烈に暑くなるのだから、新潟では日本の四季を堪能できる、と思うようにしているのだが、思っただけでは寒さには耐えられない。

「早くお風呂に入ったら？」

「そうだな……母さん、ちょっと聞いていいか？」

「何？」

二人はダイニングテーブルに向かい合わせに座った。気になっていたことは確認したいが、なかなか言葉にできない。

「母さんは……鈴木さんっていう人は知らない？」

「鈴木さんの知り合いならたくさんいるけど。日本で一番多い苗字じゃない？」母がきょとんとした表情を浮かべる。「一番よく知ってるのは、フリーのプロデューサーの鈴木貴《き》一《いち》さんね。私が映画に出ていた頃にお世話になった人で、未だに出演しないかっていう誘いがくるぐらいだから」

さすがにその人は関係あるまい。稔は力なく首を横に振った。

「その鈴木さんじゃないでしょうね」母が自分を納得させるように言った。

「たぶん。母さんが言っている鈴木さんは、何歳ぐらいの人？」

「今年七十かな？　まだまだ元気よ」

「違うな。もっと若い人――五十歳ぐらいだと思う。オヤジと何か関係ある人なんだ」

「パパの知り合いで鈴木さん？　何人もいると思うけど、誰かしら」

本当にピンとこないのか、とぼけているのか……母は今でも女優なのだと思うことがある。特にあの「鈴木」はどこか怪しいところがあるから、正体を知っていても、自分には隠しているのかもしれない。となると、父と母はグルになって、俺を騙しているのか？　今回の父の計画についても、知っていると認めていたし。

「何、怖い顔して」

「オヤジは、俺のことを何だと思ってるんだろう」

「何って、息子でしょう」

「本当にそう──息子として認めてくれてるのかな。オヤジの息子っていうことは、当然政治家の息子じゃないか。後継者として認めているのか、いないのか」

「考えてみて。パパも、国会議員としてはまだまだ駆け出しなのよ。それでこれから少なくとも二十年間は、第一線で活躍していくことになるでしょう？　自分の後継者のことなんか、まだ真剣には考えていないわよ」

「じゃあ、俺はずっとただの雑用係か」分かってはいるが、自分で言うとがっくりくる。これがいつまで続くのか……。

「若い頃に雑用係をやらないと、人の上には立てないわよ」母が真顔で言った。「それを面倒臭がるようでは、周りの人にも認められない。最初から神輿《みこし》に乗って威張っているようでは、そっぽを向かれるわよ」

「そうかもしれないけどさ……」

「何事も勉強、勉強」母が真顔でうなずく。「政治家になるのに、楽な道はないのよ。私は、あなたが政治家以外で身を立てようとしているなら、反対はしないけど。あなた自身は、どう考えてるの？」

「俺は……」

父の後を継ぐ——それが自然な道で、他に選択肢はないとずっと思っていた。もちろん子どもの頃は、他の人生を夢みたこともある。小学生の頃は野球選手になりたかったし、中学・高校ではテレビ関係の仕事に憧れた。しかし大学に入ってから、自然に父の仕事を手伝うようになり——最初は母に言われたのだった——それが今に至るまで続いている。自分の意思はいつの間にか消え、ただ敷かれたレールの上を走っているだけのようだ。

そういう人生は許されない、と最近は思っている。仮にも政治家は、国民の生活を守り、国を豊かにしていくという義務を負っている。二世、三世議員はあれこれ批判を浴びることが多いから、襟《えり》を正して理想を語り、きちんと邁進していかねばならない。

今、自分がやっていることは正しいのか？　違法ではないが、人を貶める行為なのは間違いない。それは……許されることなのだろうか。

翌日、明日花と会った瞬間に、稔の心は溶けた。考えてみれば、昨夜鈴木と面会してからずっと、気持ちは凍りついたままだった。

前回はフランス料理だったので、今日は和食にした。新潟には江戸時代から続く料亭が何軒もあるのだが、さすがに二十代前半の若造が上がるわけにはいかないので、少し高めの居酒屋にした。椅子ではなく、畳《たたみ》に座る彼女を見るのも、また楽しかった。姿勢が崩れないのが育ちの良さを感じさせる。

今日は車ではないので、二人とも日本酒を呑む。稔はそれほど酒が強くないし好きでもなかったものの、新潟の上等な酒の美味さは段々分かってきていた。水のようにさらりとしていて、甘口・辛口という枠を超えている。永遠に呑めそうな感じもするのだが、そんなことをしたらもちろんひどく酔っ払う。しかし明日花は、腰を据えて呑むと結構強いことが分かった。前回は、初対面だったので遠慮していたのかもしれない。

「今日、ちょっと暗くないですか」

明日花に指摘され、稔は両手で思い切り顔を擦った。心の揺れが顔に出るようでは、政治家としてやっていけないのではないか。

「そんなこと、ないですよ」

「でも、今日はあまり話さないし……」

「ちょっと心配事があるだけです。申し訳ない」稔は頭を下げた。

食事が進むうちに、次第に両方の家の話になっていく。彼女も自分も、背負うものが大きいのだな、とつくづく思う。明日花の実家は老舗、かつ今は商品を全国展開している地元の優良企業だし、稔は政治一家の三代目——自分が代議士になればだが——である。

「稔さんのお母さん、女優さんなんですよね」

「昔の話ですよ。もうとっくに引退してる」

「ビデオ、観たんです。出演している映画で、ビデオになっているものがあって」

それは稔も観たことがあった。若い頃の母親が画面の中で動いているのを観るのは非常に奇妙な気分だったが……。

「お綺麗ですよね」明日花が溜息をついた。「稔さんのご両親は、どうやって知り合ったんですか？」

「学生時代からのつき合いらしいです。つき合うようになってから、母が女優になったそうなので、女優とつき合った、という感じじゃないみたいですね」

「それでも、お父様のために女優をやめられたんでしょう？　すごい覚悟ですよね」

「七〇年代ですから、今とは事情が違うんじゃないかな。でも、政治家の奥さんが他の仕事をするのは厳しいでしょうね」

「やっぱり、仕事を手伝わないといけないんですか？」

「明日花さんはどう思います？」稔は一歩踏みこんだ。

「私ですか？」

「例えば、今の仕事はずっと続けるつもりですか？」

「仕事は嫌いじゃないんです」明日花が真顔でうなずく。「自分で働いてお金を稼ぐのって、大事じゃないですか。でもうちは兄がいるし、私が会社を継ぐわけじゃないですから、ずっとあそこで働くかどうかは分かりません。そのうち邪魔者扱いされるかもしれませんし」

「あなたが政治家の奥さんになったら、どうですか」さらに踏みこむ。

「そうですね……」

明日花が顎に手を当てて考え始めた。答えがなかなか出てこないので、稔はにわかに心配になった。今のはあまりにもダイレクトな質問だったかもしれない。直接会うのはまだ二回目なのに。

「そもそも政治家の奥さんの仕事が、よく分からないんです。具体的にどんなことをするのか」

「例えば母は、半分は東京、半分は新潟にいます。後援会の人たちとつき合ったり、選挙の時は裏方もしますし、集会では自分で壇上に立つこともありますね。うちの場合は、議席の半分は母のものじゃないかな。父は無愛想な人だから、いつも母に助けてもらっているんですよ」

「きっと、元々すごい人なんでしょうね」明日花が真顔でうなずく。「女優さんをやって、政治家の奥さんになって。そんなに何でもこなせる人がいるなんて、信じられないです」

「息子から見たら、それが普通になってますけどね」

「一度、お会いしてみたいです」

「そうですか？」

「女性の先輩として、どんな風に生きてきたのか聞いてみたいです」

「いいですよ。母も喜んで会うと思います」これは……彼女の方からも一歩踏みこんできたのだろうか？　両親に挨拶させて欲しい、とでも思っているのかもしれない。

「いいんですか？」明日花の顔がぱっと明るくなった。

「いつでも大丈夫ですよ。もちろん、こっちにいない時もありますけど」

「東京で会うのもいいかな……とか。なかなか東京へ出て行く機会がないので」

「じゃあ、母に会うのを言い訳にして、東京観光すればいいじゃないですか。案内しますよ」

「いいんですか？」明日花の目が輝く。

「もちろんです。時間は作りますよ。でも、あなたは休みを取れますか？」

「金曜日の仕事が終わってから行けば、土日はずっと大丈夫です」

「それ、政治家と一緒ですよ」稔は微笑んだ。

「そうなんですか？」

「金帰月来《きんきげつらい》、なんて言うんですよね。金曜の仕事が終わったら地元の選挙区に戻って、月曜の朝一番で帰って来る。週末は、地元の後援者と会ったりとか、いろいろ仕事がありますす」

「大変なんですね」明日花は目を見開いて、本気で驚いた様子だった。

「今は新幹線があるから楽ですけどね。昔は大変だったと思います」

「今は二時間で東京へ行けますからね……」

「ちょっと今、調整しますか？」

「え？」

「母に予定を聞いてみますよ。タイミングが合ったところで、東京へ来てもらう感じでどうでしょう」

「いいんですか？」明日花が繰り返す。

「あなたの予定はどうなんですか？　基本的に土日は休みですか？」

「ええ。いざとなったら有給も取れますし」

「じゃあ、待って下さい」

稔は携帯電話を取り出し、個室を出た。店の中はざわついているので、そこで話すわけにはいかない。外へ出ると、ジャケット一枚の格好なので震えがきた。

母と話しながら、思わずニヤついてしまう。今のところ、話は上手く転がっている。明日花なら、両親も文句は言わないだろうし――特に母は大歓迎だろう――何より自分は彼女に惹かれている。こういう前向きで明るい女性なら、一緒に政治の道を歩いていけるだろう。何より彼女は新潟生まれの新潟育ち、しかも藤島製菓の社長の娘という家柄である。地元で選挙を有利に戦うために、絶対的な戦力になるはずだ。

結局、こういう計算をしてしまうんだな、と思った。政治を志す人間は、恋愛感情をベースに結婚するものではないのだろう。

だからといって、愛情に変わりはないと思うが。

4

東日の社会部では、週に一度、デスク会が開かれる。部長と全デスクが集まって、現在進行中の取材について打ち合わせる会議だ。毎回いいネタが出てくるわけではないが、今回は活気づいた。中央経済会事件の取材指揮を執る古川が、冒頭から報告する。

「被害者二十人ほどから証言が取れています。弁護士に相談している人たちは、時期はともかく集団訴訟を真剣に検討しています。地検の方でも、間違いなく捜査を進めています。『暖かくならないうちには』という声があるので、着手は近いかもしれません」

「書くタイミングはどう考えてる？」高樹は質問を挟んだ。

「こちらのタイミングでいいかと思います。取材は順調に進んでいますから。捜査の着手のタイミングで打つのは、昭和の時代で終わってるでしょう」

デスクたちの間に、薄い笑いが広がった。それは確かにそうだ、と高樹も思う。昔は――高樹が若かった頃は「今日逮捕」の記事は事件記者の醍醐味と言えた。それだけ鋭く深く、捜査当局に食いこんでいる証拠だからだ。しかし今、時代は平成。捜査当局の動きをすっぱ抜くだけの取材は流行らない。独自取材で真相を抉《えぐ》り出す調査報道に、各社とも力を入れている。

「では、ぼちぼちいっていいかな」高樹は結論を出した。

「もう一点だけ……問題の中央経済会の主催者である畠ですが、居所が確認できました。友岡の新潟での活動を拡大させるために、政治塾のようなものを作ろうとして、その準備にかかっているようです。そのために、今は新潟に拠点を置いているようで、住居も割り出しました。本人に直当たりして弁明させれば、原稿としては完成かと」

逆に言えば、当事者の言い分がなければ、記事としては成立しない。いい加減な勧誘方法に関しては、被害者の証言があるし、弁護士からも取材できているから問題ないが、当事者の釈明がないと、記事としては不十分である。関係者全員に当たってこその調査報道だ。

「その取材はどうする?」高樹は突っこんだ。

「地方部と新潟支局と合同で行おうと思います。こちらから誰か出張させて……よろしいですか」

「もちろんだ」

「では、そのように手配を」古川がうなずき、すぐに人差し指を立てた。「それと一つ、気になることがあります」

「何だ?」

「『新潟リゾート』という東証二部上場の会社があるんですが、ここが中央経済会と組んでいたという情報があります」

高樹は思わず唇を引き結んだ。鼓動が速くなり、頭の中がかっと熱くなってくる。新潟リゾート——義兄の隆興が社長を務める会社なのだ。しかし何故、観光開発の会社が中央経済会のビジネスに絡んでいる? 高樹の動揺には気づかない様子で、古川が続けた。

「新潟リゾートは、県内各地で観光業、スキー場の開発を行っていますが、そのビジネスの関係で、友岡とつながりができたようです。東京で開催されたセミナーに、ここの社長が出席して挨拶していたという情報があるんですよ。詐欺的に情報を流したわけではないようですが……」

「それだったら、組んでいるとは言えないんじゃないかな」言って、高樹は軽く咳払いした。「講演会などでも、本番の前にゲストスピーカーが喋ることはよくある。信用させるために利用されたんじゃないか?」

「金の関係についてはまだはっきりしていませんが、何度かそういうことがあったそうです。新潟リゾートはローカル企業ですが、そこそこ大きな会社です。そこの社長が出てきて喋ったとなったら、聞いている方は信用するでしょう」

「その件も、頭の片隅に置いておいてくれ。ただし、あくまで補足材料という感じだな」

少しだけ早口になっていることを意識しながら高樹は言った。

義兄とは、悪くない関係を続けている。彼が仕事で東京へ出て来た時に、何度か酒を酌み交わしたこともあった。ある時、「どうして新潟バスを辞めたのか」と思い切って訊ねたことがあった。自分と隆子の結婚がきっかけだったのではないか――。

隆興は笑いながら「そもそもオヤジと上手くいってなかったんだ」と打ち明けた。オヤジは会社ではワンマンで高圧的、しかも先の見えない人だった。自分が、上越新幹線と関越道の開通を見越して、路線バスだけでなく観光業にも手を入れるべきだと主張しても、まったく聞く耳を持たなかった。ビジネスを広げていこうという狙いはなく、取り敢えず現状維持がベストだと考え、社員から出てくる新しいアイディアをいつも潰していた。あれだけ大きい会社だし、新潟の交通インフラを担う重大な仕事をやっているから、冒険できないのは分かるけど、あれはあまりにもひどい。だから思い切って会社を辞めて、自分で商売を始めたんだ――。

それを聞いてほっとしたが、高樹たちの結婚も一つのきっかけになったのは間違いないとつけ加えられた時には、一瞬心が痛んだ。

あの事件に関しては、オヤジが悪い。それなのに、あんたたちの交際に反対した――あれで俺は、オヤジと会社を見切ったんだ。隆子に、家を出てあんたのところに押しかけるように言ったのは、実は俺なんだよ。あれがきっかけで、俺もオヤジとの関係に決着をつける勇気が出た。結果的によかったと思ってる。新潟リゾートは、上手い具合に儲かってるし。

選挙違反における父の不正を非難した隆興自身が、今度は選挙に絡んで危ない橋を渡ったのか……しかし隆興は、政治活動を否定していたわけではない。田舎に住んで大きな会社を経営していれば、やはり何だかんだで政界とのつながりはできるものだ。そこに悪の要素が入りこむかどうかは、状況によるのだが。

「では、この件は最優先で進めてくれ。俺がいない時に、いきなり記事を出さないでくれよ」

高樹の締めの一言で、軽い笑いが起こり、デスク会は終了になった。

最後に会議室に残った筆頭デスクの中村《なかむら》が、嬉しそうに声をかけてきた。

「息子さんの取材も、ここで実を結ぶわけですね」

「いやあ、どうかね。発端を摑んだのは間違いないけど、取材の主力はうちだ」

「少しは自慢してもいいんじゃないですか。褒めてあげたらどうですか」中村が軽い苦言を呈する。

「若い奴らは、褒めると調子に乗って、ろくなことがないからな」

「いや、今は褒めて育てるのが主流ですよ。昔みたいに鉄拳制裁とはいかない」

「俺はそんなこと、したことがないよ」

「俺は何度か殴られましたけどね」中村が表情を歪める。

　中村が新人の頃に在籍していた秋田支局では、若い記者が辞めるケースが後を絶たなかった。度を過ぎた厳しい指導が伝統になっていたのである。しかし八〇年代半ば、赴任した新人記者二人が短い間隔で立て続けに辞めてしまったことをきっかけにして、本社から厳しい指導が入り、今ではすっかり緩い雰囲気になっているという。

「あんたも苦労したね」

「新潟支局では、そういうことはなかったですか」

「なかったな。ひどい先輩もいたけど、それが伝統にはならなかった」

　二人は資料を抱えて会議室を出た。薄暗い廊下を歩いているうちに、誇らしい気持ちと不安が入り混じり、つい目つきが鋭くなってしまうのを意識する。和希に関してはよかった。この取材をきっかけに何かを摑み、記者としての方向性が定まるかもしれない。しかし義兄の方は……記事になるかどうかはまだ分からないが、自分が現場の人間だったら、書こうとするのではないだろうか。地方の大きな企業を利用した宣伝工作は、悪質さの象徴のようなものである。事件の特異性、悪質性を描き出すためにも欲しい材料だ。

歴史は繰り返すのだろうか。


その夜遅く自宅に戻り、高樹はすぐに隆子に事情を打ち明けた。話が進むに連れ、隆子の表情が暗くなる。

「まだ、書くか書かないかは分からないんだ」高樹は話を締めくくった。話さなければならないことではあるが、早く終わりにしたい。

「でも、私に話したということは、書く方向で話が進んでいるんでしょう?」

「もしも原稿が出てきたら、俺はストップできない。止める理由がない」

「そう……」隆子が溜息をつき、お茶を一口飲んだ。最近、自分であまりお茶を淹れなくなり、ペットボトルで飲んでいることが多い。今日はジャスミンティーだった。

「また同じような話で、君には申し訳ないと思う」

「うちの一家、脇が甘いのかしらね。父があんなことに巻きこまれたのを目の当たりにしているのに、自分も同じようなことをするなんて。もしかしたら兄の方が悪質?」

「いや、それはまだ判断できないんだ。つき合いで仕方なくやったことかもしれないし」

「でも父の時も『仕方なく』だったけど記事にしたでしょう」

それは事実だ。あの選挙違反事件では、民自党新人候補の陣営が、投票と票の取りまとめを依頼して、地元の政治家多数に現金をばらまいた。それだけでなく、財界の支援者である義父にまで、金が渡っていたのである。財界と政界の関係は、金に関してはほぼ、財界から政界への一方通行である。政治献金のような形で支援するのが普通だし、選挙になれば社員を動員して票をまとめる。あの時の新潟一区は、民自党が二議席確保を狙う重点区で、しかも新人候補——もう一人は田岡の父親だった——の苦戦が伝えられていた。それ故の、必死の選挙違反だったとも言える。義父は百万円を受け取ったものの、しまいこんだままで、選挙が終わった後で陣営に返却した。普段のつき合いがあったので断れなかった、というのが言い分だったが、紙面に「新潟バス」、そして社長である義父の名前が出たのは事実である。刑事責任を問われることはなかったが、プライドの高い義父が大きなダメージを受けたのは間違いない。既に社長を退任し、亡くなっているが、死ぬまで高樹を許さなかっただろう。

隆子は父親よりも自分を選んでくれたわけだが、果たして彼女がそれが正解だと思っているかどうか……自分たちは常に本音で話し合ってきた夫婦だと思うが、一番根っこにあったこの問題については、妻の本音を聞けていたかどうか、自信がない。妻にとっては、実の親の問題なのだ。

「兄も、手を広げ過ぎたかもしれないわね」隆子が溜息をついた。「というより、手を広げざるを得なかった。会社を始めた頃は、とにかく事業規模を広げるために、いろいろな人に頭を下げまくっていたから。あちこちに恩義ができて……」

「それは当然のやり方だよ」高樹はうなずいた。「コネを作らないと、商売は続けられない。そんな中で、いろいろな人との関係もできると思う」多少怪しい相手もいたかもしれない……。

「私は家を出た人間だから何も言えないけど、兄は昔から人に頼まれると断れない性格だし、今回みたいなことは、あってもおかしくないわね」

「正直に言ってくれないか？」

「私はいつでも正直よ」隆子が真顔で言った。

「今回の件……記事になったらどう思う？」

「それは――事実で、書く価値があると思うなら書いて」隆子があっさり言い切った。

「それはあなたの判断だから。本当は、あなた個人の気持ちでどうこうできる問題じゃないでしょう」

「ああ」高樹はうなずいた。部長は社会面に最終責任を持つ立場だが、紙面を個人のものにするわけにはいかない。万が一利害関係が生じても、絶対に紙面優先だ。

「だったら、何も悩むことはないじゃない」

「しかし、君の家族の問題なんだぞ」

「私の家族は、あなたと和希」隆子が柔らかい声で言った。「実家は実家で大事だけど、あなたの仕事は邪魔しない。そんなこと、あなたのアパートに転がりこんだ時に、とっくに決めてたのよ。そういう覚悟がなければ、あなたと結婚しません」

何と言っていいか、高樹には分からない。「すまない」でも「ありがとう」でもなく、ただ頭を下げるしかできなかった。多くの夫婦が様々な問題を抱えているものだが、今、日本で一番苦しんでいるのは自分たちかもしれないと高樹は思った。

「ほら、そんな顔しないで」隆子が苦笑しながら、高樹の手の甲を叩いた。「あなた、父の問題の時もそんな顔してたわよ」

「しょうがないじゃないか」高樹は抗議した。「家族の問題なんだから」

「あの時も、別れるのどうの……あなたは極端なのよ。すぐに突っ走るから」

「それが普通じゃないかな」

「家族と夫婦の違い、分かる？」

「うん？」

「親やきょうだいは選べないでしょう。生まれた時から存在していて、必ず縛られてしまう。でも夫婦というのは、自分で選ぶたった一つの家族なのよね。だから結婚は、自分の人生を自分で決める通過儀礼のようなものなのかもしれないわ」

「なるほど」

「私はあなたを選んだ。それが全ての答えよ。あなたはあなたの思うようにやって。それに今は、あなた一人の意思だけでは、いろいろなことを決められないでしょう。部下もたくさんいるんだから」

「君は……立派だな」思わず言ってしまった。自分に隆子ほどの覚悟があるだろうか。

「何言ってるの」隆子が声を上げて笑う。「もう四半世紀も一緒にいるのよ。あなたが何を考えているかぐらいは、話さなくても分かるわ。よく悩んでいるけど、だいたい小さな悩みなのよね」

「おいおい……今回のことは、全然小さくないよ」

「とにかく気にしないで。繰り返すけど、私にとっての家族はあなたと和希。案外近いうちに、和希のお嫁さんも入ってくるかもしれないけど」

「それは大丈夫なのかな」

「私たちが心配するよりも、和希はしっかりしてるわよ」

仕事に関しては……イマイチ鋭いところを見せてこなかった和希も、今回の取材で一皮剝けるかもしれない。しかし、私生活はどうか。せっかく正月に向こうの両親に挨拶に行ったのに、途中で呼び戻されて、彼女との関係はどうなっているのだろう。

まあ、正月休み中の和希を仙台から引き戻したことには、自分にも責任がないとは言えないのだが。


翌日、夕刊の作業が終わると、社会部に意外な人物が現れた。編集局次長の宇佐。会議などでは顔を合わせるが、自分より少し年上のこの局次長は政治部出身なので、それ以外の接点はない。

「ちょっと飯でも食わないか」

「いいですよ」昼飯は、デスク連中と社食で取るのが日課になっているのだが、別に義務ではない。

「最近、美味い店を見つけたんだ」

「新規ですか？」

「去年の暮れにオープンしたばかりらしい。割烹なんだけど、昼は美味い魚を出すんだよ」

「おつき合いしますよ」

二人は連れ立って社を出た。東日の本社は銀座四丁目の交差点に近いので、食事をするには困らない。銀座と言えば高いイメージがあるのだが、昼には宣伝のためにリーズナブルな価格でランチを出す店も少なくない。

有楽町駅方向へ歩いて五分ほど。店は、数寄屋橋交差点に近い雑居ビルの一階に入っていた。カウンターと広い座敷、それに個室がある。宇佐は予約していたようで、二人はすぐに個室に通された。

それで高樹は警戒した。わざわざ会社を出て、しかも個室のある店で話すとなると、内密の相談かもしれない。ほとんど話したことがない宇佐という人間の本性は読めないし、にわかに不安が高まってきた。

昼のメニューは、全て魚だった。二人とも、鮭の幽庵焼きの定食を頼み、一息つく。宇佐は煙草に火を点けた。

「どうしたんですか、わざわざ個室なんか予約して」

「人に聞かれたくない話もあるじゃないか……今日は局長の代理なんだよ」

「どういうことですか？」

「うむ」宇佐が、煙草で灰皿の縁を叩いた。まだ長い煙草の灰は、まったく落ちない。

「今年の六月の定期異動のことなんだけどな」

「もうそんな話ですか？　まだ一月ですよ」

「いや、今年の異動は大規模になるんだ。社長は退任予定だし」

「次の社長は白井さんですか」編集担当の専務だ。

「ま、そうなるだろうな」宇佐が素早くうなずく。「白井政権は長くなるんじゃないかな。健康状態、完璧だから」

「若いですよね」

今年六十歳の白井は政治部出身で、見た目は四十代と言っても通用しそうだ。スーツがよく似合うスリムな体型で、顔つきも若々しい。趣味はマラソンで、四十代の頃までは大会にも出場していたという。今はさすがに大会には出ないそうだが、それでも毎日十キロ走るのを日課にしている——人から聞いた話だからどこまで本当かは分からないが、あのスリムな体型を見た限り、嘘ではないと思う。不思議なのは、政治部にいながら、どうやって走る時間を捻出したか、である。自分が現場の記者だった時代には、体を動かす時間などまったく取れなかった。

「白井さんは、編集局の再編を考えているみたいなんだ」

「どんな風にですか」

「いくつか、新しい部ができる。まず、婦人部と生活部を合併させて、ジェンダー部みたいな部にしたいらしい。語呂が悪いから、名前は変わると思うけど」

「確かに、今の時代に婦人部はないですよね。先祖返りのようなものですか」高樹はうなずいた。婦人部は戦後すぐにできた部署で、家庭や生活一般の問題を取材する。料理コーナーと人生相談が、発足当初から続く名物コーナーだ。途中から生活部と婦人部に分かれ、婦人部は主に女性問題を中心に取材している。

「今の時代は、あまり細かく担当を分けていると、かえって取材しにくい、みたいな考えなんだろうね。それと、教育と医療の取材班は、部に昇格させるらしい」

「じゃあ、うちはだいぶ戦力を削《そ》がれますね」これは気になる情報だ。東日は八〇年代から、教育関係と医療関係に関しては取材班を作って専門的に取材を続けてきた。どちらも週に一回、特集面を持っている。各部の混成部隊だが、主力は社会部だ。

「その辺は調整すると思う。でも、今回の一番の目玉は、デジタル部の創設だろうな」

「なるほど」

一昨年、「Windows 95」が発売されてから、インターネットは一気に身近なものになってきた。今後はまったく新しいコミュニケーションツール、あるいはメディアとしての役割を担うだろうと言われている。ネット関係の取材は新聞もきちんとやっていかねばならないが、問題は専門家がいないことである。科学部には、医療関係、エネルギー関係、さらには基礎研究に関する様々な専門記者がいるが、こういう世界は完全に盲点だった。これまで、新聞社がコンピューター関係の情報を記事にする場合は、主に日本のコンピュータや半導体産業についてのものであり、経済部が取材することが多かった。

「社長は、こういうのは一過性のブームで終わるとは考えていないみたいなんだ。だから今のうちに、専門記者を育てていかないといけない、ということなんだろう」

「今までの話だけでも、編集局はかなり大きく変わるみたいですね」

「それに付随して、局次長に関しても、もう少し役割をはっきりさせるみたいだ」

「と言いますと？」

「出身部の指導係というかね」

「それは、船頭が増える感じですね。部長連中には迷惑でしょう」高樹は苦笑した。

現在の編集局次長の仕事は、局長の補佐という意味合いが強い。主な仕事は、日々の紙面作りに最終責任を負うことで、朝刊、夕刊で二人ずつが当番になり、全紙面をチェックしていく。当然仕事は夜中まで続くわけで、当番制とはいえなかなかきつい仕事だ。そこにさらに、出身各部の監督という仕事が明確に加わるとなると、かなり負荷が増えるだろう。

「まあ、二十一世紀も近いわけだし、東日もこの辺で新しく生まれ変わるということじゃないかな。白井政権は長く続くだろうから、最初にしっかり基礎固めをするつもりなんだろう」

白井「政権」か、と高樹は内心嘲笑った。政治部出身の人間は、よくこういう言い方をする。取材対象に、自らの姿を投影しているような感じなのだろう。

「あんたも、六月には局次長に昇格になると思う」

「俺が、ですか」別におかしくはない。今年の六月で、社会部長になって丸二年なのだ。二年で社会部を離れ、局次長になった先輩は何人もいる。

「今からそのつもりでいてくれないか？　最初は混乱すると思うけど、新しい体制を発足させるために、できるだけ人を動かす方向でいくみたいだから。局次長も半分ぐらい入れ替わると思う。特にあんたには、社会部だけじゃなくて、教育と医療の方の面倒も見てもらうことになると思う——それをあんたに伝えるように、白井さんから言われたんだ」

「メッセンジャーですか。それにしてもずいぶん早いですね」

「白井さんはせっかちなんだ」宇佐が声を上げて笑った。「結婚式の時、奥さんが妊娠六ヶ月だった話、知らないか？」

「いや……知らないですね」

「あの頃——三十年以上前は、結構な問題だったと思うよ。せっかちなだけじゃなくて手も早いのかって、だいぶからかわれたらしい」

　そこで料理が運ばれてきて、生臭い話は一時中断になった。宇佐が勧めるだけのことはあり、鮭の幽庵焼きは上品な味で、これなら夜も期待できるだろう。全体的に量は控え目だったが、腹を減らした若手サラリーマンではなく幹部社員を対象にしたような店なので、これでも十分なのだろう。実際、高樹もほどよい満腹感を覚えていた。

　食事を終えると、コーヒーがサービスされる。これも割烹とは思えないような本格的なものだった。

「ちょっと小耳に挟んだんだが」宇佐がコーヒーにたっぷり砂糖とミルクを加えて一口飲んだ。「今、でかい経済事件をぶっ放そうとしているそうだな」

「まだ極秘なんですけどね」何で知っているのかとかすかに不快に思ったが、こういうのは仕方がない。新聞記者というのは何かと噂話が大好きで、社内のどの部署がどんな案件を取材しているか、いつの間にか多くの人が知っていたりする。

「代議士絡みになる可能性もある、と聞いている」

「それはまあ……現段階では何とも言えませんけどね。入り口を取材しているというだけの話です」

「大いにやってくれ」

宇佐が意外なことを言い出したので、高樹は口をつぐんだ。宇佐は政治部一筋の記者で、現場を離れた今でも、民自党の高官たちとつながりがあるはずだ。そういう記者は、しばしば自分を政治家の名代と勘違いして、他の部署の仕事に首を突っこんだりする。過去にも、社会部が取材していた代議士のスキャンダルについて、横槍を入れてきたことがあった。そういう時は、表面上は何も起きないのだが、裏では猛烈な足の引っ張り合いがある。実際高樹も経験したことがあった。あれは八〇年代初頭、建設省の幹部が絡んだゼネコン汚職事件で、民自党代議士が口利きに一枚加わっていた疑惑があり、この代議士の立件が問題になっていたのだ。そこへ政治部が、取材の手を抜くようにと横槍を入れてきたのだった。確かにこの政治家は、当時民自党の副幹事長を務めていた大物で、政治部としては大事な取材対象だったのだが……結局あの時は、東京地検特捜部が立件できずに記事も見送りになった。ただし高樹は、この情報を週刊誌に流して書かせた。新聞はしっかりした証言・証拠がないと書けないが、週刊誌なら「噂」でも書いてしまう。ただ、あの時の代議士は平然と週刊誌の記事をやり過ごし、その後も何事もなかったかのように政治活動を続けていた。

「何だよ、その顔は」宇佐が意外そうに言った。

「いやいや……」

「政治部がちょっかい出してくるとでも思ったんだろう？」

「過去にはそういうこともありましたよね」

「今時、そんなことは流行らないさ。悪いことは悪いこととして、思い切って書かないと。是々非々で判断するということでいいんじゃないかな。それで、どうなんだ？　でかい事件になりそうなのか」

「横の広がりは、相当なものですよ」

「上への広がり――民自党の幹部にも金が流れていると聞いているが……」

「それはあくまで噂でしょう」宇佐は、かなり詳しい事情を知っているようだ。こうなると、情報の出所が気になる。うちの人間か？　あるいは地方部？　新潟にいる和希は関係ないと思うが……とにかく、政治部の人間に余計なことは知られたくない。

「ま、この特ダネを、局次長に昇進する時の手土産にしてくれよ。いいタイミングじゃないか。これで協会賞でも取れたら最高だ」

「どうですかね」

　適当に受け流しながら、高樹は警戒感が高まってくるのを感じた。政治部、あるいは政治部出身者からあれこれ言われたくはないが、こんな風に「大いにやってくれ」と言われると逆に警戒してしまう。何か裏があるのではないか……。

ぎこちない食事を終えて社会部に戻ると、中村に今の話を伝える。途端に、中村の眉間の皺が深くなった。

「おかしくないですか？」

「ああ。ちょっと気になる。何か裏があるんじゃないかな」

「確かに……どういう裏か分かりませんけど、政治部OBの局次長がそんなことを言ってくるのは異例ですよね。ちょっと探りを入れてみますか？」

「余計なことはしない方がいいだろう」自分に言い聞かせるように高樹は言った。「下手に刺激すると、何が起きるか分からない。だいたいこういう場合、もっと上の人間の意思が働いているんじゃないか」

「局長とか……社長とか？」

「可能性はある」現在の西社長は、政治部出身だ。

「不気味ですね」

そこで高樹は、次期社長と言われる白井の存在に思い至った。新聞社のトップは、常に政権幹部と交流がある。取材というより意見交換という感じで面会することもしばしばだ。白井は政治記者として三十年以上のキャリアを持っているわけで、政権幹部とのつき合いも長いだろう。そういう人たちが、この事件の情報を摑んだら何を考えるか。

「アラートを出そうか」高樹は中村に提案した。

「どういう内容にしますか？」

「今のところは、周辺に気を配っておけ、としか言いようがないな。何かおかしなことがあったらすぐに報告するように、伝えてくれないか」

「じゃあ、古川に言っておきます」中村が受話器を取り上げた。古川は、社会部の遊軍部屋の一角に作られた取材班に詰めている。

　中村が古川に指示を飛ばすのを聞きながら、高樹は嫌な予感を覚えていた。この件はどうしても物にしたい。自分のためでもあるし、和希のためでもあるし、何より必死に取材している部下のためである。そもそも、こういう不正は絶対に世間に晒さないといけないのだ。被害者を泣き寝入りさせてはいけない。

　邪魔する人間がいても、絶対に蹴散らしてやる。

第五章　特ダネ

1

　和希は緊張しながら支局で待機していた。今夜、とうとう島に直当たりすることになったのだ。そのために、本社の取材班から二人が来る予定で、自分はその手伝いをすることになっている。地方部の御手洗デスクからは、この取材が終われば記事にゴーサインが出る、と聞いていた。いよいよか……。

「そんなに緊張するんじゃないよ」デスクの如月にからかわれた。

「いや……本社の人と一緒に取材するのは緊張しますよ」

「お前はただの運転手だ」

「それもまた緊張するじゃないですか」事故でも起こしたら、とつい考えてしまう。

「でも、タクシーは出さないぞ。そんな経費は認められない」

呑気なやり取りで、少しだけ気が緩んできた。確かに、自分が畠に直接取材するようなことはないだろう。社会部の記者たちが話を聞いている後ろで、必死にメモ取りをするだけだ。もちろん今は、メモで残すよりも、レコーダーで録音してしまうのが普通だが……以前、自分のレコーダーのカセットを交換している時に、岡本にからかわれたことがある。取材で聞いた話ぐらい、その場で覚えちまえよ、と。そんなに記憶力がよくないですよと言い返すと、岡本は真顔になって、録音されていると思うと、話しにくく感じる人もいるんだ、と持論を展開した。ただ話しているだけだと思えば、思わぬ本音を漏らす相手もいる。背広のボタンがマイクになっているような、特殊な録音機器があればいいんだけどな。確か、007の映画でそんな秘密兵器があった――岡本の唯一の趣味は、映画鑑賞だそうだ。それもスパイ系やアクション系。

約束の時間ちょうど、午後四時に本社からの取材班が到着した。社会部の遊軍記者、村《むら》上《かみ》と美智留。誰が来るかは聞いていなかったのだが、顔見知りの美智留がいるので何だか心強かった。

「いやあ、ここも久しぶりですね」村上はどこか嬉しそうだった。如月と、支局長の桑田に挨拶すると、村上は和希に「俺、新潟支局出身なんだ」と打ち明けた。

「あ、そうなんですね」それでまた少し緊張が緩む。

「八四年から八九年まで……ここもずいぶん古くなったな」

「そうですね」今の支局は、昭和四十年代に建てられたと聞いている。あちこちがくたびれているのは間違いない。

「まあ、ちょっと一休みしながら打ち合わせしようよ」

如月が、気楽な調子で二人に声をかけた。そのまま三階にある会議室に移動し、打ち合わせを始める。美智留は寒そうにしていた。会議室は暖房が効いているが、駅からここへ来るまでには、結構寒い思いをしたのではないだろうか。和希は打ち合わせ用のテーブルに置いてあったリモコンを取り上げ、エアコンの温度設定を二度上げた。それに気づいた美智留が「ありがとう」と笑みを浮かべる。彼女は特に緊張もしていないようだ。

桑田が音頭を取って、打ち合わせを始めた。まず和希が、畠が潜伏――本人にそういう意図はないかもしれないが――しているマンションの場所を説明する。既に、彼が計画している政治塾に勧誘されている人にも話を聞いていたので、その結果も報告した。

「その政治塾は、怪しいものじゃないのかな」村上が訊ねる。

「まだ正式に発足もしていないので何とも言えませんが、理念を聞いただけでは立派なものです」

「それが何かの隠れ蓑になる可能性もあるんじゃないか？」村上が指摘する。

「それは否定できませんけど、まだ具体的に活動が始まっていないから、何とも言えません。今後、民自党の集票マシンにしたいんだとは思いますが」もどかしいものの、和希としては「まだ」を繰り返すしかなかった。

「まあ、今はその政治塾のことは気にしないでいいかな」村上が結論を出した。

しばらく細かい打ち合わせが続いた後で、桑田が遠慮がちに切り出した。

「今夜は？　こっちに泊まりの予定かな？」

「まだ分かりません」村上が首を横に振る。「どれだけ重要な話を聞けても、今夜すぐに記事にする予定はないと言われているんですが、場合によっては明日の朝刊に突っこんでもいいと俺は思っています。もちろん会えなければ、明日巻き直しですし……決めてないけど、まあ、泊まりになると思います」

「それが決まったらすぐに言ってくれないかな。宿を手配するから」

「ありがとうございます」村上が頭を下げる。

支局は、本社の記者に対してこんなにサービスしなければならないのだろうか。宿の手配ぐらい、誰でもできそうなものだが……まあ、桑田は基本的に腰が低い人だから、本社の人間を世話するのも自分の仕事、ぐらいに考えているのかもしれない。

「すぐ出かけますか？」打ち合わせが終わると、和希は二人に訊ねた。

「そうだな……君はまだ、畠に会ってないんだよな」村上が確認する。

「ええ。姿を見てもいません」

「摑まるかどうか、可能性は五分五分かな」村上が顎を撫でる。

「東京のマンションの方はどうなんですか？」

「ここへ来る前に寄ってみた。相変わらずいないみたいだけど、身を潜めている可能性もある」

　マンションの場合、実際に誰かが部屋にいるかどうかは確認しにくい。一軒家なら、外からもある程度動きが分かるのだが。

「あ、忘れてたわ」美智留が、大きなトートバッグからシステム手帳を取り出した。そこに挟みこんであった写真を和希に手渡す。「これが畠」

「写真なんかあったんですか」さすがに本社は取材が早い、とまた驚く。

「セミナーに参加していた人が、一緒に撮った写真。左が畠よ」

　確かに……ツーショットの写真で、右の人――セミナーの参加者は嬉しそうな笑みを浮かべている。左側にいる畠は、自信満々に笑っていた。これでたっぷり金儲けできる、とでも思っていたのだろうか。

「一緒に写っている人、セミナーを聞いて大感動して、一緒に写真を撮ってもらったんですって。今は、何でこんな馬鹿なことに引っかかったのかって後悔してたわ」

「でしょうね」

「とにかく、その顔を頭に叩きこんでおいて」

和希は写真をまじまじと見詰めた。一緒に写っている人の身長が分からないので、畠の背の高さも判然とはしないが、顔は印象的だった。なかなかハンサムな男で、すっと通った鼻筋、形のいい唇のせいで、非常にすっきりした印象を与える。着ているのは少し明るい紺色のブレザーで、襟元には何かのバッジがついている。この写真では何だか分からないのだが、たぶんただの飾りだろう。ワイシャツは太い青のストライプ、ネクタイは無地の金色で、全体には非常に派手な感じがした。眼鏡のフレームは赤い……こういう人が「ちょっといいですか」と近づいて来たら、自分は遠慮してすぐにその場を去るな、と和希は思った。

「住所は下所島《しもところじま》か……これ、南高《なんこう》の近くじゃないか？」南高校は、しばしば略して「南高」と呼ばれる。ちなみに新潟高校の愛称は「県高《けんたか》」だ。どちらも、何となく戦前の雰囲気を感じさせるもので、和希はこういうクラシックな愛称が気に入っている。

「そうですね」

「支局からだと車で十分――十五分かな」

「それぐらいだと思います」

「じゃあ、取り敢えず行ってみるか」村上が立ち上がった。

ゲスト二人を乗せているから運転は慎重に……今日は、朝から降っていた雪がまだ路上に残っている。昼間は止んでいたが、また降り始めて、既にヘッドライトが必要な暗さになっていた。

「この季節になると、気持ちも暗くなるよなあ」助手席に座る村上が、頬杖をつきながら言った。「冬は辛いし長いよ。十一月末には雪が降り始めてさ、イカ釣り漁船が遭難したりして、ああ、冬が来たって感じになる」

「去年は土砂崩れでした」現場の寒さと侘しさを思い出す。

「あれもひどかったな。これからの季節は、雪崩を心配しなくちゃいけなくなる……それでも、新潟市は県内ではまだましな方だけどな」

「ですね」

「俺、支局後半の二年は長岡にいたんだけど、あっちはきつかったぜ。ちょっと山の方へ行くと、すぐに車がスタックして立ち往生だったから。あと、鬱陶しいのは春先の粉塵な。今は、スパイクタイヤは使えないんだろう？　俺がいた頃は普通にスパイクタイヤだったけど」

「今はスタッドレスですね」

「スパイクタイヤは、雪が積もっていてもアスファルトを削るんだよな。春先になるとそれが舞い上がってひどかった。あの頃は花粉症なんてあまり言ってなかったけど、俺は毎年春は咳とくしゃみがひどくて困ったよ」

暗い話しか出てこない。いずれ自分がここを離れた後には、やはり新潟の暗い想い出ばかりを語ることになるのだろうか。ちらりとバックミラーを見ると、後部座席に座った美智留はうんざりした表情を浮かべている。彼女も東北の支局にいたから、こういう話には飽き飽きしているのかもしれない。

畠のマンションは、越後線と上越新幹線の線路に挟まれた住宅地の中にある、三階建ての建物だった。建物の前には、平置きの駐車場。家の前の道路には雪が薄らと積もっていた。車を降りると、雪に慣れている村上が二度、三度と足踏みする。

「こういう湿った雪、新潟っぽいよな。懐かしいねえ」

「毎日だと滅入りますよ」

「私も勘弁して欲しいですね」と美智留が和希に同調する。

「さて……一〇二号室だったな」村上がマンションの駐車場に足を踏み入れる。そちらに向かって、二ヶ所に出入り口があった。村上はまったく躊躇うことなく、さっさと建物に入って行く。入り口の両側にドアがあり、右側が問題の一〇二号室。奥に、上階へ至る階段が続いている。部屋の前にはそれほど広いスペースがないので、三人が立つと押しくらまんじゅうをしているようになった。

村上がインタフォンを鳴らしたが、反応はない。すぐに振り返り「高樹君、外から家の中を覗いてみて」と指示する。

和希はすぐに駐車場に出た。窓は二ヶ所。ベランダも狭いので、手を伸ばせば窓に触れられそうだ。既に陽は落ちているのだが、窓はどちらも暗い。いない、と考えていいだろう。

ドアの前に戻り、「いないみたいです」と報告する。うなずいた村上が「車の中で待とうか」と言った。

車に戻ると、外の寒さを実感する。エンジンをかけて、エアコンの温度を高く設定し直した。三人いれば、一人で乗っている時よりも暖かくなるだろう。幸い、雪は「舞っている」感じで、ワイパーを動かさねばならないほどではなかった。

「女が一緒だ、という話があったよな」村上が切り出した。

「それはあくまで噂です。確認できてはいません」

「このマンションだと1LDKかな？　二人で住むにはちょっと狭いか」

新潟の家賃相場を考えると、もっと広いところに住んでいてもおかしくない。畠の実際の懐具合は分からないが。

「その政治塾なんだけど、場所——事務所とかはもう確保してあるのかな」村上が話題を変えた。

「まだ探している段階だ、と聞いています」

「となると、畠が戻って来る場所はここしかないわけか」

「この部屋に入る前は、オークラが定宿だったそうですけどね」

「じゃあ、資金には余裕があったんだな」村上が鼻を鳴らす。「オークラ、安くないからな。そう言えば、あそこの上のラウンジ、行ったことあるか？」

「いえ」

「いいところだぜ。女性を連れて行くのにちょうどいい……でも、俺たちの今夜の泊まりはワシントンだろうな。オークラに泊まったら、規定の宿泊費を超えちまうだろう」

「——来ましたよ」

美智留が鋭い声を上げて、無駄話を吹き飛ばす。見ると、一台の車が駐車場に入っていくところだった。畠が車を持っているかどうかまでは確認できていなかったが、車から降りて来た人物は、間違いなく畠だった。新潟で本格的に活動を続けていく気になって、車も手に入れたのだろうか。車は軽のジムニー――中古なら安く手に入るし、新潟のように雪の多い地域だと、何かと便利で安心できる。

「行くぞ」

村上が鋭く厳しい声を発して、車から飛び出す。その後を追いながら、和希は美智留に訊ねた。

「顔、分かったんですか？」

「分かったわよ」美智留が鋭い声で答える。「無駄話してないで、ちゃんと見てないと」

「すみません……」つい、弱気に謝ってしまう。

「畠さん」

村上が、少し離れた和希にもしっかり聞こえる声で呼びかけた。雪の中、小走りに建物に向かっていた畠が立ち止まる。写真でははっきりしなかったが、背の高い男だと分かった。百八十センチぐらいあるだろうか。ベージュのフード付きダウンジャケットにジーンズという軽装である。足元はコンバースのスニーカー……甘いな、と和希は思った。キャンバス地のスニーカーは、冬の新潟では役に立たない。雪で濡れてすぐにぐずぐずになり、生地も傷んでしまう。

「すみません、ちょっとよろしいですか」村上は既に、畠に一メートルほどのところまで近づいていた。畠が立ち止まり、すぐにダウンジャケットのフードを被る。傘を持っていないので、このジャケットが雨合羽代わり、ということだろう。豊かなファーのせいもあって顔全体は見えないが、それでも写真で見た通り、すっきりしたハンサムだということは分かる。

「東日新聞の村上と言います」

「東日さん……はい、何かご用ですか」畠の声は低く落ち着いていて、かつ通りがいい。この声で話すと説得力があるのでは、と和希は想像した。詐欺師とはそういうものかもしれないが……。

その時点で、和希は左手に持ったレコーダーの録音スウィッチを入れた。岡本の忠告が思い出されたが、ここは一言一句、きちんと記録しておきたい。幸い畠は、和希を見てもいなかった。

「実は、中央経済会のことについてお話を伺いたいと思って来ました。社会部です」

「社会部？　わざわざ東京から？」

「ええ。東京でお会いしたかったんですけど、今、代々木のマンションにはいらっしゃらないんですか？　こちらが活動の拠点になっている？」

畠は何も答えなかった。村上の切り出し方は失敗ではないか、と和希は心配になった。

これまで散々周辺を嗅ぎ回って取材を続けていたのか、と警戒させてしまったのではないだろうか。

「ちょっとお時間いただけますか？　確認させていただきたいんです」

「いいですよ。ここでも構いませんよね？」

畠は、こちらの集中力を削ぐ作戦に出たのでは、と和希は想像した。雪の中で立ち話をしていると、足元から冷えてくる。そして寒さがひどくなれば、人は集中力を失うものだ。この場では村上が主導権を握るはずだが、もしも質問がぶれたり突っこみが弱くなったりしたら、自分が前に出ようと決めた。今日は張り込みで長くなるかもしれないと思ったので、和希は足首まであるゴム底のブーツの中に、携帯用カイロを忍ばせてきたのだ。どんなに寒くなっても耐えられる。

美智留は折り畳み式の傘を広げ、その下でメモ帳を手にした。彼女が記録係ということか……しかし傘をさしたままではメモも取りにくいだろうから、自分がきっちり覚えてしまおう。レコーダーも回っているし、メモなんか取らなくても大丈夫だ。一瞬間を置いた後、村上が本格的に質問をぶつけ始める。

「中央経済会は、会員から違法に金を集めていたという情報があります。間違いないですか」

「中央経済会は、投資セミナーですよ。リスクのある話はしません。だいたい、絶対に上がる株なんかないんです。それは、講演会でも何度も強調して説明しました。どの銘柄を買うかは、会員自身の判断です。我々は判断するための情報を与えただけです」

「上場の情報を流して、結果的にそれが嘘だったこともあったと聞いています」

「それは単に、計画が流れてしまっただけでしょう。計画はあくまで計画で、珍しいことではありません」

否定、そして否定。しかも一応、理に適っている。畠はあくまで、違法性はないという一点で押し通すつもりのようだった。

「そちらの会員だった方たちが、騙されたということで訴訟の準備をしています。訴えられたらどうするつもりですか」村上が食い下がった。

「それは、今は何も言えませんね」畠の口調は真摯《しんし》だったが、表情が見えないので本音は読めない。

「しかし、わざわざ裁判までしようとしているのは、騙されたと意識している人が何人もいるからですよ」

「解釈の違いと考えています。そもそも、投資セミナーを受けようとする人は、リスクがあることは分かっているはずですよ。我々も、それはしつこいぐらいに説明しますから」

「今は、中央経済会はどうなっているんですか？　連絡が取れない状態になっていますよね」

「活動停止しました。会社組織ではありませんし、手続きも面倒ではありませんからね」

「どうして活動停止したんですか？」

「中央経済会は、実質的に私が一人で回していたんです。他にやることができたので、手が回らなくなっただけの話です」

「新しい事業ですか？」

「いえ」

「新潟で、政治塾を作ろうとしていることですか？」

「何だ、ご存じなんですか」

畠が呆れたように言った。しかし……フードの影から一瞬見えた畠の顔は、やけに眼光が鋭い。痛いところを突かれて、強面で脅しにかかろうとしているようだった。

「あなたは、去年の総選挙の時に、友岡代議士の後援会で幹事の肩書きをもらっていました。選挙を手伝っていたんですよね」村上がさらに深い部分に切りこんでいく。

「手伝うというほど大袈裟なものではないですが」

「何をしていたんですか？」

「格好をつけて言えば、ブレーンです。選挙の情勢分析と細かい作戦について、耳打ちするような役目ですね」

「そういう人材は、地元にいくらでもいると思いますが。それに友岡さんは民自党にとっても重要な候補ですから、党本部からも人や金が出ていたと思います。あなたは、過去に選挙に関わったことはあったんですか」

「ないですけど、そんなに難しいものではないでしょう。まあ、正直に言えば、友岡さんに頼まれたので引き受けた、ということです。友岡さんは、シンクタンク時代の先輩なんですよ」

「それは知っています」

「友岡さんは、何でも自分で決めて実行できる人ですけど、環境が変わればそう上手くいくとは思えません。新潟出身ではありますけど、選挙のために久々に戻って来たわけで、周りは知らない人ばかりだ。不安になるのも当然で、『イエス』と言ってくれる人間が必要だったんじゃないですか」

「慰め役ですか？」

「慰め役」畠が声を上げて笑った。「まあ、そんなものかもしれません」

「金も調達したんじゃないですか」

「私は、後援会の金にはタッチしていません」また否定。

「中央経済会の活動は、我々が把握している限り、二年前から始まっています。友岡さんが正式に立候補を表明したのは一年前——去年の一月ですが、既に二年前から選挙に備えて新潟に拠点を移していましたよね？　その頃から、中央経済会で資金調達を始めたんじゃないですか」

「友岡さんの選挙資金は、公明正大なものですよ」

「あなたは、後援会の金にはタッチしていないと仰った。だったらどうして、公明正大だと言えるんですか」

村上の指摘に、畠が黙りこむ。今のは急所を突いた、と和希は判断した。それまでまったく淀みなく喋っていたのに、何も言えなくなってしまったようだった。

「中央経済会としては、違法行為はなかったということでよろしいんですね」村上が念押しした。

「当然です」

「では、訴える準備をしている人がいるというのは……」

「それは、人それぞれの受け止め方ですから。投資で損をして、それを人のせいにしたがる人がいるのは、私も理解できます」

「中央経済会の利益が、友岡さんの選挙の資金源になったかどうかということは？」

「中央経済会と友岡さんは、まったく関係ありません」

「ええとですね……友岡さんは、民自党の長村幹事長の右腕と呼ばれた方ですよね。長村さんにすれば、若いブレーンだった。友岡さんのアイディアが、実際の政策につながったこともあると聞いています」

「友岡さんは、経済問題のエキスパートですからね」

「友岡さんは出馬を目指していて、長村幹事長もそれをバックアップした。しかし友岡さんは、長村幹事長の個人的なブレーンであり、民自党の中で何らかの正式な肩書きをもっていたわけではない。選挙に出るためには、結構高い壁があったと思います。その壁を崩したのは、金の力じゃないんですか」

「何が仰りたいんですか」畠の声が低くなった。

「中央経済会が集めた金が、友岡さんだけでなく民自党本部にも流れた、という話があるんですけどね」

「それは単なる噂でしょう」畠が鼻を鳴らした。「だいたい東日さんは、金の流れをきちんと把握しているんですか？　具体的な話がない以上、私は何も言えませんね」

「具体的な数字を出せば、話してくれるんですか」

村上が一歩踏みこむ。まずい、と和希は緊張した。社会部は、地検への取材で、金の流れを少しだけ摑んでいるはずだ。その事実をここでぶつけるのは早いのではないか？　ストップさせようかと思ったが、村上はこの話題に執着しなかった。

「中央経済会の活動は、完全に合法だったということですね」村上は話を元に戻した。

「当然です。誰かにいちゃもんをつけられるようなことはない」

「分かりました……お時間取っていただいてすみません」村上がさっと頭を下げる。

「あなたたちは……」畠が一瞬声を張り上げかけた。フードの奥の目が鋭く光る。「まあ、いいです。新聞の取材に一々怒っていては、身が持たない」

「失礼しました」

「こういうのは、二度とないようにお願いしますよ」

「いいえ、またお会いすることになると思います」村上も引かなかった。

「また来られたら、取材は拒否します。あなたたちのやり方は乱暴過ぎるな」

畠が頭を振ると、フードから雪が落ちた。肩を怒らせて建物の中に姿を消す。村上は無言で、支局車のパジェロの方に顎をしゃくった。車の中で話そう――ということか。

三人は車に戻った。村上がすぐに、「ちょっと下げてくれ。奴から見えないようにしたい」と命じる。和希はギアをリバースに入れて、慎重に車をバックさせた。こちらからは辛うじて畠のマンションが見える位置だが、畠は外に出ない限りこちらを見ることはできないだろう。

「ちょっと話をまとめようか」

「全面否定でしたね」後部座席で、美智留がメモ帳を広げながら言った。「これだと、記事にするには厳しいんじゃないですか」

「いや、予想の範囲内だと思う。たぶん畠は、こっちの取材がどこまで進んでいるか、分かっていなかったんだと思う。会話の中で、金の流れについて摑んでいないと判断して、強気に全面否定に出たんだろう」

「地検の捜査については、わざと隠したんですね?」和希は訊ねた。

「ああ。あの反応を見て、その話は出さない方がいいと思った」

「そうですか……」

「まあ、こういう風に否定されるのは予想できてたよ。取り敢えずコメントが取れたからよしとしないと。これで、記事にはゴーサインが出ると思うぜ」

村上が携帯電話を取り出した。その瞬間、和希は一台のミニヴァンがマンションの駐車場に入っていくのを見た。新潟ナンバー……このマンションの住人だろうか。しかし、中からコート姿の男たちがばらばらと降りて来るのを見て、和希は思わず声を上げた。

「ちょっと待って下さい」

村上もその異変に気づいたようで、「前に出してくれ」と命じる。和希はパジェロを五メートルほど前進させ、駐車場と建物全体を見渡せる位置に停めた。その瞬間、何が起きたのかに気づく。最後に運転席から出て来た男の顔に見覚えがあったのだ。名前は知らないが、見たことはある。そして、一度見れば忘れないような男なのだ。身長は百七十センチを少し超えるぐらいと平均的なのだが、とにかく体が横に広がっている。体を直立させて歩くこともできず、自然に左右に揺れてしまうぐらいだった。地検で次席検事のところで取材している時に、書類を持ってきたのがまさにこの男だった。あまりにも太っているので、ぎょっとして一瞬言葉を失ってしまった。次席検事曰く「うちの事務官なんだが、体重が百二十キロあるんだよ。あまりにも病的な太り方だから、強制的にダイエットさせているんだが」。

「あの運転手、新潟地検の事務官です」

「マジか」村上が声を低くして訊ねる。「間違いないか？」

「話したことはありませんけど、見たことはあります。目立つルックスですし……」

「じゃあ、今の連中は全員新潟地検から来たのか？」

「それは……」

「道案内というか、運転だけ担当しているんじゃないですか？」美智留が後部座席から声をかけてきた。「担当は東京地検とか」

「あり得るな。クソ、まさか今日、引きに来たのか？　そんな話は聞いていないぞ。地検担当の連中は、何をやってるんだ」

ひとしきり悪態をついた後、村上が携帯電話に向かって早口で話し始めた。

「そうです。取材は終わって全否定――それより、検察が奴のマンションに入って行きました。新潟地検か東京地検かは分かりませんが、検察なのは間違いないです。そうです、すぐに確認して下さい。こっちはしばらく、ここで見張りますから」

和希も念のため、支局に連絡して事情を説明した。如月はすぐに、新潟地検の動きをチェックさせる、と言ってきた。とはいえ、新潟地検は何も認めないだろう。特に、東京地検の手伝いをしているだけだったら、絶対に情報は漏らさず「ノーコメント」を通すはずだ。

「動き始めたのかもしれませんね」美智留がぽつりと言った。

「ああ」応じながら、村上が大きなバッグからノートパソコンを取り出す。「今日、一気に記事にできるかもしれない。いや、書かないとまずいな。もしも逮捕されたら、各社同着になっちまう。とにかく、今の話を記事にまとめよう」

重要なポイントで、ただ立ち会っていただけか――しかし和希は、はっきりした興奮に襲われていた。

2

昨年の衆院選で新潟三区から立候補、当選した民自党の友岡拓実衆院議員（四〇）が、違法な投資セミナーから献金を受けていた可能性が高まり、東京地検は十六日、このセミナーの代表だった男性（三八）から任意で事情聴取を始めた。このセミナーは、「確実に儲かる銘柄がある」などと会員を勧誘して高額な受講料を受け取っており、被害に遭った複数の会員が損害賠償請求の準備を進めている。献金は友岡衆院議員の選挙資金に使われていた可能性があり、東京地検では関係者から事情聴取を進める。

支局に戻って早版のゲラを見ながら、和希は鼓動が速くなってくるのを感じた。いきなり本丸に切りこんだような原稿である。第一報では詐欺事件の記事としてだけ出すものだと思っていたのに、この記事では友岡が主役になっている。

「大丈夫なんですかね」ゲラをチェックしている村上に思わず訊ねた。

「何が？」

「原稿で、友岡を主役にしてしまって」

「実際、東京地検が友岡を呼んだという情報があるんだ。できれば畠と同時逮捕したいと思ったんだろうな」

「友岡は……」

「逮捕されたという情報はまだない」村上は首を横に振った。

「その事情聴取は、記事に盛りこまなくていいんですか」

「そいつは社会部の判断だ。それより、畠はどうなってる？」

「新潟地検に連れて行かれたようです」

マンションの前では支局員が張りこんでいるが、午後九時を過ぎても、畠はまだ戻っていない。地検にはキャップの石田が突っこんで取材したが「こちらでは何も言うことはない」とすげない態度を取られたという。今の次席検事はそこそこ話が分かる人で、質問に対しては必ず答えてくれる。嘘もつかないし、言えない時は「言えない」とはっきり言う。ただしそれは、自分のところが担当している事件についてだけで、他が絡んでいるとなったら口も重くなるだろう。東京地検の仕事なら、新潟地検は遠慮して何も言わないはずだ。運転手を出して手伝っただけなのだろう。

「とにかく、これで捜査が本格的に動き出したのは間違いない。畠の居場所は、いずれ割り出せるだろう……しかし、腹減ったなあ。『養生軒《ようせいけん》』って、まだあるか？」

「ありますよ。遅くまで出前してくれますよね」

「九時か」村上が壁の時計を見上げて言った。「まだ大丈夫だよな」

和希は出前用のメニューを渡した。「養生軒」は支局から歩いて二分ほどのところにある老舗の洋食屋で、店は十一時まで開いている。出前も十時過ぎまでＯＫなので、泊まりの支局員たちに重宝されていた。

「ああ、これだ。カツカレー」村上が嬉しそうに言った。「懐かしいねえ」

「頼みます？」

「そうだな」

「三田さんはどうしますか？」和希は美智留にも話を振った。

「じゃあ、私は普通のカレーで」ゲラに視線を落としたまま、美智留が答える。

そう言えば俺も腹が減った……和希もこの注文に乗ってカツカレーを頼んだ。ゲラのチェックが終わった九時半頃に、出前が届く。三人は、ソファに並んで腰かけ、一緒に遅い夕飯を食べた。何だか微妙な気分だった。支局員は、全員がこの取材に参加しているわけではない。今日泊まりの岡本などは、地方版の仕事を終えて手持ち無沙汰にしている。

「相変わらず強烈だな、このカツカレー」村上が嬉しそうに言った。

「昔からこうなんですか？」

「そう。やり過ぎなんだけど、美味いんだよな。癖になる」カツカレーといえば普通はトンカツなのだが、「養生軒」の場合はチキンカツが二枚載っている。かなり薄いが大きいので、食べ応えは普通のカツカレー以上だ。

腹は減っていたはずなのに、途中で妙な膨満感を覚える。必死で全部食べたが、後で胃もたれに悩まされそうだ。

「今日は、これからどうするんですか？」村上に訊ねる。

「遅版で何か変更があるかもしれないから、それをチェックだな」

「泊まりは……すみません、これから張り込みなので、宿へは送れませんが」

「いいよ、別に」村上が笑った。「張り込み優先だ。ホテルまでは、タクシーでも何でも行けるから」

「じゃあ、出かけます」

畠が家に帰って来ないので、念のために監視は続けることになっていた、和希は十時過ぎから担当、とデスクの如月に言われているだけで、いつまでという区切りはない。雪は止んでいたが、このまま朝まで張り込みになったら地獄だな、とうんざりした。防寒対策は十分に施しているが、雪山で一晩過ごすようなものである。

現場では、純子とキャップの石田が張りこんでいる。二人ならまだ時間も潰せるのだが、こっちは一人……迂闊《うかつ》に眠りこんで見逃そうものなら、雷を落とされる。

十時過ぎに現場に着くと、早速石田に文句を言われた。

「遅いんだよ。こっちはまだ飯も食ってないんだぜ」

「すみません。ゲラのチェックに手間取りまして」本当は、「養生軒」の出前が遅れたのだ。

「じゃあ、後は頼むぜ」

石田が純子の車に乗ろうとした瞬間、和希の携帯が鳴った。支局から……呼び出し音を聞いて、石田も動きを止める。

「高樹です」

「張り込み、中止だってさ」泊まりの岡本だった。

「中止？」

つい声を上げると、石田がわざとらしく溜息をついた。何でお前だけついてるんだ、とでも言いたげだった。

「何があったんですか」

「畠が東京へ移送されたのが確認できたそうだ」

「逮捕されたんですか？」

「そのようだ。とにかく、ターゲットがいなくなったんだから、引き揚げろよ」

「分かりました」

電話を切り、石田に「畠が逮捕されたようです」と告げる。

「何だよ、おい」石田が口を尖らせて文句を言った。「じゃあ、俺たちの張り込みは無駄だったということか？」

「……そうなりますね」

「お前、マジでついてるな。つきだけでここまで来た感じじゃないのか？」

「まさか」咄嗟に言ったが、具体的には反論できない。確かに、この取材に関しては「ついていた」部分が多い──いや、ほとんどだ。

「ま、引き返すか。明日以降も忙しいんだろうな。俺はもう、帰るぜ」

「お疲れ様でした」

そう言うしかない。自分の車の運転席に座る純子──ドアは開いたままで、二人の話は聞こえていたはずだ——が肩をすくめて首を横に振る。石田はご機嫌斜めだけど、気にするな、ということか。

当然だ、キャップのご機嫌を取るよりも大事なことがある。

和希は日付が変わるまで、支局で待機することになった。こちらで新しい原稿を書くわけではないが、遅版のゲラをチェックし、本社と連絡を取り合っている村上から話を聞いているうちに、あっという間に時間が過ぎてしまったのだ。

「ま、これで大丈夫かな」遅版のゲラを前に、村上が背伸びをした。「この後の最終版は、このままいくと思う。今日はもう、これ以上は動きがないだろう」

和希は改めて、遅版の原稿を読み返した。

昨年の衆院選で新潟三区から立候補、当選した民自党の友岡拓実衆院議員（四〇）が、違法な投資セミナーから献金を受けていた可能性が高まり、東京地検は十六日、このセミナーを主催する「中央経済会」の代表をしていた畠泰弘容疑者（三八）を詐欺容疑で逮捕した。地検は、認否を明らかにしていない。このセミナーは、「確実に儲かる銘柄がある」などとして会員を勧誘し、高額な受講料を受け取っており、被害に遭った複数の会員が訴訟の準備を進めている。献金は友岡衆院議員の選挙資金に使われていた可能性があり、東京地検では関係者から一斉に事情聴取を始めた。

前文は一部が変わっただけだが、本文の方では逮捕の状況を詳しく伝えている。畠は一度新潟地検に運ばれてそこで逮捕状が執行された後、すぐに東京へ移送されたようだ。和希は支局のパソコンで各社のホームページをチェックしたが、どこにもこのニュースは載っていない。ということは、地検はまだ発表を控えているのだろう。東日のホームページにも記事はない。こちらは、特ダネをわざわざ他社に教える必要はないということで、掲載を見送ったのではないか。

こういう問題は、これからどうなるのだろう。今までは、朝にならないと他社が何を書いているかは分からなかった。ネットでは、いつ記事を公表するルールになるのか……一刻も早く読者に届けたいという気持ちはあっても、早く掲載すればせっかくの特ダネが他社に早々にバレてしまうというデメリットがある。ネットで特ダネでも、紙面では同着になる恐れがあるわけだ。おそらく、各社の最終締め切りが終わった午前一時半や二時にネットで解禁、という流れになるのではないだろうか。そんな時間に、紙面なら一面を飾るような特ダネを掲載しても、誰も読まないと思うが。

村上と美智留はタクシーを拾って駅南口にあるワシントンホテルへ向かうと言ったが、和希は運転手役を買って出た。今後の展開について、本社組の二人とも話しておきたかった。

車を出すなり、和希は助手席に座る村上に疑問をぶつけた。

「この後、どういう展開になるんでしょうか」

「主戦場は地検だろうな。畠が何を喋るかが、まずポイントになる」

「友岡はどうでしょうか」

「逮捕まで持っていけるかどうか、今のところは分からないな。間もなく国会が開会するけど、国会議員には不逮捕特権がある。会期中は逮捕できないし、逮捕する時は必ず国会に許可を求めないといけないから、特ダネで抜くのは難しいよ」

「バレバレになるわけですよね」

「ああ……」村上が欠伸《あくび》を嚙み殺した。「まあ、これからは地検担当が主役になるよ。民事の裁判が提訴されれば、やっぱり地検担当が取材すべきだし。もちろん、俺たちもサポートするけどさ」

「今後の主戦場は東京に移るわけですね」それに一抹の寂しさを感じる。ここまで、自分が決定的な役目を果たしたとは言えないが……。

「そうなるな。でも地方版でも、これからしばらく受けの記事を続けないといけないだろう。県政界、大揺れになるぜ」

「……ですね」

「ま、君はよくやったんじゃないかな。そもそも今回の端緒を摑んだわけだから。今後の展開次第だけど、新聞協会賞を取れたら、君も受賞メンバーだ」

「いやあ……」とても想像できない。悪い気はしないが、どういうわけか微妙に不安だった。


翌朝、和希は普段より早めに県警記者クラブに行って、各紙を確認した。どこにも記事はない——完全な特ダネだ。さすがに胸が躍ったが、今後の忙しさを考えて気を引き締める。昨日は、締め切りが早い新潟の地方版用には、「受け」の原稿をまったく書いていない。今日は地方版でも全面展開になるはずで、見開きになる可能性もある。和希としては、これまで取材した被害者の話を詳しく書いて、記事の軸にするつもりだった。後は、県政界の反応を並べるだけで、見開きにしても十分埋まるだろう。

ボックスへ戻ると、石田がやって来た。昨夜は自分より早く引き揚げたのに、ひどく眠そうである。

「各社、どうだった？」

「ゼロです」

「そうか」煙草を取り出して一服し、石田が激しく咳きこむ。

「支局へ戻っていた方がいいですかね」

「何で？」

「他社が来ると、ちょっと……」特ダネが出た朝は、他社の目が冷たい。堂々としていればいいのだが、何か言われるのも嫌だった。

「お前、自意識過剰だよ」咳が収まると、石田が馬鹿にしたように言った。「何か言われたら、本社が書いたって言っておけばいいんだ。実際そうなんだし」

「だけど、うちの記事ですよ……」

「変に絡まれたくなかったら、『本社が』で逃げておくんだな」

「分かりました」

「今日は、続報取材の指示も出てないし、普通に回っておけよ」

言われてボックスを出る。何もない時は、和希と純子は一日交代で本部に上がり、各部で挨拶回りをする。本部回りでない日は、新潟市内の所轄回りだ。しかし今日は、純子は畠の家に詰めている。今のところ、家宅捜索が入ったという情報はなかった。

捜査一課、捜査三課と順番に顔を出していく……普段は捜査二課では素っ気なく対応されてしまうのだが、今朝はさすがに様子が違った。いつもは無愛想な次長に摑まり、中央経済会の一件はどういうことなのかと問い詰められる。

「いや、本社が取材しているので」和希は半分嘘をついた。自分が絡んでいたことは警察にも知られたくない。

「新潟では何もしていない？」

「まあ、やってないですね」

「東京地検も困るね。こういう詐欺事件の捜査は、本来警察がやるべきなんだから」

「でも、逮捕された人間は新潟の人じゃないでしょう」

記事では「住所不詳」となっていた。家は東京にあるのだが、今の活動拠点は新潟で、マンションも借りている。しかし居住実態が明らかになっていないので、住所不詳ということなのだろう。

「とはいえ、新潟の選挙区絡みの話なんだからさ」

「捜査に関しては、うちは何とも言えませんよ」

さらに質問攻めにされたが、和希は適当に誤魔化してその場を離れた。こういう時は、警察を「出し抜いた」感じがして気持ちがいいだろうと思っていたのだが、実際にはそんなことはなかった。妙な不安だけが残る。

交通部を回っている時にポケットベルが鳴った。急いで廊下に出て確認すると、支局からだった。まだ、携帯に電話をかけるのに慣れていないのかもしれない。

携帯を取り出し、記者室に向かって歩きながら携帯で話し出す。呼び出したのは如月だった。

「畠の家に捜索《ガサ》が入るという情報が入った。お前もこれから向かってくれ」

「分かりました」

検察の捜索は、どんな具合なのだろう。以前、東京地検特捜部の捜索の様子をテレビのニュースで見たことがあるが、あの時は段ボール箱を抱えた事務官がぞろぞろとビルの中に入って行った……特捜部が調べるのは政治家や企業などで、捜索場所も多いはずだから、大人数が必要になるのだろう。

一度記者クラブのボックスに立ち寄り、石田に報告してから畠のマンションに向かう。さすがに東京から情報が流れてきたのか、現場には各社の記者が集まっていた。一瞬白い目で見られた気がしたが、何とか無視する。こちらから声をかけるのもおかしいだろうし。純子と話して状況を確認したが、取り敢えずは待機するしかないようだった。

三十分ほど待っていると、まず地元の所轄から来た制服警官が、交通整理を始めた。その直後にミニヴァンが二台やってきて、中から計……八人の事務官が出て来た。段ボール箱を大量に持っていたが、あれが埋まるほどの押収品が出てくるだろうか。和希はマンションに入る事務官たちの後ろ姿をカメラに収めた。これがデジカメだったら、と思う。本社の写真部では、既にデジカメも導入され始めているという。あれなら現像の手間もいらず、撮ったその場で確認できるから楽だろう。駄目ならすぐに撮り直し――写真が苦手な和希にしてみれば、まさに魔法の道具だ。

事務官たちが狭い部屋の中に消えると、その場にはほっとしたような空気が流れた。和希は腕時計で時刻を確認し、支局に電話を入れて、家宅捜索が始まったことを報告した。「待機」を命じられ、手持ち無沙汰になった。大規模な家宅捜索では、十時間以上も立ちっ放しになることもあるというが、ここではそんなに時間はかからないだろう。

「カズさん」声をかけられ、はっと顔を上げる。地元テレビ局・NTSの記者、大堀《おおほり》だった。NTSは、東日の系列局・東テレのネット局であり、東日とは人事交流もある――東日の天下り先なのだ。実際、今の報道局長も東日出身者のはずである。

「ああ」和希はうなずいた。大堀は同期で、気安い間柄だ。

「でかい特ダネだったな。カズさんは噛んでないの？」

「東京のネタだよ」

大堀が和希の背中を押して、他の報道陣に向けさせた。

「実は、うちも追ってたんだよ」大堀が唐突に打ち明ける。

「そうなのか？」びくりとした。同着、あるいは抜かれなくてよかった……。

「詐欺の被害に遭ったっていう人から相談を受けてさ。取材はしたんだけど、詰め切れなかった」

「そうなんだ……」

「東日の本社が関わって取材してたら、うちが敵うわけがないよな」

「東テレも取材してたんじゃないの？」

「うちは、そこまで東テレと密接な関係があるわけじゃないよ。ネット局というだけで、別の会社だし」

この辺が、新聞とテレビの違いだ。新聞――全国紙は、まさに全国に取材網を展開していて、本社とも連携して取材をしていく。しかしテレビ局の場合、東京・大阪にあるのはあくまで「キー局」で、同じネットワークを形成する地方局とは、そこまで密接な協力体制を取っているわけではない。

「しかし、綺麗な特ダネだったな」大堀は素直に驚いているようだった。

「俺には何とも言えないけどさ。本社の話だから」和希はあくまでとぼけることにした。関連している会社といっても、やはりそこは隠しておきたい。

「そうか……しかし、俺らもこれから忙しくなるんじゃないかな。東日の記事を読むと、政治絡みの方向へ持っていきたい感じがありありじゃないか。記事が、友岡で始まってるんだし」

「県政は担当してないから、どうなるか分からないな」

東日の新潟支局には、十人の記者がいる。さらに長岡や上越には二人勤務体制のミニ支局が、他の主な街には一人勤務の通信局があって、きめ細かい取材体制を敷いている。しかしテレビ局の場合、数人の記者で全県をカバーしていることも珍しくない。大堀も、基本的には県警本部を担当しているが、時には県政クラブの手伝いをすることもあるようだ。

「何か分かったら教えてよ。系列のよしみで、さ」

「いやあ、俺は何も分からないよ」

「まあまあ。カズさんはいずれうちに役員で来る人なんだからさ。それを先取りで」

「何だよ、それ」

大堀は時々そんなことを言う。確かに三十数年後、和希が東日からNTSの役員へ天下りする可能性はないではない。そうしたら、役員の経費で美味い酒でも呑もうぜ、というのが大堀の話の定番のオチだった。

さて……今日はひたすら地味な作業になるだろう。早く「字になる」取材に戻りたいのだが、考えてみれば自分はまだ支局で一番下っ端なのだ。こういう、耐える仕事もやらなくちゃいけないんだろうな、と和希は自分に言い聞かせた。

3

東日の朝刊を丁寧に畳み、父は「よし」と短く言った。

稔は朝食の食器を片づけながら、ちらりと父の様子を観察した。満足した感じ……ではない。表情はいつもと変わらず冷静だった。たまに笑顔を見せると驚いてしまうぐらい、表情が変わらない人なのだが、今日ぐらいは少し嬉しそうな顔を見せてもいいのではないだろうか。あれだけ念入りに計画していたことが、とうとう動き出したのだ。

「父さん」思わず声をかけてしまう。「東日の記事、出たけど」

「ああ、分かってる」

「あまり嬉しそうじゃないね」

「記事になるのは、昨夜のうちに分かっていたことだ。それに、これはまだスタート地点に過ぎない。これからが本番だ」

そうか、昨夜遅くに誰かと電話で話していたのは、この件だったのか。東日内に「飼っている」編集局次長の宇佐辺りからの電話だったのだろう。

「今後のシナリオはどうなってるのかな」

「どうかな。ある程度人任せの部分はある」

「でも、父さんには読めているはずだ。シナリオを書いたのは父さんなんだから」

「それはまあ……別に詳しく話す必要はないだろう。とにかく今は、通常国会の準備だ」

常会は、週明けの二十日から開会される予定である。忙しいのは分かっているが、稔は疑問を抑えきれない。

「この件で、友岡さんはどうするんだろう」

「お前が検事だったら、どうする」

「それは……国会が始まったら、逮捕は難しくなるよね？　不逮捕特権があるから、開会中は逮捕の許諾を求めなくちゃいけない。そうなると、事前に動きが漏れるから、証拠隠滅や入院で逃げたりできる……」

「つまり、友岡を逮捕するとしたら、この週末が勝負ということだ」

今日は十七日、金曜日。土日にも捜査は動くものだろうか？

「今日、長村幹事長と会う」父が言う。

「分かってる」

稔はまだ新しい今年の手帳を広げた。そろそろ、スケジュール管理も別の方法にしようか、と考えている。常にノートパソコンを持ち歩くとか、最近出てきた小さな電子端末・ＰＤＡを使うとか。時代は間違いなく変わりつつあるのだし。

「予定は昼だね」確認して言った。

「民自党本部、幹事長室だ」

「それまでは、議員会館」

「そうだ。ぼちぼち出かけるぞ」

言われて、急いで食器を洗う。これだけはいつも、朝のうちに済ませておくようにしていた。夜も遅くなることが多いし、そういう時に汚れ物が溜まった流しを見ると、げんなりしてしまう。

台所を片づけ、ネクタイを締めてリビングルームに戻ると、父は既に出かける準備を整えていた。いつもは「遅い」と文句を言われてばかりなのだが、今日に限ってそれはない……何だかいつもの父とは、微妙に違うようだった。体が一回り大きくなった感じもする。

「いやいや、わざわざお越しいただいて」長村は、いかにも昭和の政治家、という感じだった。でっぷりした体型、地味なグレーの背広。薄くなった髪は、完全にオールバックにしている。長年煙草を吸い続けてガラガラになった声は、低くて聞き取りにくい。座ると、すかさず煙草を取り出して火を点けた。

「お時間いただいてすみません」父がさっと頭を下げる。

「何だい、個人的に話っていうのは」

「もうお分かりじゃないんですか」

「いやあ、私は昔から鈍くてね。ちゃんと言ってもらわないと分からない」笑顔を浮かべたまま言ったが、長村の目は笑っていない。

「では」父がネクタイにすっと手をやった。緊張している時の癖だと分かっている。そういうことは滅多にないのだが。「今朝の東日、ご覧になりました？」

「もちろん。朝は全紙に目を通しているからな。例の詐欺事件の関係かね？」長村の眼光が一気に鋭くなる。

「ええ。幹事長、どう思われました？」

「どうもこうも、まだ何も分からないじゃないか」

「そうですか……私はもう少し、詳しい情報を持っています」

「ほう」長村がわずかに身を乗り出す。古いソファがぎしりと音を立てた。

「友岡先生に渡った金が、さらにあちこちに流れているとか」

「それは、穏やかじゃない話だな」

「幹事長はどうですか」

「私？　私が金を受け取ったとでも？」

「違いますか？」

「馬鹿言うな」長村が鼻で笑った。「友岡から金をもらうほど、落ちぶれていないよ」

「東京地検は、この件を重視しているようですよ。東日も精力的に取材しています。逮捕された畠という男は、友岡先生の個人的なブレーンですし、自分が詐欺で稼いだ金の流れを全て記録しているはずです。その記録が特捜部に押収されたら、大変なことになりますね」

「だからといって、私に金が渡った証拠にはならない」

父の攻撃は完全に幹事長の急所を射抜いている、と稔は確信した。長村の顔は青褪《あおざ》め、唇が震えている。しかしそれもおかしいな、と稔は内心首を捻った。長村はもう、三十年近く代議士を務めている。もっと危ない橋を何度も渡ってきたはずだ。汚い金も受け取ってきたに違いない。それがどうして、今回はこんなに慌てている？

「先生、友岡さんにはかなりの選挙資金を突っこんでいますよね」

「新潟三区は重点区だったからな」

「しかし、友岡先生の選挙は苦しかった……幹事長にとっては右腕的存在だったかもしれませんが、全国的には無名の存在だったし、出身地である新潟でも、ほとんど名前を知られていなかった。そういう人が当選するためには、組織がきっちり動くと同時に、金で引き締めないといけないですよね」

「選挙違反があったとでも？」

「どうでしょう」父が首を傾げたが、ひどくわざとらしい仕草にしか見えなかった。「それは私には分かりません。警察が動いたという話も聞いていません。しかし新潟三区に、常識をかなり上回る額の金が流れていたのは間違いありません。それは、後援会でもきちんと把握している。裏金とはいえ、帳簿にまったく記録が残っていないとなったら、後々面倒なことになりますからね。私は県連会長ですよ？　新潟県内で起こっていることには全て責任を負わなければならない」

「百歩譲って、友岡に金が渡っていたとしても、それが何だ？　選挙に勝つためには必要な資金だった」

「機密費ですか……党の機密費を使えるのは、幹事長の特権ですよね。しかしそれは、きちんと決められた額でしたか？」

長村が、びくりと身を震わせた。これが父の秘密兵器だったのか、と稔はようやく納得した。党の機密費は、ブラックボックスの中の存在である。ただし、管理者たる幹事長が自由に使っていい金ではない。選挙の時などは、表に出せない工作の資金源になるわけだが、いくら使ったかということは、党の帳簿には記録されねばならない決まりのはずだ。

幹事長自らがその決まりを破っていたとなったら、さすがに責任を取らざるを得まい。

「友岡先生は、幹事長にとっては大事なブレーンでしたね」

「これからもだ」長村が語気を強める。「むしろ、国会議員になったこれから、本格的に活躍してもらうことになる」

「まあ、それは彼が逮捕されなければ、でしょうね」父が耳を擦った。横にいるので表情ははっきりとは窺えないが、相変わらず冷淡な表情をしているのだろうか。それとも、積年の恨みを晴らすチャンスが来たと思って、会心の笑みを浮かべているのだろうか。

「君はいったい……」

「友岡先生からの金は、いわばキックバックではないんですか？　選挙資金を出してもらったお礼として、個人的に幹事長に金を渡した――選挙資金については、機密費から出ているので、幹事長の懐は痛みません。つまり、今回の選挙では、幹事長は丸儲けだったんじゃないですか」

「君！　失礼だぞ！」長村が声を張り上げる。体を揺らした拍子に、長くなった煙草の灰が膝に落ちたが、それに気づく様子もない。

「私はもう、金の流れを摑んでいるんですよ」

「地検に情報提供したのは、君じゃないだろうな！　それは党に対する裏切り行為だぞ！」

「幹事長も、党を裏切っておられた。しかし私は、幹事長を政治家として尊敬しています。こんなことで政治家を引退するようなことになったら、民自党にとっては大きな損失だと考えます」

「馬鹿なことを言うな！」長村はほとんど叫んでいた。「私を脅すのか？」

「いえ、脅しではありません。取り引きです。誓って私は、今回の報道には関与していません。地検に情報を提供したこともない。しかし、地検や東日新聞に対しては、ある程度の影響力があると自任しています。捜査の目を上手く幹事長から逸らし、新聞でも追及しないようにさせることはできますよ」

「君は、自分の力を買い被り過ぎているんじゃないか？」

「お世話になった増渕幹事長は、これからの民自党はメディアを抑えて、上手く利用するようにしないといけない、とよく仰っていました。私はその言葉を受け継いだつもりです。メディアのコントロールは、私の政治家としての大きなテーマです。もちろん、表ではなく裏のテーマと言うべきでしょうが」

「まさか、増渕さんのことで……意趣返しじゃないだろうな？　古い話だぞ」

「まだ歴史にはなっていませんよ」厳しいことを言いながら、父の口調は穏やかだった。

「私の中では、まだ昨日のことのようです。幹事長……人を押し退け、仁義にもとることをしたら、いずれは罰を受けます。これは刑事事件ではないから、時効はないんですよ」

「――私にどうしろと？」

「私はこの件を、確実に鎮《しず》めます。幹事長が検察から事情聴取を受けるようなことは絶対にないようにする、とお約束します。幹事長を最後まで守りますよ」

「要求は？」

「幹事長をお辞めいただきたい」

「何を――」長村が言葉を失った。目は充血して、唇はまた震えている。今にも爆発しそうだった。「私に、今の地位を捨てろというのか？　ようやく民自党全体をコントロールできる立場に立ったんだぞ？　私の政治生活はこれからなんだ！」

「幹事長のままでいて、地検の追及を受けたり、記事で吊し上げられたりした方が、ダメージは大きいでしょう。ここは少し潜行して、ほとぼりが冷めるのを待つのが賢いやり方かと思います。幹事長の政治生活はまだまだ続くんですから、少しぐらい地下に潜っていても、大きな影響はありませんよ」

「ふざけるな！」

「私は全力で幹事長をお守りします」重々しい口調で言って、父がうなずく。「幹事長を貶めようとするような人間は、必ず叩き潰します。被害が及ばないように、幹事長には頭を下げておいて欲しい――それだけの話ですよ」


議員会館に戻る車の中で、稔は思わず父に訊ねた。

「父さん、これは本当に復讐なのか？」

「お前がまだ子どもの頃の話だ。知る必要はない」父の口調は素っ気なかった。火花を散らすような戦いを終えたばかりなのに、まったく興奮した様子がない。

「長村幹事長が、増渕さんの議席を勝手に奪った――そういう話は聞いた」

「筋が通らない話だった」後部座席で父が唸るように言った。「政治の世界で何より大事なのは、筋を通すことだ。大多数の人が納得できる形で物事を決める――それこそ民主主義なんだから。しかし幹事長は、その基本ルールを破った」

「だからずっと、追い落としてやろうと思っていた？」

「悪さをした人間には罰が必要だ。それだけの話だ」

「だけど父さんは代議士だ。警察でも検察でもない」

「奴らが手を出す前に、内部できちんと処理する。それが民自党の自浄作用というものだ。これがなくなったら、民自党は野盗の集団になる」

野盗──一瞬、「野党」かと思ったが、すぐに頭の中で修正する。確かに民自党は、時に強引な手法に出ることがあり、そういう時はまさに盗賊の一団という感じがする。

「今回のことは……俺にもまだやることがあるのか？」

「いや、走り出してしまったら、もう手を出す必要はない。この先は、お前にはコントロールできない世界だ」

「火を点けるだけか……」それも何だか悔しい。使いっ走りだけやらされて、いざ舞台が始まったら客席に回って見ていろ、と言われたようなものではないか。「俺は、自分の勉強になることなら何でもやってみる気だ」

「状況を見ろ。何も、手を汚せば能力が高まるわけじゃない」

「父さんもそうだったのか？」

「俺は今現在、こういう状態にある。これ以上説明する気もないし、自分で自分の状況を分析することもできない」

「だけど——」

「一番いいのは、汚いことは他の人間を使ってやらせるやり方だ。そういう人間を見つけ出すのが政治家の能力と言っていい」

黙りこむしかない。父の本音は何だろう。自分の後を継ぐ自分に対して、本当に手を汚す必要はないと思っているのか、あるいは自分にはこういう仕事をする能力がないと諦めているのか。

突っこみたいが、言葉がない。やはり自分には、複雑で汚い仕事をこなす能力はないのだろうか。

4

田岡は議員会館に戻るとすぐに、五十嵐の部屋を訪ねた。

「どうだった？」人払いをすると、五十嵐がすぐに確認してきた。

「通告しました。相当ショックを受けていると思います」

「一人で大丈夫だったか？」

「こういう時は、一対一の方が上手くいきますよ」田岡は小型のレコーダーを取り出して、テーブルに置いた。

「聞かせてくれ」

　再生ボタンを押すと、先ほどの自分と長村のやり取りが聞こえてくる。五十嵐は最初、表情を変えずに聞いていたのだが、すぐに眉間に皺が寄り始める。聞き終えると、大きく息を吐いた。

「よくぞここまで追いこんだものだ。幹事長、どんな面《つら》してた？」

「赤くなったり白くなったりですね」その様を思い出すと、表情が緩んでしまう。時の最高権力者の一人を、自分は土俵際まで追いこんだのだ。

「やはりあんたは、いざという時には残酷になれる人間だ。敵に回すようなことはしたくないよ」

「私はずっと、五十嵐さんについて行きますよ。何しろ政治の師匠ですからね」

「そう言ってもらえるのは嬉しいがね」五十嵐が両手で顔を撫で、煙草をくわえる。火は点けないまま、しばらく口の端で揺らしていたが、素早く引き抜くとぐっと身を乗り出してくる。「どうだい？　これで幹事長は本当に辞めると思うかい？」

「かなりの打撃は与えたと思います。この先、また動きがありますから、その時にどう考え直すかが問題ですね。友岡が逮捕されないような状況だと、調子を取り戻してしまうかもしれません」

「俺も、第二弾で脅しに加わった方がいいだろうか」

「状況を見てからにしましょう。しかし我々は、機密費の勝手な使用についての証拠を摑んでいる。幹事長が反撃しようとしても、大きな重石《おもし》になるはずですよ」

この情報は、長村の事務所を辞めたベテラン秘書からもたらされたものだった。田岡が父の秘書をしている頃、秘書同士としてつき合いがあったのだが、長村の長年の強圧的な態度に耐えかねて去年事務所を辞め、その後で田岡に機密費の不正流用をぶちまけたのだった。長村に一番近かった人間の証言だけに、信用できる。そして実際に調べてみると、確かに金の流れに不明な点があった。

「あんたを怒らせたら怖いな。何十年経っても、追いかけられるわけだ」五十嵐が喉の奥で笑った。

「幹事長の件は、これで何とかなるでしょう。あとはマスコミと地検への対処です」

「そちらの首尾は？」

「まず大丈夫だと思います。週末から週明けにかけてがポイントですね」

「分かった」五十嵐がうなずく。「俺のところにも取材が来てるんだ。一応、副幹事長という立場で、選挙にも触っていたからな」

「何とお答えに?」

「もちろん、選挙については最終的に幹事長が全責任を持つ、と言っておいた。そして畠から友岡への金の流れは知らない、と」

「百点の回答ですね」田岡はうなずき返した。

「しかし、畠という人間もどんなものかね」五十嵐が悪い笑いを浮かべた。「何が友岡の右腕か……相当しつこい人間なんだろうな」

「ええ。二十年近く前の恨みをまだ晴らそうとしているんですから。私も人のことは言えませんが」

「まあ、なるべく派手にやらかして欲しいものだ。その方が失敗が目立つ」

「東日は、昔から事件が大好きですよね。しかも特ダネとなると、とにかくでかい扱いで攻めてくる。それだけに、失敗した時の跳ね返りも大きいですよ」

「では、俺は静観といこうか」

「そうして下さい。副幹事長には、ご面倒はおかけしませんよ」

「分かった。その後のあんたの処遇は――」

「それは副幹事長にお任せします。私は今後も、粉骨砕身、民自党のために頑張らせていただきますので」

「あんたが総理になったあかつきには、『俺が育てた』と自慢してもいいかな？」五十嵐が、年に似合わず悪戯っぽい笑みを浮かべた。

「もちろんです。私の政治の師は増渕先生です。そしてその直系は、副幹事長なんですから。間違いなく、副幹事長は私の師匠です」


国会閉会中も、田岡の動きは変わらない。金曜日の日中までは東京で仕事をして、夜に新潟に移動する。この週末も、地元で支援者との会合、それに青年部との新年会の予定が入っている。どちらも疲れる仕事だが、これは絶対にこなさなければならない。そこで、今回の事件について話が出るかもしれない……他の選挙区の事件とはいえ、自分は県連会長なのだ。適当に誤魔化しつつ話すしかないだろう。知っていて言えないことの方が多過ぎる。

「でも、便利になったわね」グリーン車の隣の席に腰かける尚子が言った。

「君はそれを、百回ぐらい言ってるね」田岡は思わずからかった。

「本当に便利なのよ。逆に言えば、昔は東京と新潟は遠かったわ……往復するだけで、体力的にもきつかったでしょう」

「確かにな。今は、他の地方の先生方に比べて、移動は楽なもんだよ。おかげで地元での時間もたっぷり取れる」

田岡はペットボトルのお茶を一口飲んだ。ふいに、昔の駅弁やお茶を思い出す。ポリ容器に入ったお茶は、どこかプラスティック臭い味がしたが、冬場は熱いお茶が飲めるだけでありがたい。何しろ東京―新潟間は約三百キロ、五時間も乗りっぱなしで、いつも腰や背中が痛くなったものだ。今は二時間しかかからないから、弁当やお茶を楽しむ間もなく着いてしまう。旅情はなくなったが、やはり便利な方がありがたい。

「飛行機で移動してたりしたよな」

「あれが一番速かったわね。でも、新潟空港は市街地からは遠いし、飛行機は高かったでしょう」

「そうだな。でも、新潟の交通網も、まだ完成したわけじゃない。高速も鉄道も、これからだ」

「運輸族でもないのに、そういうのは気になるわけね」尚子がからかう。

「地元のためになることは、常に考えないといけないのさ」

田岡は書類を広げた。個人的には、指定席だろうが自由席だろうが構わないのだが――何しろ乗っているのは二時間だけだ――グリーン車は広いので、やはり作業がしやすい。そして、通路側に尚子や秘書が座っていれば、誰かに作業を邪魔されることもない。

しかし今日は、何故か作業に集中できない。計画は大詰めに入っている。自分にできることはやった――話ができる人間にはきちんと念押ししたのだが、田岡は基本的に悲観論者である。普段どんなに親しくしていても、金や権力でしっかり縛りつけている相手でも、裏切る時はあっさり裏切るものだ。代議士になってからは、そういう手痛い目に遭ったことはないが、いつ何があるか分からない。しかも今回の件は、自分で手を突っこんで調整するわけではなく、ある意味人任せだから、後は息を潜めて待っているしかないのだ。

「どうかした？」眼鏡をかけて文庫本を読んでいた尚子が顔を上げる。彼女は昔から鋭く、田岡のほんのわずかな変化にも気づく。

「いや……これで、俺は大きな壁を取り除けたと思う」

「お疲れ様でした」尚子が笑顔で言った。

「だけど問題は、これから先に何があるか、なんだよな。俺はあと何年、政治家をやれるだろう」

「どうかしらね。最近は、代議士にも定年が必要だ、なんて言われてるし」

「俺は、今年五十二歳になる。政治家としては、これからがまさに働き盛りだと思うんだ」

「体も異常はないし。五十二歳でこんなに健康なのは珍しいわよ」

尚子の言う通りで、年に二回の人間ドックでは、今のところまったく異常がない。年齢なりにまずいところが出てきてもおかしくないのだが、完全な健康体だった。医者からは「人間ドックは年一回でも大丈夫ですよ」と太鼓判を押されているのだが、不安要素はいち早く見つけて取り除いておく必要がある。政治家は、他のどんな商売よりも体が大事だし、何かあったらできるだけ早く、極秘に治療しなければならない。そのための、年二回の人間ドックだった。

「あなたの予定では、十年後にトップでしょう」

「それはまだ、何とも言えないな。自分で決められることでもないし」

これから何回選挙があるかが問題だ。田岡はまだ、当選三回。代議士としては、「駆け出し」から一歩抜け出したところという状態である。当然、まだ大臣も経験していない。総裁選に名乗りを上げるとしたら、最低六回、あるいは七回の当選を経ないといけないだろう。その意味で、自分のスタートは遅過ぎた。三十代で代議士になれていたら、今頃はもう党の中枢部で権力を握っていたと思う。父がさっさと議席を譲らないものだから……。

「もしかしたら、稔のことを気にしてるの？」

「ああ」田岡は認めた。「どのタイミングであいつに後を任せるかは、難しいところだ。政治家は、できるだけ早くキャリアをスタートさせた方がいい。俺も十年——いや、五年早く代議士になっていたら、今とは状況が違っていたと思う」

「でも、稔にはまだ修業が必要でしょう。私から見てもまだまだ……」

「いきなり修羅場に放りこんで、現場で実地訓練をするのも手だ」田岡は厳しく言った。

「あの子に、そんなことができるかしら」尚子が頬に手を当てる。

「いや、意外といけるかもしれない。今回の件でも、きちんと言われたことはこなした。かなり難しい仕事だったが」

「でも、早くからあなたの地盤を譲り渡すわけにはいかないでしょう」

「そうなんだよ」田岡は顎を撫でた。「どうしたものか……新潟の他の選挙区からというわけにもいかない。参院からスタートさせるのも手だが、調整は難しいだろう」

「そういうのをじっくり考えるのも、あなたの楽しみの一つでしょう」尚子が笑みを浮かべる。「それより、高樹さんの方は？」

田岡は唇に人差し指を当てた。具体的な名前を出すのはよくない。尚子が無言で、首を横に振った。

「これで終わりになる。間違いなく潰せる」

「それで本当にいいの？」

「これは俺の問題だ。君には関係ない」

「あなた個人じゃなくて、家族の問題よ」尚子が真剣な表情になった。「この件は、二十五年前からあなたに刺さっていた棘《とげ》みたいなものでしょう？　それを抜きたい気持ちは分かるけど、棘がどれだけ深く刺さっているか、分からないわよ」

「何が言いたい？」

「深く刺さり過ぎた棘を抜いたら、出血がひどくなるかもしれない」

「しかし、抜かないと何も始まらない。棘というか、ストッパーみたいなものになっているのかもしれない」

「抜けば前に進める？」

「……そう信じてる」

「だったら、あなたの思うようにやるしかないわね。私には口出しはできないわ」

「いや、君こそ田岡家の柱だ」

「だったら――」

「何だ？」

「思い切って言うけど、私には、無用な争いに思えるわ」

「分かってる。こんなことをしても、個人的に気持ちが満足するだけかもしれない。しかし、最終的に民自党の利益にもつながることなんだ。俺はずっと、メディア対策を考えてきて、これがその大きな第一歩になる」

「そう……」

「何か不満でも？」

「あなたが決めたことなら、私はきちんと手伝うわ。でも、あなたも少し立ち止まって考えてみたら？　脇目もふらずに前に進むと、途中にある大事なものを見逃したりするわよ」

「俺は、そういうヘマはしない」田岡はすぐに断言した。

「分かった」

「いいのか？」あまりにも素直な尚子の態度を、逆に訝ってしまう。

「意見できる人間が身近にいない政治家は、失敗すると思うわ」

「俺の場合は君だな」

「そうね。でもこれは、私が意見するようなことではないでしょう」

「もっと大変な事態になったら、きちんとアドバイスしてくれるか？」

「そういう時はね……私は大物だから。些細なことには関わらないのよ」尚子が声を上げて笑った。

それは間違いないんだよな、と田岡も認めざるを得ない。この四半世紀、田岡家を差配してきたのは実質的に尚子なのだ。もしも彼女が自分と結婚せずに女優を続けていたらどうなっていただろうと思うことがある。日本を代表する大女優になっていたのではないだろうか。

人生はどこでどう変わるか、分からない。しかし絶対に手放したくない人間はいるもので、田岡にとってはそれが尚子だった。尚子がいる限り、自分の選挙も田岡家も盤石だ。そして……高樹家はこれで沈没する。そこから俺の人生は、新しいステージに入ることになるだろう。

5

特ダネは、一本書けばそれで終わり、というわけではない。必ず事前に続報の材料を用意しておいて、連発で他社をどんどん引き離す。独走——過去の高樹の会心の特ダネは、だいたいそういう感じだった。

今回は、友岡に対する地検の捜査が、報道合戦の第二ステージになる。そこで何とか他紙を引き離したい。

金曜の夜、高樹は今回の取材班キャップであるデスクの古川から話を聞いた。記事にできることは、取材した材料の一割程度、とよく言われているが、社会部長としては残り九割についても把握しておきたい。

「畠は、今のところ黙秘のようですね」

「まったく取り調べに応じていないのか？」

「いや、雑談には応じていて、人定だけはできたようです」

名前や生年月日、住所……基本的な情報の確認はできたということか。それさえ喋らない場合は「完全黙秘」になる。

「喋らせられるのか？」畠が逮捕されたのは十六日——昨日の深夜。まだ二十四時間経っていないから、攻防戦は始まったばかりと言える。

「どうでしょうね。さすがに取り調べを担当している検事には、直接話を聞けませんから」古川が肩をすくめる。「ただ、東京と新潟の家宅捜索で、相当の証拠を押収したようです。その分析が進めば畠を追いこめる、というのが今のところの特捜部の見方です」

「友岡の方はどうだ？　畠の調べ次第か？」昨夜は情報が錯綜したが、実際には友岡への事情聴取はまだ行われていなかった。

「そうですね。それと、押収した証拠の分析にも左右されるでしょう」古川が煙草を取り出し、フィルターを親指の爪の上で二、三度叩いた。懐かしいな、と不意に思う。あれをやると、先端の葉が少し中に引っこんで密度が高くなり、美味くなる——高樹も、自分で吸っていた頃は癖にしていたが、実際にこのやり方で美味くなったかどうかは覚えていない。

古川が煙草に火を点け、思い切り煙を吸いこむ。しかし、美味そうではなかった。今日も吸い過ぎているのだろう。

「容疑は何を検討しているんだろうか」

「おそらく、政治資金規正法違反が入り口になるでしょうね。中央経済会の詐欺自体に絡んでいた疑いもあるようですが、実際にそうであっても、立件は難しいでしょう」

「証拠が残るようなことはしていないだろうな」高樹はうなずいた。「書類もなし、中央経済会のセミナーにも顔は出していないはずだ。表面上は一切関係ない、ということになるだろう」

「中央経済会のアイディアを出したのが友岡自身だった、という見方もあるようですけどね。畠は、資金調達のために利用されただけ、とか」

「候補者が、詐欺の首謀者かよ」高樹は鼻を鳴らした。

「友岡は、コンサルタントとしてもあまり評判がよくないんですよ。そもそもコンサルっていうのは、何をやっているのかよく分からない商売ですけどね……高樹さんが嫌うのも当然ですよ」古川が苦笑する。「それと、やはり長村との関係が引っかかりますね。以前から長村は、友岡をブレーンとして重用していましたけど、実際には単なる資金源だった可能性もあります。今回の公認にも、そういう金が物を言ったのではないかと」

「それ、裏は取れるかね」

「どうですかね……」古川が首を捻る。「普段の金の流れまではっきりさせるのは、相当ハードルが高いと思います。それに、こういう話は政治部マターになる」

「無理しないことだな。最終的なターゲットは長村だとしても、まずは今回の中央経済会の事件に絞るべきだと思う」

「そこは、捜査当局の調べを待つしかないですけどね」

それがマスコミの限界かもしれない。人から話を聞き出す能力は、刑事・検事と記者で大きな差はないはずだ。違いは——刑事や検事は強制的な捜査権を持っているが、記者にはない。捜査当局の強制捜査権は、やはり馬鹿にできない。何しろ証拠をいくらでも押収できるし、相手の身柄を押さえてプレッシャーもかけられるのだ。特に経済事件の場合、書類——最近はパソコンにも証拠が残っている——が捜査の絶対的な裏づけになるから、これを押さえられるのは大きい。残念ながらマスコミには、そういう書類を入手する手段が限られている。インサイダーとつながり、書類を流してもらうぐらいしか手はないが、いつもそう上手くいくとは限らない。

「この週末、何か動きはありそうか？」

「何とも言えませんね。地検はまず、畠の取り調べに集中すると思いますが」

「しばらくは要注意だな」

「もちろん、そのつもりです」古川が少しむっとした表情でうなずく。

ベテランのデスクには、余計なアドバイスだったか……俺も前に出過ぎかもしれない、と高樹は反省した。部下を信じて取材を任せ、部長はどんと構えて最後の最後で責任を取るのが正しい在り方なのだろう。しかし高樹は昔から心配性だし、自分で動かないと不安になるタイプなのだ。これは要するに、管理職向きではない、ということになる。

七十人ほどいた同期の記者も、今ではそれぞれ立場が変わっている。編集幹部への道を進んでいるのは、自分と経済部長の笹本《ささもと》だけだ。今も現場で取材を続けている記者は……半分もいないだろう。編集委員や論説委員になれた同期は、記者生活の仕上げに入っていると言っていい。一方、支局の戦力として、ずっと地方回りを続けている記者もいる。家を購入することもなく、あるいは東京に家族を残して単身赴任——彼らの頑張りには頭が下がる。

そして同期の半分ほどは、既に記者から「卒業」してしまっている。広告や販売部門に転出したり、子会社に出向して幹部社員の道を歩いていたり……新聞社において、どういうキャリアが一番幸せなのかは分からない。

分かっているのは、自分はまだ、記者としての意識を失っていないということだ。しかしこれから先、上手く進めば編集局次長、編集局長、編集担当役員、そして社長へと、新聞作りではなく会社経営が仕事の本筋になる。それが昔から望んでいた道なのかは、自分でも分からないのだった。

九〇年代の頭に週休二日制が一般的になってから、新聞社でも土日は休み、というパターンが増えた。しかし当番制の記者やデスクは決まった休みを取れず、高樹もずっと変則的な勤務を続けてきたのだが、部長になった途端に土日が休みになった。

とはいえ、あまりありがたい話ではない。デスク時代までは、定期的に休みが取れたわけではないから、趣味らしい趣味を持つこともできなかった。せいぜい、空き時間に楽しめる読書ぐらい……土日が休みになっても、五十を過ぎて新しい趣味に取り組むのはなかなか難しく、結局だらだらと寝て、本を読んで暇潰しをするしかない。ゴルフでも覚えておけばよかった、と考えることもあるが、今から手習いするのは手遅れだろう。こういう機会に、大学時代の友人たちと交流を復活させるのも手かもしれないが、彼らも管理職に昇進していて忙しい。とにかく人口が多く、子どもの頃から競争の波にさらされていた団塊の世代も、今や出世競争の最終コーナーに入っている。部長で終わるか役員になれるか、必死になっている仲間が多いのだ。利害関係なしで誘っても乗ってこないかもしれないし、いざ会っても仕事の愚痴を零し合って終わってしまうかもしれない。

土曜日はだらだらと過ぎた。夕方、「今日は鍋にする」と宣言した隆子が買い物に出かけている時に、携帯が鳴る。筆頭デスクの中村からだった。

「休みにすみません」

「あんたもだろう」苦笑しながら高樹は言い返した。

「古川から連絡で、明日、友岡を引くという情報があるそうです。明日の朝刊、勝負になるかもしれません」

「容疑は？」

「政治資金規正法違反」

「タイミングは……今しかないか」

週明け、月曜日には国会が開会する予定になっている。国会が開かれている時には、議員には不逮捕特権があり、逮捕に関しては国会の許可が必要になる。そのタイミングは、検察としては避けたいだろう。事前に許可を求める必要があるから、検察側の手の内を明かしてしまうことになり、容疑者に証拠隠滅や逃亡の機会を与えてしまう。

「今日、勝負に出ますか」

「地検の担当が行けると言っているなら、行くだけだ」高樹は覚悟を決めた。「今日逮捕」のような記事は、昔は——高樹が駆け出しの頃は社会面の花形だった。ただし、捜査機関の動きに追従するだけであまり意味がないという批判もあり、最近はそういう記事はすっかり見かけなくなったが、相手が国会議員となれば話は別だ。逮捕をすっぱ抜けたら、特ダネの価値は一段と上がる。

「では、そのように進めますから」

「ああ。ゴーサインが出たら、また連絡くれないか。ゲラを見に行くから」

「ご自宅にファクスしますよ」

「駄目だ」高樹は即座に否定した。「誤送信もあるかもしれない。どこで情報が漏れるか分からないんだから、社内で処理しよう」

「それはさすがに慎重過ぎませんか」電話の向こうで中村が苦笑する。

「こういう時は、慎重過ぎるぐらいでいいんだ。じゃあ、また連絡してくれよ」

「分かりました」

電話を切ると、鼓動が高鳴っているのを感じる。自分が取材したわけでもないのに、この興奮……新聞記者の、いや、社会部記者の醍醐味と言っていい。

さて、と壁の時計を見上げる。まだ午後四時か……中村から次の連絡が入るのはまだ先だろう。本社へは、八時ぐらいに上がればいいか。あるいは早番では間に合わず、遅版、最終版で突っこむことになるかもしれない。それぞれ締め切りは午後十一時、午前一時。今日は遅くなるな、と覚悟を決める。

しかし今は、ばたついても仕方がない。読みかけの本を取り上げた瞬間、また携帯が鳴った。中村がもう連絡してきたのか？　しかし小さな画面を見ると、「A」と浮かんでいた。松永だ。

「高樹です」

「明日の朝は、忙しくなるぞ」

「らしいですね」

「何だ、知ってたのか」松永が、がっくりしたような口調で言った。

「うちの部下は優秀なもので」

「情報漏れか？　けしからん話だな」自分でも情報を漏らしているのに、松永は本気で怒っている様子だった。

「明日の朝というより、うちは今夜からですね。どうなんですか？　勝算はあるんですか」

「勝算がなければ勝負には出ない」

「もうお札《ふだ》を用意してあるとか？」逮捕に当たっては当然お札——逮捕状が必要になる。

「そいつはまだだが、問題ないよ。そうじゃなければ、勝負する訳にはいかない。明日中には何とかなるんじゃないか」

「月曜までもつれこんだら、厄介ですよね」

「国会が始まるからな。その前に、ここは一気呵成に攻めたいところだ」

おっと……高樹は一歩引いた。松永は江戸っ子らしく言葉は威勢がいいが、検事としては慎重なタイプである。決して無理はしない。しかし今日は、今まで感じたことがないほどの勢いがあった。それほど自信を持っているのか、あるいは何か別の事情があるのか。

「このネタ、各社に流れているんですか」

「まさか」

「だったら――」

「あんたのところが火を点けた事件だよ。さらにガソリンを注ぐのも、東日の仕事だろうが」

「では、そのように」松永の狙いが分かってきた。彼も今回の事件に懸けているのだ。うちにだけ書かせたのは、それだけ扱いを大きくさせようという意図だろう。

電話を切り、急いで中村に電話をかけ直す。折り返しの電話があったのが不自然だと思ったのか、声は警戒していた。

「今、ネタ元と話した。やはり明日、友岡を引くようだ」

「逮捕、ではないんですか？」

「逮捕ではない」高樹は、松永との会話を正確に思い出していた。「しかし、明日中には何とかなる、という話だった」

「ということは、『逮捕へ』原稿になりますね」中村の声はいつものように冷静になっていた。「逮捕へ」原稿は、高樹も何度か書いたことがある。「●日朝から任意で事情聴取を始め、容疑が固まり次第逮捕する方針」。捜査当局は、容疑者本人に接触する前に、周辺の捜査を徹底して進める。書類などの証拠物件を揃えたり、容疑者の周辺にいる人に事情聴取を進めたりして、容疑者を丸裸にしてしまうのだ。結果的に、任意で呼んで相手が容疑を認めれば逮捕――ではなく、否認しても証拠は十分と判断して、強引に逮捕・起訴へ持っていくこともある。

ただし、友岡の場合はどうだろう。高樹は友岡という新人代議士を直接は知らない。選挙を取材した新潟支局によると、「数字に強く、理屈っぽい。すぐに議論をしたがる」「相手を煙に巻くところがある」「演説は上手い」などの評判だった。頭はいいのだろうが、政治家に最も必要なコミュニケーション能力に長けているかどうかは分からない。

紙面で顔を確認したのだが、四十歳にしては若い。女性受けしそうな顔ではあったが、薄っぺらい感じもする。もしかしたらこの男自身が、国会議員の肩書きを手に入れた詐欺師なのだろうか……。

「とにかく、急がせます」

「いや、ここは慎重に行こう。最終版勝負になっても構わない」本当は、早版から記事を入れたかった。遠方――それこそ新潟や山形、秋田へいく新聞の締め切りは早い。そちらには記事が載らず、首都圏の新聞にだけ載るのは、遠方の読者に対して申し訳ない気もする。

「分かりました。また連絡しますよ」

「いや、適当な時間にそっちへ行くよ」

「好きですねえ」中村が電話の向こうで笑った。

「お互い様だろう。あんた、今どこにいるんだ」

「家ですよ」

「で、どうするつもりだ？」

「まあ……適当なタイミングで社に上がりますけどね」

「ほら、同じじゃないか」高樹も声を上げて笑った。長年苦楽を共にしているうちに、行動パターンも考えも似てきてしまったのかもしれない。

「ただいま」

隆子が帰って来たので、高樹は電話を切った。立って妻を出迎え、「飯、早めにできるかな。俺も手伝うから」と頼む。

「いいけど、どうしたの？」隆子が不思議そうな表情を浮かべる。

「ちょっと社に行かないといけない」

隆子が一瞬、黙りこむ。高樹の目を真っ直ぐ覗きこむと、「兄のこと？」と訊ねた。

「いや、今日はそういう話じゃない。でも大事な記事が待ってるんだ」

「じゃあ、早めにするわね」

阿吽《あうん》の呼吸。こういう時に、ふと夫婦の絆を感じるのだった。

午後八時、社会部に顔を出したが、それほど騒がしくなってはいなかった。おそらく古川たちは取材拠点の遊軍部屋で、取材の最後の詰めにかかっているだろう。あるいはもう、原稿に着手しているか。

「どうだ？」既に自席に着いている中村に訊ねる。「早版から行けそうか？」

「そのつもりで準備しています」中村がうなずく。

「今、原稿が入りました」今日の当番デスク、谷島《やじま》が言った。直後、デスク席の横にあるプリンターが、原稿のモニターを吐き出し始める。そこへちょうど、古川がやって来た。モニターを取り上げるとまとめてコピーし、高樹と中村に一部ずつ渡す。高樹はすぐに目を通した。五十行ぐらい……社会面でぶち上げるには、もう少し長さが欲しい。その話は後回しにして、取り敢えず原稿に目を通した。

　中央経済会による投資詐欺事件で逮捕された畠泰弘容疑者（三八）から、友岡拓実衆院議員（四〇）（民自党新潟三区）に違法に現金が渡っていた可能性が高まり、東京地検特捜部は十九日にも友岡衆院議員に出頭を求め、容疑が固まり次第、政治資金規正法違反容疑で逮捕する。大規模な詐欺事件は、政界を巻きこんだ事件に発展しそうだ。

さらに、原稿の末尾には友岡自身のコメントが載っていた。これは今日、急遽取材したものだろう。

友岡氏はこの金について「正当な献金であり、違法性はまったくない」と容疑を全面否認している。

「古川、これ、短くないか」

立ったままモニターを確認している古川に声をかけた。

「あ、一面狙いなので、これぐらいで」古川が答える。一面の記事は、基本的にコンパクトにするのが決まりだ。

「行けるか？」

「今日は空いてるようなので、何とか押しこめると思います」

「社会面はどうする」

「今、作ってます。中央経済会の被害者からより詳細な証言を得られたので、それを使いますよ」

「新味はあるのか」

既に被害者の証言は、紙面に掲載されている。別の人の証言であっても、同じような話だったら掲載する意味はない。

「セミナーの内容の録音を、今日入手したんです。その中で、畠が自分で登壇して、友岡との関係を喋っている部分があります」

それはおいしいネタ——だが、高樹は一瞬疑念に襲われ、目を細めた。今そんな情報が入ってくるのは、あまりにもタイミングが良過ぎるのではないか？　まさにこっちが欲しい情報ではあるのだが……。

取材班の面々がぞろぞろとやって来て、一面の原稿のチェックを始める。さらに、社会面用の記事が八時半頃に上がった。締め切りまで三十分。生の事件原稿にしては早い仕上がりと言えるだろう。それにしても、わずか三十分ほどで紙面の割りつけを行う整理記者は、手品師のようだ。短い時間で適切な見出しをつけ、一字もはみ出さないように紙面に記事を流しこむテクニックは神業である。今は割りつけ専用のコンピューターを使い、オペレーターが作業しているが、近い将来にはこれも整理記者が自分でできるようになるという。昔——四半世紀ほど前に、東経新聞がコンピューターを使った紙面の割りつけを業界で先駆けて始めた頃は、マシンのスペックが低いせいもあって、一ページを組み上げるのに四時間もかかったという伝説がある。今は、ただ組み上げるだけなら五分か十分で済んでしまう。もちろん整理記者には整理記者の美学があり、そう簡単にはいかないのだが。

あとは、ゲラが組み上がったらチェックだ。完成は九時過ぎ。取り敢えず手持ち無沙汰になった古川に確認する。

「友岡のコメントは？　誰が取ったんだ？」

「うちでやりました。週末ですけど、地元へは戻らなかったんですね」

「なるほど……全面否認か」

「それは予想できていたことです」

「明日の配置はどうなってる？」

「議員宿舎に張りつけます。間違いなくそこで摑まるはずです」

「東京に別宅はないのか？」

「豊洲に、コンサル時代に購入したマンションがあります」古川があっさり認めた。「ただ、そこは今は人に貸しているみたいですね」

「新潟に拠点を移して、東京にいる時は議員宿舎住まいか……他に、居場所はないだろうな？」

「それは摑んでいません。明日の朝、六時に張り込みを開始するように指示してます」

「六時なら大丈夫だろう」

高樹はうなずいた。問題は他社……早くに朝刊を確認すれば、急いで議員宿舎へ記者を派遣するだろう。そこで張り込み、任意同行の取材は同着……これは仕方がない。朝刊で「今日逮捕へ」を抜ければ十分だ。

「地検の方は？」逮捕されれば、まず身柄は地検に持っていかれる。容疑者の家と地検――「出」と「入り」を押さえるのがポイントだ。

「そっちも六時に張りつきます。ただし、地検に引っ張るかどうかは分かりませんけどね」実際、東京地検特捜部が事情聴取する場合も、必ず霞が関の庁舎で行うとは限らない。検察庁には、都内にいくつも施設がある。八王子の支部を使うこともあるし、区検の施設に連れて行くこともある。

「その辺、地検担当にきちんと釘を刺しておいてくれよ」

「もちろんです」

これで手は打った……あとは原稿を確認し、明日の朝刊を待つのみ。高樹は自席で立ったまま、社会部の部屋を見回した。早版の最終締め切りが迫り、室内は熱を帯びたような騒音でうるさいほどだった。デスクは問い合わせの電話で大声を上げ、アルバイトたちは走り回り、ゲラを前に大声で言い合いをしている記者もいる。

自分はこの空気に、四半世紀近く身を浸してきた。今、さらにステップアップするタイミングで、いよいよ社会部に別れを告げる時が来たかもしれない。そう考えると、過去の想い出が一気に蘇ってきて、頭がくらくらするほどだった。まったく、ここではいろいろなことがあり過ぎた。

雑多な光景が、美しい世界に見えてくるかもしれないと思った。だがどうしたわけか、そうは見えない。

何故か、自分たちの上に暗い影がさしているような感じがしてならないのだった。

第六章　惨敗

1

日曜日の朝、改めて新聞を読んで、和希は複雑な思いを抱いた。この記事が載ることは、昨夜のうちに本社の取材班から連絡がきて分かっていたのだが、改めて紙面で確認すると、自分だけが取り残されたように思えてくる。「友岡、逮捕へ」。この「本筋」の取材は、地検の担当者が進めたものだろう。自分はまったく動きを知らなかった。こういう話になると、やはり本社主導で、支局が手を出す余地はないと痛感する。実際、手伝うこともなかったわけだが。

「何か出てる？」美緒がベッドから抜け出して来た。和希のトレーナーを寝巻き代わりに着ているだけで、剝き出しの長い脚が妙に生々しい。

「うん」

和希はテーブルの上に新聞を広げた。彼女が一面、そして社会面の記事を読んでいるうちに、和希はコーヒーの用意を始めた。朝食は……食パンがあるから、取り敢えずトーストにして腹を満たそう。

彼女は金曜の夜から新潟に遊びに来ていて、和希は土日と何とか休みが取れた。正月からまったく休みなしでここまで来たので、さすがに支局長の桑田がストップをかけたのだ。おかげで、昨日は終日美緒と過ごせたのだが、今となっては楽しかった一日が間抜けな時間に思えてくる。自分が美緒とデートしている間に、本社の取材班は本丸に突っこんで取材していたわけだ……知らせてもらえなかったのが悔しい。

「もしかしたら、今日も忙しくなる？」美緒が唇を尖らせた。

「どうかな」この件で、新潟で取材できることはなさそうだ。だから予定通り、このまま休みにしておいてもいいのだが、それではやはり心苦しい。かといって、具体的に何か仕事があるとも思えないのだが。

「気もそぞろで一日一緒にいても、面白くないわよ」

「いや……」

「これ、お正月から取材していた件でしょう？」

「もっと前から——去年の年末からだな」

「そんなに一生懸命やってたなら、ちゃんと続けた方がいいんじゃない?」

「うん……」

和希は曖昧に言って、二人分のコーヒーをテーブルに運んだ。二人ともブラック。大きなマグカップにたっぷりのコーヒーは、朝の目覚ましにちょうどいい。

「私、ちょっと諦めてるし」

「え?」

「和希、忙しいじゃない。でも仕事なんだから、しょうがないよね? そういうことで一々気を揉んでいたら、疲れちゃうでしょう」

「申し訳ないとは思ってるよ」

「でも、そういう仕事なんだから。これからも、会える時に会うっていうことでいいんじゃないかな」

「それじゃ、寂し過ぎないか?」

「慣れると思うわよ。この一年近く、遠距離だったけど、何とかなってきたし」

「なあ、もう結婚しないか?」和希は反射的に言ってしまった。

「今、それ言う?」

美緒は冷静だった。せっかくのプロポーズだというのに……和希の気持ちは折れかける。

しかし何とか気を持ち直して続けた。

「ご両親にも挨拶したし、いいじゃないか。いつまでも遠距離じゃ、俺が辛いよ」

「和希は弱いわねえ」美緒が緩く笑った。「でも私、まだしばらくは会社を辞める気はないわよ」

専業主婦希望とはいえ、そうなるのはもう少し先でいいということだろう。彼女には彼女の人生設計がある——とは思ったが、ここで引く気にはなれない。

「別居婚でもいいんだ。とにかく、籍を入れて、気分的に落ち着きたいんだよ。うちの親も、早い方がいいって言ってる。君の方は……正月は、俺の評判は最悪だったんじゃないか？」

「そうでもないわよ」美緒がさらりと言った。「仕事が大変そうだと呆れてたけど、悪く言うようなことはなかったから」

「じゃあ、特に障害はないじゃないか」

「別居婚か……お金がかかるわよねえ」

「そっちの問題？」

「それこそ、大事な問題じゃない。お金の問題で悩みたくないし。でも、籍は入れてもいいわよ。それで然るべきタイミングで同居するということで、いい？」

「もちろん」ほっとして、全身から力が抜けてしまったようだった。学生時代からのつき合いだから、きちんとプロポーズすれば断られないとは思っていたが。

「ありがとう」

「どういたしまして」

美緒は相変わらず反応が薄い。昔からそうだったから仕方ないのだが、こういう時はもう少し喜んでくれてもいいのにと思う。

その時、携帯が鳴った。如月。結局呼び出されることになるんだよな、と諦め、電話に出る。

「高樹です」

「休みの日に悪いな。新聞、もう読んだか？」

「ええ」

「友岡が引っ張られたから、その受けの記事を作らなくちゃいけない。お前も手伝ってくれ」

「分かりました。支局に行きますか？」

「そうだな。その後、三区へ回って、地元の声を拾ってもらうことになると思う」

「了解です。朝飯だけ食わせて下さい」

「飯ぐらいゆっくり食っていいぞ」

電話を切り、溜息をつく。予想してはいたが、やはり休みが潰れると思うとげんなりした。

「何か食べる？」電話の内容に気づいたのか、美緒が切り出す。

「どこかへ食べに行かないか？　近くで、朝早くからやってる喫茶店があるんだ」

「いいわよ……それから仕事？」

「ああ。ごめん――」

「一々謝らないの」美緒がピシリと言った。「私だって、仕事で遅くなることも休日出勤になることもあるんだから。一緒に住むようになって、こんなことで毎回謝っていたら、胃潰瘍になっちゃうわよ」

「分かった。朝飯を食べたらすぐ仕事へ行くよ。君はどうする？」

「市内探訪するわ。昨日、万代《ばんだい》シティに行ってないから」

「あそこなら、一日中時間を潰せるよ」去年の秋にビルボードプレイスがオープンして、さらに賑やかさが増した。新潟初出店の店も多い――それは東京に住む美緒にはあまり関係ないか。

「レインボータワーは？」

万代シティにある高さ百メートルの展望台で、一九七三年に完成した当時は、日本海側有数の高さの展望施設と言われた。今では西堀通にあるNEXT21に、レインボータワーより高い展望台ができているが、レインボータワーが、まだ新潟市のシンボルであることに変わりはない。

「眺めはいいけど、そんなに面白いものじゃないよ」和希は苦笑した。そもそも新潟の市街地は、上から見下ろして感嘆するようなものではない。普通の大都会だ。

「でも、一人で遊べるようになっておかないと。別居結婚に慣れるためには、そういうことも必要よね」

彼女の淡々とした態度――ある意味冷たい感じが少しきつい。かといって、仕事に向かう自分にすがって、「行かないで」と泣かれても困るが。

結婚する。二人で生活する。新しい暮らしを始めて、それに慣れていくには、やはりそれなりに時間がかかるのだろう。

支局へ行くと、午前九時にもかかわらず、既に如月が出勤していた。純子もいて、新聞を読んでいた。

「ああ、来たか」如月が煙草を灰皿に押しつける。「早速だけど、新発田に行ってくれ。

江越《えごし》を手伝って、三区の有力者からコメントを取るんだ。リストは今、江越が作っている」

　江越と一緒に仕事か、と思うと少し気が重くなる。新発田通信局の江越は妙に暗い人間で、何かあるとネチネチと責めてくる。コメントを取るだけなら、わざわざ新発田に行かなくても電話で済みそうなものだが……東日には、昔から過剰な「現場主義」があるという。電話でできる取材なのにわざわざ現場に足を運んだり、他紙の何倍もの記者を一気に現場に送りこんだり——しかも取材が深夜に及んで連絡を入れると、まず聞かれるのが「他社はまだいるのか」だ。まもなく二十一世紀になるというのに、いつまでこんな昭和のやり方を続けるのだろう。

　各紙を読んでいるうちに、ファクスが紙を吐き出し始めた。すぐにチェックすると、江越の字……リストも手書きで作っているわけだ。こんなものはワープロで綺麗な表にできるし、ファクスではなくメールでもいいのに。江越は和希よりも十歳ほど年上なのだが、どうもこの手のハイテク——ハイテクというほどでもないが——には弱いようだ。一度、ワープロを打っているところを見たことがあるが、ほとんど両手の人差し指しか使っていなかった。外国の新聞記者で、こんなスタイルで猛スピードでタイプライターを打つ人がいると聞いたことがあるが、彼の場合、本当に不器用なのだろう。江越が入社した頃は、原稿はまだ完全に手書きだったはずだが、彼と同じ年代でもワープロをきちんと使いこなしている人もいる。年齢によるわけではなく、単に合う合わないの違いなのだろう。

「来たか」如月が隣に来てリストを覗きこんだ。次の瞬間には顔をしかめる。「何だよ、おい……三十人も送ってこなくていいのに」

「全員当たるんですか？」

「冗談じゃない。コメントを載せられるのはせいぜい五、六人だよ。三区の民自党の偉いさんから話を聞いてくれ。それと、羽村」

「はい」呼ばれて純子も立ち上がる。いかにも面倒臭そうだった。

「君はここで受けをやってくれ」

「ええ？　私も取材、行きたいんですけど」面倒臭そうにしていた純子が、急に態度を翻して抗議した。

「今日はあちこちから電話がかかってくるよ。俺一人じゃさばき切れない」

「留守番ですか」

「俺のサポートだ。昼飯、奢るよ。何だったら夕飯も」

「じゃあ……やります」まだ不満そうだったが、純子が一歩引いた。

支局で留守番をしている方がましかもしれない。顔を見たこともない三区の政治家たちに会って話を聞くのは、なかなか難しい取材になるだろう。県政記者クラブの方からは「記事が出てから、うちへの風当たりが強くなっている」という不満も聞いているし……確かに、当選したばかりの民自党代議士に疑惑の目を向けてしまったのだから、県連の連中もいい思いはしていないだろう。

そんなことはどうでもいい。和希の胸に渦巻くのは悔しさだ。自分がスタートさせたはずの取材だったのに、いつの間にか完全に取り残されてしまった……やっぱり、支局では駄目なんだ。本社に上がらないと、本当の新聞記者の取材はできない。美緒と、そんなに長く別居婚を続けるわけにもいかないし。

出かけるか……しかしその前に、と思いついて、自分のワープロを立ち上げる。鈴木とはしばらく連絡を取っていなかったのだ。この状況でさらに情報を絞り出せるかもしれない。返事が来るかどうか、駄目もとでメールを送ってみよう。

送信、終了……ワープロの電源を切ってバッグに突っこみ、すぐに支局を出た。今日は薄曇りの予報で、気温はまったく上がっていない。冷たく湿った空気に首をすくめ、インプレッサの運転席に収まる。出かける前に、もう一度美緒と電話を――電話は意外に長引き、和希は普段より深くアクセルを踏んで新発田へ向かうことになった。

　何かおかしい。

　和希は三区の民自党関係者三人に直接会って取材を終えた。原稿は車の中でワープロで打ってしまい、携帯電話をつないで送信……それが終わったのが六時近くだった。支局へ上がって七時前。これで今日の仕事は終わり、後は地方版のゲラをチェックするだけだったが、支局全体が妙に暗い雰囲気に包まれているのに気づく。

「何かあったんですか？」やはり急遽呼び出されたらしい岡本に聞いてみた。

「友岡の件、様子がおかしいらしい」

「どういうことですか？」

「今日、ニュース見てないか？」

「ええ」ラジオは定時にチェックするようにしているのだが、たまたま今日はその時間に取材していたりして、完全スルーだった。

「どうも、様子がおかしいんだ。各社のホームページをチェックしてみたんだけどな」

「どうでした？」

「皆、下げちゃったんだよ」

「下げた？」

「午前中は、うちの特ダネを後追いする格好で、議員宿舎から出て来る友岡の写真を載せて、トップ扱いで伝えていた。だけど、午後になると記事を消したんだ」

「うちはどうなんですか」

「自分でチェックしてみろよ」

すぐに共用パソコンの前に座り、東日のホームページをチェックする。日曜らしく暇ネタばかり……トップページには七本の見出しが並んでいるが、そこには友岡の記事はない。「社会」をクリックして確認したが、ずっと下の方に朝刊の記事があるだけだった。

「いや……」和希は少し考え、振り返って岡本に言った。「要するに、まだ続報の特ダネがあるんじゃないですか？　ネットに出せば、他社にバレて追いかけられるから、最終版が完成するまでネットに出さない――そういうことだと思いますけど」

「だけど、他社はまったく載せていない。見てみろ」

言われるままに、日本新報や東経新聞のホームページを確認する。確かに……任意とはいえ現職国会議員が取り調べを受けたのだから、当然ニュースになっているはずではないか。

「変ですね」

「何か、状況が変わったんじゃないか」岡本が不安げに言った。

「何かって……」

「決め手がなくて、逮捕できないとか」

「いや、でもこれが最初の任意聴取でしょう？　これから何度も事情聴取を続けて、立件するんじゃないんですか」

「相手は国会議員だぞ」岡本が低い声で言った。「明日から国会も始まるから、今日がぎりぎりのタイミングだったんだ。特捜部も、一発で決めるつもりだったんじゃないかな。それが上手くいかなかったんだろう」

言われて、不安が募ってくる。結局、東日が描いていたシナリオには無理があったのか？

確認しようにも、話を聞く相手がいない。本社の遊軍部屋へ電話をかけたら、「クソ忙しいのにふざけるな」と怒鳴られそうだ。しかしこのまま、明日の朝刊を待っているわけにはいかない。思い切って、美智留の携帯に電話を入れた。

「ああ……高樹君？　ちょっと待って」

しばらく通話が途切れる。ほどなく電話に戻ってきた美智留の声は暗かった。

「今日、どうなってるんですか？　友岡は逮捕されないんですか？」

「それが、ちょっとまずいのよ。今、全員てんてこ舞いで」

「電話、まずいですか？」

「高樹君には知る権利があると思うし、簡単に説明するわ。結論から言うと、検察は友岡を放した」

「はい」思わず唾《つば》を呑んでしまう。

「友岡はついさっき、議員宿舎の前で待機していた報道陣の取材に応じた。ええとね……『今回の取り調べはまったく心外であり、検察の捜査には根拠がない。今後、こちらでも法的措置を検討する』――つまり、全面否認ね」

「地検は詰め切れなかったんですか？」そんなことがあるのだろうか。内偵捜査では、徹底して周辺の状況を固め、本人を追いこむ。事情聴取を始める時は、もう逮捕できる状況になっているはずだ。

「地検の中の話は分からないけど……たぶん、友岡の逮捕は流れるわね」美智留が溜息をついた。「ということは、この事件は広がらないで終わるわよ」

「そんな……」

「うちも、まずいことになるかも」

「どうしてですか？」

「結果的に誤報になったでしょう」

誤報――その言葉が脳天に突き刺さる。自分が書いた記事ではないが、ダメージは確実に感じた。

「訂正、出すんですか？」

「ぎりぎり、判断が難しいところね。見出しも『今日逮捕』じゃなくて『逮捕へ』で、断定してたわけじゃない。ちゃんとした訂正記事を出さなくても、続報の中で実質的に訂正するやり方もあるけど……最悪よ」うんざりしたように美智留が言った。

「そっち、どうなってるんですか？」

「半分火事場、半分お通夜」美智留が皮肉っぽく言った。「あなたの方にまでは影響は及ばないかもしれないけど……部長から聞いてない？」

「いえ、何も」そもそも社会部長が一支局員に話をするわけがない。父から息子へ、であってもだ。

「そう……ごめん、今あまり話している暇がないんだ」

「すみません、お忙しい時に」

電話を切って、岡本と顔を見合わせる。

「事情は分かったか？」

「ええ」

「一応、皆に説明しろよ」と岡本に促され、如月たちに今の電話の内容を報告する。如月は腕を組んだまま、ずっと渋い表情だ。

「地方版は大きく組み直しだ。逮捕される前提で原稿を作っていたから、それはボツになる。本版がどうなるか、地方部に確認してみるよ……岡本、何か代わりの原稿あるか？」

遊軍の大事な役目がこれだ。急に紙面が空いた時に、そこを埋める原稿を常に用意している。

「見開きを埋めるほどの原稿はありませんよ」岡本が肩をすくめる。「でも、写真つきで七十行ぐらいなら用意できます。話題ものですけどね」

「構わない。念のために、用意しておいてくれないか」

如月は地方部と話すために、本社との直通電話の受話器を取り上げた。岡本はすぐに、自分のワープロに向かう。和希は思わず「すみません」と頭を下げてしまった。

「ああ、いい、いい」岡本がワープロの画面を見たまま手を振った。「遊軍ってのは、こういう時のためにいるんだから」

自分には何もできないのか、と悔しくなる。如月の話は長引いているようで、和希は手持ち無沙汰になった。取り敢えず自分のワープロでメールを確認する。鈴木からの返事は……ない。

如月が乱暴に受話器を置いたので、和希は椅子を回して彼の方を見た。

「やはり逮捕は見送りのようだ。友岡は強気のコメントを出したし、これは地検の先走りじゃないかな。凡ミスだ……しかし友岡が地検に呼ばれたのは確かだから、取材したコメントで使えるものを拾って、小さめの原稿にまとめよう。羽村、君はリードを書いてくれ」

「私ですか？」

純子が驚いたように立ち上がる。彼女が驚くのは、和希にも理解できた。複数の記者が集めた情報をまとめて記事にすることはよくある。そういう場合、トータルで意味を持たせるためには前文が大事なのだが、その仕事は大抵キャップが担当するものだ。一年生記者が、こんな大変な仕事を任されることはまずない。

「君は今日、ずっと支局にいて状況を見てたから、よく分かるだろう。友岡が任意で事情聴取を受けたことで、県政界にも衝撃が走った——みたいな前文にしてくれないか。ただし、本人の否定も盛りこんで」

「分かりました」

純子がすぐにワープロのキーを叩き始める。それを見ながら、和希はむっとした気持ちを抑えられないままだった。これは自分の事件。たとえ誤報の後始末記事でも、自分で書きたい。如月は、俺を外すつもりなのか？

中央経済会の投資詐欺事件に絡み、民自党の友岡拓実衆院議員（四〇）（新潟三区）が違法な献金を受け取っていたとして、十九日、東京地検特捜部から事情聴取を受けた問題。友岡衆院議員は現金授受を全面的に否定したものの、政治と金の問題は県内にも波及し、県政界には動揺が走った。

地方版は、どこか中途半端な感じになってしまった。純子が前文に四苦八苦していたのを横目で見ていた和希は、仕方ないと思った。もしも「友岡逮捕」なら、もっとすっきりした原稿になっていただろう。そして前文の最後は県政界に「動揺」ではなく「激震」が走った、になっていたはずだ。

社会面がどうなっているかは気になったが、支局にはゲラが送られてこないので、インターネットでチェックするしかない。しかし、まったく掲載される気配がなかった。取材班が相当苦労しているのは間違いないだろう。

「こいつは、どうなるかねえ」岡本が煙草をふかしながらゲラを指で叩いた。「社会面の記事、まだ分からないんだろう？」

「ホームページにも載っていません」

「訂正記事……いや、訂正にはならないか。微妙な感じだよな」

「間違いではないんですよね。容疑が固まり次第逮捕する方針っていうのは、昨夜の段階では間違いなかったんだから」

「仮に裁判になったとして」岡本が煙草を灰皿に押しつけた。「取材先の情報を信頼する然るべき理由があれば、メディア側の責任は問われないんだ」

「そうなんですか？」

「そういう判例があるんだよ」岡本がすぐに新しい煙草に火を点ける。「つまり、ネタの真贋《しんがん》に関しては、メディア側に責任はない。もちろん、こちら側に明確なミスがあれば別だけど」

「でも、ネタ元が検察だとは言えないんじゃないですか？　ネタ元を特定するのは、NGでしょう」

「まあねえ。この件はまず、裁判云々言う前に、記事をどうするかだ」

「どうするんでしょうね」

「俺だったら、絶対に訂正は出さないな。明日の朝刊の続報で『事情聴取を行ったが逮捕は見送った』と書く。地検を主語にして――申し訳ないけど、地検がミスをした、という方向に持っていくしかないんじゃないかな。うちが責任を逃れるにはそれしかない」

「うーん……」和希は腕を組んだ。確かにその通りだが、そんな書き方をして、地検との関係がまずくならないだろうか。あそこはすぐに「出入り禁止」を出すらしいし。

「今後の地方版の進め方も面倒臭いな。お前も、慎重にやれよ」

「ええ……」しかし、何を慎重にすればいいのかが分からない。

和希は、メールをチェックした。鈴木に送ったメールへの返信はない。しつこいかもしれないと思いながら、もう一度送ってみた。しかし返事は来ないような予感がする。

だったら電話だ。事務室から出て、階段の途中で携帯電話を取り出す。かけたが……

「この番号は、現在使われておりません」。おいおい、携帯を解約して逃げたのか？　もしかしたら鈴木は、最初からこうなるようにシナリオを書いていた？　地検に中途半端に捜査させ、結果的に東日が誤報を出すように全体をリードした……筋は合う。しかし、何のために？

ざわざわと嫌な予感が押し寄せてくる。もしかしたら自分は、鈴木の罠に引っかかってしまったのか？　そして最初に感じた謎が再び襲ってくる。

どうして自分だったんだ？

2

何なんだ、これは。

日曜の夕方、高樹は社会部の自席で腕組みをしたまま、部下たちを見回していた。日曜なので普段より人は少なく、取材班の連中も遊軍部屋に籠りっきりで、社会部には顔を見せていない。

原稿は出る予定だというが、内容はまだはっきりしない……それはそうだろうと、高樹は記者たちに同情した。特捜部が、狙った獲物を取り逃したことはほとんどない。任意で呼べばそのまま逮捕、というのがお決まりのパターンだ。それだけ厳密に状況を調べ、容疑者が言い逃れできないように追いこんでから呼ぶから、外れはまずない。

今回は何が起きたのだろう。詰めが甘かった？　しかし、特捜部がそんな凡ミスを犯すとは思えない。取材経験の長い高樹でも、何が起きたか想像もできなかった。

松永に話を聞くことを考えた。捜査の中枢にいる彼なら、何が起きたか、間違いなく把握している。背景に何があったかも説明してくれるだろう。しかし今は彼もてんてこ舞いのはずで、とても高樹と電話で話している余裕などあるまい。

午後五時、高樹は遊軍部屋に足を運んだ。社会部はあくまで、朝刊・夕刊を作るための作業部屋で、遊軍の記者専用のデスクもロッカーもない。そのため、遊軍用には別室を用意して、そこで普段の仕事をするのが常になっている。

デスクの古川が、不機嫌な表情を浮かべて煙草をふかしている。高樹が部屋に入って来たのを見ると、まだ長い煙草を灰皿に押しつけた。

「どうだ?」

「地検は四時過ぎに友岡をリリースして、友岡が議員宿舎の前で報道陣の取材に応じた――その情報は入ってますよね」

「ああ、聞いた」

「その後で、地検担当の連中が言ってきたんですが、友岡は帳簿を提出したそうです。政治資金の出入りを記録した帳簿と銀行の通帳……それを調べてくれと、最初から開き直っていた」

「畠が逮捕された後で、言い逃れの材料を用意していたわけか。しかし、金の流れは、銀行を調べても全部分かるものじゃないだろう。現金で手渡しだったら、証拠はまったく残らない」実際、過去の贈収賄事件などでは、賄賂の授受は現金で、というケースがほとんどだった。「畠の供述では、金の受け渡しは銀行への振り込みだったじゃないか」

「畠が嘘をついたか、友岡が嘘をついたか――最初の読みとは違う方向に話がよじれています」

「どんな風に？」

「これは、畠の個人的な復讐だったんじゃないかと思います」

「復讐？　友岡に対して？」

　古川が無言でうなずく。ひどく疲れて、もうこの一件にうんざりしている様子だった。そりゃあ、こんな状況になったら放り出したくなるだろうと高樹は同情した。しかし担当デスクとして、最後まで面倒を見てもらわなくてはならない。

「詳細は分からないんですが、雑談の中で出てきた話らしいです」

「しかし畠は、選挙では友岡のブレーンだったじゃないか」

「友岡を破滅させるために、わざわざそういう手段で近づいたのかもしれません」

「分かった」そんなややこしいことをする人間がいるのか？　しかし古川の読みは常に核心を突いている。「それで、原稿の方はどんな具合だ？」

　古川が自分のワープロを指さした。高樹はデスクの前に屈みこんで、途中まで書かれた記事をざっと読んでいった。


　民自党の友岡拓実衆院議員（四〇）（新潟三区）が、投資詐欺事件で摘発された中央経済会から違法な政治献金を受けていたとされる問題で、東京地検特捜部は十九日、友岡衆院議員から任意で事情を聴いた。友岡衆院議員は疑惑を全面否定し、事情聴取終了後に、報道陣に対して「まったくの事実無根」と説明、特捜部に厳しく抗議した。


「まあ……こう書くしかないだろうな」

「長くは出せませんね。それより、朝刊の訂正記事を出さなくていいですか？」

「それは筋が違う。昨日の段階では、記事の内容は間違ってなかったんだから」

「うーん……まあ、そうなんですけど」古川は心配そうな様子だった。

二人で黙りこんでしまった瞬間、古川の前の電話が鳴る。古川は「はい」と言ったきり相手の言葉に耳を傾けていたが、すぐに「お電話ですよ」と告げた。

受話器を受け取ると、筆頭デスクの中村だった。やはり、日曜なのに社会部に出て来ている。

「まずいですよ」第一声で、中村は地獄に落ちたような暗い口調で言った。

「どうした」

「弁護士から連絡が入っています」

「弁護士？」鸚鵡《おうむ》返しにしてから、すぐにピンとくる。「友岡の弁護士か？」

「そうです。今、下の受付に来てるんですよ」

「いきなりか？」

「どうします？」

「社会部に対して話したい、ということなのか？」

「ええ」

「……会わざるを得ないだろうな。広報部に連絡を取ってくれ」新聞社は、編集局以外も三百六十五日勤務の部署が多い。土日だろうが祝日だろうが、何が起きるか分からないからだ。当然広報部にも、誰かが詰めている決まりだ。

「分かりました。俺もつき合いますか？」

「そうだな。大人数でプレッシャーをかけた方がいいだろう」あまり賢いやり方ではないが、できるだけ多くの人が話を聞いていた方がいい。

「では、すぐに手配します」

　記事に対する抗議はよくある。裁判まで行くほどの事態は滅多に起きないが、弁護士が抗議してくることは珍しくない。しかし、いくら何でも早過ぎないか？　今、午後六時。友岡は二時間ほど前に自由の身になったばかりである。

「どうかしたんですか？」古川が不安そうに訊ねる。

「友岡の弁護士が抗議に来たらしい」

「こんなに早く？」古川も目を見開いて驚く。

「完全に、事前に準備していたようだな……おい、俺たちは引っかけられたのかもしれないぞ」

友岡の弁護士、石嶺《いしみね》は、四十歳ぐらいの精力感に溢れた男だった。目が大きく、眉が太いせいか、こちらにぐんぐん迫ってくるような迫力がある。

「今日の朝刊の記事について、友岡さんから相談を受けました。結果的にあれは、誤報ではありませんか」

「昨夜の段階での情報です」高樹は、できるだけ冷静にと自分に言い聞かせながら答えた。

「記事を書いた時点では、疑う余地はありませんでした」

「しかし、もう少し慎重に行くべきではなかったですか？　逮捕へ、ということは、実質的な決めつけです」

「あくまで『方針』ということで報じただけです」

「その情報はどこから出たんですか？　地検ですか？」

「それは申し上げられません」

「情報源は守る、ということですか」

「それが新聞社の基本です」

「分かりました。しかし結果的に間違いだったということで、訂正をお願いできませんか」石嶺の要求ははっきりしているが、それほど高飛車な態度ではなかった。

「昨夜の段階では間違いではありませんでした」高樹は説明を繰り返した。

狭い会議室に高樹と中村、それに広報部の若手社員が集まっているが、東日側で喋っているのは高樹一人で、実質的には一対一の勝負だった。

「友岡さんは、きちんと訂正記事が出ることを強く希望しています。こちらの要望に応えていただけないようでしたら、法的な措置も考えます」石嶺の口調が少し強くなる。

「この件の捜査は、まだ続いているんですよ。今の段階で訂正を要求するのは、少し気が早いんじゃないですか」高樹が一歩突っこんで訊ねた。

「先の話は関係ありません。今回は、今日の朝刊の記事に関しての抗議です」

高樹と石嶺のせめぎ合いはしばらく続いた。高樹はあくまで「拒否」の方向でいこうとしたのだが、石嶺も譲らない。しかし話し合いを続けていても埒が明かないので、高樹は一歩引いた。

「編集責任者と相談の上、改めてそちらにご連絡するということでどうですか？」

「今日中にお願いします。今日出た記事に関する訂正は、できるだけ早く出していただきたい」

「相談の上、ご連絡します」高樹は繰り返した。このままではあっさり負けが確定してしまう……それが悔しく、つい突っこんでしまった。「それより石嶺さん、ずいぶん早いですね」

「はい？」

「友岡さんに対する事情聴取は終わったばかりです。それなのに、もう弁護士のあなたが抗議に来ている」

「こんなことは、友岡さんは当然予想していましたから」

「そうですか？」

「畠という人物が逮捕されて、友岡さんの名前も取り沙汰されるようになった。友岡さんとしてはまったく身に覚えがないことですから、潔白を証明するために手を打たなければならなくなった——それで私が呼ばれたんです」

「あなたは、以前から友岡さんの弁護士を担当しているんですか？」

「大学の同期でしてね」石嶺がニヤリと笑った。「困った時に最後に頼りになるのは友だち、ということですよ」

「そうですか……では、改めて連絡させていただきます」

石嶺を送り返して、高樹はまず広報部員に話を向けた。

「今の件、広報部としてはどうなんだ？」

「会社に対する抗議というわけではなく、特定の記事に対する抗議ですから、当該部署が対応していただくのが筋かと思います」

「うちへ丸投げか」他人行儀な態度に、高樹は鼻を鳴らした。

「そういうわけではありませんが、向こうの要求は訂正記事でしょう？　それは、広報部が口出しできる問題じゃないですよ」

それは分かっている——しかし、もっと前向きに、自分たちの問題として考えてくれてもいいんじゃないか？　それが、会社全体を背負う広報部の役目ではないか。

とはいえ、ここで広報部と喧嘩をしている暇はない。高樹はすぐに、中村と一緒に編集局の幹部スペースに向かった。編集局は、壁もないだだっ広いスペースで、そのほぼ中央に編集局長と局次長の席がある。すぐ近くには広い作業用のテーブルが置かれており、そこが新聞作りの核だ。毎日夕刊と朝刊の作業が始まる前に、各部の担当デスクが集まってネタ出しを行い、当番の局次長が二人一組で全紙面をチェックしていく。今夜はまだその作業に入る前だし、日曜なので、静まり返っていた。今日の当番は……よりによって宇佐だった。本音が読めないこの男を相手にすると、また疲れるだろう。

「続報、おかしなことになってるそうじゃないか」宇佐の口調は冷たかった。

「ご心配をおかけしていますが……」

「地検も詰めが甘かったんじゃないか？　特捜部も、このところ何件も続けて事件を挙げて、調子に乗り過ぎてるのかもしれないな」

「俺には何とも言えませんが」高樹は、空いていた椅子を引いて座った。数ヶ月後には、自分はこの椅子に座っているはず……今は何とも言えない。「実は今、友岡の弁護士から抗議を受けました」

「何だって？　訂正記事でも出せっていうのか？」

「ええ」

「それは……訂正の対象じゃないだろう。昨夜の段階では『逮捕へ』だったんだから、訂正しようがない」

「そうなんですよ」宇佐も自分と同じように考えていると分かり、少しだけほっとした。

「しかし、何もしないわけにはいかないだろうな。記事の中に何か盛りこむか……いや、お詫びだな」

「お詫び？」新聞記事にも間違いはある。その処置としては訂正記事を出すのが一般的で、「お詫び」となるとそれより意味が重い。だいたい、「お詫びして記事を取り消します」という書き方になり、新聞を記録として残す目的の縮刷版でも、記事自体が削除されてしまうことがあるのだ。担当した記者にとっては最大の恥と言っていい。「記事を取り消すんですか？」

「いや、そういうわけじゃないけど、例えばさ……『十九日付朝刊の、友岡代議士逮捕へという記事について、事実ではありませんでした』みたいな一文を囲みで入れるとか」

「しかし、容疑が固まり次第逮捕、というのは間違いなかったんです」最初の前提を変えるつもりはない。

「今時、そういうのは流行らない――そこで無理することはなかったんだよ」

「昨日の段階では、ちゃんと局次長にも通った話ですよ」

「昨日は昨日、今日は今日だ。いくら駆け出しとはいえ、政治家の名誉を毀損したことは問題だぞ」

「名誉毀損って……こちらは捜査当局の動きを伝えただけですよ」

「こういうことでは変に揉めない方がいい」宇佐は譲らなかった。「とにかくさっさとお詫びの記事を出して、この件は封印するんだな。詐欺事件はきちんと立件するにしても、政治家との関わりをこれ以上突いていくのは無理があるんじゃないか」

「元政治部長として、与党の政治家は守ろうということですか」思わず皮肉を——下手すると全面衝突だ——ぶつけてしまう。

「おいおい、変なこと言うなよ。俺たちは、政治家の使いっ走りじゃないんだから」

そんなことはない。政治部の記者には真っ当な批判精神もなく、ただ政治家の言うことを右から左へ伝えるだけだ。

「とにかく、局次長としては、お詫び記事を頼むよ。こんなことはさっさと片づけて、先へ行かないと。な？」

負けだ——しかし、何に負けたのかが分からない。もしかしたら自分たちは、最初から陰謀に巻きこまれていたのか？　社会部がターゲットになっていた？

早版の仕事が一段落した後——結局宇佐が主張した「お詫び」は掲載された——高樹は正面出入り口前のエレベーターのところに出て、携帯を手にしながらしばらくうろうろした。この件はいったい何だったのか、どうしても知っておきたい。松永に電話したかったが、彼の方でも今は、修羅場の最中ではないだろうか。今日は我慢して、明日以降に連絡するか……しかし、向こうから高樹の携帯にかけてきた。

「おい、はめられたぞ」松永の声は暗い。

「はめられた——やっぱりそうですか」

「何かあったのか？」

　高樹は事情を説明した。話し終えると、松永が喉の奥から絞り出すような声を出した。

「奴ら、予《あらかじ》め準備してたんだろうな」

「この動きの速さは、そうとしか思えませんね」

「クソ、冗談じゃない……」

「そっちはどうなんですか？　はめられたというのは？」

「今更こんなことを言うのも何だが、俺は最初からこの件は疑ってたんだよ。情報を引っ張ってきた検事が騙されたんだと思う。それに、上の方の動きもおかしい。話を進めておいて、急にストップをかけた」

「何か意図が？」

「それは分からない」松永の声に悔しさが滲む。

「結局、友岡には金は渡っていなかったんですか？」

「今のところ、証明しようがない。畠もその件については喋っていないんだ」

「だったら、今日友岡を呼んだのは、早計だったんじゃないですか？」

「明日から国会が始まる。それまでには——ということだったんだよ。タイミングは今日しかなかった」

「畠の詐欺も立件できない？」

「それはまだこれからだが……とにかく、政治家への金の流れについては、立件できないと思う」

「友岡自身が、中央経済会で投資詐欺を行うアイディアを出した、という話もありますよ」

「全部周辺の話なんだ。はっきりしたことは一つもない——クソ、俺たちは調子に乗り過ぎたのかもしれない」

「最近、好調でしたからね」

「とはいえ、連戦連勝というわけにはいかない……いや、俺たちは絶対に負けちゃいけないんだけどな」

「うちは、お詫びの記事を出しますよ」

「そうか……申し訳ない」

「松永さんが謝ることじゃないでしょう」高樹は動転してしまった。彼のこんな弱気な発言を聞いたことはない。「畠を逮捕したのは間違いないんだし」

「いや、この件は最初から誰かが仕組んで、うちや東日を貶めようとしていたのかもしれない。そういう話になると、思い当たる節がないか？」

言われて、すぐにピンときた。しかし、そんなことが……もう、四半世紀も前の話ではないか。

「田岡ですか？」

「奴は代議士になって、権力を得た。今は手足のように動かせる人間もいるだろう。あの時の選挙違反を根に持って、ずっと復讐のチャンスを狙っていたのかもしれない」

「しかしあいつは、逮捕されたわけでもなかった」高樹は反論した。

「いや……あんたがどこまで知っているかは分からないが、あれは本間章《ほんまあきら》の陣営の幹部が、田岡の罪を被ったと俺は見ている」

「田岡の代わりに逮捕されたと？」

「否定できないんだな……もちろん、逮捕された連中がそんなことを認めるわけはないが、いろいろ情報は入ってくる。田岡にすれば、あの一件は大きなショックだったんだろう。一緒に仕事をした人間が、自分を庇《かば》って逮捕された。そして田岡本人はほとぼりを冷ますために——確か、イギリスに留学したんじゃなかったか？」

「そうですね」

「それが今は民自党代議士、早くも将来の総理候補と言われているわけだ。あの時、しっかり潰しておけばよかったよ。あいつは、基本的に悪い人間なんだ。政治の世界に置いておいたらいけない」

「それは否定できませんが……」

「田岡が全部、シナリオを書いていたかもしれない。そして、このシナリオは、まだ完結していないんじゃないか？　注視しておいた方がいいぞ。これからまだ、大きな動きがあるかもしれない」

「ご忠告、どうも」

「俺もあんたも、まだここでくたばるわけにはいかないからな。しっかり生き延びて、やるべきことは……分かってるだろう」

「ええ」社会正義の実現。権力の監視。今、自分たちには今までにない圧力がかかっているが、ここは何とか跳ね返さないと。

ただ、背中にのしかかる重圧は、既に高樹を押し潰しそうになっていた。

3

　東京の自宅に突然鈴木が訪ねて来たので、稔は仰天した。もう会うこともないと思っていたのに……どうやら父は父で、鈴木と連絡を取り合っていたらしい。母がいないので、お茶だけ出して引っこもうとしたが、父に「お前もここにいろ」と命じられた。

　二人は淡々と、新潟の選挙事情について会話を交わしている。しかしどうやらそれはウォームアップだったようで、話はいつの間にか生臭い方向へ流れていった。

「友岡の後釜についてはどうお考えですか」鈴木が唐突に切り出した。

「それはもう、具体的な名前は出ていますよ」父が答える。「友岡に対しては、議員辞職勧告、最低でも離党勧告すべしという声が出ています。ただ、今のところは抑えていますけどね」

「あなたが」

「私ではない」父がゆっくりと首を横に振った。「然るべき人間が、ということです。民自党はまだ、安定多数を確保できていない。今は一人でも多く、民自党の衆院議員がいることが重要ですからね。ただし、友岡は干す。次の選挙では公認しない。民自党の看板がなければ当選できないことぐらいは、友岡も分かっているでしょう。実質、あの男はこれで終わりですよ」

「そうですか……ずいぶん大がかりな作戦でしたね」

「全てコントロールできていましたよ」

「人の考えや動きは、完全にはコントロールできないものです」鈴木が静かに言った。

「しかし今回あなたは、それに成功した。恐ろしい人ですね」

その瞬間、父の顔に笑みが浮かぶのが分かった。普段はまったく見ることがない表情……そもそも、「恐ろしい」と言われて喜ぶ人間を初めて見た。

「褒め言葉として受け取っておきましょう」

「それでは、私はこれで」鈴木が一礼して立ち上がる。

稔は急いで、彼を玄関まで送った。いったいどういうことなのか……これは、一連の作戦が終わった「ケジメ」なのだろうか。

「鈴木さん」声をかけたが、鈴木は軽く一礼するだけで何も言わず、出て行った。

リビングルームに戻ると、父は静かにお茶を飲んでいた――満足そうな顔で。

「父さん、あの鈴木さんは……」

「今後、会うことはないだろうな」

「古いつき合いなんだろう？」

「かれこれ四半世紀になる」

「いったいどういう人なんだ？　大学の先生か弁護士——医者みたいに見えるけど」

「どれでもない」父が首を横に振る。「ただし、ああいう人間を一人摑まえておくのは大事だ」

「どういう役目で……」

「掃除係だ。汚い物を片づけさせる」

「今回の汚いものは、友岡先生だったのか」

「いや」

「じゃあ……」

「明日、大きな動きがある」

「国会で？」明日から常会が始まる。

「いや、党内だ。よく見ておけよ」

「明日の話だったら、もう教えてくれてもいいじゃないか」

「聞くだけじゃなくて、自分の目で見るのが大事なんだ」

相変わらずの秘密主義か……父が自分をどうしたいのか、まったく分からない。

「明日からは大変だ。今日は早く寝る」

父親が自室に引っこんだ後、稔は明日花に電話をかけた。母の紹介で初めて会ってから二度しか会っていないが、電話では頻繁に話している。

「今日、元気ないみたいですけど」明日花は本気で心配している様子だった。

「幽霊に会ったんですよ」

「怪談ですか？　そういうの、苦手です」

「いやいや、幽霊のような人、という意味です。存在しているのかしていないのか分からない人が、急にうちにやって来た」

「それは、政治の世界の話ですか？」

「政治、じゃないかもしれないな。とにかく、僕にもよく分からない話なんだ……それより、東京へ来る件、予定は固まりましたか」

「あ、はい」急に、明日花が嬉しそうな声を上げた。

二人はそれからしばらく、東京での予定を話し合った。この話は二回目に会った時に既に出ていたのだが、なかなか予定が折り合わず、具体的な計画は固まらなかった。稔は基本的に、二十四時間三百六十五日、父にくっついているのだが、望めば休みも取れる。今回も久々に有給を取って、明日花を案内するつもりだった。そこで一気に距離を縮めて……その先はまだ分からない。両親が反対するとは思えなかったが、自分の気持ちがまだはっきりしないのだ。いくら何でも、結婚するには早過ぎるのではないか？

しかし、そういうことも真面目に考えなければならないだろうな、と思う。忙しい身で、女性と知り合う機会もあまりないから、勝負だと思ったら一気にいかねばならない。

今がそのタイミングではないかと、ずっと考えていた。

翌日、稔はずっと議員会館に詰めていた。国会開会中も、秘書にはいろいろとやることがある。急遽何かを調べるように命じられたり、面会のセッティングをしたり、それに立ち会ったり——しかし今日は、静かな一日だった。荒れ模様の国会になるのではと言われていたが、まずは静かな立ち上がりと言っていいだろう。

しかし、その静けさは夕方までしか持たなかった。急に党本部から連絡があり、そちらへ来るよう指示されたのだ。用件は教えてもらえないまま党本部に急行すると、秘書が何人か集まっているのが分かった。知り合いのベテラン秘書を見つけて確認する。

「何があったんですか？」

「分からんが、長村幹事長絡みらしい」

それか、と稔にはすぐに想像がついた。父は長村に、幹事長を辞任するよう迫った——脅した。それに対して、長村が何らかのアクションを起こすと決めたのだろう。反撃か、屈するのか。

ほどなく、報道陣も集まって来た。民自党の担当者たちだろうが、国会開会中に党の方で重大な記者会見をするのも珍しいので、緊迫した雰囲気が広がる。どうやら長村は正式な会見をするのではなく、民自党本部の正面出入り口で記者に応対するようだった。秘書が集められたのは、記者が殺到して混乱するのを避けるため――ボディガード役だ。党本部の職員だけでは対応しきれないということだろう。

出入り口に近いロビーが報道陣で埋め尽くされた頃、奥から長村が出て来た。副幹事長の五十嵐もいる――サポート役ではないだろう。余計なことを言わないためのお目付け役だと稔は推測した。

稔は素早く長村の横につき、記者が必要以上に近づかないようにガードした。立ち止まった長村の前に、マイクの束が突きつけられる。すぐ隣にいるので、長村の体が少し震えているのが分かった。

「お集まりいただき、恐縮です」少し掠《かす》れた声で長村が切り出す。「ええ、この度、民自党幹事長の職を辞することを決め、先ほど総理に辞表を提出しました。この場で、これまで一緒に仕事をしてきた皆様に御礼申し上げたいと思います」

深々と一礼。すぐに記者から質問が飛んだ。

「辞職の理由をお聞かせ下さい」

「体調の問題です」

ざわついた空気が流れる。それを言うのか、と稔は緊張した。政治家も人間だから、病気にはなる。しかし普段は、それが表に出ないよう、極力慎重に振る舞うのだ。体調不安説が流れれば、それまで一緒に動いていた仲間も急に離れる。長村のように派閥・党の重鎮ともなれば尚更だ。

「どういう状況なのか、詳しく教えていただけますか？」

「膝です」長村が杖を持ち上げた。「皆さんご存じの通り、私は若い頃の事故で左膝を痛めています。今までは治療とリハビリで何とかやってまいりましたが、ここにきて症状が悪化して、杖が手放せなくなりました。幹事長とはいえ、ずっと座って仕事をしているだけではありません。今後、さらに政治に邁進するために、このタイミングで膝の手術を受けることを決意しました。そうなると入院せざるを得なくなり、幹事長職を全うすることができなくなりますので、ここは一度身を引かせていただき、治療に専念したいと思います。個人的な事情で党務を離れるのは、無責任の極みと自認していますが、総理にはお許しいただきました」

何という理屈を……と稔は呆れるやら感心するやら、自分の感情を処理できなかった。長村が、若い頃に国体に出場するほどのスキー選手で、大会中の事故で左膝を負傷したのは有名な話である。実際普段でも、杖は使わないものの、かすかに左足を引きずるような歩き方をする。ただし、手術が必要なほど悪化しているとは聞いていなかった……「病気」だと、政界への影響力があっという間になくなってしまうのだが、怪我ならマイナスは最小限に抑えられる。

「しばらく入院となりますが、無事に手術、リハビリを終えて復帰しますので、それまでお待ちいただければ」

「中央経済会の投資詐欺事件で、幹事長にも金が渡っているという情報がありますが、いかがですか」

稔は、質問を発した記者の顔を見た。見覚えはないが、やはり東日の記者だろうか。長村は質問には答えず、一礼してゆっくりと体を反転させた。大袈裟に杖を使って、エレベーターホールの方へ戻って行く。稔たちは、長村が記者に囲まれないよう、ガードしながらつき添った。

長村がエレベーターに乗る。稔と他の秘書数人も一緒に乗りこんだ。五階——幹事長室のある部屋まで。エレベーターが到着し、稔はドアを押さえて長村を先に出した。しかし長村はそのまま立ち去らず、振り返って稔の顔を凝視した。

「君か」

吐き捨てるように言う。稔は黙って一礼するしかなかった。

「よく覚えておけ」長村が顔を近づけて脅しつけてきた。「これで終わりじゃない。政治家の執念を舐めるな」

稔はまた一礼した。しばらく頭を下げたままにして笑いを隠す。政治家の執念——そんなものは、あんたに言われなくても分かっている。父という一番近い存在で、その執念を感じていたのだから。

4

和希は、事態が予想もしない方向へ捻じ曲がっていくのを、呆気に取られたまま見ているしかなかった。もはや自分では取材もできない。そもそも取材班の動きも止まっているようだった。

友岡は逮捕されず、普通に国会で活動している。今後、逮捕される可能性は消えたと言っていいだろう。さらに驚いたのは、畠が処分保留のまま釈放されたことだ。逮捕された時点で、起訴は間違いない——そんなことで特捜部がヘマするはずがない——と思っていたので、にわかに風向きが怪しくなってきた感じがした。

畠が釈放された時点で、久しぶりに本社の取材班から指示が飛んだ。畠が新潟に戻る可能性もあるから、自宅で張りこめ——確かにそれは必要だろうとは思ったが、いきなりたった一人で放り出されたので、和希は不安になった。友岡が逮捕「されなかった」あの日曜日以来、デスクの如月や支局長の桑田が自分を見る目が変わってきたのだ。何というか……無責任な一年生記者の怪しいネタで、支局員全員が振り回された、と怒っている感じがする。

本社から連絡が入ったのが、午後五時過ぎ。畠が東京拘置所を出て、しばらくは追跡に成功していたのだが、結局見失ったという。東京駅方面へ行ったのは確認できたので、新潟へ向かった可能性があるということで、支局にも張り込みの指示が飛んできたのだった。

和希は、午後七時過ぎから張り込みに入った。当然他社も張っていると思ったが、誰もいない。これも誤情報だろうかと訝ったが、指示だから仕方がない。

長時間の張り込みを覚悟していた。食事を済ませてくる暇まではなかったので、コンビニでサンドウィッチを二つ、小腹が空いた時用にチョコレートバーを二本、そしてペットボトルのお茶を用意してきた。

取り敢えず、サンドウィッチで夕飯にしてしまう。冷たいサンドウィッチを食べても味気なく、ただ腹が一杯になるだけだった。お茶は飲まない——こんなところで小便がしたくなっても、どうしようもないのだから。立ち小便をしているところを見つかったら問題になる。刑事は、車内で小便を済ませられるように空のペットボトルを持っているというが、何もそこまでしなくても、という気持ちはある。なるべく水分を取らず、車内で体が冷えないようにしておけば、しばらくは大丈夫だろう。

どの社も来ないのが不安になってくる。畠はもう、大きなターゲットになっていないのだろうか。そもそも「友岡、逮捕へ」という記事を、東日が実質的に取り下げてしまったことで、あの事件に対する熱は一気に冷めてしまったような気がする。地検だってミスを犯す可能性はある。この事件は筋が悪かったんじゃないか……釈放されたとはいえ、畠に話を聞く価値はないと判断する社が大多数でもおかしくはない。現場の東日か、と皮肉に考えてしまった。何でもかんでも現場に突っこませればいいというわけでもないだろうに。

いったいどこで何を間違えたのだろう。この件で損をしたのは、東日と地検だ。政界への影響は最小限であり、当初読んでいたように、幹事長の長村にまで影響が及ぶことは一切なかった。

いや、長村は国会が開会した当日に民自党幹事長を辞任している。膝の怪我で要職を辞する話など、聞いたこともなかった。何か裏があったのかもしれないが、それは和希には知る由もない。

一人きりの張り込みはきつい。特に冬の夜は……眠気に襲われ、時々車の外に出ても、氷点下の寒さに耐えきれず、すぐ戻ることになる。たまにエンジンをかけて車内を暖めては止めて——時間潰しの友はラジオぐらいで、十時近くになるといい加減うんざりしてきた。美緒に電話しようかと、携帯を取り出す。携帯で話していても、マンションへの人の出入りは確認できるから、特に問題はないはずだ……と思った瞬間、携帯が鳴って、慌てて取り落としそうになる。相手を確認もせずに出てしまい、その声に驚いた。

「鈴木です」

「鈴木さん——何度もメールしたんですが」

「私にも都合がありますので」鈴木は平然としていた。

「何で今になって連絡してきたんですか？　この件は……おかしな方向に行ってしまいましたよね」

「いや」

「いや、とはどういうことですか」和希は携帯をきつく握りしめ、少し声を張り上げた。

「何が仰りたいんですか」

「当初の予定通り、ということです」

「意味が分かりませんが……」

鈴木が黙りこむ。電話の向こうで、静かな息遣いが聞こえてきた。話すタイミングを狙ってじっと待っている感じ。

「鈴木さん」和希は話しかけた。「予定というのは、どういうことですか」

「この件の背後にいたのは、田岡総司代議士です」

「一区の……」

「そうです。彼が全てのシナリオを書いて、計画を進めました」

「中央経済会の事件を表沙汰にするということが、ですか？　そもそもあの事件自体が、事件とは言えないんじゃないですか」

「畠が今日釈放された話は聞きました。つまり、事件としては立件できなかったということでしょう」

「友岡に金が渡っていたのも、事実ではないんですか」

「現金の受け渡しは、その現場を押さえない限りは証明できません。ましてや二人とも受け渡しを否定している。証明できないことは、存在していないのと同じです」

「その先、長村幹事長にも金が流れていたということは？」

「金の流れを解明できない以上、そんなことはない、となります」

「全てがでっち上げではないとしても、極めて曖昧な話だったということですか？　あなたは、そういう情報を私に流したんですか？」次第に怒りが募ってくる。

「それについては、私はコメントしません」

「うちは、あなたの情報に乗っかって、お詫びの記事を出す羽目になったんですよ。信頼は失墜した——あなたは、東日をはめたんでしょう」声が尖ってくるのを自分でも意識した。

「私の意思ではありません」

「鈴木さん……会って話しませんか？　話が複雑過ぎる」

「私は今、新潟にいません。そもそも新潟の人間でもありません。大昔にはあの街に住んでいたこともありますが……とにかく、あなたにお会いすることは二度とないでしょう。今後は静かに暮らしていきます」

「あなたの意思ではないとすると、誰の意思なんですか？　あなたは誰かの指示を受けて動いただけ、ということですか？」

「そういうことを認めるのは非常に悔しいですが、そうです」

「一区の田岡が黒幕なんですね」和希は念押しした。「だけど田岡は、どうしてこんなことをしたんですか？　将来の総理候補とも言われる人が、こんな偽情報で東日と地検を混乱させるような、危ない橋を渡る価値はないでしょう」

「人間は、理性だけで動くものではないですよ。感情は抑え切れるものではない」

「田岡が一体何を――」

「お父上に確認されるといい。お父上はよく知っているはずです」

「私の父が？」急に名前が出てきて、さらに混乱する。

「お父上は、私のこともご存じのはずだ」

「鈴木さんとしてですか？」和希は突っこんだ。「それは、本当の名前ではないですよね。本当の名前を教えてもらえないと、父も何のことか分からないと思います」

「捜査二課、とだけ言って下さい。それで分かるはずです」

「捜査二課？　警察の捜査二課ですか？」

　いきなり電話が切れた。いったい今のは何だったんだ？　和希は、会話を頭の中で再現してみた。すると、言葉の端々、声の調子に、何かを後悔するニュアンスがあったことを思い出す。田岡に指示されて、東日を引っかけたものの、それを悔やんでいる？

　父にすぐ電話しようかとも思ったが、考えがまとまらないので、手が止まってしまう。どうしたものか……そのまま一時間近くももやもやと考え続けていたが、答えは出なかった。一晩考えて、明日の朝にでも電話するかと思った瞬間、また携帯が鳴る。連絡を取るための携帯だと分かっているのだが、呼び出し音が鳴ると未だにびくりとしてしまう。

支局からだった。

「引き揚げてくれ」如月があっさり言った。

「あ、そうなんですか」

「結局畠は、東京で摑まったそうだ」

それだけ言って、如月は電話を切ってしまった。やはり態度がおかしい……如月はそんなに愛想がある人間ではないが、引き揚げの指示をする時に「ご苦労様」ぐらいは言うはずだ。もはや自分のことを部下とも思っていないのか？

大きく息を吐き、車のエンジンをかける。支局へ戻る気にはなれない。家に帰って……

とにかく父に電話しよう。


「捜査二課？」父は敏感に反応した。

「そう言ってた」和希はエアコンの下に立って温風を浴びながら答えた。

「どんな人間か、説明できるか？」

「前にも言ったけど、堅い感じの人。大学教授か弁護士か医者か……そういう仕事の人に見える。身長は百七十センチぐらい。眼鏡はいつもかけているけど、本当に目が悪いかどうかは分からない」

「そうか。他に手がかりは？」

「携帯の番号とメールアドレスが分かるぐらいだな。取材班の人には知らせてある」

「後で俺にも送ってくれ」

「メールで？」意外な気がして、思わず疑わし気に言ってしまった。

「何か変か？　本社では、もうメールを使う人間が多数派だぞ」

「分かった」父のメールアドレスは、会社のイントラネットで調べれば分かるだろう。

「父さん、何か心当たりはある？」

「ないでもない」

「正体、分かりそうかな」

「分かるかもしれないし、分からないかもしれない……それよりお前、支局の方から何か言われてないか？」

「いや」デスクと支局長の態度がおかしい――そんなことを父に説明しても仕方ないだろう。

「そうか……」電話の向こうで、父は何か考えこんでいる様子だった。

「何かあるのか、父さん？」

「俺の口から言うことじゃない。俺は、地方部の人事には口を出せないし、基本的には何も知らないからな」

「人事って……」和希は唾を呑んだ。「俺、異動なのか?」

「俺の口からは言えないんだ」珍しく、父は申し訳なさそうだった。

「今回の件……基本的には誤報になった。俺も責任を取らされるのか?」納得がいくようないかないような……確かに、この件を最初に引っかけてきたのは自分である。だからといって、自分だけが責任を負わされるのはどうなんだ? いや、まさか――。「俺だけじゃないのか? 父さんも責任を取らされるのか?」

「いいか、常に周りを見てろよ。敵はどこにいるか分からないからな。危ないと思ったら首を引っこめておけ」

「周りっていうのは、社内っていう意味? 社内に敵がいるのか?」和希は混乱するばかりだった。

「臆病だと思われても、時には頭を低くしておくことも必要だ。とにかく、騒ぐな。お前は、余計なことを言わずにしばらく耐えていれば、何とかなる」

「父さんは大丈夫なのか?」

「自分の面倒は自分で見られる」強気に言ったが、父の声は揺らいでいた。

電話を切ると、にわかに不安になる。いったい、自分――自分たち親子に何が起きているのだろう。これ以上聞いても、父は何も喋るまい。かといって、他に確認できる人もいない。何かが起きるまで、ひたすら待つしかないと考えると、軽い吐き気がしてくるようだった。

翌日、和希は午後から所轄回りに出かけた。特に取材予定もないので、単なるご機嫌伺いである。ただし三月には県警全体の大規模な異動が予定されているので、必然的に話題はそのことになった。

新潟西署の副署長席で、だらだらと話をして時間を潰す。ここの副署長は話し好きな人で、特に人事の話題が大好きだった。しかし自分が所属する西署の人事については絶対に語らない。

「今回は、署長が半分ぐらい入れ替わるみたいだから、東日さんも挨拶回りが大変だよ」

「半分は多くないですか？」

「そうだね。だいたい少しずらすのが警察の人事だけど……本部は、そんなに変わらないと思うな。特にマスコミが大好きな刑事部辺りは、ほとんど同じ面子《メンツ》のままじゃないかな」

「別に刑事部が好きなわけじゃないですけど」

「そう？　記者さんは刑事部が主戦場じゃないの？」

「刑事部だけじゃなくて、他の部署もちゃんと回ってますよ。だいたい——」ベルトに吊るしたポケベルが鳴った。携帯を導入したのに、まだポケベルを持たされているのも何だか理不尽な感じがするが……。「すみません、呼び出されました」

「うちの事件じゃないよ」

当たり前だ。副署長は手持ち無沙汰にしていて、和希が来たのをむしろ歓迎していたのだから。

一度外へ出て、携帯を取り出す。支局へ電話を入れ、誰かが反応するのを待つ間に、振り返って西署の庁舎を見上げる。三階建て、真四角で素っ気ない、いかにも警察の庁舎らしい建物だが、正面側三階部分にある窓は上部が半円形で、そこだけが洒落た感じになっている。現在の庁舎に引っ越してきたのは、確か五年ほど前だ。

支局に上がっていた純子が電話を取った。

「ああ、俺。呼んだか？」

「ちょっと待って」純子が電話を保留にする。すぐに支局長の桑田が電話に出た。

「悪いな。ちょっと上がってこられるか」

「西署にいるんで、三十分ぐらいかかりますけど」

「いいよ。ゆっくり来てくれれば」

「はあ……」何だか気味が悪い。猫撫で声とは言わないが、妙にこちらを気遣っている様子だった。

一応庁舎に戻り、副署長に挨拶してから車に乗りこむ。出発しようとして、今の支局長の態度が気になり、純子に探りを入れることにした。彼女も携帯を持っているので、そちらにかける。

「用事、済んだんじゃないの？」純子が怪訝そうに訊ねる。

「支局に上がってくるように言われた……なあ、支局長、どんな様子だ？」

「どんなって、今、支局長室にいるから様子は見えないけど」支局の事務スペースの中央には、十台ほどのデスクが集まっている。その一番端、窓際のデスクが支局長の席だが、それ以外にも事務スペースの一角を区切った六畳ほどの場所が支局長室になっている。

「さっき、話しただろう？　その時の様子とかさ」

「別に、いつもと変わらないけど……何？　何で変なこと聞くの？」

「いや、いいんだ」単なる勘だし、彼女に確かめるのはそもそも筋違いか。

こんな時に限って道路は渋滞しており、支局まで四十分近くかかってしまった。焦って、車を駐車場に停めてすぐに階段を駆け上がる。ドアに手をかける前に、深呼吸して息を整えた。何を言われるか分からないが——予感はあったが——焦った様子を見せたくはない。

支局長室のドアをノックしようとした瞬間、中で新聞を呼んでいた桑田が顔を上げる。わざとらしい様子でうなずくと、すぐに立ち上がって外へ出て来た。

「ちょっとお茶でも飲みに行こうか」

「はあ」予想とは違う展開に、和希は面食らってしまった。いったいこの人、何が言いたいんだ？

桑田は一度支局長室に戻ると、コートを持ってきた。階段を降りながら、腕を通す。

「君は、新潟の冬は初めてだったな」

「ええ」

「どうだ、きついか」

「きついですけど、慣れてきました」

「若いねえ」

どうでもいいような会話を交わしながら、二人は支局の近くにある喫茶店に向かった。そこへ行く前に、「養生軒」の前を通り過ぎる。新潟支局に赴任が決まった時に、唯一父が教えてくれたこと——「あの店は美味いから行ってみろ」。確かに美味い。本社に上がった村上も懐かしがって食べていたぐらいで、歴代の支局員が世話になっていたことが分かる。

入った喫茶店は、この前美緒が来た時に一緒に朝食を取った店だ。ここも朝七時から開いていて、いつでも出前をしてくれる。泊まり明けには、ここのトーストとコーヒーで腹を満たすのが定番だ。そう考えると、俺も新潟支局での生活をそこそこ楽しんでいるわけだ、と思う。

二人ともコーヒーを頼む。桑田はすぐに煙草に火を点けた。コーヒーが来るまでは本題に入るつもりはないようで、新潟の冬の話が続いた。桑田自身は、新人時代に北海道にいたそうで、新潟の寒さはそれほど苦にしていない様子である。

コーヒーがくると、桑田が言いにくそうに切り出した。

「君も間もなく、新潟で一年だな」

「はい」

「うちの人事の決まりは知っているか？　新人の場合だが」

「四年半から五年、支局勤務の後で本社へ、だと思います」その間には担当の変更が何回もあるし、県内の二人勤務のミニ支局や、一人勤務の通信局への異動もある。

「普通はそうだな。だが、時には支局を何ヶ所か経験することもある。それは別に珍しいことじゃない。だいたいが、何かイレギュラーな事態が起こって、その穴埋めのためなんだが」

「はい」クソ、どこか別の支局へ異動なのか？　ふいに、新潟での暮らしにしがみつきたくなってきた。猛烈な夏の暑さ、冬の寒さと雪……気候は厳しいが、それも味だと思えるようになってきた。ようやく仕事の面白さも分かり始めたし、まだまだ新潟でやることもあるはずだ。それなのに——左遷《させん》？

しかし自分の口からは言い出せなかった。

桑田も黙りこんでしまった。こういうのは——本人のためにならない異動を告げるのは、上司としても楽な仕事ではないだろう。一瞬同情したが、大変なのはこっちなんだ……。

「実はな、君に宮城への異動の話があるんだ」

「宮城……」頭が真っ白になる。考えてもいなかったことだった。

「石巻だ。二人勤務のミニ支局なんだが」

「うちで言えば長岡や上越みたいなものですね」何とか気を取り直して訊ねる。

「ああ」桑田が、短くなった煙草を灰皿に押しつけた。「そこの記者が、今月一杯でやめることになってな」

「何かあったんですか？　まだ若い人じゃないんですか」

「確かにまだ若い——二十六かな？　しかし、オヤジさんが脳梗塞で倒れて、長いリハビリが必要になったんだ」

「二十六歳の人の父親——まだお若いんじゃないですか？」

「五十六だったかな？　ただ、奥さんが既に亡くなっていて、一人暮らしなんだよ。近くに親戚もいないから、面倒を見る人がいない。父子家庭だったから、本人も父親に恩義を感じているんだな。それで今回、思い切って退職して、実家に戻ることにしたそうだ。静岡なんだけどな」

「そうなんですか……」自分の父親とさほど年齢が変わらないはずだが、五十を過ぎればこういう病気も心配しなければいけなくなるわけか。

「それと、石巻支局長が定年なんだ。こっちも回せる人がいなくて、しばらくは仙台支局長の兼任になる。ただ、仙台支局長が石巻支局に常駐して取材するわけにはいかないから、石巻支局は実質的に空き支局になってしまう。あそこは、取材拠点として絶対に記者を置いておかなければならない場所なんだ。それで……」

「俺が異動ですか」言ってから、和希は唾を呑んだ。

「新人が一年で異動というのは異例なんだが、そこは我慢して呑んでくれないか。東日全体の人員配置の問題だから」

「違いますよね」和希は反論した。「中央経済会の事件……あれがおかしな具合になったから、俺が責任を取らされるということじゃないんですか」

「君一人が責任を取って済むことじゃない」

「しかし……左遷だと言ってもらった方が分かりやすいです」

「左遷ではない」桑田の顔は苦しげだった。

「じゃあ、何なんですか」

「正直、今回は俺にもよく分からない人事なんだ」桑田が新しい煙草に火を点ける。煙を吸いこんだもののいかにもまずそうで、すぐに消してしまった。「人事には、いろいろな要素がある。普通は淡々と決まるものなんだが、余計な横槍を入れてくる人間がいる場合もある」

「今回がそうなんですか？　誰が横槍を入れたんですか」

「うん……」桑田が渋い表情でうなずいたが、言葉は出てこない。

「支局長、ご存じですよね」和希はさらに突っこんだ。

「分かっていても、俺の口からは言えないこともある」

「じゃあ、俺は黙って異動するしかないんですか」

「今回だけは呑んでくれ」桑田が頭を下げる。「こういう理不尽なことはあるんだ。ただ、このままでは終わらせない。必ず本来の希望部署に行けるように、ちゃんと手は回しておくから」

　和希は黙りこんだ。反発し続けることもできる。ただ、桑田に何を言っても事態は打開されないだろう。そもそも桑田が、この異動の真相を知っているかどうかも疑問だ。それに和希は、異動の衝撃で既に気持ちが折れかけている。誰かを怒らせてしまったのだ……自分では今後、リカバリーできないだろう。だから、わずかに見える可能性にすがりついた。石巻と仙台の位置関係は分からないが、同じ宮城県であるのは間違いない。美緒の実家に近いわけで、この異動は、二人の結婚に関してだけはメリットになるのではないだろうか。

　結婚は大事だ。仕事は……これからどうなるかは分からない。しかし美緒と一緒にいられるチャンスができると考えただけで、心は弾む――弾む、と考えないとやっていけない。

　自分はどんな記者になるか、将来の目標はまだはっきりしていなかった。「書斎派」になりたいと思ってはいたものの、中央経済会の一件で、事件取材の面白さを少しだけ齧ったのも事実である。しかしここで支局員二人のミニ支局に異動したら、この先はどうなるのだろう。本社へ上がれるのか？　それともずっと地方支局を回って、根無草のような生活を送るのか？

記者になって一年も経たないのに、もう自分の将来は終わった、と感じている。

5

「お疲れ様でした」田岡はグラスを軽く掲げた。相手とグラスを合わせて大袈裟に乾杯するような、野暮な真似はしない。

「どうも今回は……大掃除ができましたよ」

宇佐が満足そうに言って、水割りをぐっと呑む。テーブルに置いた煙草を引き寄せ、一本引き抜いた。しかし口にはくわえず、人差し指と中指の間に挟んでぶらぶらさせる。

「宇佐さんも、これで上への道が見えましたか」

「何とかなるでしょう。部下がひどいガセネタを飛ばしたりしなければ」宇佐が皮肉っぽい笑い声を上げる。

「上司というのは大変ですね。自分のミスはなくても、顔も知らない部下がミスしただけで、責任を取らなくてはいけないんですから」

今回は、田岡の計画はほぼ百パーセント成功した。最終的に中央経済会の事件は「誤報」と判断され、東日の社内で密かに「人事異動」の名目で処分が行われたのだ。社会部長の高樹は、九州支社に異動。支社の編集局次長に昇進するものの、明らかな左遷であり、格落ち人事と言っていい。宇佐の解説では、東京への復帰はまず不可能。九州支社の編集局長ぐらいにはなれるかもしれないが、そこで終わるだろう、ということだった。

　そして息子の方は、宮城の石巻支局に異動になった。入社からわずか一年で他の支局に異動というのは、東日では異例だが、これはどうでもいい。要するに「息子が左遷された」というダメージを高樹に与えることが目的の人事なのだから。

　これで、高樹家は沈没する。高樹がトップに立つ芽がなくなれば、東日は間接的に自分のものになるだろう。四半世紀前に誓った「メディア対策」を、ようやく具体的な形で実現できるのだ。今後は、メディアは政治のために――日本のために動いてもらう。その第一歩が東日の支配なのだ。

　さらに東京地検特捜部にも動きがあった。担当の副部長――この人間も田岡には因縁の深い相手だ――始め、捜査を担当していた検事たちの異動が決まったのだ。検察の内部には手を突っこみにくいと言われていたのだが、田岡は上層部の然るべき人物を籠絡《ろうらく》していた。検事とはいえ公務員であり、政治家の影響力と無縁ではいられない。今後こういう動きをさらに進めていけば、官僚は政治家の思い通りに操れる。

「しかし田岡さん、あなたも悪い人だ」宇佐が上目がちに言った。

「悪代官、みたいな言い方はやめてもらえませんかね」

狭い個室の中に、軽い笑いが弾けた。田岡も笑ったが、内心はまったくおかしくなかった。適当に合わせているだけ……そしてこの件は、決着がついても、万歳して封印できることではない。

このホテルのバーは、密会には適している。基本的には長いカウンターにつき、腕のいいバーテンダーのカクテルなどを楽しむ店なのだが、個室もあって、そこに入ってしまえば誰かに話を聞かれる恐れもない。

「結局、かなり大きな異動になりましたよ」

「あなたも、調整が大変だったのでは？」

「それは人事部の担当ですけどね。玉突きの異動は、最終的に辻褄を合わせるのが大変なんです。結局今回も、一ヶ所穴が開いた——まあ、特に大きな問題ではありませんが」

少し酒が入った宇佐は饒舌になっていた。実際、酒席ではよく喋る。時々暴走して余計な話をすることもあり、それが故に、田岡はこの男はいつか社内の出世レースで失速するのではないかと予想していた。トップに立てば、暴言を吐いても誰にも文句は言われないかもしれないが、その途中では、余計な一言が命取りになる。こちらとしては使いやすい人間なので、トップに立ってくれれば東日は自分の思い通りになるが、まあ、この男でなくても何とかなる。

「今回の件、四半世紀も前のことがきっかけなんでしょう？」宇佐が訊ねる。

「そんなこと、話しましたかね」田岡は少し頰が引き攣るのを感じた。

「いや、まあ……私もあちこちに情報源はいますから」

「政治部の人は怖いですね」田岡は肩をすくめた。こんなのは驚くようなことではない。新聞記者は蛾のような存在なのだ。ちょっと灯りが見えたら、すぐに寄って来る——情報という名の灯りに。しかし彼らは、情報の使い方を本当には知らないのだ。

「田岡さんも、若い頃は苦労された」

「それはどんな商売でも同じでしょう」田岡はさらりと反応した。

「しかし田岡さんは、高樹のせいで政治家としてのスタートが何年か遅れた。もしもあんなことがなければ、今はずっと先に進んでいたんじゃないですか」

「否定はできませんね」

「そうですか……まあ、私は田岡さんの政治活動を目の当たりに見てきて、将来に懸ける気持ちに変わりはないですから」

「応援団がいるのはありがたいことですね」田岡は薄く笑みを浮かべてみせた。

「様々なことを遅滞なく進めていくのが、政治とマスコミの役割ですよ。日本は今、戦後最大の危機の時代に入っているんですから」

「確かに」うなずき、田岡は水割りを一口呑んだ。「バブル崩壊後、日本経済は復活していない。阪神・淡路大震災で、今後は日本の地震が活発化するという説もあるから、防災対策も急務です。国際関係も、環境対策も、政府として——民自党としてやらなくていけないことは山積みだ」

「マスコミにとっても同じですよ」宇佐がうなずく。

「これからも一致団結、足並みを揃えてやっていきたいですね。日本は今、傷ついている。それを癒して、今まで以上に誇りを持って生きていけるようにするためには、我々とマスコミの共同歩調が大事です」

「その辺は、ご安心下さい。高樹を排除したことで、社会部の影響力は絶対的に下がります。東日は昔から社会部が強い会社でしたが、我々はその権勢を徐々に削ってきた。高樹は、東日社会部帝国の最後の砦みたいなものだったんですよ。今回は田岡さんのご尽力で、我々は一歩前へ進むことができました。こちらの方が、お礼を申し上げないといけないところです」

「そこはお互い様で」

志ある人間同士の話し合いには、明るい未来しか見えない――はずなのに、何故か心には薄い雲がかかっているような感じがする。

稔の運転する車に乗りこむと、田岡は両手で顔を擦って深く溜息をついた。稔が車を発進させると、すぐに話しかける。

「お前、結婚はどうするんだ」

「いや、それはまだはっきり言ったわけじゃないから……」稔がぐずぐずと言った。言い訳するような話でもないのに。

「さっさと結婚しろ。母さんに聞いたけど、いい娘さんみたいじゃないか」

「まあ、そういうつもりではいるけど」

「家族はしっかり固めておかないとな。家族は全ての基本なんだ。今後どういう方向へ進むにしても、家族の支えがないと上手くいかないぞ」

「それはそうだろうけど……父さん、今回の件では、どうしてこんなにむきになったんだ？」

「お前には話していなかったか……東日の社会部長の高樹とは、子どもの頃からの知り合いだ。要するに、幼馴染みだった。しかしあいつは、新聞記者になって考えも立場も変わった。俺を追い落とそうとして……」田岡は首を横に振った。当時のことを思い出すと、今でも吐き気がするほどの怒りを感じる。

「そんな昔の恨みを晴らすために、こんな複雑な計画を立てたのか？」

「これは、メディア対策の重要な一環でもある。高樹は、民自党、政府を脅かす存在の象徴だからな。これで、危険要因は取り除いたと言っていい。高樹はもう、中央には戻ってこないだろう。息子も宮城の田舎に飛ばしておいた。まだ若い記者だから、これで落ちこんで立ち直れなくなると思うが、油断してはいけない。確か高樹の息子は、お前と同い年だ。今後、何らかの形でお前と対決することがあるかもしれないぞ」

「会ったこともないのに？」

「新聞記者を舐めるな。何が起きるか分からないから、まず自分の身の回りをしっかり固めて、防御できるようにするんだ。そのためには、さっさと結婚しろ。今度、新潟でも東京でもいいから、その娘さんをうちに連れてこい」

「……分かった」

稔はこんな話題でも自信なげに喋るのか、と情けなくなる。いずれは息子に議席を譲り渡すことも考えないといけないだろうが、まだまだ先になるだろう。その間、自分の近くに置いて目を配っておくのがいいのか、外へ修業に出した方がいいのか……自分は、増渕から政治の基礎の基礎を学んだ。稔も例えば、五十嵐のところで少し汗をかくのもいいだろう。五十嵐も、長村が幹事長を辞任した後に後任の幹事長に就任し、今や権力の絶頂にある。稔一人を引き受けるぐらいは何でもないだろう。

これからだ。

積年の恨みを晴らして、自分の政治生活は、これからいよいよ本番に入る。今はまさに前途洋々で、目の前には広い海が見えるのみ――そのはずなのに、何故か一抹の不安が消えないのだった。

高樹が、こんなことで諦めるわけがない。あいつのことだから、間違いなく報復のチャンスを狙ってくるはずだ。

知らない間に後ろから刺されたら、たまったものではない。今後も警戒しながら生きていかなければならないのか。

きつい人生だ。

しかし、それこそが政治家の人生だ。

6

福岡は大きな街で、暮らすのに何の不便もない。とはいえ、隆子がまったく平然としているのが、高樹は意外だった。結婚してからは基本的に東京暮らし、長年住んでいた家も気に入っていたのに、こちらへ来て一週間で早くも、「福岡はいい街ね」と本気で言い出したのだ。

高樹はそこまで割り切れない。どこまで行っても延々と同じ都会の光景が続く東京に、すっかり慣れきっていたのだ。しかし福岡は、中心部からちょっと離れただけで豊かな自然が顔を出す。隆子はそれも気に入っているようで、「車、買わない?」と言い出した。東京ではずっと車を持っていなかったし、高樹は自分で運転することもほとんどなくなっていたのだが、隆子はドライブに興味津々の様子だった。

——しかし、九州に完全に根を下ろすつもりはない。平然とした顔をして暮らし、その後は一刻も早く本社に返り咲く。九州を馬鹿にするわけではないが、ここで燻《くすぶ》っているつもりは一切ない。

「そういう意味では、あんたはまだ大丈夫だな」松永が言った。

あの騒動の後、松永も福岡地検に異動していた。しかし立場は、公判部の副部長。検察庁の中ではエリートポジションである東京地検特捜部が長かった松永にすれば、完全な都落ち、左遷である。彼と同じ街で暮らし、働いているのは、高樹にとっては心強くもあったが、松永が目に見えて落ちこみ、急に老けてしまったのが心配だった。実際、白髪が目立つようになっている。それを指摘すると、松永が笑い飛ばした。

「今まで、軽く染めてたんだ。面倒臭いんでやめただけだよ」

二人は、水炊きの店で杯を重ねていた。福岡名物で美味い――自分もこの街に馴染み始めているのを意識する。

「新潟県警の捜査二課長だった木原《きはら》さん、覚えてますか」高樹は切り出した。

「もちろん。田岡の選挙違反騒動で、捜査を中止するように指示していたクソ野郎だろう？　確か、辞職――実質的に辞めさせられたんじゃなかったか？」

「ええ。その後、田岡が再就職を世話したようです。今ではゼネコンの役員ですよ」

「何と」松永が目を見開く。「警察に残っているよりよかったんじゃないか？　あんな風に簡単に買収される人間は、仮に役所にいても、すぐに脱落していたはずだし」

「ええ……それで、結果的に木原は救われた。木原にすれば、自分の転落の原因を作ったのは田岡だったんですが、一方で恩義も感じているようです。それで、中央経済会の事件で、大きな役割を背負うことになった。うちの息子に接触して、最初にネタを流したのは木原ですよ」

「まさか」

「間違いありません」

高樹は、九州支社に異動してからも、本社社会部に残った中村たちに指示して、事件の真相を調べていた。和希が控えていた携帯電話の番号、メールアドレスから「鈴木」の正体が割れ、木原だと分かったのである。

「木原も、取り敢えずは相手を信用させられるような男なので、田岡が今回のネタ元として使ったんだと思います」

「そんな昔の因縁がねえ……しかしうちも、調子に乗り過ぎた」松永が唸るように言った。「今回、俺は若い連中の捜査を見てハラハラしていたよ。あまりにも捜査が乱暴だった。そこをきちんと詰められなかったのは俺の責任だが」

畠に対する捜査は釈放後も任意で進められたが、結局、起訴猶予になった。勧誘のやり方を精査した結果、「詐欺の意図を証明するのが難しい」という結論だったという。

「全て、田岡が仕組んだことだったわけだ」松永が日本酒の杯をくっと干した。「そもそもの狙いは、東日に誤報を書かせ、特捜部の捜査を失敗させることだった。それによって、マスコミと特捜部の力を奪う——実際、今回の一件については世間の声が厳しい。俺も、責任を取らざるを得なくなった」

「お互い様ですね……田岡はこの件を利用して、民自党内での自分の足場も固めようとしていた。畠から友岡に、友岡から幹事長の長村に金が流れていたというシナリオを作って、長村を追い落としたんです。あの二人にも長い因縁があったようですね」

「政治家ってのは、本当にクソ野郎が多いな」松永が吐き捨てる。「しかし、中央経済会から上への金の流れは、結局解明できなかった。友岡や長村が金を受け取っていたかどうかもはっきりしない。だけど長村は幹事長を辞任した――膝の手術とか言ってたけど、あれは単なる言い訳だろう。間違いなく、長村には金が渡ってたんだ」

「田岡としては、長村を追い落とす材料に使えれば、偽情報でもよかったんでしょう。実際長村は、脅しに負けた」

「奴は……とんでもないワルだな」

「ええ」高樹がうなずき、焼酎のお湯割りを一口呑んだ。東京ではほとんど呑まなかった焼酎だが、本場・福岡で呑むせいか、美味いと感じ始めている。

「奴は、四半世紀前の恥を忘れなかった。そして今度は、家と家との戦いにしてしまったんだよ。高樹家は、田岡家にやられたんだ。あんたのところの息子はどうなんだ？　石巻に飛ばされて、元気なのか？」

「まあ、何とかやっているみたいです」和希にとっては、左遷の中での唯一のプラスが、恋人の故郷に住んでいるということだ。彼女は今東京で働いているが、この機会にさっさと結婚してしまえ、と高樹も隆子も急かしている。というより、一人で石巻で仕事をしていたら、メンタルがやられてしまうかもしれない。どういうわけか、和希は自分にも隆子にも似ていない。団塊の世代の自分たちには、共通して図々しいところがある。しかし同じように人口が多い和希たち団塊ジュニアの世代は、受験や就職で競争が激しかったにもかかわらず遠慮がちで、人生に対して一歩引いて構えている節がある。自分たちが一種の反面教師になってしまったのだろうか。

「この後はどうなる？　まさか地方回りで一生終わる、なんてことはないだろうな」

「それは、俺にもかかってますね」高樹はうなずいた。「俺が本社へ戻れば、政治部の連中の思うようにはさせませんよ」

「狙いは、社会部復権か」

「今更、権力闘争も流行らないかもしれませんが」

「しかし、社会部が東日の実権を取り戻しても、それで田岡と勝負できるかどうかは疑問だな。奴は今回の一件で、民自党内でかなりの支持基盤を作れたはずだ。将来の総理候補っていうのが、冗談でも何でもなくなっている。そういう人間を叩き潰せるか？　政治部の連中とは、ますます密に関わり合うようになるだろうし」

「冗談じゃない」高樹は焼酎のグラスを叩きつけるようにテーブルに置いた。「松永さんも一緒に戦いましょうよ。これは政治的な戦いではない。田岡にはまだ、黒い部分がいくらでもあるだろう。そういうのを抉り出して叩き潰さないと、日本の政治はどんどん悪くなる。悪いことをしていても摘発されない、記事にもならないじゃ、奴らはのさばる一方ですよ」

「しかし俺たちは、田岡の罠にかかってしまった」松永が溜息をついた。「今回の一件で、東日も特捜部も萎縮《いしゅく》するのは間違いない。しばらくは息を潜めているしかないだろうな」

「その間にも、田岡はまた工作を進めるでしょう。それに負けちゃいけない」

「あんたは……まだ元気だな」

「殴られたら殴り返すだけです」喋っているうちに、頭に血が上ってきた。

「そうか。しかし、民間企業と国家公務員は違う」

松永の言葉に、高樹はすっと冷静になるのを感じた。そうだ、俺はずっと検察を取材してきて、その人事の特殊性についてはよく知っている。

「松永さん、東京へ戻る目はないんですか」

「ない」低い声で松永が断じた。「残念ながら、俺の年齢でこんな風に地方に飛ばされると、もう東京へは戻れない。それで……申し訳ない」

松永がいきなり謝ったので、高樹は固まってしまった。松永はいつも強硬派——それは初めて会った時から変わらない印象で、今初めて、松永が「折れた」のを見た。

「俺はこのまま定年まで、だらだらと田舎回りをやって終わるつもりはない」

検事の定年は六十三歳で、松永はそれまでに十年を残している。十年あれば何とかキャリアをリカバリーできそうなものだが、それは民間企業の感覚なのだろう。検事の異動・昇進にはしっかりしたコースがあり、松永はそこから外れてしまったのだ。

「どうするつもりですか？」

「適当なタイミングで辞める。弁護士になるつもりだ。異動していきなりではまずいから、半年か一年……それで、中央経済会に対する訴訟を準備している弁護団に加わるつもりだ」

「刑事で駄目でも、民事で戦うつもりですか？」

「刑事で負けて民事で勝つケースもある。それはあんたも知ってるだろう？」

「ええ。でもそれで……松永さんのプライドは大丈夫なんですか？」

「大丈夫なわけ、あるかよ」松永が吐き捨てる。「検事と弁護士は、法律という壁を挟んで右と左に立っているんだ。俺は……検事として権力と勝負したかった。しかしそれができそうにない今、次善の策として、弁護士として関わっていくしかない。許してくれ」

「いや」記者と弁護士は違う。同じ理想を追っているようでも、実際にはまったく別の仕事だ。「俺は俺で何とかします。松永さんには、今後は私の個人的な弁護士として相談させてもらいますよ」

「顧問料は高いぞ」ようやく松永の表情が緩んだ。「弟の店の上に、事務所を構えることにした。銀座の真ん中の弁護士事務所だから、当然高い金をふんだくることになる」

「弟さんの店の一部を借りるんだから、家賃はかからないでしょう」

「そりゃそうだけどな——ま、松永弁護士事務所もよろしくお願いしますよ」

松永が頭を下げる。おどけて言ってはいるが、彼は負けたのだ。負けを認め、全く別の人生を始めようとしている。

自分はまだ戦いにしがみつく……それが正しいのかどうかも分からなかった。


九州支社の編集局次長は、そこそこ忙しい。東京と同じで、必ず朝刊・夕刊の最終責任を負うので、ゲラを全てチェックしてあれこれ口出しをする。ただし東京が二人で担当するのに対して、九州支社では一人だ。局次長は五人なので、五日に一度は朝刊の当番が回ってきて、帰りは午前様になる。

その日、高樹は当番の仕事を終え、日付が変わってから支社を出た。支社は明治通り沿い、舞鶴公園のすぐ近くという一等地にあるのだが、自宅のマンションまでは歩いて帰れる。これが福岡のいいところで、中心部に住んでいても家賃は東京よりもずっと安い。歩いて自宅と仕事場を行き来するなど、新潟支局にいた新人時代以来である。

四月――間もなく五月になるこの時期、福岡市は、昼間には既に初夏を感じさせる陽気になることもある。しかし夜はぐっと冷えこむ。九州というだけで温暖なイメージもあるのだが、実際には冬の寒さは厳しいし、結構雪も降る。四月に異動してきた高樹は、まだ福岡の冬を経験していないが、この街で何回四季を数えることになるだろう。

明治通りから自宅へ向かう途中には、気安い飲食店が並んでいる。繁華街というわけではないのだが、会社のすぐ裏にある串焼き屋や居酒屋に、高樹は既に足を運んでいた。何を食べても美味いし、東京より安いのもありがたい話だ。給料は――局次長に昇任して少し上がったから、余裕のある暮らしができるだろう。

それを決して「ありがたい」などと考えてはいけないが。

少し歩くと、片側三車線の広い昭和通りに出る。全体に福岡市は道路が立派で、地方都市らしい車社会が形成されているが、地下鉄・私鉄・バスなどの公共交通機関も発達しているせいか、街を歩く人も多い。石巻はどんな具合だろう、とふと思った。一度出張で行ったことがあるのだが、高い建物が見当たらず、ひたすら空が広くて解放されたような気分になったのを覚えている。しかし、そんな風に感じるのは、出張や旅行で訪れる人だけだろう。住んで仕事をしている人間は、どう考えているのか。

珍しく、和希と話をする気になった。歩きながら携帯に電話をかけると、和希はすぐに反応した。

「寝てたか」

「いや、今日は仙台支局で泊まりなんだ」

「そうか。まだ仕事中か？」仙台には印刷工場があるので、地方版の締め切りは遅版──十一時半ぐらいまでは記事を突っこめる。

「もう落ち着いてる」

「そうか……元気か？」

「どうしたんだ、父さん」和希が心底驚いたような声を発した。「そんなこと、今まで言ったことないじゃないか」

「いや、環境が変わったからな」

「まあ、何とかやってるよ。言葉でちょっと困ってるけど」

「宮城は、そんなに訛りはないだろう」

「爺さん婆さんに話を聞くと、全然分からないんだ。それは新潟も同じだったけど」

「そういうのは、俺にも覚えがある」

そこまで言って、急に話が途切れてしまう。どういう親子なんだ、と情けなくなって苦笑してしまった。

「母さんには話したんだけど……」和希がおずおずと切り出す。

「結婚か？」

「ああ。取り敢えず籍を入れて、しばらく別居婚でいくことにした」

「そんなことで大丈夫なのか」和希の恋人は東京で働いている。家庭に入って夫を支えるのではなく、仕事優先でいくつもりなのか。自分たちの時代では珍しいパターンだが、今はこういうものかもしれない。

「まあ、やるだけやってみようっていう話になったんだ」

「結婚式は？」

「何も決めてない」

「そうか……しっかり家庭を作ったら、今以上に仕事に身を入れろよ」

「どうかな」和希は自信なげだった。「あんなことがあった後だから、正直、これからどうしていいか分からない。本社へ上がれる保証もないじゃないか」

「それは俺が何とかする。お前には、生涯を懸けた仕事があるんだ」

「生涯って……大袈裟じゃないか？」

「いや、これは一人の人間が生涯を懸けて対決していかないといけない課題なんだ。お前には今まで、ちゃんと話したことはないが、今から話す。聞けば、重要なことだと分かるはずだ」

父親の口調が普段と違うのに気づいたのか、和希が黙りこんだ。これで、田岡家との戦いを次世代にまで持ち越した、という意識が芽生える。もちろん自分もまだ、この戦いから降りるつもりはない。それこそ人生の残りを、全てこのために注ぎこんでもいいと思えてきた。

第二部完

本書は、二〇二二年七月に早川書房より単行本として刊行された作品を文庫化したものです。

『小さき王たち』刊行記念トークショー採録

堂場瞬一（作家）×大矢博子（書評家）

※本稿は、単行本『小さき王たち　第一部：濁流』の刊行後におこなったトークショーの採録ですが、『第二部：泥流』『第三部：激流』についても言及しています。とくに『第二部：泥流』については、ネタバレにならないように読みどころを紹介しているので、本文より先にお読みいただいても大丈夫です。（編集部）

大矢　『小さき王たち：第一部　濁流』、どのようなお話かご説明いただけましたら。

堂場　大河政治マスコミ小説という売りをしています。ある二つの家の争いを五十年間にわたって描く、その第一部です。今回は一九七一年から七二年にかけてが舞台になります。片方の主人公の高樹は全国紙の新潟支局の記者。もう一方の田岡は新潟の代議士の二世で父親の秘書。二人は幼馴染みでしたが、社会人になって新潟で再会し、あるダーティな事件がからんで二人の友情がどう転がっていくのか。ここから因縁が始まって五十年後につながっていく話です。

大矢　三部作の最初の事件ということになると思いますが、プロローグというにはあまりにもエキサイティングというか、大きな幕開けになっていると思います。主人公の新聞記者・高樹治郎、政治家秘書・田岡総司だけの話ではなく、二代三代と。

堂場　第二部が子供の世代、第三部が孫の世代という形で、両方の家が代々引き継がれて争っていく話になります。

大矢　三代の話ということになると、スチュワート・ウッズの『警察署長』といった先行作があったりします。舞台の新潟と、この時代と、政治家対マスコミというテーマを選んだきっかけがありましたら。

堂場　昔からいろいろ考えていることが複雑に絡み合ってここに着地しています。昨今の政治不信というのも、その原因の一つに、マスコミがだらしないというのも当然あると思います。それらがずっと頭の中にあって……加えて、一九七一年に僕は八歳でした。ものすごく昔のような気がしますが、けっこう物心がついていた。そのころから書き起こすと、自分がリアルに見てきたものを出していけるのではないかと。それで五十年というスパンが決まって、最終的に先の政治不信の源流があったということで、第一部は五十年前からのスタートになりました。

大矢　政治不信の源流が五十年前に。

堂場　もっと以前から政治がらみではいろんなことがありますね。お金の問題や選挙の公平性の問題、なかなか正解がないところです。結局、われわれはこの政治体制の下で生きていくしかないというのもある。必ず問題になりますが、根本的に解決されたかというとほぼ解決されていない。自分で反省して変えるというのは難しいことですから。第一部の少し後にロッキード事件があって、あのあたりから政治が社会現象になるのを中学生ぐらいで見ていて。新聞記者になって取材をすると現場をいろいろ見るわけですが、そういうものが積もり積もって山となりました。

大矢　新潟は堂場さんご自身が支局にいらしたということで選ばれたんでしょうか。

堂場　そうですね、自分がよく知っているところで書きたいというか、ことあれば新潟を出してやろうというのはあるんです。好きなので、新潟を出して名物のイタリアンを宣伝してやろうと（笑）。新潟は保守的な風土がありつつ、革新的な面もあって、日本の政治の縮図みたいだと思ったんです。日本全体を描くとあまりにも大きくなりすぎるので、どこか地方をその象徴としてとりあげたいとなったときに、新潟が候補に浮かびました。

大矢　お客様から質問のメールをいただいています。新潟出身の大物政治家というと、当時首相だった人物を思い浮かべるのですが、本作ではモデルとなった政治家はいますか。

堂場　いないですね。ただ、田中角栄さんの影は常にチラチラしています。出さないように気を付けて。あの方がもしかして日本の土着政治の典型かと思いきや、今はああいう政治家はいないですよね。印象的で、特殊な人だったのではないかと。出すと全部田中角栄さん一色になるので、あくまで架空の新潟の選挙区と考えていただけたらいいですね。

大矢　これもお客様に頂戴した質問です。堂場さんは『弾丸メシ』というエッセイ集を出されるなどグルメで知られていて、本作にもおいしそうな新潟料理がいくつも登場します。堂場さんのオススメの新潟グルメを教えてください。

堂場　かつ丼ですね。

大矢　今作にも出ていましたね。卵でとじないもの。

堂場　あの衝撃。もともと関東の人間なので、かつ丼というと卵でとじるものですよね。新潟にいって、蕎麦屋の出前でかつ丼をくださいといったら、とじていないかつ丼が来た。とじてないんですかと聞いたら、すいません、それはかつとじ丼といってくださいといわれて。

大矢　福井ではご飯にキャベツとトンかつをのせてソースをかけるソースかつ丼が有名ですよね。

堂場　新潟では醬油なんです。ソースかつ丼はあちこちにあります。群馬にも。味噌をかけると名古屋。いろんなものをかけますけど醬油はあまり聞かないですよね。非常にさっぱりしていて、山椒をかけて食べるんです。罪悪感が若干薄れてオススメです（笑）。

大矢　堂場さんの作品ではいつも食べ物がおいしそうですよね。今回は一九七二年当時のグルメですよね。今も残っているものが大半でしょうけど、これも頂戴した質問ですが、一九七二年という時代をどうしてこのようにリアリティをもって書けるのか、どのような取材をされたのでしょうか。

堂場　過去の話なので取材できないですよ。当時大人だった人に話は聞けますが、その人が新潟県じゅうのことを知っているわけではない。結局、当時の新聞をひっくりかえして、こういう有名な事件があったなという……冒頭の部分ですね。一九七〇年代に入ったころだから新潟地震もあって、新潟大火もあって、町が復興してきて、それはもともとの知識でインプットされているんですけど、事実関係を新聞で調べた以外はほぼ想像です。

大矢　内容についてお伺いします。田岡が同じ政党から出る候補者の買収工作を中心となってやる。それに高樹が気づいて、記事にしようと調べ始めるんですが、幼馴染みの二人がこういう関係になった時に、正義と友情のあいだで葛藤する僕、みたいな感じになるのかと思いきや、意外とすんなり、悪いことは悪いとなりましたね。

堂場　こういう設定が大好きなんですよね。友達関係が壊れるという話はいままでも書いていて、そちらではけっこう悩ませているんですが、今回は互いにプロに徹してほしいと思って。友達の感覚はあるにしても、自分の職業と正義感のために動いてほしかった。

大矢 互いに恋人がいるんですけど、自分の新聞記事が恋人の家族に関わってくるかもしれないとなったときのほうが悩みますよね。

堂場 僕だったら書かないですね。プライベート優先なので。そこで悩むのはこの年代の人なのかなみたいな。よく考えたら団塊の世代の話なんですよね。

大矢 主人公は昭和二十年生まれという設定ですね。

堂場 団塊よりちょっと早いので、その世代の人たちだとそのぐらいやりそうだなと。

大矢 友達は切れるけど女は切れない。

堂場 名誉のために切っちゃうというドライな割りきりをする人も、もしかしたらいたかもしれないけど、前の世代とは少し違う感じがあると思います。友達と彼女のどっちをとるかというと、彼女ですよ。

大矢 戦場で背中を預け合う友情もあるじゃないですか。

堂場 そういう話も大好きですが。本文には書いていないんですけど、この二人はそこまで仲が良くなかったんじゃないかという気がして。小学校から知っていて、互いに幼馴染みと意識しているんですけど、じつはあまり仲が良くなかったんじゃないかと。

大矢 それは少し感じました。最初の再会の場面でも、おーいとならないですよね。

堂場 一緒にお酒を飲んで、田岡がちょっとカチンときている。変わったのかという可能性もあるのですが、昔からそういうところがあったんじゃないかという疑念を彼は持っていたのかもしれない。これは裏設定です。

大矢 最初から二人とも探り合ってますね。

堂場 立場が微妙ですよね。取材する方とされる方で、友達というわけにいかないところが出てくる。

大矢 読者の中には、もっと友情と正義のあいだで葛藤してほしかったという方もいらっしゃるかと思いますが、そういう方には堂場さんの『十字の記憶』を。

堂場 刑事と新聞記者ですね。幼馴染み、高校時代の同級生で、さらにもう一人同級生が絡んでいて、みんな悩むわけですよ。

大矢 青春小説の趣がありますね。バディものもありますし、反発しあうものもありますので、いろんな堂場作品の男二人を味わってもらえればいいかと思います。堂場さんはこれまで警察小説とスポーツ小説を軸にしていらして、途中からジャーナリズムや企業物を書かれるようになった。一番最初に書かれたジャーナリズムものが『虚報』。

堂場　タイトル通りで、〝誤報〟とよくいわれますが、それは間違ってニュースにした方。〝虚報〟はまったくの嘘みたいな報道のことです。それをめぐるジャーナリズムの物語。初めて新聞記者が主人公になりました。

大矢　刊行が二〇一〇年なので、十二年前ですね。『虚報』が出たときに、自分が新聞記者だったからこそ、あえてリアルにはせずに嘘をまぜたとおっしゃっています。そのころと現在の本作とでは、ジャーナリズム小説に向き合う態度は同じでしょうか。

堂場　嘘というか、設定的にすごくリアルにしないというのは意識しています。記者として知ったことを、それと関係ない小説で出すのは抵抗があります。

大矢　そういう意味でリアルにしていない。

堂場　リアルにするとつまらなくなるというのもあるんですけど、僕個人の態度の問題ですね。

大矢　設定はそうだとして、今回だと高樹治郎という新聞記者にご自身が投影されている部分はありますか。

堂場　一切ないです。

大矢　意外でした。自分が理想とする記者像というのを主人公に据えませんか。

堂場　うーん。理想の記者像がないんです。理想のなんとか像というのはまったくない。

大矢　新潟支局時代の堂場さんはどのような感じだったのでしょうか。

堂場　てんてこまいでした。自分で自分を忙しくしていました。

大矢　高樹のように、事件担当、警察担当、県政担当というような。

堂場　行かなくてもいいものにすぐ首を突っ込んで取材をしていました。

大矢　そういうタイプのジャーナリストって堂場さんの作品に出てきますよね。

堂場　よくいるタイプです。にぎやかしというか、自分が知らないとすごく不安になるという感じ。

大矢　高樹治郎に堂場瞬一を重ねて読みたくなるんですけど、そうではないと。

堂場　この人は第三部まで出てきます。第三部では七十六歳です。あんな七十六歳にはなりたくないなと思いますね（笑）。
大矢　先に二巻を読ませていただいたんですけど、ここで終わるの⁉　という。大変なことになりますよね。
堂場　第二部は批判を浴びそうですね。あそこでか⁉みたいなところで終わって。すみません、第三部ですべて解決します。三巻ものって第二巻が一番難しくて、中だるみで終わってしまうパターンが多いんです。ちょっとここでフックを作っておいて、最後でドドっといくというテクニックです。
大矢　序破急の破が凄すぎてですね。
堂場　急はどこにいったんだという。
大矢　話を戻しますと、二〇一〇年ごろからジャーナリズムの小説を書きはじめたのは、なにか思うところがあったんでしょうか。
堂場　十年小説を書いて、長年温めて来たテーマで書いてもいいんじゃないかと思って始めたんですけど、これが書きはじめるといくらでも出てくるわけです。ジャーナリズムが難しい状態におかれているので、ネットの影響というのもありますが、取材のやり方から何から。この前、若い記者に話を聞いてびっくりしました。いろんな問題が出て来ている。ただ、辞めちゃった人間だから無責任に言いますが、がんばってほしいという気持ちが強いです。がんばってほしいときはお尻をひっぱたかないといけないこともあるわけで、嫌なことも書きますけど、基本は信用していますし、若い記者は大変だと思いますが、がんばってほしい。
大矢　今のジャーナリズムに対して警鐘を鳴らしたのは、昨年出された『沈黙の終わり』ですね。ジャーナリズムに対して黙るなと、ジャーナリズムがなんのために存在するのかもう一度考えろという、非常に叱咤激励のこもった作品でした。今回、私が読んでいて一番怖かったのは、政治家がマスコミをコントロールするもの、マスコミは政治家のために動くものだという考えを政治家が持っているという描写が出てくるわけですが。
堂場　それを心外だと思っている記者もいるわけで。
大矢　実際に今、政治がメディアに介入してくるという事態があるので、ぞっとします。
堂場　でも、昔からなんですよね。
大矢　一九七二年の段階でこういう話をされている。ずっとあったということですよね。
堂場　あったと思います。食い込んでなんぼというのが記者の本質なので、相手とどれだけ親しくなって相手が本音を話してくれるかが最終的にギリギリのポイントになってくる。そうなると、反対に記者を利用してやろうという人が出てくる。戦前はわかりませんが、戦後はそういう流れがずっとあったんじゃないでしょうか。

大矢　それに抵抗するジャーナリストと、取りこもうとする政治家との闘いが三部作の核になってくるところですね。

堂場　それが最終的に家と家の闘いになる。第三部になるともはや孫の世代ですから。

大矢　第一部が一九七二年、第二部・第三部が何年というのは言っていいでしょうか。

堂場　第二部が一九九六年、二十五年後。第三部が二〇二一年、去年です。コロナが猛威を振るっていた時期になります。

大矢　新聞記者と政治家、それぞれ進む道も違うし、世代の感覚も違います。そういったところが第二部・三部の読みどころになっていくのではないかと。

堂場　時代の流れを書くというのはすごく意識していま す。長いスパンの物語を書くことが最近多いんですけど、現代史において、どのように社会・風俗が変わっていったのかをいろんなテーマで書いていきたいという気持ちがあります。

大矢　たとえば買収事件ですが、これも一九七二年である必要はないんですよね。

堂場　今もなくなっていませんから。選挙ではあちこちであるので、状況が昔と全然変わっていないんです。

大矢　つい最近も広島で大きなものがありましたし、事件自体は現代でもよかったのですが、あえて五十年前に設定した。戦後史というには少し短いですが、現代史を通して堂場さんは何を書こうとしていますか？

堂場　小説は具体的な話を書かないといけないじゃないですか。論を書いてはいけない。でも、この時代のすべてを書きたいんです。いまそれで凄くもがいています。そのための手法はなにがあるかと思って、時間のスパンを長くとったり、登場人物を横に広くしたり、いろんなことを考えて。

大矢　現代の舞台を広げるだけじゃなくて、縦軸があるなら横軸があるみたいに、時間の方でも包括的にという。

堂場　円筒形の流れ、世の中があって時代の流れがあって、真っ二つで上から切って、断面で今はこれですよというのもありだし、縦に切って流れを川のようにみせていくやり方もあるかと思いますが、こういうのが出来ないかと思って悩んでいるんです。

大矢 巻きずしを横に切るんじゃなくて。

堂場 今回は巻きずし縦に切る感じ。

大矢 巻きずしのたとえはよくないかもしれないですね（笑）。

堂場 丸太でも何でもいいんですけど、とにかく切り方の違いをいろいろ考えていて。

大矢 面白いやり方をされたのが、短篇集の『ネタ元』ですね。どのような取材の仕方をしているのかは時代によって違うと先ほどありましたが、これは一九六四年から二〇一七年まで、数年おきに新聞記者を主人公にしてどうやってネタをとってきたかという話の短篇集です。二〇一七年はツイッターからとってくる、とかね。

堂場 舞台は同じ新聞社ですが、話はつながっていない短篇集です。時代によって取材の仕方や取材先との関係、ツールも変わってくるというのを書きながら自分で思いました。

大矢 『小さき王たち』と一緒の時代も書かれていますね。一九七二年の話もありますし、一九九六年もあります。

堂場 今回『ネタ元』は念頭にありました。これを長いスパンでやるともうちょっとドラマティックにできるなと思って。『小さき王たち』のプロトタイプですね。

大矢 そういう時代が見えるというのは大河小説の読みどころですね。さて、こういう質問もあります。新潟や現代の警視庁を舞台にする際、ご自身の他のシリーズの登場人物の存在はどこまで意識していますか。

堂場 世界観が共通しているところがあります。シリーズもので書いている警察物は基本的に並行世界の警視庁で全部つながっている。シリーズが三つあって、全部乗り入れの変な形でもやりましたし、いつか全主人公を集めて一冊出したいなと。

大矢 記念すべき百冊目の『Killers』を出されたときの対談で、いつかシリーズキャラを一堂に会してくださいと言ったら、やだよ面倒くさいとおっしゃっていましたよ（笑）。

堂場 でも、最近は面白いかなと思っています。版元さんは別々ですから、どこが出してくれるのかはわからないですが。

大矢 シリーズ乗り入れの場合、東日新聞の登場人物はどうなっていますか。

堂場 東日は『雪虫』から出ていますね。去年の『沈黙の終わり』も東日です。そこに出ていた事件はこのあと『小さき王たち』にもちょっと出てきます。内輪ネタみたいな感じですが、そこでちょっとつながっています。

大矢　『沈黙の終わり』は埼玉と千葉の支局が舞台で、川を挟んだ県境で事件が発生して、両方の県の支局と警察のそれをめぐる話です。その事件がちょっと出てくる?

堂場　第三部で「あれはいい取材だった」と高樹が誉めてます。コロナがなければ大打ち上げだみたいなことを言って。

大矢　次の巻が出るまでに『ネタ元』と『沈黙の終わり』は読んでおかないとですね。こうしてみると、ジャーナリズム物、政治物がすでに三つ目の軸になっている気がします。どれも新聞記者の正義や良心をつぶそうとする勢力に対してどこまで抵抗できるかという。

堂場　逆にいうと、つぶそうとする勢力に対する抵抗と言っている時点でどうなんだと。そういう見方になってしまうところに今の問題点があるんじゃないかと思います。

大矢　『小さき王たち』も、新聞記者・高樹治郎の正義・良心というものがある一方で、政治家秘書・田岡総司が考える正義・良心があるわけじゃないですか。それが並び立たない。

堂場　並び立つときも場合によってはあると思いますが、この二人の場合は状況的にそれが許されないというところがありますので、最終的にそのことがきっかけになって始まった争いが五十年間続いていく。

大矢　本来はどちらも社会のために存在するのに。

堂場　ちょっと状況が違えば二人は協力したかもしれないですが、最初から二人はズレていたんです。それはもうしょうがないなと。

大矢　もうひとつ、この作品の読みどころはという質問が。さきほどおっしゃった家同士、マスコミと政治家の確執、それから時間ということですよね。タイムスパンとなると、『ネタ元』を出しましたけど、『焦土の刑事』『動乱の刑事』『沃野の刑事』は終戦後。

堂場　戦争が終わる頃ですね。

大矢　戦後史を追うような作品が、堂場さんの作家歴の後半ぐらいから目立ち始めます。

堂場　歴史ものといわれるジャンルに手を出すことはないと思うんですけど、近代史・現代史というと、評価が定まっていないことが多くて興味があります。小さいことだけど、政治的・経済的に大きな影響がなくても、社会的に注目されていたことってけっこうありますよね。そのあたりから戦後近代を描いていきたいという気持ちがあるんです。

大矢 政治にしろメディアにしろ、現代に直結する価値観が出て来たところですね。

堂場 今の日本が出来ているベースは戦後にあると思うので、今を解き明かすために過去を探るという。

大矢 警察小説とスポーツ小説で文庫書き下ろしをバンバン書いていらっしゃった初期の堂場さんから、こういう近現代史・戦後史を俯瞰《ふかん》するものがでてくるというのは、二十年前は想像もしなかったんです。

堂場 当時はあまりこういうものを書こうという意識はなかったですから。

大矢 デビュー当時から変わっていないなと思うところもありまして、父と子というテーマがお好きじゃないですか。

堂場 これは永遠ですよね。

大矢 刑事・鳴沢了のシリーズが父と子ですよね。あれも三代の話です。

堂場 三代というと、数十年というスパンになって、それだけ長い間に人や家がどれだけ変化していくのかというのは、三十代に書きはじめたころはあまりわからなくて。わからないなりに書いていたものが、六十近くになってだんだんいろんなことがわかってきて、『小さき王たち』みたいになりました。

大矢 その萌芽は刑事・鳴沢了からあったということですよね。

堂場 そうでしょうね。

大矢 そう考えてみると、鳴沢了の段階から、大河ドラマ的なものをシリーズを通してやっていらっしゃった。

堂場 個人史に置くか、もっと広いところにもっていくかという違いで、今は広がるところに関心があるんですよね。

大矢 個人の物語ではなく社会を背景にして、社会の歴史のなかにある個人史みたいな感じですね。

堂場 結局、小説って個人史になっちゃうことが多いので、そうじゃなくて書けないかというのを今やっています。個人史にならない、社会の流れを書くものがないかなと、ずっと考えています。

大矢 バランスですね。『小さき王たち』は、戦後の、一九七二年のメディア史と政治史と新潟史がありつつ、そのなかの個人史じゃないですか。

堂場　この小説は個人史に収斂《しゅうれん》していかないと、歴史の教科書みたいになって読む方としてはつらいのかなと。

大矢　個人史ではあるのだけど、新聞記者であり、政治家でありというところで、社会の歴史と密接にリンクしています。

堂場　でもまだ、僕が書こうとしているものに至るには道半ばというか、踏み出したばかりという感じですね。

大矢　社会史と個人史の融合みたいな感じですか。

堂場　それを新しい形で書きたいなと思っていますが、難しいですね。

大矢　『小さき王たち』がひとつの集大成といってトークイベントをしているのに、道半ばとおっしゃいました。

堂場　もしかしたらはじまりかもしれないです。

大矢　それはそれで、記念すべきはじまりですね。でも、これがはじまりってどえらいことだと思います。またお客様の質問です。三部作ということですが、第一部から第三部で堂場さんはどの巻が一番オススメですか？

堂場　すべては第三部のためにあります！

大矢　第一部を読み終わったところで、すっきりさわやかハッピーエンドというわけではないじゃないですか。

堂場　第三部を読み終わってすっきりさわやかハッピーエンドかどうかはわかりませんが、今の若い人に頑張ってほしくて書いた話なので、ある意味、納得していただけるのではないかと思っています。

大矢　堂場さんの作品をデビュー作から読んできて、ここ十年とみに感じますが、若い人に向けてというスタンスが増えましたよね。

堂場　おっさんになってきたんですよね。

大矢　〈警視庁犯罪被害者支援課〉シリーズぐらいからかな、部下をどう育てるかみたいな視点が主人公に入り始めて。

堂場　年齢ですよね。イヤですねえ（笑）。

大矢　『小さき王たち』は、最初は政治家秘書の田岡と新聞記者の高樹の二人の物語として始まりますが、第二部で家族の話になります。田岡にも高樹にも、それぞれ恋人がいます。女性の書き方ってどうですか、一九七二年の、対極でもあり共通点もある当時の女性が出てきている感じですが。

堂場　そうですね。でも女性に関しては永遠に難しいですね。第一部は五十年前の話なので、家父長制で、地元の名家のお嬢さんと、奔放な都会的なお嬢さんの二人がヒロインで、七〇年代頭はどちらも両立していた時代だと思います。ヘタすると類型的になってしまうので悩ましいのですが、あえて類型的にしました。

大矢　第二部になると九〇年代の若い女性が出てくる。

堂場　第二部に関しては団塊ジュニアなんです。男女関係に関してかなりフラットに書いたつもりですが、いかがでしょう。

大矢　結婚はしても仕事は辞めないとか。

堂場　ごく普通に出てくる。逆に、結婚して辞めて奥さんになるのはどうですかみたいな話もある。そこはまだ、地方の政治家の家の事情が残っているけど、男女関係は比較的フラットになりつつある。

大矢　女性に注目して読むと、政治家の妻に求められるものが大変だなと。

堂場　大変ですね。それも第三部になっていろいろでてきます。票の半分は奥さんがみたいな話とか。特殊な世界ですので。ただ、時代によって結構いろいろ変わってくるものがあるので、ちょっとずつ変化を入れて第三部までつなげています。

大矢　第一部でコイツ面白いぞと思ったのが田岡の恋人でした。

堂場　第三部で、いいおばあちゃんになって、いろいろ家族関係が面白いことになってまして。あの人も魅力的ですね。

大矢　高樹の妻になる女性は正統派ですよね。その対比が非常に面白いので、そこも読みどころのひとつです。第二部以降、二人の女性がどういう妻・母になっていくかも楽しみにしていただければ。

堂場　第二部で見ると、高樹さんの奥さんは強いですね。

大矢　強いですよね。旦那さんから見ると理想じゃないですか。夫の仕事でなにがあっても、デンと構えている。

堂場　今の時代だと逆バージョンで書かないといけないですね。奥さんが大変なときに旦那がデンと構えているとか。そういう話をあまり書いたことがないなと。

大矢　女性主人公ものはほぼないですよね。

堂場　一冊だけですね。去年の『聖刻』。

大矢　他にも質問がきています。最近読まれた海外ミステリのオススメを教えて下さい。

堂場　今日の主題ですね（笑）。アーナルデュル・インドリダソンの『印《サイン》』。自殺の謎を解くのにこの厚さ。シリーズ史上いちばん地味なのにいちばん読ませます。微妙に島国のせいか、日本人的な感覚に似ているところがある。家族の問題もクローズアップされて進展もあり、シリーズをこれまで読んできた方はぜひ。ただ、すごく重苦しいので、気分が落ち込んでいるときにはやめていただいたほうが。

大矢　私からのオススメは、フランスのエルヴェ・ル・テリエの『異常《アノマリー》』。何を話してもネタバレになるんですが、第一章が群像劇で一見無関係なひとたちがいっぱい出てくる。ところが読んでいくうちに、全部の登場人物にとある共通点があることがわかる。それは、数か月前に同じ飛行機に乗っていたこと。本人たちは気づいていないけど、そこでものすごく大きな事態が降りかかっていた。そうなったとき自分だったらどうするか、とても考えさせられます。エキサイティングなSFミステリ文芸です。

堂場　では僕の二冊目を。ステイシー・エイブラムスの『正義が眠りについたとき』。アメリカの最高裁判事が突然昏睡状態におちいって、判事の助手のパラリーガルの女性がなぜか法定相続人に指名されていて……というリーガルミステリです。プラス、遺伝子操作などの問題も絡んだ高度な医療ミステリで、さらに政治ミステリでもある。日本でいえば最高裁の事務方みたいな主人公が大統領と対決する。ぶち込みすぎという感じなんですけど、夏休みとかにぜひ読んでいただきたい。最後はスカっとします。

大矢　私からの二冊目は、S・J・ローザンの『南の子供たち』。中国系アメリカ人のリディア・チンという女性探偵と白人男性のビル・スミスがコンビを組んで事件を解決するシリーズの一冊です。リディアが親戚がいるらしいミシシッピに出掛けるのですけど、昔ミシシッピ州界隈に多くの中国系の人がいて、中国人排斥法というのが出来た時代に、その法をかいくぐってアメリカに残った人びとが後にどうなったかということが事件の中心になる。文庫解説を私が書いていますので、ぜひ読んでいただきたいんです。

堂場　現代ハードボイルドの良心と言っていいかと思います。どれを読んでも優しさがみえてくる。僕からも推薦します。

大矢　これが最後の質問になります。第二部の読みどころを教えて下さい。

堂場　田岡家と高樹家、それぞれ第二世代の団塊ジュニアが主人公になります。お父さんたちは不満なようです。自分たちが腕一本で築き上げたものを今度は引き渡さないといけない。できている果実を渡されるだけというのが第二世代だから、どうしても一種の温《ぬる》さというか甘えが出てくる。そして、またもや両家が衝突します。第一部はどっちが勝ったか負けたか微妙なところですが、田岡家の方がダメージが大きかった。田岡総司は非常に執念深い人で、二十五年経ってまだ忘れていない。というわけで第二部では田岡家側の仕掛けが大きなポイントになってきます。どっちが勝つかは読んでいただいて。

大矢　第二部の最終章のタイトルが「惨敗」。どっちの話なのかは言いませんが。

堂場　第二部はサブタイトルが「泥流」で、最終章が「惨敗」ですからね。どれだけ酷い目にあっているのかという。

大矢　ただ、これは堂場さんが翻訳ミステリを血肉にされていることもあると思うんですけど、とても辛くて重い話でも、どこかドライに書かれるじゃないですか。

堂場　そうなんです。もっともがかせたほうがいいのかなと思うんですけど。

大矢　それが魅力だと思います。

堂場　もしかしたら人間って意外と強いかもしれないと、心のどこかで思っているかもしれない。叩かれても立ち直るというのをどこかで信じているんです。絶望的に負けて終わるというのがあまりないんですよね。とりあえず負けたけど、ある面では勝っているとか、そんな終わり方がけっこうありますね。

大矢　負けたけど、ここにちょっと芽が出て来ているぞと。

堂場　次があるぞみたいな。そういうのが好きなんです。

大矢　大きな魅力だと思います。辛くて読めないとはならない。どちらかというとエキサイティングなほうに。

堂場　そうですね。ただ第二部もハッピーエンドではないです。これが次への萌芽になるのかどうかというのは……

大矢　お楽しみに、ということですね。

（二〇二一年五月十七日、於・紀伊國屋書店新宿本店。
ミステリマガジン二〇二一年九月号掲載）

著者略歴　1963年茨城県生，青山学院大学国際政治経済学部卒，作家　著書『over the edge』『under the bridge』『ロング・ロード　探偵・須賀大河』訳書『キングの身代金〔新訳版〕』マクベイン（以上早川書房刊）他多数

HM=Hayakawa Mystery
SF=Science Fiction
JA=Japanese Author
NV=Novel
NF=Nonfiction
FT=Fantasy

小《ち》さき王《おう》たち　第二部《だいにぶ》：泥流《でいりゅう》

〈JA1579〉

二〇二四年十月二十日　印刷
二〇二四年十月二十五日　発行

（定価はカバーに表示してあります）

著　者　堂《どう》場《ば》瞬《しゅん》一《いち》
発行者　早　川　　浩
印刷者　草　刈　明　代
発行所　株式会社　早　川　書　房

郵便番号　一〇一 - 〇〇四六
東京都千代田区神田多町二ノ二
電話　〇三 - 三二五二 - 三一一一
振替　〇〇一六〇 - 三 - 四七七九九
https://www.hayakawa-online.co.jp

乱丁・落丁本は小社制作部宛お送り下さい。
送料小社負担にてお取りかえいたします。

印刷・中央精版印刷株式会社　製本・株式会社明光社

ISBN978-4-15-031579-5 C0193

本書は活字が大きく読みやすい〈トールサイズ〉です。